KB118250

내가 무슨 짓을 했는지 봐

SEE WHAT I HAVE DONE
by Sarah Schmidt

내가 무슨 짓을 했는지 봐

See
What
I
Have
Done

Sarah Schmidt

세라 슈밋 장편소설
이경아 옮김

문학동네

코디를 위해.

그리고 내가 글을 마치기 전에 떠난 앨런과 로즈를 위해.

우리는 사랑이 식으면 다른 물건들처럼

그 사랑을 서랍에 넣어둔다.

에밀리 디킨슨

놀턴 : 당신은 그후로 새어머니와 좋은 관계를 유지했습니까?

리지 : 네, 그렇습니다.

놀턴 : 다정했나요?

리지 : 그건 다정함의 의미가 사람에 따라 어떻게 다른지에 달려 있겠죠.

리지 보든의 검시배심 증언

차례

1부 011

2부 117

3부 325

폴리버 연대표 407

유언장 발췌 411

작가 노트 • 나는 어떻게 보든 가족을 만나게 되었나 413

감사의 말 429

옮긴이의 말 433

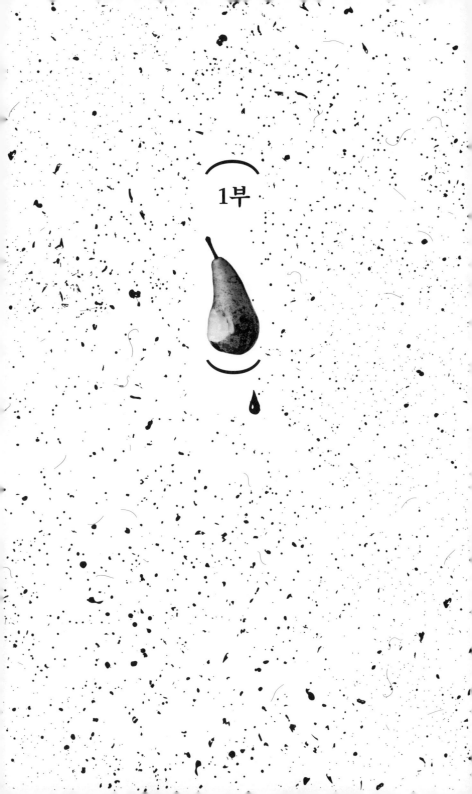

1부

1

리지

1892년 8월 4일

그는 여전히 피를 흘리고 있었다. 내가 소리쳤다. "누가 아버지를 죽였어." 나는 등유 냄새가 떠도는 공기를 들이마시고 텁텁한 이를 핥았다. 벽난로 선반 위 시계가 재깍거렸다. 아버지를 바라보았다. 양손으로 허벅지를 꽉 움켜잡은 모습, 새끼손가락에 낀 작은 금반지가 태양처럼 빛나는 모습을. 나는 그 반지가 더이상 필요 없다고 생각했을 때 아버지에게 생일 선물로 드렸다. "아버지," 내가 말했다. "이걸 드릴게요. 전 아버지를 사랑하니까요." 아버지는 미소를 지으며 내 이마에 입을 맞추었다.

지금으로부터 오래전에.

아버지를 보았다. 피가 흐르는 손을 만졌다. 시신이 차갑게 식으려면 얼마나 걸릴까? 아버지의 얼굴에 내 얼굴을 바짝 대고 시선을 맞추려 애쓰며 아버지가 눈을 깜박일 수 있는지, 나를 알아볼 수 있는지 확인하려고 기다렸다. 나는 손으로 입을 닦았다. 피맛이 났다. 아버지에게로 다시 시선을 돌려 목에서 강물처럼 쏟아진 피가 양복 옷감에 스며 사라진 것을 보자 심장이 마구 뛰었다. 펄떡, 펄떡. 벽난로 선반 위 시계가 재깍거렸다. 방을 걸어나가 등뒤로 문을 닫고 안쪽 계단으로 가서 다시 한번 브리짓을 소리쳐 불렀다. "어서 와봐. 누가 아버지를 죽였다니까." 나는 손으로 입을 닦고 이를 핥았다.

브리짓이 내려왔다. 썩은 고깃덩어리 냄새를 풍기며. "미스 리지, 무슨……"

"지금 거실에 계셔." 나는 벽지를 바른 두꺼운 벽 너머를 가리켰다.

"누가요?" 영문을 몰라 예민해진 브리짓의 표정.

"아버지가 다치신 것 같긴 했지만 가까이 가서 보기 전까지는 얼마나 심한지 잘 몰랐어." 내가 말했다. 목덜미를 타고 올라오는 여름의 열기가 칼날처럼 느껴졌다. 양손이 아팠다.

"미스 리지, 무섭게 왜 그러세요."

"아버지가 거실에 계셔." 달리 할 수 있는 말이 없었다.

브리짓이 안쪽 계단에서 달려와 곧장 부엌을 가로질렀고 나도 그녀를 따랐다. 그녀는 거실로 달려가더니 문손잡이에 손을 얹었다. 그걸 돌려, 돌리라고.

"아버지가 얼굴을 난자당하셨어." 마음 한편으로는 브리짓을 방 안으로 밀어넣어 내가 목격한 모습을 보게 하고 싶었다.

그녀가 손잡이에 올린 손을 뒤로 빼며 나를 향해 돌아서자, 올빼미 같은 두 눈이 내 얼굴을 덮쳤다. 땀 한줄기가 그녀의 관자놀이에서 쇄골로 길게 툭 떨어졌다. "그게 무슨 말씀이세요?" 그녀가 물었다.

내 마음속에 작은 거울이라도 있는 것처럼 아버지의 흥건한 피가 보였다. 들개가 잔치를 벌이고 남은 먹잇감. 아버지의 가슴 위 피부 조각들, 어깨에 떨어진 한쪽 눈알. 요한계시록을 재현하는 아버지의 시신. "누가 집으로 들어와서 아버지를 난자했어." 내가 말했다.

브리짓이 몸을 떨었다. "그게 무슨 말씀이세요, 미스 리지? 어떻게 주인어른의 얼굴을 난자해요?" 그녀의 목소리는 눈물에 젖어 갈라졌다. 그녀가 우는 게 싫었고, 내가 달래야 하는 상황은 원치 않았다.

"나도 잘 몰라." 내가 대꾸했다. "도끼를 썼을지도 모르지. 나무를 베듯이."

브리짓이 울음을 터트렸고 기묘한 감정들이 내 뼈를 따라 펑펑 터지듯 올라왔다. 그녀는 문을 마주보고 서서 손목을 돌려 문을 빼꼼 열었다.

"어서 가서 보언 선생님을 모셔와." 내가 말했다. 브리짓 너머로 아버지를 보려고 했지만 보이지 않았다.

브리짓이 나를 돌아보며 손을 긁적거렸다. "우리는 주인어른을 보살펴야 해요, 미스 리지……"

"가서 보언 선생님을 모셔오라니까." 나는 온통 거칠고 끈적거리는 그녀의 손을 잡고 옆문으로 데려갔다. "얼른 다녀와, 브리짓."

"혼자 계시면 안 돼요, 미스 리지."

"미시즈 보든이 집에 오시면 어떻게 해? 내가 여기 있다 미시즈 보든에게 알려드려야 하지 않겠어?" 서로 맞닿은 내 이가 차가웠다.

브리짓이 해를 바라보았다. "알겠어요." 그녀가 말했다. "최대한 빨리 다녀올게요."

브리짓이 옆문을 통해 냅다 밖으로 뛰어나갔고 그 기세에 문이 그녀의 엉덩이를 노처럼 쳤다. 잠시 후 브리짓이 세컨드 스트리트로 들어서자 그녀의 모습이 깐닥거리며 보였다 사라졌다 했고, 하얀 하우스보닛은 미풍에 흔들리는 돛 같았다. 고개를 돌려 나를 바라보는 브리짓의 얼굴은 걱정으로 굳어 있었다. 나는 얼른 가라고 손짓을 했다. 홱 움직이자 우두둑 소리가 나는 손목. 그녀는 계속 달리다가 엉덩이와 어깨로 노부인을 밀쳤고, 그 바람에 지팡이를 떨어트린 노부인이 소리쳤다. "뭐가 그리 급하누, 아가씨?" 브리짓은 들은 척도 하지 않았다. 못됐어. 이윽고 그녀가 시야에서 사라졌고 노부인은 지팡이를 집어든 뒤 쨍 소리가 나게 돌바닥을 치고 탁탁 소리를 냈다.

나는 지나가는 사람들을 지켜보며 그들의 목소리가 허공을 가득 채워 모든 것이 충만해지는 듯한 기분을 만끽했다. 그리고 새들이 나뭇가지 위아래로 폴짝거리는 모습을 보고 나도 모르게 미소를 지었다. 잠시 저 새들을 잡아 헛간에 있는 내 비둘기장에 넣을까 생각했다. 내 곁에서 보살핌을 받는다면 저 새들은 얼마나 운이 좋은 것인가. 나는 아버지를 떠올렸고, 배가 허기로 꼬르륵거리자 우물가의 양동이로 가 두 손을 시원한 물에 담갔다. 할짝할짝, 손을 입으로 가져가 혀로 핥으며 물을 마셨다. 물이 부드럽고 섬세했다. 모든 것이 느려졌다. 마당에 죽은 비둘기 한 마리가 생기 없이 꼼짝도 않고 누워 있는 모습을 보자 배가 다시 꾸르륵거렸다. 해를 바라보았다. 나는 아버지를 떠올렸고, 아버지에게 마지막으로 한 말을 떠올리려 해보았다. 그리고 배나무로 조성한 아치에서 배를 하나 따서 집안으로 들어갔다.

부엌 조리대에 옥수수빵이 놓여 있었다. 나는 빵 가운데를 손가락으로 쑤셔 빵이 자잘하게 부스러질 때까지 헤집었다. 옥수수빵을 한 주먹 움켜쥐고 벽으로 던진 후, 그 부스러기가 힘없이 벽에 부딪히는 소리에 귀를 기울였다. 그런 다음 스토브로 가 양고기 수프가 담긴 냄비를 끌어당겨 숨을 깊이 들이마셨다.

그곳에는 내 생각과 아버지 외에 아무것도 없었다. 나는 배를 베어 물며 거실로 다가가 문 앞에 멈춰 섰다. 벽난로 선반 위 시계가 재깍거렸다. 두 다리가 후들거리기 시작하면서 발이 바닥을 탁탁 두드렸다. 다리를 진정시키기 위해 배를 한입 베어먹었다. 거실 문 뒤에서 파이프 담배 냄새가 났다.

"아버지," 내가 말했다. "아버지세요?"

나는 이로 배를 꽉 물며 문을 점점 더 활짝 열었다. 아버지는 소파에 있었다. 미동도 하지 않았다. 입안에서 배 껍질이 까끌거리고 그 냄새가 다시 났다. "담배는 그만 피우세요. 아버지. 그러니까 피부에서 노인냄새가 나잖아요."

소파 옆 바닥에 아버지의 파이프가 있었다. 그 파이프를 이 사이에 물고 혀로 작은 물부리를 눌렀다. 그리고 숨을 들이쉬었다. 밖에서 브리짓이 밴시*처럼 나를 부르는 소리가 들렸다. "미스 리지! 미스 리지!" 파이프를 바닥에 내려놓는데 손가락이 둥글게 떨어진 핏자국을 스쳤다. 나는 방을 나가 반쯤 닫힌 문틈으로 아버지를 힐

---

* 구슬픈 울음소리로 가족의 죽음을 예고한다는 민화 속의 여자 요정.

끔 보았다.

나는 옆문을 열었다. 브리짓은 활활 타오르는 붉은 불길 같았다. 그녀가 내게 말했다. "보언 선생님이 안 계세요."

그 말에 그애에게 침이라도 뱉고 싶었다. "가서 찾아봐. 누구라도 데려와. 어서." 내가 말했다.

그녀가 고개를 뒤로 젖혔다. "미스 리지, 미시즈 보든을 모셔와야 하지 않을까요?" 그녀의 목소리가 동굴 속에서 메아리쳤다. 그만하면 질문은 충분해.

나는 뒤꿈치로 마룻장을 세게 밟아 끼익 소리를 냈다. 온 집이 신음을 하고 비명을 질렀다. "내가 말했잖아. 지금 집에 안 계신다고."

브리짓의 이마에 주름이 잡혔다. "그럼 어디에 계세요? 당장 여기로 모셔와야 해요." 성가신데다 고집불통이다.

"내게 이래라저래라 하지 마, 브리짓." 문과 모퉁이를 감싸며 돌아나가는 내 목소리가 들렸다. 집. 그것은 발밑에서 바스러지는 뼈. 모든 것이 내야 할 소리보다 더 크게 소리를 냈고, 귀가 아팠다.

"죄송해요, 미스 리지." 브리짓이 손을 비볐다.

"가서 다른 사람을 찾아봐. 아버지는 정말 도움이 필요해."

브리짓이 숨을 내쉬었고, 나는 사방치기 놀이를 하는 아이들을 지나쳐 거리를 달려가는 그녀를 지켜보았다. 배를 한입 더 베어 물고 문에서 물러났다.

옆 울타리 너머에서 내 이름을 부르는 여자 목소리가 들렸다. 그 소리가 계속해서 내 귀를 파고들었다. "리지, 리지, 리지." 나는 눈을 가늘게 뜨고 내 쪽으로 오는 사람을 바라보았다. 얼굴을 방충문에 바짝 대고 조각들을 이어붙이자 익숙한 형태가 만들어졌다. "미시즈 처칠?" 내가 말했다.

"얘야, 무슨 일 있니? 방금 브리짓이 소리를 지르며 여기저기 돌아다니는 걸 봤는데, 이번에는 네가 망연자실한 표정으로 문가에 서 있는 모습이 보이지 않겠니." 미시즈 처칠은 집으로 더 가까이 다가오더니 입고 있는 붉은 블라우스를 잡아당겼다.

그녀는 뒷계단에 올라서서 다시 물었다. "얘, 괜찮니?" 그 말에 내 심장이 빠르게, 빠르게, 빠르게 뛰었고 나는 그녀에게 말했다. "미시즈 처칠, 들어오세요. 누가 아버지를 죽였어요."

그녀가 눈과 코를 찌푸리며 입을 동그랗게 벌렸다. 지하실에서 요란하게 쿵 소리가 났다. 나는 목을 움찔했다.

"대체 그게 무슨 말이니?" 미시즈 처칠이 작은 목소리로 말했다. 나는 문을 열어 그녀를 안으로 들였다. "리지, 무슨 일이야?" 그녀가 물었다.

"모르겠어요. 집에 들어왔더니 아버지가 온통 난자당한 상태였어요. 지금 저기 계세요." 내가 거실을 가리켰다.

미시즈 처칠이 천천히 부엌으로 향하며 깔끔하고 통통한 손가락으로 발그레 상기된 두 볼을 감싸듯 문지르고, 황금 카메오*가 달린 목걸이를 감싸쥐듯 문지르고, 양손으로 가슴팍을 감쌌다. 그 주위가 온통 반짝거렸다. 결혼반지인 다이아몬드 금반지. 나도 저걸 갖고 싶어. 아이에게 젖을 물렸던 폭신한 그녀의 가슴이 부풀어올랐고, 나는 그녀의 심장이 흉곽 안에서 터져나와 부엌바닥에 떨어지는 순간을 기다렸다.

---

* 보석이나 금속 등에 주로 인물의 얼굴을 양각으로 새긴 장신구.

"혼자 계시니?" 그녀는 한 마리 생쥐였다.

"네. 혼자세요."

미시즈 처칠이 거실 문으로 몇 걸음 다가가다 우뚝 멈추더니 나를 바라보았다. "내가 들어가야 할까?"

"아버지가 심하게 상처를 입으셨어요, 미시즈 처칠. 하지만 들어가보셔도 괜찮아요. 원하신다면요."

그녀는 뒤로 물러나 내 곁으로 돌아왔다. 나는 아버지를 발견한 후 그의 시신을 몇 번이나 봤는지 세어보았다. 속이 울렁거렸다.

"어머니는 어디 계시니?" 그녀가 물었다.

나는 천장을 향해 고개를 젖혔다. 나는 저 단어가 싫어. 그리고 눈을 감았다. "친척이 편찮으셔서 병문안 가셨어요."

"어머니를 모시고 와야 해, 리지." 미시즈 처칠이 내 손을 끌어당기며 나를 재촉했다.

피부가 가려웠다. 나는 그녀의 손을 뿌리치고 손바닥을 긁었다. "지금은 미시즈 보든을 번거롭게 하고 싶지 않아요."

"리지, 말도 안 되는 소리 하지 마. 지금은 위급 상황이야." 그녀는 내가 아이라도 되는 듯 나무랐다.

"원하시면 직접 보셔도 돼요."

미시즈 처칠은 당황해서 고개를 가로저었다. "나는 차마 못 보겠어……"

"그러니까 제 말은요, 부인이 아버지를 직접 보시면 왜 미시즈 보든을 불러오는 게 좋은 생각이 아닌지 이해하실 거라고요."

미시즈 처칠이 제 손등을 내 이마에 대었다. "열이 심해, 리지. 그래서 지금 논리적으로 생각하지 못하는 거야."

"저는 괜찮아요." 내 피부가 그녀의 손 아래로 스르르 미끄러졌다.

그녀의 눈이 휘둥그레지다못해 뼈 밖으로 튀어나올 것 같았다. 나는 미시즈 처칠 쪽으로 몸을 기울였다. 그녀가 움찔했다. "일단 우리는 밖으로 나가는 게 좋겠어, 리지……"

나는 단호하게 고개를 저었다. "안 돼요. 아버지를 혼자 둬서는 안 돼요."

미시즈 처칠과 나는 나란히 서서 거실 문을 바라보았다. 그녀의 숨소리가 들렸고, 그녀가 잇몸의 침을 빨아들이는 소리가 들렸고, 그녀의 머리카락에서 카스티야 비누와 정향 냄새가 났다. 지붕이 삐걱하더니 거실 문이 깃털처럼 살짝 열렸고, 나는 발가락을 꼼물 거리며 조금씩 나아가 마침내 아버지에게 아주 조금 더 가까워졌다. "미시즈 처칠," 내가 말했다. "때가 되면 누가 아버지를 씻겨드려야 할까요?"

그녀는 내가 외국어라도 한 듯 바라보았다. "그건…… 잘 모르겠구나."

"어쩌면 언니가 할 수 있을 거예요." 미시즈 처칠을 향해 돌아서자 슬픔이 그녀의 이마를 발끝으로 살금살금 가로지르는 모습이 보였고 나는 그녀에게 미소를 지었다. 기운을 내요, 기운을 내.

그녀의 입술이 벌어졌다, 마치 바다처럼. "그 문제는 걱정하지 말도록 하자."

"아, 알았어요." 나는 다시 몸을 돌려 거실 문을 마주보았다.

우리는 한동안 말이 없었다. 손바닥이 가려웠다. 이로 손바닥을 긁어야겠다고 생각하며 막 손을 입으로 가져가는데 미시즈 처칠이 말했다. "대체 언제 그렇게 되신 거니, 리지?"

나는 얼른 손을 내렸다. "잘 모르겠어요. 밖에 있다 들어왔는데 아버지가 다치셨더라고요. 브리짓은 위층에 있었고요. 이제 아버지는 돌아가셨어요." 나는 생각해보려고 했지만 모든 것이 느려졌다. "정말 신기하지 않아요? 제가 뭘 하고 있었는지 기억이 안 나요. 아주 사소한 것까지 모두 잊어버리는 그런 경험을 해보신 적 있어요?"

"그런 것 같아, 그래." 그녀가 와락 말을 뱉어냈다.

"아버지는 몸이 안 좋다며 혼자 있고 싶다고 하셨어요. 저는 입을 맞춘 뒤, 아버지가 소파에서 잠이 드신 걸 보고 밖으로 나갔죠." 지붕에서 펑 소리가 났다. "제가 기억하는 건 이게 다예요."

미시즈 처칠이 손을 올려 내 어깨를 토닥거렸다. 그 행동에 나는 온몸이 따뜻하면서도 얼얼해졌다. "너무 애쓰지 마라, 애야. 지금 상황이 너무…… 정상이 아니잖니."

"부인 말씀이 맞아요."

미시즈 처칠이 눈가를 훔쳤다. 눈물을 흘리고 문질러 닦는 바람에 눈이 빨개졌다. 그녀가 낯설어 보였다. "어떻게 이런 일이 일어날 수 있니." 미시즈 처칠이 말했다. 그녀가 낯설어 보였고 나는 소파에 혼자 있는 아버지를 떠올리지 않으려 애썼다.

피부가 가려웠다. 나는 긁었다. "목이 몹시 말라요, 미시즈 처칠." 내가 말했다.

미시즈 처칠이 루비처럼 빨간 눈으로 나를 바라보더니 부엌의 조리대로 갔다. 그녀는 물병에서 물을 따라 내게 컵을 건넸다. 물이 미적지근해 보였다. 한 모금 마셨다. 아버지가 떠올랐다. 물이 목구멍을 따라 내려갔다. 물을 바닥에 따라버리고 미시즈 처칠에게 바닥을 닦은 후 신선한 물을 달라고 부탁할 걸 그랬다. 다시 물을 마셨다. "고맙습니다." 나는 말했다. 미소를 지었다.

미시즈 처칠이 가까이 다가와 한 팔로 내 어깨를 꼭 감싸안았다. 그리고 내게 몸을 기댄 채 귓속말을 시작했는데, 그녀의 몸속 어딘가에서 구불구불 흘러나오는 시큼한 요구르트 냄새 때문에 머리가 어질어질했다. 나는 그녀를 밀어냈다.

"어머니를 모셔와야 해, 리지."

밖에서 집의 옆쪽으로 누군가가 점점 다가오는 소리가 들리자 미시즈 처칠이 옆문으로 달려가 문을 열었다. 미시즈 처칠과 브리짓, 보언 선생님이 내 앞에 섰다. "의사 선생님을 찾았어요, 아가씨." 브리짓이 말했다. 숨을 가다듬으려 애쓰며. 브리짓이 늙은 개처럼 숨을 쉬네. "최대한 서둘렀어요."

보언 선생님이 좁은 콧잔등에 얹힌 둥근 은테 안경을 밀어올리며 말했다. "어디 계시지?"

내가 거실을 가리켰다.

이맛살을 찌푸린 보언 선생님. "괜찮니, 리지? 너를 해치려 한 사람은 없었고?" 꿀을 탄 우유처럼 부드러운 목소리.

"저를 해쳐요?"

"네 아버지를 해친 사람. 그 사람들이 너도 해치려고 하지는 않았니?"

"저는 아무도 못 봤어요. 아버지 말고는 아무도 다치지 않았어요." 내가 대답했다. 내 발 아래 마룻장이 죽 늘어났고 아주 잠깐 나는 아래로 가라앉는다고 생각했다.

보언 선생님이 날 마주보고 서서 내 손목을 잡았다. 손이 크네.

그가 숨을 내쉬고 들이쉬었다. 내 입술을 훑고 지나가는 그의 숨결. 나는 입술을 핥았다. 그의 손가락이 피부를 눌렀다. 그 아래 혈맥이 느껴질 때까지. "맥박이 너무 빠르구나, 리지. 아버지의 상태를 얼른 보고 와서 너도 봐주마."

나는 고개를 끄덕였다. "저도 함께 들어갈까요?"

보언 선생님. "그럴 필요는…… 없다."

"아." 내가 말했다.

보언 선생님이 재킷을 벗어 브리짓에게 건넸다. 그가 거실로 향하며 낡은 갈색 가죽 왕진가방을 챙겼다. 나는 숨을 참았다. 그가 비밀을 대하듯 거실 문을 열고 몸을 안으로 밀어넣었다. 안에서 숨을 헉 들이켜며 말하는 소리가 들렸다. "하느님 맙소사." 문은 꼭 필요한 만큼 열려 있었다. 내 뒤 어디선가 미시즈 처칠이 비명을 질렀고 나는 고개를 홱 돌려 그녀를 보았다. 그녀가 다시 비명을 질렀다. 사람들이 악몽을 꿀 때 그러는 것처럼. 그 소리가 내 온몸을 순식간에 관통해 온 근육이 경직되고 아팠다. "저런 모습은 보고 싶지 않았어. 보고 싶지 않았다고." 미시즈 처칠이 비명을 질러댔다. 브리짓은 괴성을 지르며 의사 선생님의 재킷을 바닥에 떨어트렸다. 두 여자가 부둥켜안고 흐느꼈다.

두 사람이 울음을 그쳤으면 싶었다. 그들이 아버지에게 그런 반응을 보이는 게 영 탐탁지 않았다. 저들은 지금 아버지를 모욕하고 있어. 나는 보언 선생님에게로, 그의 옆 소파 가장자리로 가서 아버지의 시신을 가리려고 했다. 브리짓이 소리쳤다. "미스 리지, 거기 들어가지 마세요." 방안은 고요했고 보언 선생님이 나를 밀어냈다. "리지," 그가 말했다. "너는 여기 들어오면 안 돼."

"저는 그저……"

"너는 더이상 여기에 있으면 안 돼. 아버지 그만 쳐다봐." 그가 나를 방에서 밀어내고 문을 닫았다. 미시즈 처칠이 다시 비명을 질렀고 나는 귀를 막았다. 아무것도 느껴지지 않을 때까지 내 심장이 뛰는 소리에 귀를 기울였다.

잠시 후 선생님이 창백하고 땀에 젖은 얼굴로 방에서 나오더니 소리쳤다. "경찰을 불러요." 그가 입술을 깨물었다. 희미하게 우지끈 소리가 나는 턱. 그의 손끝에서 피가 방울져 떨어졌다. 색종이 조각처럼. 나는 그가 아버지를 만지는 모습을 상상해보려 했다.

"오늘이 매년 있는 야유회 날이에요." 미시즈 처칠이 속삭이듯 말했다. "지금 경찰서에 아무도 없을 거예요." 그녀가 눈을 비비자 눈가가 벌게졌다.

나는 그녀가 울음을 그쳤으면 싶어서 미소를 지으며 말했다. "괜찮아요. 결국에는 올 테니까. 다 괜찮아질 거예요. 그렇죠, 보언 선생님?"

보언 선생님이 나를 빤히 보았고 나는 그의 손을 보았다. 나는 아버지를 떠올렸다.

*

미시즈 보든을 처음 만났을 때 나는 네 살이었다. 그녀는 아버지가 보지 않을 때면 내가 설탕을 몇 숟갈씩 퍼먹어도 신경쓰지 않았다. 내 혀가 얼마나 기뻐 날뛰었던지! "비밀을 지킬 수 있지, 리지?" 미시즈 보든이 물었다.

나는 고개를 끄덕였다. "나는 중요한 비밀을 잘 지킬 수 있어요." 나는 새어머니를 사랑한다는 사실을 에마에게도 털어놓지 않았다.

그녀는 숟가락으로 설탕을 떠서 내 입에 넣어주었고 내 두 볼은 쏟아져 들어온 달콤함에 볼록해졌다. "설탕 먹은 건 너와 나 사이의 비밀로 하자."

나는 머리가 띵해질 때까지 고개를 끄덕이고 또 끄덕였다. 잠시 후 내가 "카루! 카루!" 소리치며 집안을 뛰어다니다가 거실 소파 위로 뛰어오르자 아버지가 소리쳤다. "에마, 리지가 설탕을 먹게 내버려뒀니?"

에마가 고개를 숙인 채 거실로 들어왔다. "아뇨, 아버지. 맹세해요."

내가 두 사람 옆으로 뛰어가자 아버지가 내 팔을 뽑을 듯한 힘으로 잡아당겼다. "리지," 깔깔거리고 우물거리는 내게 아버지가 물었다. "먹으면 안 되는 걸 먹었니?"

"과일을 먹었어요."

아버지가 얼굴을 바짝 들이대자 버터케이크 냄새가 났다. "다른 건 안 먹었고?"

"다른 건 안 먹었어요." 내가 웃었다.

에마가 나를 보며 입안을 들여다보려고 했다.

"거짓말이지?" 아버지가 물었다.

"아니에요, 아빠. 절대 거짓말 안 해요."

아버지는 불복종의 흔적을 찾아 나를 구석구석 살폈고 보조개가 들어간 볼도 검사했다. 내가 웃었다. 아버지도 웃었다. 나는 다시 아버지에게서 놓여나 집안을 펄쩍펄쩍 뛰며 돌아다니다 부엌에 있는 미시즈 보든을 지나쳤고 그녀는 내게 눈을 찡긋했다.

*

잠시 후 도착한 경찰은 그날 아침 아버지가 출근할 때 입었던 짙은 회색 양복과 아직도 두 발목과 발을 감싸고 있는 검은 가죽 부츠 사진을 여러 장 찍었다. 섬광전구가 육 초마다 터졌다. 젊은 경찰 사진사가 아버지의 머리는 도저히 못 찍겠다고 말했다. "대신해줄 사람이 없을까요? 제발요." 그가 말하며 머리에서 기름이 뚝뚝 떨어지기라도 하듯 손등으로 이마를 닦았다.

나이가 더 많은 경관이 그 일을 마무리할 진짜 남자를 찾는 동안 밖으로 나가 있으라고 그에게 말했다. 그들은 남자를 찾을 필요가 없었다. 딸이면 충분했다. 나는 오전 내내 아버지를 살뜰하게 보살폈고 얼굴을 봐도 전혀 무섭지 않았다. 이렇게 물어볼 걸 그랬다. "사진이 몇 장 필요하죠? 얼마나 가까이 찍으면 될까요? 어떤 각도로 찍어야 살인자에 대한 단서를 얻을까요?"

하지만 그때 나는 보언 선생님이 내 피부 아래로 주입한 아름답고 따스한 약물 때문에 기분이 솜털처럼 가볍고 몽롱했다. 그들은 나를 미시즈 처칠과 브리짓과 함께 식사실에 앉게 한 후 말했다. "여러분에게 몇 가지 질문을 해도 괜찮겠죠, 네?"

작은 공간이 따뜻한 몸과 풀의 냄새, 경찰들 입에서 나는 반쯤 소화된 닭고기와 축축한 효모 냄새로 가득찼다. "물론 괜찮죠." 미시즈 처칠이 말했다. "하지만 미스터 보든의 상태에 대해서는 이야기하지 않을 거예요." 그녀가 다시 울음을 터트렸고 윙윙거리는 소리를 냈다. 머릿속에서 나는 모든 사람이 하나의 메아리가 된 집의 위층으로 둥둥 떠 올라갔다. 그리고 아버지를 떠올렸다.

한 경관이 내 앞에 무릎을 꿇고 자신의 손을 내 손에 올리더니 내 얼굴을 보며 소곤거리듯 말했다. "우리는 이런 짓을 저지른 자를 찾아내 전력으로 추적할 겁니다."

"남자들은 이런 끔찍한 짓을 하죠." 내가 말했다.

"네. 그런 것 같아요." 경관이 말했다.

"아버지가 고통스럽지 않으셨기를 바라요."

경관은 자신의 손을 바라보며 목청을 가다듬었다. "아마 많이 고통스럽지는 않았을 겁니다." 그가 수첩을 꼭 쥐었다. "오늘 아침에 무슨 일이 있었는지 기억나는 걸 전부 말해줄래요?"

"잘 모르겠어요……"

"이 질문에 오답 같은 건 없습니다, 미스 보든." 노랫가락 같은 목소리. 그의 울대뼈가 꿀렁거렸고 핼러윈 게임이 떠올랐다.

나는 경관의 눈을 바라보며 활짝 웃었다. 이 질문에 오답 같은 건 없습니다. 내 마음을 편하게 해주다니 정말 친절한 사람이다. 이제부터 신이 그에게 미소를 지으리라 나는 확신했다. "전 바깥 헛간에 있었는데, 집으로 들어와보니 아버지가 그렇게 되어 있었어요."

"왜 헛간에 있었는지 기억합니까?"

"낚싯대에 쓸 납 봉돌을 찾으러 갔었어요."

"낚시를 갈 예정이었나요?" 끼적끼적.

"외삼촌이 저를 데리고 가기로 했어요. 내가 뭘 잡을 수 있는지 보셔야 하는데."

28

"외삼촌이 오실 예정이었나요?"

"아, 벌써 오셨어요. 여기 계세요."

"어디요?" 경관이 물었다. 먹이를 찾는 조랑말.

"볼일을 보러 외출하셨어요. 어제 오셨어요."

"그분에게도 몇 가지 질문을 해야겠네요."

"왜요?" 내 손가락이 함께 고동치고, 고동치고, 고동치고, 고동쳐서 몸의 중심까지 닿았다. 그 느낌을 뒤따르다 내려다보니 치마에 꽂혀 있는 보드라운 회색 비둘기 깃털이 보였다. 깃털을 집어 손가락으로 비비자 모든 손가락이 뜨겁게 끓어올랐다.

"미스 보든, 이렇게 직설적으로 말씀드리고 싶진 않지만 살인 사건이 일어났습니다. 우리는 그분에게 근처에서 수상한 자를 못 봤는지 물어봐야 합니다."

나는 그를 올려다보았다. "네. 네, 물론이죠." 그리고 비둘기 깃털을 손바닥에 놓고 사랑처럼 소중히 감싸쥐었다.

경관은 계속 질문했다. 나는 방안을 두리번거리다 천장으로 시선을 돌려 거미줄처럼 금이 간 회반죽과 목재를 뚫고 그 위의 방들을 들여다보려 애썼다. 몇 시간 전만 해도 나는 바로 거기에 있었고, 아버지와 미시즈 보든이 서로 도와 하루를 시작할 준비를 하는 모습을 보았다. 살짝 희끗해진 숱 많은 머리를 땋은 후 틀어올려 정수리에 핀으로 고정한 미시즈 보든을 보고 아버지가 말했다. "언제 봐도 매력적이야, 여보." 두 사람은 때때로 서로를 상냥하고 다정하게 대하며 그런 대화를 나누었다. 경관은 질문을 계속했고 내 마음에 안개가 들어찼다.

내 옆에서 브리짓이 다른 경관에게 끽끽거리며 말하는 소리가 들렸다. "미스 에마는 페어헤이븐에 사는 친구의 집에 계세요. 가신 지……"

"두 주." 내가 끼어들었다. "언니가 그곳에 간 지 두 주가 되었고 이제 돌아올 때가 되었어요."

다른 경관이 고개를 끄덕이며 걸걸한 목소리로 말했다. "즉시 사람을 보내 모셔오겠습니다."

"다행이네요. 제가 혼자 감당하기에는 너무 벅차거든요."

그러자 브리짓이 말했다. "제가 문을 다 잠가요. 집은 항상 꼭 닫혀 있어요." 두번째 경관이 그 말을 받아 적었다. 숱이 많은 콧수염 사이로 땀이 배어나올 정도로 맹렬히 기록했다. 가끔 아버지도 턱수염이 분노로 축축해지곤 했다. 그래서 아버지가 말하면서 자신의 말이 잘 들리도록 얼굴을 바짝 들이대면 그의 침이 상대방의 턱에 튀어 파고들 것 같았다. 내 마음에 안개가 들어찼다. 아버지의 모습이 예전처럼 보일 때까지 턱수염과 얼굴을 매만져드리고 싶은 기분이 들었다. 나는 거실을 힐끔 보았다.

"오늘 아침에도 문이 전부 닫혀 있었던 게 확실합니까?" 두번째 경관이 브리짓에게 물었다.

"네. 오늘 아침 가엾은 미스터 보든이 직장에서 일찍 돌아오셨을 때 제가 앞문을 열어드렸어요."

브리짓이 아버지에 대해 이야기하는 모습에 미소가 나왔다. 나는 그녀와 경관을 향해 고개를 돌렸다. "솔직히," 내가 말했다. "가끔 지하실 문이 잠겨 있지 않을 때가 있어요."

내 눈치를 살피는 브리짓의 송충이 같은 눈썹이 땅처럼 갈라졌고, 두번째 경관은 메모를 하고 또 했다. 내 발이 양탄자 위에서 원을 그리며 맴돌았다. 나는 눈을 크게 뜬 채, 열기가 사방의 벽으로 파고들어 집이 왼쪽으로 기울다 다시 오른쪽으로 기우는 감각을 느꼈다. 모두가 단단하게 여민 옷을 느슨하게 풀려고 목 부분을 잡아당겼다. 나는 양손을 모으고 가만히 앉아 있었다.

밖에서 사람들이 집 앞으로 모여들어 웅성거리는 소리가 들렸다. 목소리들이 대포 소리 같았다. 열기로 몸이 흔들리고 마룻장에 박혀 있는 못들이 튀어 올라오는 소리가 들렸다. 비둘기의 발소리가 지붕 위에서 어수선하게 들려왔고 나는 아버지를 떠올렸다. 태양이 그림자 뒤로 넘어가고 집이 펑 소리를 냈다. 나는 앉은 자리에서 움찔했다. 브리짓도 의자에 앉은 채 움찔했다. 미시즈 처칠도 그랬다. "우리 모두 겁에 질린 것 같네요." 내가 말했다. 웃고 싶었다. 미시즈 처칠이 다시 울음을 터트렸고 그 소리에 소름이 돋았다. 머릿속에서는 푸주한이 내 귀의 모든 감각을 식탁에 꺼내놓고 두들겼다. 코르셋이 흉곽을 움켜쥐었고 웅덩이가 차오르듯 팔과 다리 사이의 작은 공간에 땀이 고였다. 브리짓이 의자에서 벌떡 일어나 허벅지 뒤에 붙은 지저분한 흰색 치마의 뒷자락을 당겨 잡더니 미시즈 처칠에게 다가가 그녀를 달랬다. 그들이 무슨 말을 했다. 경찰은 메모를 했고, 방을 들락거렸고, 나를 지켜보았다.

손바닥으로 얼굴을 훔치자 깃털이 양탄자로 떨어졌고 손가락에 점점이 앉은 작은 핏방울이 보였다. 나는 손가락을 코에 댔다 입으로 가져갔다. 나는 핥았고, 아버지를 맛보았고, 나를 맛보았다. 나는 침을 삼켰다. 치마를 살펴보니 점점이 피가 튀어 있었다. 그 얼룩을 빤히 바라보자 그것이 강이 되어 허벅지 위로 흘렀다. 이 강을 알아! 어렸을 때 에마와 함께 케케챈강에서 놀던 때가, 강둑에서 아버지가 우리에게 이렇게 소리치던 모습이 생각났다. "너무 깊이 들어가지 마. 깊은 곳은 얼마나 깊은지 모르니까."

내 몸이 에마와 아버지와 함께 있던 과거를 갈망했다. 다시 어려지고 싶었다. 수영을 하고 물고기를 잡고 피부가 발갛게 익을 때까지 에마와 함께 태양 아래서 몸을 말리고 싶었다. "우리 곰 놀이 하자!" 내가 그녀에게 말하면 우리는 큰 갈색곰이 되어 앞발로 서로의 까만 코를 후려칠 것이다. 에마가 피를 흘리면 나는 털로 뒤덮인 그녀의 가슴을 후벼파 발톱으로 심장을 건드릴 것이다. 에마가 나를 다시 후려치려고 하겠지만 아버지가 말하겠지. "에마, 리지에게 다정하게 대해줘야지." 그러면 우리는 포옹을 할 것이다.

*

내가 유럽 여행을 간 건 고작 이 년 전이었다. 내가 누렸던 자유. 내가 어떻게 행동할지 혹은 무슨 말을 할지 간섭할 에마가 없었기에 나는 내 삶을 살았다. 아버지의 고집으로 나는 평소에 말도 거의 나누지 않는, 핏줄과 결혼으로 맺어진 보든가의 사촌들과 동행했다. 그렇게 우리는 항해를 시작해 대양의 바람을 들이켜고, 파도에 요동치는 배에서 서 있는 법을 배웠다. 우리가 했던 그 모든 일들.

로마. 보스턴에서 제작한 구두가 모자이크처럼 짜맞춘 보도의 틈새에 끼는 바람에 발을 헛디뎌 바보처럼 보였다. 나는 송아지 가죽으로 만든 이탈리아산 새 구두를 사 신고 똑바로 걸었다. 눈썹을 치키지 않고 숙녀답게. 나는 속사포처럼 쏘아대는 이탈리아어를 귀에 가득 채운 채 걸었고, 그 노랫가락 같은 말 속으로 뛰어들어이 입에서 저 입으로 전해지고 싶었다.

모든 것이 폴리버가 얼마나 작은 도시인지, 내가 마침내 얼마나 큰 사람으로 변모하는 중인지 실감케 했다. 활짝 만개한 라벤더와 양탄자처럼 붉은 진달래로 뒤덮인 스페인 계단, 꼭대기까지 올라가는 남자들과 여자들, 태양의 입맞춤을 받은 얼굴과 입술, 오렌지와 푸성귀를 실은 작은 회색 나무 수레를 끄는 흰 염소와 검은 염소, 대리석 분수의 기단부에 서서 로마 특유의 진홍색 건물을 가리키며 속삭이는 나와 사촌들. "존 키츠가 저기에 살았어!" 나는 정말 교양인 아닌가?

저기, 빙 둘러앉아 진흙처럼 진한 커피를 마시는 토끼털 페도라를 쓴 남자들. 저기, 영성체 드레스를 입은 여자아이들. 저기, 책을 읽는 세 사람. 저기, 날개를 부르르 떨며 씨앗을 쪼는 비둘기들. 그중 한 마리를 집으로 데려오고 싶었는데. 저기, 저기, 저기. 무엇을 보든 나는 눈이 휘둥그레졌다. 내가 에마보다 세상에 대해 더 많이 알았고 그 사실에 흡족해졌다. 나는 언니가 자신만 배제되었다고 느끼지 않도록 연거푸 엽서를 보냈고, 내 사랑을 전했고, 나를 더욱 그리워할 이유를 만들어주었다.

파리에서는 내 마음대로 먹고 마셨다. 버터와 오리 기름, 간 기름, 트리플 크림 브리 치즈, 진한 체리레드색 와인, 배, 클레먼타인*과 라벤더 젤리, 크림케이크, 캐비어, 갈릭 버터에 구워 잣을 뿌린 달팽이 요리. 나는 프랑스인이 하는 대로 손가락을 쪽쪽 핥아먹고 남들이 보든 말든 무슨 생각을 하든 개의치 않았다. 아버지라면 그

---

* 지중해 지역에서 주로 재배하는 귤 품종.

런 행동을 질색하며 상스럽다고 하셨을 것이다. 나는 모든 것을 먹어치우고 아버지의 돈을 먹어치우고 어디를 가든 즐겼다. 강세가 있는 모음에서 혀를 마는 법을 배웠고 이 낯선 이와 저 낯선 이에게 말을 걸었다. 아무도 나를 몰랐고 내게 아무것도 기대하지 않았다. 영원히 그렇게 머무르고 싶었다.

나, 탐험가. 내가 한 산책. 어느 날 어떤 여자가 센강으로 뛰어들어 하얀 돌로 만든 아치형 다리 아래를, 생미셸 다리 아래를 한 마리 백조처럼 헤엄쳐 가는 모습을 보았다. 그녀가 만들어낸 한 편의 오페라 같은 갖가지 소리. 그녀는 미소를 지으며 둥둥 떠 있다가 사라졌다. 그 여자가 자기 인생의 주인이 되는 방식에 나는 박수와 환호를 보냈다. 에마가 그 모습을 볼 수 있었다면. 여자가 진정으로 마음을 먹으면 얼마나 멀리까지 나아갈 수 있는지를. 그래서 나도 마음을 먹었다.

*

치맛자락이 허벅지에 들러붙었다. 이런! 거머리 같기는. 나는 묵직한 천을 떼어내고 그 위에 남은 작은 핏자국들을 가리려 했다. 거실에서 보언 선생님이 식사실로 난 문을 열고 말했다. "시신을 덮을 시트가 필요해요." 그가 시신이라고 말하는 투에 이가 갈렸다. 나는 아버지가 괜찮으신지 확인하고 싶어서 앉은 채로 몸을 꼼지락거리며 거실 안을 슬쩍 들여다보려고 했다.

미시즈 처칠이 물었다. "브리짓, 시트가 어디에 있니?"

"손님방 벽장에 있어요. 제가 같이 갈게요."

"안쪽 계단을 통해서 가주세요." 경관이 말했다. "거실 근처로는 가지 마세요, 숙녀분들."

두 사람이 고개를 끄덕이고 식사실을 나갔다. 양탄자를 가로질러 안쪽 계단을 걸어올라가는 그들의 발소리가 박자에 맞춰 울리는 작은 북소리 같았다. 누군가 내게 물 한 잔을 건넸다. 나는 마셨다. 벽난로 선반 위 시계가 재깍거렸다. 다시 마셨다. 보언 선생님이 손을 내 이마에 대고 기분이 어떻냐고 물었다. 내가 막 대답하려는 찰나 위층에서 두 사람의 비명소리가 길게 이어졌다. "대체 무슨 일이지?" 보언 선생님이 말했다.

또다시 두 사람의 긴 비명. "여기요! 여기 누가 좀 도와주세요!" 브리짓이 소리쳤다. 비명, 비명.

2

에마
1892년 8월 4일

나는 헬렌의 집 유리창에 이마를 대고 아침햇살을 느꼈다. 어머니의 손길처럼 따사로운 햇살. 햇살에 피부가 따끔거렸다. 어머니 없이 그 오랜 세월을 보냈건만 그 햇살에 어머니가 떠올랐다. 어머니는 내 방으로 들어와 커튼을 걷어주시곤 했다. 어머니가 더 계셔주시기를, 차라리 내가 어머니가 되어 그녀를 영원히 독차지할 수 있기를 원했다. 하지만 아기 앨리스가 다른 방에서 울음을 터트리면 어머니는 나를 두고 나갔다. 나를 홀로 둔 채. 그로부터 몇 년 후 아기 리지가 울음을 터트릴 즈음 나는 영원한 것은 없다는 사실을 깨닫기 시작했다.

아침햇살. 새 한 마리가 창을 지나갔고 나는 어머니에 대한 생각을 밀어냈다.

헬렌의 집은 모든 것이 고요했다. 시계도 없고, 마룻바닥을 걷는 발소리도 없고, 언성을 높이는 목소리도 없고, 쾅 닫히는 문도 없고, 아버지도 없고, 애비도 없고, 여동생도 없다. 내 볼이 뜨거운 공기를 담은 풍선만큼 부풀어올랐다. 나는 두 주 동안 여동생과 떨어져 지냈고 누군가의 요구와 감정, 마음에 대해 생각하지 않아도 되었다. 이 집에서 내 마음은 온전히 내 것이었다.

나는 창유리에 이마를 더 세게 누른 채 이곳 페어헤이븐에서의 체류가 끝나면 어떻게 도망을 쳐서 저멀리 푸른 돌이 깔린 이국의 거리를 여행하고, 연습장에 그곳을 스케치하고, 파스텔색의 왁스 크레용으로 손가락을 물들일지 궁리했다. 그런 후 깊은 바다에 손을 씻고 혹시라도 가끔 가족이 떠오르면 간단하게 한마디가 담긴 엽서를 보낼 것이다. '계속 모험중'이라고. 리지가 혼자 유럽 여행을 떠났을 때 가보지 않았던 곳에서 엽서를 보낸다는 규칙을 정해놓고, 그동안 나는 리지의 행동을 단속하기 위해 엄청난 희생을 했고 그 보답을 받을 자격이 있다는 사실을 아버지에게 일깨워드릴 것이다.

그리고 마침내 돌아가 미국 땅을 밟으면 세컨드 스트리트에서 나와 수도승처럼 조용히 살 것이다. 마리아 아 베켓*처럼 나의 〈북극광〉을 그리며 살리라. 그곳에는 더이상 리지도, 아버지도, 애비도 없을 것이다. 마침내, 마흔두 살이 되어서야, 더이상의 가식이 없을 것이다.

해가 자리를 바꾸었고 나는 어깨를 활짝 폈다. 자라는 내 몸. 아래층 부엌에서 헬렌이 무쇠 주전자를 스토브에 쾅 내려놓는 바람에 나는 떨 듯이 놀랐다.

---

* 허드슨강 화파에 속하며 풍경화로 유명한 미국 화가.

헬렌이 소리쳐 불렀다. "에마, 차 마실래?" 그녀의 말소리는 흡사 노랫소리 같았다.

미소가 나왔다. "그래, 차는 언제나 환영이지."

두 집의 차이.

내가 장장 16마일을 여행해 페어헤이븐에 있는 헬렌의 집으로 오기 전, 리지는 세컨드 스트리트에 계속 있으라고, 자신을 떠나지 말라고 애원했다.

"싫어." 내가 말했다. 내가 꿈꾸는 모든 것이 바로 그 짧은 한마디에 함축되었다. 나는 아버지에 대한 은밀한 반항으로 개인 미술 교습을 받을 작정이었다.

리지가 유리알 같은 눈으로 나를 바라보았다. "이렇게 가버리면 언니는 엄청난 실수를 하는 거야." 기관차 리지는 내가 죄의식을 느끼도록 몰아붙였다. 나는 손을 들어 동생을 때리려다 그냥 소리 지르는 그녀를 뒤로한 채 방을 나왔다. 리지를 무시했고 울부짖도록 내버려두었다.

이틀 후 나는 페어헤이븐에 도착했고 리지가 편지를 보내기 시작했다.

음, 나는 요즘 그리 즐겁지 않아. 그것만큼은 확실히 말할 수 있어, 에마. 내가 식탁에서 무슨 이야기를 들었는지 믿지 못할 거야. 아버지는 정말 지겨운 사람이야. 혹시 아버지가 '오늘'이라고 말할 때 입술을 얼마나 꾹 다무는지 알고 있었어?

나는 몰랐다. 처음에는 리지의 편지가 웃겼다. 저녁을 먹으며 그 편지들을 헬렌에게 읽어주었고 우리는 박장대소했다. 얼마 후 리지가 애비에 대해 쓰기 시작했다.

미시즈 보든이 멍청한 자기 언니에게 아버지가 돌아가시면 전 재산이 자기 것이 되고 아버지가 우리에게는 아무것도 남기지 않을 거라 얼마나 '든든한지' 모르겠다는 이야기를 하는 걸 우연히 들었어. 에마! 그 여자는 불한당 같은 거짓말쟁이야. 간도 크지 않아? 우리가 이 문제를 어떻게 해결해야 할까?

머릿속에서 그들의 목소리가 들리는 듯했다. 해묵은 두통. 그들이 질러대는 소리가 응접실을 가로질러, 부엌을 가로질러, 앞쪽 계단을 타고 올라와 침실 벽을 뚫고 들려오는 것 같았다. 16마일을 떠나 있어도 나는 여전히 집에 있었다. 나는 작은 조각이 되도록 리지를 여러 번 접었다.
하지만 편지는 멈추지 않았다.

다시 이상한 꿈을 꾸기 시작했어, 에마. 그런 일이 정말 일어난 것처럼 느껴져. 언니가 어서 집으로 와야 해.

귀가. 리지가 제 방에서 눈처럼 하얀 시트를 깔아놓은 침대에 누워 포크처럼 기다란 손가락으로 타조 깃털을 비틀어대고, 깃털이 푹 익은 과일처럼 침대 머리판에 걸려 있는 모습이 떠올랐다. 리지는 혀를 차며 볼을 홀쭉하게 빨아들일 것이다. 늘 그러듯이. 나는 주먹을 꽉 쥐었고 내 허벅지를, 그 해묵은 좌절감을, 얼룩덜룩하게 멍든 피부를 치고 싶었다. 그러나 대신 그 편지들을 태웠다.

가족으로부터 벗어난 삶에 적응하는 데는 시간이 걸렸다. 처음 며칠 동안 나는 어깨 너머를 힐끔거리며 헬렌과 팔꿈치가 부딪히거나 동시에 말을 할 때마다 그녀와 맞설 준비를 했다. 헬렌의 집에 머무르는 시간은 해방의 시간이었다. 나는 집안을 느릿느릿 돌아다니는 애비의 어색함, 관절염으로 굽어버린 아버지의 왼 손가락, 집 앞을 쉴새없이 지나는 쿵쿵거리는 발소리, 매일 아침 환기하기 전 집안에 갇혀 있던 썩은 내 나는 숨냄새, 밤새 들리는 리지의 한숨소리를 잊었다.

가족이 없는 삶을 받아들이는 과정에 익숙해지기 위해 시내로 나가 꾀죄죄한 고양이와 레스토랑의 테이블에 놓인 꽃 장식, 어머니들과 그 아이들, 그런 유쾌한 모습을 스케치했다. 손가락이 손가락을 감싸며 얽히듯이, 나는 낯선 사람들 사이에 몸을 묻었다. 헬렌의 집으로 돌아가는 길에 간간이 발걸음을 멈추고 보라색과 노란색 야생화를 꺾었다. 꽃의 향기. 꽃잎에 밴 오후 햇살의 냄새, 줄기끼리 비비적대는 키 큰 풀 냄새, 마른 흙 냄새. 내 머리에 떠오른 것들.

1. 라즈베리 젤리를 만들 때 사과주스를 사용한다면 설탕은 넣는 듯 마는 듯 해야 한다.
2. 침대에 누운 어머니에게로 몸을 기울이기. "리지를 항상 잘 보살필게요, 약속해요." 어머니의 갈라진 입술에 입맞추기.
3. 처음으로 아기 앨리스를 안아보라며 내게 건네주는 어머니. "아기에게서 끈적끈적한 똥냄새가 나요." 얼마 후 앨리스가

발작으로 숨을 거둔 뒤 어머니가 마지막으로 안아보라며 건
넸을 때는 아무런 냄새도 나지 않았다.

4. 리지를 지켜보라는 말을 듣지 않고 내 방에 들어가 문을 꼭
닫고 손목이 시큰거릴 때까지 도형을 그렸던 때. 리지는 앞쪽
계단의 난간을 타고 내려가다 떨어져 팔이 부러졌다. 아버지
가 내 연필을 몽땅 부러뜨렸다.

5. 언젠가 애슈몰리언박물관*에 가서 알록달록하게 채색된 야곱
의 옷**을 볼 것이다.

6. 어머니 대신 아버지가 돌아가셨으면 좋았을 텐데.

7. 애비의 다리에 매달리는 리지. 리지는 어떻게 그렇게 쉽게 그
녀를 사랑할 수 있었을까?

8. 몸은 자신의 역사를 얼마나 빨리 잊을까?

태양이 내 손가락 위에 앉았다. 아버지가 우는 모습을 마지막으
로 보았던 때가 떠올랐다. 어머니가 돌아가셨다. 아버지는 어머니
의 시신에서 잊힌 모든 곳, 그러니까 발목 안쪽, 눈썹 아랫부분, 손
가락 사이의 움푹한 곳을 입맞춤으로 덮었다. 그 모습을 지켜보려
니 무서웠다.

---

* 옥스퍼드대학교에 부속된 미술 및 고고학 박물관.
** 성경에서 야곱이 아들인 요셉에게 준 옷.

*

    시내에서 돌아온 어느 오후, 나는 헬렌의 집 현관문을 열고 거실로 곧장 들어가 화병에 꽃을 꽂았다. 헬렌이 내 뒤로 다가오더니 말했다. "찾아올 손님이 있었어?"

    "아니." 제발 리지가 왔었다는 말은 말아줘.

    "어떤 남자가 널 찾아왔었어. 외삼촌이라고 하던데."

    내 턱에 힘이 들어갔다. "혹시 앞니가 살짝 큰 사람이었어?"

    헬렌이 고개를 끄덕였다. "그래, 그랬어. 네가 제일 좋아하는 외삼촌이야?" 헬렌이 미소를 지었다.

    "아니. 그분은 존이야. 돌아가신 어머니의 남동생. 대체 무슨 일로 여기까지 나를 찾아오셨을까?" 나는 목의 피부를 꼬집듯 잡아당겼다. 내가 여기 있다는 걸 어떻게 알았을까? 리지? 나를 집으로 돌아오게 하려고 리지가 외삼촌을 보낸 건 아니겠지? 내가 그의 말을 들을 리 없다는 것도, 그가 오는 걸 싫어한다는 것도 리지는 알았다. 무엇보다 나는 존이 아버지에게 원하는 것이 있는 것처럼 말하는 태도가 싫었다. 리지가 그에게 아양을 떨다가 용돈을 요구하고 기어이 받아내는 것도 싫었다. 항상 뭔가 꿍꿍이가 있는 듯한 그의 태도가 싫었다. 항상 내게 어머니를 닮았다고 말해 그리움을 자극하는 것도 싫었다.

    "혹시 또 오겠다고 했어?"

    "미처 물어볼 경황이 없었어. 화가 나 보였던데다 코앞에서 우리집 문을 부서져라 쾅 닫고는 가버리셨거든. 너와 꼭 이야기하고 싶어하셨어."

나는 고개를 가로저었다. "외삼촌이 그러셨다니 미안해." 언제나 가족을 대신해 사과하기.

"알지? 너는 여기 있고 싶은 만큼 있어도 돼." 헬렌이 다가와 내 손을 잡았다. 이 따스함. 좋은 친구 헬렌. 나는 잡은 손에 힘을 주었다. 집으로 돌아가지 않아도 될 가능성. 나는 그것을 잡을 것이다. 새 삶이 내게 어떤 의미인지 그 누가 알까.

"네게 부담이 되지 않을까?" 내가 물었다.

헬렌이 잡지 않은 손을 나를 향해 내저었다. "바보 같은 소리 마. 리지가 이 집으로 살러 오지 않는 한 여기서 백 년을 살아도 돼."

나의 한 세기. 마침내 내가 원하는 것을 할 수 있는 시간. 내가 이곳에 더 머무를 것이라는 소식을 리지에게 당장 알리고 싶었다.

리지에게 편지를 썼다. 그리고 우체국까지 멀리 돌아가는 길을 택했다. 포장된 도로가 흙길이 되고 주택지가 끝나고 들판이 나올 때까지 걸었다. 나는 야생화와 잎사귀를 입술에 댔다 떼어낸 뒤 자연의 구조를 꼼꼼히 살폈다. 재탄생. 나무들이 지저귀는 새소리로 나를 반기며 계속 걸어가라고, 뒤돌아보지 말라고 격려해주었다. 경직된 발목의 긴장이 풀렸다. 풀밭을 비추는 햇빛에 그 아래 흙이 따뜻하게 데워졌다. 나는 그곳에 앉아 녹색과 노란색 풀잎을 손가락으로 훑었다.

*

나는 유리창에서 물러나 느긋하게 옷을 갈아입은 뒤 손으로 몸을 문지르며 근육을 풀었다. 마치 세컨드 스트리트의 집에 홀로 있는 것 같은, 이십여 년 전의 아침을 다시 반복하는 것 같은 느낌이 들었다. 아버지는 볼일을 보러 나가시고, 애비는 리지에게 아이스크림소다를 먹으러 가자며 수다를 떨던 날 같았다. 애비는 내게 같이 가겠느냐고 물었다.

"아뇨." 내 태도는 퉁명스러웠고 나는 따로 계획이 있었다.

"언니는 너무 버릇이 없어! 어머니에게 그런 식으로 말하면 안 돼." 리지가 잉크가 얼룩덜룩 묻은 손가락을 흔들며 말했다.

"다시 말할게. 고맙지만 괜찮아요." 그리고 나는 집에 홀로 남았다. 나는 잠시 기다렸다 비명을 질렀고, 식사실 그릇장 안의 유리잔에서 쨍그랑 소리가 날 때까지 내 목소리와 몸으로 집안을 가득 채웠다. 아버지는 이렇게 유치하게 분통을 터트리는 행동을 몹시 싫어했을 것이다. 하지만 나잇값을 하라고 잔소리할 사람이 아무도 없었고 나는 내키는 대로 행동했다. 거실에 서서 집의 소리에, 집이 바람에 살짝 흔들려 사방 벽이 구구구 하고 울리는 소리에 귀를 기울였다. 이 집은 내가 거인의 뱃속에, 피라미드 속에, 바다처럼 깊은 우물에 있는 것처럼 느끼게 했다. 마치 내가 집어삼켜지기라도 한 것처럼. 나는 미소를 지었다. 이런 것을 원하다니.

나는 집이 내 소유라도 되는 듯 돌아다녔다. 일단 내 방으로 가서 좁아터진 리지의 방으로 통하는 문간에 섰다. 인생이 공평했다면 나는 리지가 손님방을 쓰게 하고 그 작은 공간을 내 작업실로 꾸몄을 것이다. 리지가 아버지에게 쪼르르 달려가 내가 한 말이나 행동을 떠벌릴까봐 걱정할 필요도 없었을 것이다. 아버지는 자매가 한집에서 부대끼며 살 때 일어나는 문제를 조금도 이해하지 못했다.

"이건 방안의 방이야. 네가 항상 동생 곁에 있는 느낌이 들지 않겠니?" 아버지, 그리고 턱까지 내려오는 희끗한 아버지의 머리. 어떻게든 도움을 주려고 애쓸 때 그 머리칼이 흔들리던 모습.

"저곳은 원래 벽장이라고요!"

"방은 방이야."

"게다가 그애는 잠꼬대를 해요. 신경쓰인다고요."

아버지는 손가락으로 우두둑 소리를 냈고 그 소리에 고막이 찌릿했다. "저기에 문이 있잖아. 문을 닫으면 너는 독립된 공간에 있을 수 있어."

스물한 살이 되어서도 나는 여전히 내 방을 공상 속에서나 꾸밀 수 있었다. 짙은 색 나무 책상 위에는 지구본 하나와 내가 어머니의 무릎에 앉아 있는 사진, (숙모의 여행가방에서 찾은) 파리 오페라하우스 엽서 한 장, 목탄 한 세트가 놓여 있었다. 책장에는 백과사전과 악보 모음집, 외삼촌이 준 가죽 장정의 작은 성경 한 권이 꽂혀 있었다. 어머니가 돌아가시자 외삼촌은 내가 그 성경을 읽으며 신으로 향한 길을 찾기를, 평화와 수용하는 마음을 얻기를 바랐다. 나는 현실을 인정하고 싶지 않았다. 한동안 리지를 탓했다. 리지가 더 사랑스러운 아이였다면 어머니가 우리 곁에 더 머무를 이유를 찾으셨을 거라고. 성경에 차곡차곡 쌓인 먼지.

고요하고 혼자뿐인 그 집에서 나는 치맛자락을 발목 위로 들어올려 스타킹을 벗고는 내 피부가 얼마나 창백한지 확인하고 충격을 받았다. 다음으로 치마를 벗었다. 얼마나 움직임이 자유롭던지. 나는 거실로 가 아버지의 소파에 앉았다. 등받이에 머리를 기대고 남자처럼 다리를 쩍 벌렸다. 나는 아버지의 공간을 침범했다. 내가 가정을 이끌어나가는 책임자가 되면 어떻게 할지 생각했다. 그게 내 미래라면 그 미래가 몹시 기대되었다. 미소를 지었다.

작은 비둘기 한 마리가 닫힌 창문을 향해 날아왔고 부리가 유리를 두드리기도 전에 가슴뼈가 창문을 강타했다. 나는 다리를 얼른 모으고 허리를 똑바로 편 뒤 놀란 가슴을 진정시켰다. 반쯤 벗은 몸을 내려다보았다. 수치심을 느껴야 하나? 나 자신이 되었던 날은 그렇게 끝났다.

*

헬렌이 다시 나를 불렀다. "에마, 차 준비됐어."

나는 부엌으로 내려갔다. 헬렌은 바나나 팬케이크를 만들고 식탁 위에 사과 마멀레이드 한 단지를 올려두었다. "잠은 잘 잤어?" 그녀가 물었다.

"실은 교습을 받을 생각에 좀 과하게 흥분했는지 잠을 푹 자지 못했어."

"네 나이가 열 살이 아닌 건 확실하지?" 헬렌이 차를 따르고, 우유를 따르고, 크림을 듬뿍 넣고, 눈가로 흘러내린 갈색 머리 가닥을 후 불었다.

"하나도 안 귀여워, 헬렌." 웃음.

우리는 팬케이크에 버터를 발랐다. 헬렌이 나를 보며 물었다. "괜찮니? 두드러기 같은 게 올라온 듯한데."

"괜찮아." 하지만 나는 이 느낌을 알았다. 또 시작되고 있었다. 몇 해 전 나는 애비가 보언 선생님에게 열감과 분노가 화산처럼 불쑥 치솟는 증상을 털어놓는 걸 들었다. 그는 아무 말도 하지 않았고 애비는 변덕스러운 기분과 울어서 퉁퉁 부은 눈을 끌어안고 계속 살았다. 얼마 후 나도 마치 기묘한 유전적 재능처럼 그 기분을 느끼게 되었다. 원하든 아니든 이 기분은 여자에게서 여자에게로 전염되는 것이었다. 초경을 했을 때와 똑같았다. 오랫동안 내게 흠이 있다고, 몸속이 고장났다고 생각했다. 나는 초경이 늦었다. 열일곱 살이었다. 함께 어울렸던 친구 가운데 나를 제외한 모두가 여자 대우를 받았다. 친구들은 나를 놀렸지만 애비는 그 문제에 있어서 내게 상냥했다. "나도 늦었어. 일단 우리에게 그게 찾아오면 오랫동안 떠나지 않는단다." 그녀와 내가 같은 씨앗에서 태어났다는 듯 '우리'를 힘주어 말하던 모습.

"좋은 쪽만 봐." 애비는 내 어깨를 어루만지며 말했다. "너도 이제 엄마가 될 수 있잖니." 나는 아기를 키우는 일에 대해, 아기를 기다리는 마음에 대해 생각해보았다. 예전에 아기 앨리스가 죽었을 때 나는 어리석게도 신에게 앨리스가 내게 되돌아오기를, 내 몸안에서 되살아나기를 기도했다. 모든 어머니가 하는 대로 내가 비명을 지르는 피부를 밀어내면 우리는 자매의 인연이 끊어졌던 곳에서 다시 시작해 영원히 행복하게 살 터였다. 그러면 리지도 함께할 것이다. 내 딸이 앨리스를 닮지 않고 대신 리지를 닮으면 실망스러울까? 한 부분은 사랑, 한 부분은 총명함, 한 부분은 미스터리?

"그게 그렇게 좋은 일이면 왜 아이를 갖지 않으셨어요?" 그런 식으로 말할 생각은 아니었다. 매정하게 말이다.

애비가 어깨를 으쓱했다. "슬프게도 인생은 가끔 그렇게 굴러가. 원할 때 원하는 걸 모두 얻을 수 있는 건 아니야. 언젠가는 너

도 알게 될 거야." 이 말의 어떤 부분은 그 즉시 진실이라고 느껴졌
고, 그래서 그녀가 미웠다.

*

길에서 수레가 굴러가는 소리, 제재소에서 중경재를 연삭숫돌로
다듬는 소리가 들려왔다. 헬렌이 하품을 했고 그 모습에 나도 하품
이 나왔다. 아무것도 하지 않아도 피곤할 수 있다니 우스웠다. "하
루를 제대로 시작해야겠어." 헬렌이 말했다.

"아니면 말거나. 너는 좀 쉬어야 해." 내가 말하고도 깜짝 놀랐
다. 리지처럼 말했기 때문이었다.

"이 빵을 다 굽지 않으면 토요일에 여성금주동맹에서 팔 게 아
무것도 없는걸."

"그래서 하녀가 필요한 거야. 리지는 항상 브리짓을 시켜서 지
부에 낼 빵을 구워."

"그럴 줄 알았어." 헬렌이 말했다.

"그렇긴 한데, 브리짓의 소다브레드가 돈을 많이 거둬들여."

우리는 차를 홀짝거렸다. 잠시 후 헬렌이 말했다. "너도 고대했
던 오후 일정을 위해 준비를 하는 게 좋을 것 같은데."

나는 가슴에 걸고 있는 작은 금시계를 보았다. 열시. 하루가 슬
금슬금 새어나가고 있었다. 내가 시계를 툭 놓자 진자처럼 흔들렸
다. "밖으로 나가야겠어. 이 하루가 내게 영감을 줄 거야."

헬렌이 손뼉을 쳤다. "잘 생각했어."

나는 연습장과 연필을 꺼내들고 헬렌의 집 뒤에 있는 공터로 나

갔다. 햇살이 곧장 쏟아지는 자리에 앉았다. 나를 에워싼 만물이 반짝거렸고, 잠시 동안 어떻게 리지가 그토록 신을 굳건하게 믿을 수 있는지 이해가 되었다. 나무에 달린 잎사귀, 느리게 흔들리는 나뭇가지, 바람에 출렁이는 밀싹, 만들어졌다 이내 지워지는 패턴. 그런 것을 스케치했다. 아직 학생이었을 때 나는 아버지에게 드리려고 그림을 그리곤 했다. 제일 잘 그린 그림—〈말이 있는 풍경〉—을 아버지에게 선물했다. 아직 침실에 계신 아버지에게 가서 과감하게 들어가게 해달라고 했다. 잠깐이라도 아버지와 단둘이 있고 싶었고 칭찬을 기대했다. '에마, 정말 잘 그렸구나.'

그리고 아버지는 내 이마에 입을 맞춰줄 것이었다.

그런데 그림을 드리자 아버지는 딱 이 말만 했다. "아." 아버지는 헛기침을 했다. 그리고 그림을 바닥에 내려놓았다. "가서 네 동생이 뭘 하고 있는지 확인해봐."

나는 밖으로 나와 문을 닫았다. 손가락이 바람 빠진 작은 공처럼 오그라들었다.

*

어느새 나는 근처 시냇가에서 놀고 있는 어린아이를 그리고 있었다. 리지의 예전 모습처럼 아이를 포동포동하게 그렸다. 머리를 크게 그리고, 고불거리는 숱 많은 머리카락을 덧붙이고, 나비 날개 같은 입술에 포동포동한 두 볼을 더했다. 천사 같은 존재.

리지가 집을 떠나 있을 때 몇 차례 결핍을 곱씹었던 적이 있었다. 언제나 찾아오는 양가감정. 안도감과 고독감. 서로의 부재가 가장 길었던 때는 리지가 유럽으로 그랜드 투어를 떠났던 때였다. 고작 서른에 세계를 둘러보러. 나는 부당함을 부르짖었다. 맏이인 나는 몇 번이나 그런 기회를 거부당했다. 집에서 책임져야 할 훨씬 더 큰일이 있다고, 폴리버에서 가장 부유한 축에 드는 우리집이 형편이 안 돼서 나를 보내줄 수 없다고 했다. 아버지가 나를 유럽에 보내지 않은 진짜 이유는, 내가 한번 나가면 다시는 돌아오지 않을 테고 리지도 집을 나가도록 부추길 것임을 알아서였을 거라고 나는 의심했다. 내가 집에 속박되지 않으면 '보든'에도 속박되지 않으리라고 말이다. 그리고 아버지의 짐작은 들어맞았을 것이다.

저녁식사 자리에서 리지가 아버지에게 사촌들과 유럽 여행을 떠나도 되는지 묻자 아버지가 대답했다. "그럼, 되고말고." 아버지는 거의 기뻐하는 표정이었다.

리지는 그런 계획에 대해 내게 일언반구도 없었다. 저 교활한 것.

애비가 냅킨으로 입가를 닦고 미소를 지으며 잿빛을 띤 이를 드러냈다. "이번 여행이 너에게 얼마나 큰 의미인지 우리도 잘 안단다, 리지. 멋진 시간을 보내게 될 거야."

리지가 승리감에 차 활짝 미소를 지었다. "에마, 정말 생각지도 못한 환상적인 일 아냐?"

나는 불같이 화가 났고 입맛이 뚝 떨어졌다. "픽이나."

아버지가 손가락으로 나를 가리켰다. "동생 일에 기뻐해줘야지."

나는 목에 맨 리본을 느슨하게 풀었다. "먼저 나가봐도 될까요?" 나는 식탁에서 물러나 세 사람을 뒤로한 채 뒷마당으로 나가 마음을 가라앉히려 애썼다. 리지는 언제부터 이 계획을 꾸민 걸까? 고함을 지르고 싶었지만, 그러지 않을 정도의 분별력은 있었다. 나는 귀뚜라미 소리에 에워싸인 채 멍하니 있었다. 잠시 후 아버지가 밖으로 나와 리지를 보내주는 이유를 간단히 설명했다. "이번만큼은 너보다 리지의 마음을 먼저 생각해주거라. 네가 언니 아니냐. 그애가 세상을 둘러보고 여자가 되도록 해주자."

말대답을 하지 않으려고 안간힘을 써야 했다.

여행을 떠나기 몇 달 전부터 리지는 자신의 작은 방에서 수선을 피우며 며칠 동안 여행가방을 쌌다 풀었다 했다. "뭘 가져가야 할지 못 정하겠어." 리지에게는 실용성이라는 개념이 없었다. 나는 뭘 챙겨가야 할지 알았다. 드레스 몇 벌, 연습장과 연필 몇 자루, 책 한 권, 어머니의 모피 코트. 나는 애비를 떠나서, 리지를 떠나서 보낼 시간에 대해 생각했다. 내겐 꿈도 꾸지 못할 일. 그렇다면 리지의 여행에도 장점은 있을 것이었다.

출발일이 다가오자 리지는 아버지 옆에 딱 달라붙어 소곤거리고 아버지를 따라 교회에 나갔다. 아버지의 어린 딸이 되돌아왔다. 종종 리지가 애비에게 하는 말을 우연히 들었다. "벌써부터 미시즈 보든이 보고 싶어요." 애비와 공유하는 척했던 그 모든 사랑.

나중에 리지는 내게 말할 것이다. "나는 저 여자가 미워, 에마. 아버지도 똑같이 나빠."

그리고 리지는 떠났다. 출발 당일 하얀 마차 한 대가 집 앞에 섰다. 마차를 끄는 하얀 말의 굴레는 주홍색 꽃 장식과 리본으로 꾸며져 있었다. "언니, 저거 마음에 들어?" 리지가 현관으로 나가기 전에 내게 물었다. "내가 저 말을 상식하라고 했어. 확실히 분위기가 더 살지 않아?"

거리의 주민 반이 리지를 배웅하러 나왔고 리지는 그들에게 손을 흔들었다. "내가 없는 동안 폴리버가 너무 많이 바뀌지 않게 해 주셔야 돼요." 몇 사람은 웃음을 터트렸고 몇 사람은 눈을 흘겼다. 미시즈 처칠이 리지에게 여행길에 먹으라며 체리 파이 한 조각을 주었다. "고향의 맛을 잊으면 안 돼." 리지는 부인의 양볼에 입을 맞추고, 파이를 킁킁거리고 핥아본 후 마차 좌석에 내려놓았다. 나는 거리가 입을 벌려 모든 것을 삼켜버리기를 바랐다.

마부가 리지의 짐을 마차에 싣자 리지가 다가와 나를 꼭 안으며 속삭였다. "언니가 보고 싶을 거야, 엠 엠."

어린 시절의 별명. 더이상 그애를 매몰차게 대할 수 없었다. "나도, 스위지."

리지가 내 입에 입을 맞추었다. 그 순간 우리는 돈독한 자매였다. 마부가 말했다. "이제 가야 합니다." 우리는 떨어졌다. 리지는 마지막으로 아버지와 애비에게 작별인사를 건넸고 우리가 미처 알아차리기도 전에 말은 이미 세컨드 스트리트를 또각또각 걸어가기 시작했다. 그러자 마을 사람들도 각자의 삶으로 돌아갔다.

집안이 고요했다. 이따금 나는 리지와 내 방을 구분하는 방문을 열고 한가운데에 서 있곤 했다. 혼자 무엇을 하면 좋을지 몰라 양팔을 머리 위로 쭉 뻗었다. 문득 그 감정, 행복감과 상실감이 결합된 감정을 느꼈다. 팔이나 다리 하나를 잃은 것 같은 기분이었다.

나는 아버지와 애비의 존재에, 말년에 접어든 두 사람의 육신에, 두 사람이 음식을 후루룩거리며 먹는 버릇에, 아버지가 코를 골다가 숨을 멈추는 것에, 볼의 보조개가 초승달처럼 보일 만큼 과하게 둥그런 애비의 얼굴에 점점 익숙해졌다. 두 사람은 언제나 그곳에 있었다.

때때로 리지는 내게 엽서를 보냈다. "로마를 가로지르는 짧은 산책" "끝없는 스페인 계단" "음식, 에마! 환상적인 음식". 나는 리지의 단어들을 삼켰다. 그중 일부는 내 것이어야 했다. 나는 폴리버를 셀 수 없을 만큼 산책하며 그런 생각을 마음에서 쫓아보려 했다. 하지만 리지 없이 여름의 열기를 온전히 내 등에 받아내기는 버거웠다.

나는 걸었다. 방적공장 인부들의 고함소리가 돌바닥을 쿵쿵 울렸다. 아침마다 공장의 증기가 여름 안개에 싸인 폴리버를 뒤덮었고, 화학약품 냄새가 진동해 시내로 나갈 때마다 나는 콜록거리며 기침을 했다. 가끔 폴리버가 프랑스 코트다쥐르라고 상상했다. 바다가 보이기 때문에 가능한 잔재주였다. 시내는 언제나 똑같았다. 가정집의 베란다와 가게 앞에 매달아놓은 새장 속에서 노래하고 구구거리는 새들, 사람을 태우고 오가는 말과 수레, 볼이 불룩하게 사탕을 물고 폴짝거리며 연석을 뛰어넘는 아이들. 오른손의 여섯번째 손가락을 숨기려 애쓰며 상인들에게 손을 흔드는 웨스턴 유니언 전신국 직원 미스터 포터. 가장 더운 날이면 경찰서 유치장의 바깥문을 열어놓아서, 철창에 갇힌 주정뱅이들의 비명과 욕설이 거리까지 쏟아져나왔다. 한번은 어떤 죄수가 바지를 내리고 성기를 손으로 빙빙 돌린 후 다리 사이로 뜨끈한 오줌 줄기를 흘리는 모습을 본 적도 있다. "이봐, 예쁜이." 그가 내게 소리쳤다. "오, 사랑. 얼마나 달콤한지."

산책이 끝날 즈음이면 나는 사탕가게 앞에 서서 올이 성긴 노란색 커튼을 바라보며 리지와 함께 그곳에서 보낸 시간을 떠올렸다. 나는 가게문이 열리기를 기다렸다가 설탕냄새를 들이마셨다. 그러고는 그곳을 떠났다.

마침내 리지가 여행에서 돌아왔을 때 나는 입을 맞추며 반겼다. 리지는 우리가 방을 바꿔야 한다고 주장했다.

"이제 언니가 그 방을 내게 양보할 때가 되었어." 리지는 한 단어 한 단어를 씹듯이 내뱉었다. 동물의 뼈를 뱉어내는 용처럼. 그애는 내게 안부도, 그동안 어떻게 지냈는지도 묻지 않았다.

"나는 그렇게 생각하지 않아." 내가 리지에게 말했다.

리지는 바짝 다가와 내 양볼을 쥐었다. "아버지에게 언니의 중요한 비밀을 말해버릴 거야." 리지가 속삭였다. 새뮤얼. 나는 그애의 손을 떼어내 꼭 쥐었고 리지의 푸른 눈이 하늘처럼 커졌다. 나는 뼈를 부러뜨리고 싶었다. 하지만 대신 리지가 내 방을 차지했고 나는 그동안 동생을 그토록 그리워했다는 사실에 수치심을 느꼈다.

*

"아, 맙소사. 에마!" 헬렌이 외치는 소리가 울타리를 친 들판을 가득 채웠다.

나는 얼른 자세를 바로 했다. 뒤에서 작은 천둥이 치듯 쿵쿵거리며 단단한 땅을 가로지르는 발소리가 들렸다. 다시 내 이름. 나는 소리가 나는 쪽으로 끌려가듯 몸을 돌렸다.

"왜 그래?"

"끔찍한 소식이야." 헬렌이 물러섰다. 문득 중력이 사라진 것처럼 이미지들이 스르르 나타났다. 불타는 집, 훼손된 어머니의 무덤, 리지를 때리는 아버지, 하녀 일을 내팽개친 브리짓. 애비와 단둘이 남겨질 거라는 생각.

"끔찍한 사고가 일어났어." 헬렌, 떨림.

내 배의 밑바닥이 꽉 그러쥔 주먹처럼 조여들었다. 리지. 내 동생 리지에게 무슨 일이 일어났나? 우리의 어머니가 보고 싶었다.

헬렌이 전보를 내밀었다. 마음은 그 자리에 계속 서 있고 싶은데 두 다리가 집으로 나를 이끌었다. 어찌저찌 짐을 다 꾸렸다. 잠시 후 나는 마차를 타고 기차역으로, 집으로 가는 길에 올랐다. 길을 따라. 길을 따라 멀리멀리. 입술이 바짝 마르고 목구멍이 죄어왔다. 길을 가면 갈수록 양손이 떨렸다. 말발굽이 심벌즈 같았다. 길을 따라. 길을 따라. 마침내 기차역에 도착했다.

기차의 가죽 좌석에 앉았지만 편하지 않았다. 몸이 자꾸 움찔거렸다. 근육 속에 잠재된 기억. "어머니의 상태가 좋지 않아." 아버지에게 이 말을 들었을 때 나는 고작 열 살이었다. "앞으로 네가 어머니를 도와 집안일을 해야 해." 몇 주 동안 아버지는 내 시선을 피했다. 나는 곧 닥칠 일에 대한 아버지의 슬픔을 나에 대한 실망과 분노로 착각했다. 아버지의 곁에서 떨어져 어린 리지를 씻기고 잠자리에서 이야기를 읽어주며 최선을 다하려 애썼다. 이따금 어머니의 침상에 앉아 그날의 뉴스를 읽어드리기도 했다. 결혼, 출산, 중요한 사업, 도시 정책 등. 부고는 절대 입에 담지 않았다. "더이상 아무도 죽지 않는 거니, 에마?" 어머니가 웃었다. 물론 그때도, 그전에도 사람들은 죽었다. 어머니도 그렇게 될 터였다. 리지는 그저 어머니의 손을 잡아 입에 넣고 싶어했다. 나는 동생의 세상이 어떻게 계속 돌아가는지 이해하지 못했다. "축축한 뽀뽀가 아주 많아." 리지가 내게 말하더니 소리쳤다. "엄마, 일어나세요! 내가 엄마를 먹을 거예요."

　폴리버로 돌아가는 기차에서 나는 기침하는 아이와 수선을 피우는 어머니를 지켜보았다. 선로를 따라 더 멀리. 선로를 따라 더 멀리. 끔찍한 사고. 두 달 전 새벽녘 리지가 내 침대로 들어와 이렇게 속삭였던 때가 떠올랐다. "나는 아버지를 고통스럽게 하고 싶어……" 그애가 웃음을 터트리던 모습. "아버지가 계단에서 굴러 떨어지면 어떨지 상상해봐! 아버지가 무슨 소리를 낼 것 같아?"

　나는 그 일에 대해 아무 생각도 하지 않았다. 기차가 선로를 따라 더 멀리 달렸다. 계속 더 멀리. 계속 더 멀리. 전보는 내내 무릎 위에 놓여 있었다.

　아버지가 다침. 미시즈 보든 실종. 끔찍한 사고. 돌아오길.

3
브리짓
1892년 8월 3일

　내가 처음으로 그 집 일을 관두려고 했던 날, 미시즈 보든이 지독한 독감에 걸리는 기적을 부려 팔과 다리를 벌벌 떨고 고열에 땀을 뻘뻘 흘리며 온갖 종류의 통증을 겪었다. 보언 선생님을 불러야 했고 왕진을 온 선생님은 부인에게 말했다. "누워서 쉬세요. 지금 부인에게 필요한 건 사랑과 관심이니까요." 미스터 보든이 내게 부인을 돌보라고 했다. 나는 부인에게 음식을 가져갔다. 닭고기 수프와 스콘덤플링. 수프가 출렁거리며 그릇 밖으로 튀어 내 손가락을 따라 흘러내렸다. 로열블루색 보닛의 리본을 늘어진 턱살 아래로 단단하게 묶은 미시즈 보든이 하얀 면으로 싼 베개에 몸을 기댄 채 말했다. "네가 없으면 내가 뭘 할 수 있겠니? 너는 네 어머니를 보살피듯 나를 돌봐주는구나." 부인은 수프를 후루룩 삼키다 약간 흘렸다. 나는 입가를 닦아주었다. 아, 그녀는 내 어머니와 닮은 구석이라고는 전혀 없었다. 하지만 그녀에게 마음이 쓰였다. 나는 곁에서 수건으로 이마를 조심스럽게 닦아주고, 내 가족의 이야기를 들려주고, 쥐가 난 발을 주물러주었다. 그녀의 입술이 고양이처럼 말려올라가고 두 볼이 통통해졌다. 그녀가 가여웠다. 처음 관두려고 했을 때 미시즈 보든은 그런 식으로 나를 붙잡았고, 내가 머무르는 것 외에 다른 수가 없을 때까지 자신에게 사랑과 보살핌을 주도록 유도했다.

내가 두번째로 관두려고 했을 때는 에마와 리지가 연결문을 모두 잠가 일시적으로 집을 두 부분으로 쪼개버린 직후였다. 미시즈 보든은 내 주급을 삼 달러로 올려주고 일요일은 쉬게 해주었다. "그애들에게 나쁜 감정은 갖지 마." 미시즈 보든이 조용히 말했다. "가끔 있는 일이니까. 우리가 다 해결할 거야."

나는 선택지를 요모조모 따져보았다. 나는 운이 꽤 좋았다. 돈을 챙겼고, 그에 따라오는 모든 것을 챙겼다. 미시즈 보든은 내가 올바른 결정을 했다고 말했다. 선택의 여지가 없었다. 나는 집에 돈을 부쳐줄 수 있었고 언젠가는 돈을 모아 집으로, 황록색 들판과 험준한 바위가 있는 곳으로, 신선한 연어와 진흙이 깔린 물의 냄새가 공기 중에 떠도는 곳이자 내가 가장 많이 웃었던 곳으로, 할머니의 영혼이 나를 기다리는 곳이자 내 어린 시절이 거리와 나무와 좁아터진 억새지붕 집에 깃들어 있는 곳으로, 사람들이 사랑에 대해 숨쉬듯 이야기하는 곳으로 돌아갈 수도 있었다.

집에 귀를 기울였지만 지붕이 삐걱거리는 소리밖에 들리지 않았고, 나는 침대에 누운 채 다리를 죽 뻗었다. 맨살에 면 시트가 들러붙었다. 보든가의 고용인으로 얼마나 더 버틸 수 있을까? 나는 내 가족을, 그들의 얼굴을, 숨이 막힐 듯한 그들의 포옹을, 형편이 좋지 않을 때면 "하느님은 우리를 사랑하셔"라고 말하던 그들의 목소리를, "브리짓 이거, 브리짓 저거"라고 말하던, 서로 사랑하고 아옹다옹하며 밤낮으로 내 곁에 있었던 그 사람들, 할머니와 할아버지, 엄마와 아빠, 형제자매, 그 집에 함께 있는 그 모두를 떠올렸다. 가끔은 그것만으로 너무 벅차면서도 한편으로는 전혀 충분하지 않았다.

몸을 굴려 등유 램프를 켜자 사방 벽이 환해졌다. 그들을 떠난 지 칠 년. 외로운 시간. 벽에 걸린, 미국으로 떠나기 전날 밤 환송회에서 찍은 사진. 의자에 앉은 앙상한 할머니의 늙고 쪼그라든 얼굴을 바라보는 깡마른 열아홉의 나. 우리는 사진사를 고용할 돈이 없었지만 엄마가 단호하게 말했다. "나중에 값을 치를 거야." 사진은 두 장을 뽑았다. 길을 떠나는 내 몫으로 한 장, 아일랜드에 남은 가족의 몫으로 한 장.

"돌아올게요." 내가 가족에게 말했다. "다들 꼭 다시 보고 싶어요."

다음날 나는 떠났다.

이제 나는 스물여섯 살이다. 지금은 보든 가족과 산다. 집으로 돌아가기는 쉽지 않았다. 아, 물론 노력하지 않은 것은 아니다.

나는 리지와 또다른 하루를, 그들 중 누구와도 또다른 하루를, 무슨 일이 일어날지 신만이 아실 또다른 하루를 맞이하고 싶지 않았다. 다락방은 푹푹 쪘다. 나를 에워싼 낡은 나무 벽에서 펑 소리가 났다. 나는 할머니를, 내 가족을 바라보며 말했다. "미시즈 보든에게 조만간 떠날 거라고 말할 계획이에요. 집으로 갈 거예요." 나는 미소를 지었다. 기분이 좋았다. 침대에서 일어나 앉아 기지개를 켰다. 그리고 바닥에 엎드려 한쪽 팔을 침대 아래로 집어넣었다.

나는 무겁고 둥글고 녹색 페인트가 군데군데 벗겨지고 안에서 동전이 짤랑거리는 소리가 나는 양념 깡통을 꺼냈다. 뚜껑을 열고 성마태가 그려진 카드를 꺼내 입을 맞춘 후 모아둔 돈을 세었다. 백사 달러. 거의 이 년 동안 몰래 모았다. 이 돈이면 집으로 가는 배표를 살 수 있고, 다음 일자리를 구할 때까지 충분히 버틸 수 있었다.

펜실베이니아를 떠나 폴리버에 처음 도착했을 때, 직업소개인인 미시즈 매케니가 내게 말했다. "최고의 가족이 있는 집을 소개해줄게요." 최고의 가족은 봉급을 더 많이, 적어도 사 달러는 줄 것이다. 최고의 가족은 내가 우리 가족에게 좀더 가까이 다가가게 해줄 것이다. 미시즈 매케니는 나를 살펴보고 추천장을 읽었다.

"그런 사람들이 우리 같은 아일랜드인을 항상 좋아하는 건 아니에요. 하지만 우리는 누구보다 충실하죠."

나는 고개를 끄덕였다.

"아가씨는 훌륭한 가정부로 보이네요. 당신의 도움이 필요할 가족을 알아요." 그렇게 그녀는 미스터 보든을 만나보라며 내 가방과 함께 나를 세컨드 스트리트로 보냈다. 그 거리에는 햇빛을 막아주는 녹색 벽이자 내 피부의 뽀루지를 유발한 원흉인 너도밤나무와 포플러가 양쪽으로 늘어서 있었다. 세인트메리성당을 지날 때 성가대의 찬송가가 들려, 재빨리 성부와 성자와 성령을 입속으로 되뇌었다. 계속 걷는 중에 까까머리 아기가 토실토실한 손으로 내 다리를 만지는 바람에 길가로 붙어서 가야 했다. 고향에서는 여자들이 남자아이의 머리를 한쪽 귀에서 다른 쪽 귀까지 일직선으로 깎았다. 아, 나는 문득 그 생각이 나서 아기를 보고 웃었다. 세컨드 스트리트는 거름 천지였고 길 한가운데에 자그마한 녹색 야생화가 피어 있었다. 나는 거름더미를 요리조리 피하며 길을 건너가 녹색 문을 두드렸다. 미스터 보든은 탑처럼 우뚝 솟은 키에 잿빛 머리는 단정했고, 손에 파이프를 쥔 채 현관으로 나와 나를 집으로 들였다. "나는 일주일에 이 달러를 지급한다." 그가 말했다. 내가 기대한 액수가 아니었다.

나는 손가락으로 동전을 훑고 묵은 기름때가 낀 오 센트짜리 동전과 내 피부에 남은 육두구 향을 킁킁거렸다. 그 냄새가 코를 찔러 재채기가 나왔다. 뚜껑을 도로 닫고 깡통을 침대 아래로 밀어넣었다. 잠옷 아래에서 심장이 쿵쿵 뛰었다. 하루를 맞이할 시간이었다.

안쪽 계단으로 내려가며 램프를 높이 들고 광부처럼 등유 냄새를 맡았다. 보든 부부의 방에 다다르자 문에 귀를 댄 채 두 사람의 침대가 삐걱거리기를, 미스터 보든이 방귀를 뀌기를, 미시즈 보든이 침대에서 돌아눕기를 기다렸다. 오래 기다릴 필요가 없었다. 아, 내가 얼마나 그들을 속속들이 아는지.

계단을 내려가 부엌으로 가니 시계가 두 번 울리며 삼십분을 알렸다. 다섯시 삼십분.

밖으로 나가자 유리병이 부딪치며 내는 희미한 풍경소리가 들렸다. 우유배달부가 지방이 풍부하고 신선한 우유를 배달하는 소리. 곧 우리집 순서였다. 나는 옆문에 서서 배달부를 기다렸다.

"나보다 빨리 나왔네요, 브리짓." 배달부가 나무상자를 계단에 내려놓고 살짝 기지개를 켰다.

"너무 더워서 잠을 이룰 수가 없었어요."

그가 내게 우유 한 병을 내밀었다. 만지니 차가웠다. "보든 영감님이 스완지 농장으로 간다는 말은 또 안 해요? 그러면 당신은 마음의 평화와 고요를 얼마간 누릴 수 있을 텐데요."

"그분들은 당분간 아무데도 안 갈 거예요. 어젯밤에 미스터 보든이 하는 말을 들었는데, 마무리짓고 싶은 부동산 판매 건이 있대요. 그 일로 미스 리지가 펄쩍 뛰었죠."

"늘 똑같네요." 그는 말을 할 때 입을 너무 크게 벌리고 깨진 치아를 드러내는 버릇이 있었다.

"그게 다 미스 리지가 미스 에마를 그리워해서 그런 거예요. 미스 에마가 금방 돌아올 것 같지 않거든요."

"나라도 떠날 거예요."

"항상 나쁜 건 아니에요." 내가 말했다. 아, 하지만 점점 나빠지고 있다.

"여자들은 다 그렇게 말하네요." 그가 빈 유리병을 수거하려고 허리를 숙이자 근육긴장으로 엉덩이에서 삐걱거리는 소리가 났다. 미스터 보든조차 몸에서 그런 소리가 나지는 않았다. 그가 빈 상자를 들어올렸다. "자, 내일 또 봅시다."

"네, 안녕히 가세요."

그가 떠났다. 나는 신선한 우유를 들고 들어와 뚜껑을 돌려 연후 몰래 한 모금 마셨다. 진한 크림, 그리고 풀에서 나는 맛. 우유를 식기실의 아이스박스에 넣고 스토브에 불을 붙였다. 부엌 조리대에는 며칠 내내 점심으로 먹은 양고기 수프가 든 커다란 냄비가 있었다. 그 수프를 한번 더 먹을 생각을 하니 속이 울렁거렸다. 밖으로 나가 신선한 공기를 쐬었다. 헛간에서 비둘기가 구구 우는 소리가 들리자, 리지가 곧 일어나 사랑하는 새의 상태를 살피러 갈 것이라는 생각이 들었다. 그녀는 비둘기를 가슴에 살포시 안고서 날개와 머리를 쓰다듬고 손에 든 모이를 먹일 것이다. 리지는 오래전에 출가해 자신의 가정을 꾸려야 했다. 새는 가정의 대체물이 될 수 없다. 한번은 리지가 헛간에 와서 자신이 새들에게 이가 있는지 검사하는 동안 비둘기를 잡고 있어달라고 했다. 나는 새를 가슴에 꼭 붙이고 목을 움직이지 못하게 왼손으로 잡았다. 비둘기의 목을 조를까봐 겁이 났다. 비둘기의 작은 발톱이 내 손목을 파고들었는데, 익숙한 느낌도, 좋은 느낌도 아니었다. 리지는 몸을 숙이고 깃털 사이를 벌리며 말했다. "아유 예쁘다, 예뻐." 그리고 휘파람을 불었다. 비둘기가 구구 울었다. 나는 리지의 표정이 그렇게 순식간에 온화해지는 모습을 처음 보았다.

"개를 키울 생각은 안 해보셨어요, 미스 리지? 이 주위를 뛰어다니면 보기 좋을 텐데."

리지는 비둘기의 깃털을 헤집고 족집게처럼 손가락 두 개를 찔러넣어 새의 몸에서 작은 생물을 끄집어냈다. "그러다 주변을 오가는 마차에 치일 위험을 감수하라고? 개는 키우지 않을 거야." 그녀는 손가락으로 이를 꽉 눌러 죽인 후 손을 치맛자락에 닦았다. 리지는 섬세한 손길로 비둘기의 날개를 펼치며 말했다. "네가 얼마나 멀리 갈 수 있는지 볼까!"

*

아침 준비를 시작했다. 이틀 전 화이트헤드 상점에서 사온 두툼하게 썬 돼지고기 스테이크를 아이스박스에서 꺼냈다. 아, 이제부터 만들 식사. 버터 몇 스푼, 소금과 후추, 육즙을 찍어 먹을 빵. 하루를 시작하기에 꽤 근사한 음식. 나는 이런저런 일을 하고 또 했다.

안쪽 계단에서 마치 벽돌 위에 벽돌이 떨어지는 것처럼 요란하고 쿵쿵거리는 발소리가 났다. 기침소리도 났다. 미스터 보든. 그가 계단을 다 내려와 말했다. "브리짓, 피마자유 어디 있니?"

"피마자유가 다 떨어졌어요."

그는 가슴 앞에 팔짱을 끼고 문설주에 몸을 기댔다.

"의자를 내드릴까요, 미스터 보든?"

그가 팔을 내저었다. "괜찮을 거다. 속이 메스꺼운 것뿐이야." 그는 잠시 후 옆문으로 나갔다. 나는 급히 뒤따라가다 그가 토하는 소리를 들었다. 새끼를 낳는 소처럼 길고 낮은 소리였다. 그가 옷을 더럽히지 말아주기만 바랐다. 그의 양복을 빨고 싶지 않았다.

집으로 들어온 미스터 보든의 눈길이 스테이크로 향했다. "고기를 너무 두껍게 썰었구나." 그가 손가락으로 돼지고기를 찔렀다. 화이트헤드 상점의 푸주한이 썬 고기였다. 나는 잘 썰었다고 생각했다.

"정육점에서 그러는데 덩치가 큰 돼지였대요, 미스터 보든."

그는 툴툴거리더니 나를 내버려두고 거실로 갔다. 그가 책꽂이에서 책을 한 권 빼 들고 낡은 트럼펫처럼 방귀를 뀌는 소리가 들렸다. 나는 충분히 달궈진 프라이팬에 버터 한 덩이를 넣고 노란 덩어리가 녹아 보글거리면서 갈색으로 변하는 과정을 지켜보았다. 그 위에 돼지고기를 올렸다. 지글지글. 나는 옥수수빵을 만들기 시작했고 아침은 여느 때처럼 흘러갔다.

잠시 후 미시즈 보든이 내려왔는데, 그녀 역시 안색이 창백했다. "괜찮으세요, 부인?"

그녀가 고개를 가로저었다. "속이 뒤집힐 것 같아."

"부인도요? 미스터 보든도 그러셨어요."

그녀가 불룩한 배를 문질렀다. "우리가 중독된 것 같다는 생각이 드는구나." 땀을 뻘뻘 흘리며 인상을 잔뜩 찌푸리는 그녀의 호들갑.

"저는 절대 그런 짓은 하지 않아요, 부인."

그녀가 다가와 내 팔꿈치를 툭 쳤다. "그럴 거라고 생각하지도 않았어."

"미스 리지도 안 좋은가요?"

그녀가 어깨를 으쓱했다. "네가 모르는데 나라고 알겠니."

나는 돼지고기를 뒤집었다. 미시즈 보든의 배에서 온갖 소리가 났다. 잠시 후 그녀도 미스터 보든처럼 옆문으로 나가 구토를 했다. 그리고 다시 부엌으로 돌아와 팔뚝으로 입을 닦으며 말했다. "집에 피마자유가 있니?"

"아뇨, 부인."

"오, 세상에." 그녀는 관자놀이를 긁더니 부엌을 나갔다.

나는 다시 요리로 돌아갔고 곧 아침식사가 준비되었다. 음식을 전부 식탁에 차리고 돼지고기 스테이크를 여러 조각으로 잘랐다. 미스터 보든이 들어와 식탁을 보더니 말했다. "가서 리지를 불러와. 그애와 함께 먹고 싶구나."

나는 고개를 끄덕였다. 나는 요행을 믿지 않았다. 그래서 얼른 식기실로 들어가 설탕 부대로 갔다. 그 안에 작은 골무가 하나 있는데, 거기에 설탕을 담아 앞치마 주머니에 넣은 후 앞쪽 계단을 올랐다. 내 발밑에서 계단이 요란하게 울렸다. 리지의 방이 가까워지자 말소리가 들렸다. "여호와께서 살아 계심을 두고 맹세하노니 네가 이 일로는 벌을 당하지 아니하리라."* 그녀는 몇 주째 이렇게 기도했다. 그녀의 기도에는 아무런 사랑도 없었고, 리듬도 진심도 없었다. 나는 가끔 그녀에게 이렇게 말하고 싶었다. 그분은 귀머거리예요. 아무리 열심히 기도해도 소용없어요. 응답받지 못할 거예요.

나는 문을 두드렸다.

"왜?"

"미스 리지, 주인어른이 내려와서 아침 드시래요."

양탄자를 가로지르는 리지의 발소리. 그녀가 문을 열었다. 머리의 반은 땋아 정수리로 말아올렸고 적갈색에 곱슬기가 있는 나머지 반은 어깨 아래로 늘어져 있었다. 말갈기처럼. "아침은 뭐야?"

"돼지고기 스테이크예요."

그녀는 볼 안쪽의 살을 잘근잘근 씹으며 입술을 오므렸다. "나를 위해 특별히 준비한 게 있나?"

나는 앞치마 주머니에 얼른 손을 넣어 골무를 꺼냈다. 리지는 골무를 낚아채더니 새끼손가락에 침을 발라 설탕을 찍어 먹었다. "두 분이 기다리고 계셔?"

내가 고개를 끄덕이자 그녀가 한숨을 쉬었다. "좋아. 그러면 가지 뭐……"

"오늘 두 분 다 몸이 안 좋으세요."

"그래? 얼마나?"

"배가 부글부글하는 모양이에요. 벌써 뒷마당에 나갔다 오셨어

---

* 사무엘상 28장 10절 중 일부.

요."

리지가 내 말에 미소를 지으며 혀끝을 골무 안으로 밀어넣었다. "머리를 마저 손질하고 내려갈게." 그녀는 골무를 돌려주고 문을 닫았다. 나는 아침마다 반복되는 이 과정에 신물이 났다.

*

식사실 벽에 기대서서 시중을 들기 위해 대기하고 있는데, 리지가 내려와 식탁의 반대편 끝에 앉았다. "잘 잤니." 미시즈 보든이 물었다. 부인이 굳이 왜 말을 거는지 의아했다. 리지는 옥수수빵을 반으로 잘라 입에 넣었다.

"오늘은 뭐하실 거예요, 아버지?"

"일해야지, 당연히."

"당연히 그러시겠죠, 아버지."

"그러는 너는 오늘 뭐할 거니?" 미시즈 보든이 리지에게 물었다.

"저는 주일학교 일정이 있어요." 골무처럼 달콤한 리지.

미시즈 보든이 차를 홀짝거렸다. "오늘은 아이들에게 뭘 가르칠 거니?"

리지가 고개를 갸웃했다. "미시즈 보든이라면 뭘 가르치시겠어요?" 두 볼을 통통하게 만드는 라즈베리 타르트 같은 목소리.

미시즈 보든이 얼굴을 붉혔다. "잘 모르겠구나. 나라면 아마 찬송가를 가르치겠지."

미스터 보든은 천천히 음식을 씹을 뿐 아무 말도 없었다.

리지가 눈을 굴렸다. "노래로는 아이들에게 윤리적인 삶을 가르칠 수 없어요, 미시즈 보든."

미스터 보든이 깔끔한 식탁보에 나이프와 포크를 내려놓자 그 자리에 돼지기름 얼룩이 졌다. 또다른 빨랫감. 그는 주먹 쥔 손을 입에 대고 트림을 했다. "그리고 때로는 무슨 방법을 쓰든 아이들에게 윤리적인 삶을 가르칠 수 없는 경우도 있지."

리지의 얼굴이 붉게 달아올랐다. "뭐라고요?"

"나는 목사님이 네게 아이들을 가르치는 일을 그렇게 자주 맡기신다는 게 놀랍구나."

리지의 턱에 힘이 들어갔다. "저는 좋은 교사예요, 아버지. 아이들이 저를 좋아해요."

"아이들은 아이들을 좋아하는 법이지."

"앤드루……" 미시즈 보든이 말꼬리를 흐렸다.

나는 벽을 밀고 들어가 그 안으로 사라지고 싶었다. 성인 여성이 자신의 아버지 앞에서 창피를 당하는 모습을 목격하고 싶지 않았다. 내 손에 닿은 벽은 뜨거웠고 리지가 나를 힐끔 보자 얼굴이 확 달아올랐다. 보고 싶지 않았고, 그 대화를 듣고 싶지 않았다.

리지가 말했다. "뭐가 문제예요, 아버지?"

"네 어머니와 나는 몸이 좋지 않아."

리지가 허리를 곧게 펴고 몸에 힘을 주었다. "브리짓이 말해줬어요."

"우리가 아플 이유가 없는데."

"저는 잘 모르겠어요……"

"물론 이 집에 병균이 없다면 말이지."

"없어요, 아버지."

그가 손가락으로 리지를 가리켰다. "비둘기를 처분하지 않았더구나, 리지."

"그거야 처분할 필요가 없으니까요. 비둘기는 헛간 안에 잘 있어요."

"헛소리. 네가 비둘기를 풀어놓으니까 그것들이 지붕으로 들어와 사방에 더러운 걸 떨어트리잖아." 그가 지붕을, 하늘을, 하느님을 가리켰다.

리지가 식탁 아래에서 주먹을 꽉 쥐었다. 나는 여기에 있고 싶지 않았다.

"저는 그러지 않았어요, 아버지."

"비둘기를 처분하는 게 좋겠다."

"싫어요."

미스터 보든이 거인처럼 불쑥 자리에서 일어섰다. "내 말에 토 달지 마라, 리지."

"하지만 비둘기는 제 것이에요. 그렇게 병균이 걱정되시면 지붕을 고치세요." 부릅뜬 리지의 두 눈. 나는 벽으로 빨려들듯 등을 꽉 붙였다. 리지는 그러지 말았어야 했다.

"아이들에게 뭘 가르치지? 복종과 공경?" 미스터 보든이 의자에 몸을 기대자 삐걱 소리가 났고 나는 그가 뒤로 넘어져 머리가 깨질 줄 알았다.

리지가 양손으로 식탁을 세게 쳤다. 그녀 몫의 스테이크가 접시에서 풀쩍 뛰어올라 바닥으로 떨어졌다. "그건 다른 문제예요."

미스터 보든이 다시 일어나더니 바지를 매만지고 리지에게 다가갔다. 이런 상황을 전에도 보았다. 나는 마음의 준비를 했다. 미스터 보든의 수염에 늘어진 노란 침이 보였다. 리지에게 다가간 그는 그녀의 따귀를 때렸다. 아, 그 소리가 얼마나 요란하게 방안에 울려퍼지던지. 피부가 부딪는 소리, 큰 칼이 고기를 가르는 소리. 리지의 머리가 옆으로 홱 돌아갔고 그녀의 어깨가 넓게 벌어졌다. 날개처럼. 나는 심장이 미친듯이 뛰고 무릎이 후들거리고 이마에 땀이 배었다. 리지가 아버지를 쏘아보았다.

"앤드루, 제발." 미시즈 보든이 냅킨을 꼭 쥐었다.

"이제라도 내 말을 듣는 게 좋을 거다, 리지."

리지가 고개를 가로저었다. "아버지는 끔찍해요."

미스터 보든이 리지를 다시 때렸다. 나는 시선을 어디에 두어야 할지 몰랐다. 리지는 식사실을 뛰쳐나가 계단을 오르더니 방문을 쾅 닫았다. 보든 부부는 아무 말도 하지 않았고, 나는 최대한 소리를 내지 않으려고 주의하며 빈 접시를 모았다. 나는 얼굴이 벌게진 채 식사실을 나왔다. 울음이 터질 것 같은 기분으로. 그 자리에서 당장 이 집을 떠나고 싶은 마음이 얼마나 간절하던지.

*

그 순간 나는 리지를 동정했다. 그 고통을 이해했다. 고향에 있던 시절, 코크의 어느 영지에서 일할 때 나도 그런 순간이 있었다. 그 집의 주인은 내게 수도 없이 손을 댔다. 손이 무지막지하게 컸던 그는 내가 커피를 따를 때면 내 가슴을 더듬었다. 그게 그의 수법이었다. 그러다 한번은 내가 그를, 지저분하고 와인색에 버섯처럼 생긴 코를, 영국 성냥개비처럼 생긴 이를 빤히 바라보았다. 그리고 그의 손을 찰싹 쳐서 떼내고, 그의 가슴을 때리고, 얼굴을 쳤다. 뜨거운 커피가 사방으로 튀자 그가 의자에서 펄쩍 뛰어올랐다.

"이게 뭐하는 짓이야!" 그가 소리쳤다.

"그 더러운 손 좀 잘 간수하세요. 날 더듬지 말라고요."

그가 내게 다가왔다. 그에게서 축축한 양모 냄새가, 커피 찌꺼기 냄새가 났다. "여기서 명령하는 사람은 나야. 네가 뭐라도 되는 줄 알아?"

그 질문의 답은 곧 알게 되었다. 나는 짐을 싸야 했고 추천장 한 장 없이 쫓겨났다. 그곳이 나의 세번째 직장이었다. 내게 주어진 선택지는 점점 줄어들었다.

"그렇게까지 할 필요는 없었잖아." 남동생이 말했다. 나는 따스한 부엌에 가족이 모두 모인 자리에서 무슨 일이 있었는지 털어놓았다.

"그게 어떤 일인지 넌 전혀 몰라."

그가 뭉툭한 손가락으로 머리를 쓸어넘겼다. "누나가 그렇게 똑똑하다면 이제 어떻게 할 거야?"

나 이전의 여자들과 남자들이 그랬던 것처럼 나도 가진 돈을 세어보았고, 그 돈으로 얼마나 멀리 갈 수 있을지 따져보았다. 그곳을 떠나, 추잡한 영주를 피해 멀리. 미국. 엄마와 아빠는 내가 떠나지 않기를 바라며 어린 딸이 그리울 거라고, 적어도 더블린에서 일자리를 먼저 알아보면 어떻겠냐고 했다.

"듣자 하니 여자애들은 미국에서 돈을 더 잘 번대요. 모험을 해보고 싶어요." 나는 부모님에게 말했다.

"네가 가면 우리는 죽을 거야." 할머니가 말했다. "하지만 가지 않으면 네가 죽겠지." 그러면서 할머니는 반밖에 없는 손가락으로, 말에서 떨어졌을 때 잃은 그 손가락으로 내 볼을 어루만졌다. 손끝이 새끼 새의 머리처럼 뭉툭하고 보드라웠다.

그길로 나는 퀸스타운으로 가 증기선 리퍼블릭호의 표를 샀다. 결연한 포부로 가득찬 성인 여성. 나는 이웃집을 돌아다니며 문을 두드리고 말했다. "제가 미국으로 떠나기 전날 환송회를 열어요. 와서 배웅해주세요."

이웃들이 왔다. 그들 덕에 나는 배불리 먹고 마셨다. 캐비지앤드베이컨*, 소다브레드를 곁들인 양고기. 엄마는 브랙**을 몇 덩이나 구웠는데, 내가 제일 좋아하는 자두를 잔뜩 넣었다. 나는 몇 시간이고 멀드 와인으로 건배를 하고 이웃이 집에서 담근 술로 건배를 했다.

내 귀는 바이올린과 북, 플루트와 크루트*** 선율로 가득찼고 심장은 〈The Devil and the Bailiff〉 노래에 맞춰 뛰었다. 나는 이웃과 돌아가며 춤을 추고, 형제자매와 차례로 짝을 바꿔가며 춤을 췄다. 모두 웃고 소리 높여 노래를 불렀다. 나는 그 분위기에 흠뻑 젖어들어 다가올 이별을 떠올리지 않으려 애썼다.

아빠가 사진사를 불렀다. 우리는 모두 서로의 어깨를 감싸고 딱 붙은 채 땀을 비질비질 흘리며 가만히 서서 눈을 깜박이지 않으려 애썼다. 그러자 할머니가 말했다. "내가 죽기 전에 이 빌어먹을 사진을 찍을 수 있으려나 몰라." 오, 그 말에 우리는 웃음을 터트렸

---

* 베이컨과 양배추를 넣고 끓인 아일랜드의 전통 요리.

** 건과일을 넣어 굽는 아일랜드의 전통 빵.

*** 아일랜드식 전통 하프.

고, 사진사가 발을 탕탕 구르며 우리가 사진을 망쳤다고 했다. "이러면 다시 찍어야 하잖아요."

나는 아무래도 상관없었다.

몇 시간이나 흥겹게 놀다보니 어느새 슬픔이 찾아왔다. 나는 소파에 비스듬히 누워 그들을, 소녀 시절부터 알았던 사람들을, 나를 누구보다 잘 아는 사람들을 올려다보았다. 그들이 내게 다가와 한사람씩 이마와 입술에 입을 맞추며 보고 싶을 거라고, 다시 만날날을 기다리겠다고 했고 나는 그들을 두고 떠나야 한다는 사실에 벌써 살짝 마비된 느낌이었다.

내 얼굴은 그들의 눈물로 범벅이 되었다. 우리가 얼마나 울었던지. 그리고 엄마가 내게 사랑한다고, 잘 가라고 말할 순서가 되었을 때, 그녀는 내 몸을 부여잡고 밴시가 울부짖듯 내 귓전에 통곡했다. 엄마가 바람 빠지는 듯한 소리를 내며 낮고 깊게 흐느끼자 자매들도 따라 울기 시작했고 이어서 할머니가, 그다음에는 이웃여자들이 잇따라 울음을 터트렸다. 나를 향해 우레처럼 울리는 슬픔의 원. 나는 겁이 났다. 그들은 고양이처럼, 여우처럼 한밤을 열기로 채우며 계속 울었다.

이윽고 아빠가 〈Blow the Candles Out〉을 불렀다. 노래하는 아빠의 목소리는 달콤하고도 씁쓸했다. 그러자 항구로 밀려드는 파도처럼 모두 노래를 부르기 시작했고, 거기에 일리언파이프 반주가 가세하면서 서글픈 가락이 내게 쏟아지자 그만 울음이 터졌다. 비로소 미국에서 어떤 삶이 기다리고 있을지 상상도 안 된다는 사실이 실감났다.

나는 할머니에게 다가갔다. 할머니는 늘 앉는 의자에 오도카니 앉아 있었다. 나는 그 앞에 무릎을 꿇은 채 할머니를 꼭 안아주고 할머니의 홀쭉하고 주름진 두 볼을 만지고 그녀를 안아 일으켰다. 할머니의 머리에서 나는 버터 냄새. 할머니는 피부가 누르께하고 깡말랐다. 노란 얼굴, 노란 두 팔, 반만 남은 노란 손가락. 할머니의 눈은 주름져 반달처럼 찌부러졌지만 눈동자는 여전히 나처럼 짙은 갈색이었고, 여전히 사랑이 가득한 눈빛으로 나를 바라보았다. 나는 할머니를 꼭 안아 우리의 마지막 포옹을 나눴다. 할머니를 안은 두 팔을 서로 맞잡을 수 있을 정도였고 내 몸에 닿는 할머니의 갈비뼈가 느껴졌다. 더 꼭 안아, 나는 생각했다. 브리짓, 더 꼭 안아. 하지만 할머니의 뼈가 부러질까봐 겁이 났다. 할머니가 내 귀에 숨을 내쉬었다. 짧고 지친 숨. 할머니의 심장이 내 심장과 박자를 맞췄다. 그 소리가 얼마나 근사하던지.

"사랑해요, 할머니." 내가 말했다.

"나도 사랑한다."

그 순간 나는 더이상 참지 못하고 엉엉 울며 할머니를 향한 십구년 치의 사랑을 토해냈다. 나도 내가 그렇게 우는 소리는 처음 들었다. 내 울음에 할머니의 몸이 흔들렸고 나는 그녀를 더 꼭 안았다. 할머니가 말했다. "내가 너를 다시 볼 수 있을까?" 나는 대답하지 않았다.

이튿날 나는 길을 떠나는 수십 명의 승객과 함께 배에 올랐다. 뱃고동이 울리자 난간 너머로 속을 게워냈다. 이 모든 걸 겪으며 미국까지 가는 보람이 있기를 바랐다.

*

상황이 진정되자 미스터 보든이 출근하려고 집을 나섰고, 나는 분주하게 오전 일거리를 처리했지만 따귀의 충격을 좀처럼 떨쳐낼 수 없었다. 보든가의 열병은 좀처럼 떨쳐지지 않았다.

미시즈 보든이 내가 있는 데로 왔다. "괜찮니?" 그녀가 물었다. 그녀는 손으로 배를 감싸고 있었는데, 고통스러워 보였다.

"그냥 버티고 있어요, 부인."

"분위기를 살릴 만한 일이 있어." 그녀가 말했다. 손에는 전보가 들려 있었다. "어제 뭘 받았는지 봐. 내가 말했던가? 이번 토요일에 손님이 몇 명 올 거야."

들은 바 없는 이야기였다. "어떤 분들인가요, 부인?"

"오래된 친구 몇 명." 부인의 얼굴이 밝아지는 걸 보고 나도 미소를 지었다. "학교 동창이야. 생각해봐. 그 오랜 세월을 만나온 친구라니."

"그런 친구를 두셨다니 좋으시겠어요."

"그래." 미시즈 보든이 다시 전보를 읽더니 말했다. "앞으로 이틀 동안 우리가 할일이 아주 많겠어. 너는 일단 청소를 시작하고 어떤 식사를 준비할지 생각해봐. 친구들을 실망시키고 싶지 않으니까."

어째서 그녀의 손님을 위해 청소하는 게 내 기분이 나아지는 일인지 이해가 되지 않았다. 미시즈 보든은 응접실의 양탄자부터 시작하라고 했다. "양탄자를 가지고 나가서 깨끗하게 털어." 그 낡고 무거운 모직 양탄자에는 다 해진 노랗고 하얀 아이리스와 보라색 꽃무늬에 녹색 꽃줄기가 둥글게 아치를 이루며 이어져 있었다. 미시즈 보든은 차라리 새 양탄자를 사는 게 나을 터였다. 어쨌든 나는 지하실에서 고리버들 먼지떨이를 가지고 와 양탄자 한가운데로 툭 던지고는 기다란 튜브처럼 양탄자를 둘둘 말았다.

나는 양탄자를 질질 끌고 응접실을 나와 거실로 향했고, 가는 내내 미시즈 보든이 도자기 장식품을 올려둔 작은 테이블을 넘어뜨릴까봐 조마조마했다. 꼬리를 다리 사이에 말고 앞발로 음식을 구걸하는 못생기고 눈이 탁한 고양이와 수줍음 타는 개 모양의 장식품이었다. 양탄자는 톱처럼 바닥을 긁으며 끌려왔고, 지나간 자리에는 사람들이 몇 주는 밟아대야 생길 만한 생채기가 남았다. 속옷이 엉덩이에 착 달라붙었다. 양탄자를 계속 끌고 가는데 뭔가가 탁하고 떨어지는 소리가 났다. 나는 양탄자를 내려놓았다. "이걸 어째." 내가 말했다.

리지를 아래층으로 내려오게 하는 데는 그 정도 소리면 충분했다. "정신 사납게 뭐하는 거니?" 아침의 그 일로 리지의 볼에는 아버지의 손자국이 작고 빨갛게 남아 있었다. 아, 전에도 이런 모습을 본 적이 있었다.

"죄송해요, 아가씨."

리지가 콧잔등을 찡그렸다. "지금 뭐하는 거야?"

"미시즈 보든이 이걸 털라고 하셔서요. 토요일에 손님이 오신대요."

"손님 누구?"

"몰라요."

"아버지는 아무 말씀 없으셨는데." 리지가 양손을 허리에 걸쳤다. "무슨 일이야?"

"테이블을 넘어뜨렸어요." 내가 가리켰다.

그녀가 힐끔 보더니 만면에 미소를 지었다. "네가 무슨 짓을 했는지 좀 봐." 리지는 양쪽 귀가 쫑긋하고 꼬리가 올라간 도자기 개를 집어들었다. 다른 손에 들린 개의 다리. 그녀가 웃음을 터트리고 조각을 맞췄다 뗐다 하면서 나를 놀렸다. 나는 손등으로 입가를 훔치며, 땅이 진동하듯 입술에 닿는 손이 떨리는 것을 느꼈다.

"벌써 두 개나 깨트렸어요." 내 목소리가 몸밖으로 흘러나왔다. 애처롭게.

"미시즈 보든이 알 필요는 없지." 그녀는 조각을 든 손을 오므리더니 꼭 쥐었다.

"아시게 될 거예요. 저 개를 아끼시거든요."

리지가 다리 조각을 개의 몸뚱이에 맞춰보았다. "수선 피우지 마. 내가 너라면 그냥 버릴 거야." 그녀가 내게 개를 내밀었다.

깨진 조각이 내 손바닥을 찔러 살짝 베었다. 어떻게 리지는 안 다치게 꼭 쥐었을까? "고칠 수 있을까요?"

그녀가 미소를 지었다. 뒤틀린 얼굴. "아니면 누가 훔쳐갔다고 말할 수도 있지."

"그런 말은 믿지 않으실 거예요."

리지가 어깨를 으쓱했다. 나는 도자기 개를 앞치마 주머니에 넣었다. 어떻게 할지는 나중에 생각해볼 작정이었다. "우선은 이 양탄자부터 해결해야 해요."

"네가 또 뭔가를 박살내지 않는 한."

나는 그녀의 말이 하나도 재밌지 않았고 오히려 그 농담에 대한 보상이 받고 싶어 양탄자를 가리켰다. "아가씨에게 부탁을 드리면 안 되지만, 혹시 이걸 밖으로 가져가게 도와주시겠어요?"

"아니. 나는 그런 거 안 해."

"죄송해요, 아가씨."

"어쨌든 나는 지금 나가려던 참이야. 다시는 내게 네 일을 도와달라고 하지 마."

"네, 아가씨."

리지가 내 곁으로 다가왔다. 어찌나 바짝 다가왔던지 그녀의 숨결이 느껴질 정도였다. "내가 뭘 하려는지 안 물어볼 거야?"

"원하신다면요."

그녀가 나를 빤히 보았다. "됐어. 어차피 너한테는 말해주고 싶지 않으니까."

"죄송해요, 아가씨."

리지는 양탄자를 한 번 걷어차고 현관 벽장으로 가 여름용 겉옷을 꺼냈다. "너는 정말 형편없어." 그녀가 말한 뒤 현관문을 쾅 닫고 나갔다. 나는 한시도 더 머물지 않고 당장 이 집을, 이 가족을 떠나고 싶었다. 다시 양탄자를 집어들었다. 빌어먹게 무겁고 낡은 양탄자를.

*

밖으로 나설 즈음에는 손과 손목을 움직이면 통증이 느껴졌다. 나는 양탄자를 끌고 풀이 높이 자란 마당으로 나왔다. 문득 세컨드 스트리트에 처음 왔을 무렵, 내가 돈을 받을 자격이 있다는 사실을 미스터 보든이 좀처럼 믿지 못하던 일이 떠올랐다. 그때 나는 앞쪽 계단의 난간에 광을 내고 있었고, 보든 부부는 응접실에 있었다. 미시즈 보든이 말했다. "저애가 일을 꽤 잘해요." 그래서 나는 좀 더 열심히 광을 냈고 마침내 난간은 내 이가 비쳐 보일 정도로 반짝거렸다. 쇼의 상품처럼.

"너무 비실비실하잖소. 우리집에는 당신도 있고 딸들도 있는데 왜 저애까지 있어야 하오?" 미스터 보든이 말했다.

"나 혼자서는 다 못해요." 미시즈 보든이 그에게 말했다. "이제 허리가 예전 같지 않아요. 저애는 힘쓰는 일도 할 수 있어요."

그러자 미스터 보든이 나를 시험했다. 내게 나무상자 몇 개를 머리 위로 들어보라고 하고 아일랜드 황소처럼 물건을 끌어당기라고도 했다. 그는 내가 입이 무겁거나 말거나, 요리를 잘하거나 말거나 신경쓰지 않았다. 그는 아내를 대신할 허리를 원했다. 미시즈 보든은 명령을 내릴 사람, 말동무가 되어줄 사람을 원했고. 미스터 보든이 내게 뒷마당에 구멍을 파라고 했고 나는 손에 물집이 잡혀가며 그 일을 완수했다. 덕분에 그는 울타리와 나란히 배나무를 한 그루 더 심을 수 있었고, 그제야 청회색 눈을 가늘게 뜨고 나를 위아래로 훑어보더니 말했다. "좋아. 너를 고용하지. 시키는 일만 잘해라."

기진맥진한 상태가 아니었다면 나는 펄쩍 뛰어올라 뒤꿈치를 딱 부딪쳤을 것이다. 미시즈 보든이 남편의 결정을 듣고 말했다. "네가 바로 우리가 찾던 사람일 거라 믿어. 전에 있었던 매기라는 애는 우리집과 맞지 않는 것 같았거든."

"저는 잘 맞출 수 있어요."

"천만다행이구나. 모든 것을 믿고 맡길 수 있는 사람이 꼭 필요하거든."

"네, 부인."

그로부터 몇 달 후 미시즈 보든은 나를 시켜 다 큰 딸들에게 말을 전하기 시작했다.

"브리짓, 그애들에게 아버지와 내가 스완지에 간다고 전해."

"브리짓, 그애들에게 찻잔을 아무데나 두지 말라고 말해줄래."

"브리짓, 혹시라도 그애들이 내 이야기를 하면 전부 알려줘."

그러면 나는 두 사람에게 가서, 들판에서 북을 두드리듯 방문을 두드렸다.

"부인 말씀이……"

"부인이……"

그러면 리지는 잔뜩 흥분해서 말하곤 했다. "미시즈 보든에게 우리가 준비되면 내려간다고 해."

처음에는 이런 상황이, 이렇게 동화 같은 방식으로 의사소통을 하는 게 우스웠다. 하지만 거실의 벽난로 선반 위에 놓인 미시즈 보든의 사진을 에마가 죄다 엎어놓는 모습을 본 후로 '잘 맞는다'는 게 정확히 무슨 의미인지 궁금해졌다.

*

나는 양탄자를 펼쳐 빨랫줄 위로 높이 던져보려 했다. 양탄자가 땅바닥에 풀썩 떨어졌다. 혼자는 역부족이었다. 나는 보든가와 켈리 박사님의 집 사이에 있는, 비바람에 변색된 소나무 담장으로 가서 나무상자 위에 올라선 다음 담장 위로 머리를 내밀었다.

"메리, 거기 있니?" 내가 소리쳤다. 나는 잠시 대답을 기다리며 그 집의 지하실 쪽으로 눈을 돌리지 않으려고 애썼다―그곳은, 리지 말로는, 불길한 일이 일어나는 곳이었다.

"고모가 그 집에 살았어. 고모는 아무도 보는 사람이 없을 때 그 일을 저질렀지." 리지가 말했었다.

"무슨 일요?" 내가 보든가에서 일하기 시작한 지 육 개월이 되었을 즈음으로, 물을 길으러 지하실 계단을 오르내리려니 너무 힘들다고 리지에게 불평을 하던 참이었다.

"뭐가 진짜 힘든 일인지 알고 싶니? 발을 마구 차며 버둥거리는 아이를 들어올리는 거야." 마치 나를 만난 이후로 줄곧 말해주고 싶었다는 듯 그 이야기가 그녀의 입에서 술술 나왔다.

그녀가 재빠르게 말했다. "고모는 자기 아이들을, 홀더와 엘리자를 물에 빠트려 죽였어. 지하실에 있는 수조에 말이지."

"하느님 맙소사."

"고모가 다음으로 뭘 했는지 알아?" 리지는 메마른 입술을 꼭 다물었다.

알고 싶지 않았다.

"집으로 들어가서 목을 그었어." 리지는 무덤덤한 표정으로 별일 아니라는 듯, 매일 일어나는 일이라는 듯 말했다.

"고모님은 어쩌다 그렇게 되셨어요?"

"아무도 몰라. 아버지는 고모가 항상 우울했고 어느 날 머리가 돌아버렸다고 하셔."

내가 알게 된 수많은 비밀 가운데 첫번째 비밀. 한동안 나는 수

조 외에는 아무것도 생각할 수 없었다. 아이들의 머리가 물속으로 들어갔을 때 무슨 소리가 났을지, 그애들의 어머니가 버둥대는 아이들의 다리에 얼굴을 맞지 않으려고 다리를 붙잡고 있었는지, 그녀가 아이들에게 무슨 말이라도 했는지.

그 일이 있고 몇 주 후 내가 지하실로 내려가는 계단을 빤히 바라보고 있는 것을 에마가 목격했다.

"누구한테 들었니?" 그녀가 물었다.

"미스 리지요."

에마가 양손으로 마른세수를 하며 숨소리를 죽였다. "그런 말을 왜 해가지고."

"그분이 정말 아이들을 물에 빠트렸어요?"

에마의 두 볼은 창백하고 두 눈은 퀭했다. "그래. 고모가 죽이지 못한 유일한 아이가 마리아야."

나는 자신을 억누를 수 없었다. "그리고 자신을 해쳤고요?"

"그랬지."

"언제 일어난 일인가요?"

"내가 태어나기 전에. 우리는 더이상 그 일에 대해 생각하지 않아. 그럴 필요도 없고."

"아."

우리는 함께 지하실 계단을 바라보았고 잠시 후 에마가 눈을 감고 뭐라고 중얼거리더니 집으로 들어갔다.

다른 가정부들의 말에 따르면 그 어머니를 발견한 사람은 하녀였다. 우물에서 물 한 양동이를 길어왔는데, 부인이 눈을 크게 뜨고 입을 벌린 채 도저히 손에서 놓을 수 없다는 듯 면도칼을 쥐고 있는 모습을 본 것이었다. 그런 장면을 제일 먼저 보는 사람은 항상 우리다. 일터에서 맞는 불운한 날들.

큰 소리로 다시 메리를 부르자 그녀가 어디가 안 좋은지 뒤뚱거리며 마당을 가로질러왔다. "무슨 일 있었니?" 내가 물었다.

"다리미를 발에 떨어뜨렸어." 그녀는 호리호리한 다리 아래를, 붕대 위로 작게 번진 핏자국을 가리켰다.

"갈라진 발꿈치는 다리미로 펼 수 없다고 몇 번을 더 말해야 하니?"

"아마 한 번만 더 하면 될 거야, 브리짓." 메리는 활짝 웃다가 통증이 오는지 얼굴을 찌푸렸다.

내가 여왕처럼 근엄한 목소리로 말했다. "너희 아일랜드인은 영리하지 않을지는 몰라도 피는 잘 흘리는구나."

그녀가 두 손가락으로 내게 경례를 하자 우리는 웃음을 터트렸다. 메리가 절룩거리며 담장으로 다가오더니 계단을 올라와 나와 눈높이를 맞췄다. 내 여동생처럼 그윽한 갈색 눈이 반짝거리는 그녀는 여전히 부모에게서 독립해 일을 한다는 사실을 즐거워했다. 몇 달 전 미시즈 켈리가 메리를 데려와 내게 소개했다. "보든 부부는 너를 흡족해하는 것 같더구나. 이 아이에게 제대로 집을 관리하는 법을 가르쳐주렴." 메리는 아무 도움도 필요하지 않았다. 그저 입을 꾹 다물고 조용히 지내기만 하면 되었다.

"그런데 나를 왜 부른 거야?" 메리가 물었다.

"이 양탄자를 빨랫줄에 걸게 도와줄 수 있어?"

"왜 양탄자를 거기 걸려고 하는데?"

"올해의 놀라운 사건이야, 메리! 토요일에 우리집에 손님이 오신대."

메리가 충격을 받은 시늉을 했다. "누군가 제 발로 이 집을 찾아와 한참 머무르기로 했다고? 좋아, 기다려." 메리는 이내 사라지더니 담장을 따라 걸어와 보든가의 뒷마당에 있는 내게로 왔다. 우리는 양탄자를 양쪽에서 잡고 훌쩍 던졌지만 빨랫줄을 놓치는 바람에 한번 더 던져야 했다. 먼지와 음식물 부스러기가 우리의 이마와 눈으로 비처럼 후드득 떨어졌다.

"이제 신나게 두드려봐." 메리가 내게 고리버들 먼지떨이를 건넸고, 그것을 크게 휘두르자 늙은 암소를 때리는 듯한 둔탁한 소리가 났다. 내 입은 먼지로, 보든가의 생활의 흔적으로 가득찼다. 나는 그것을 뱉었다.

"그런 행동은 숙녀답지 않아." 메리가 손가락을 흔들었다.

"상관없어. 나는 실용적이거든." 나는 양탄자를 쳤다. 등으로, 목덜미로 햇빛이 내리쬐었다. 나는 양탄자를 쳤다. 그러자 느닷없이 진지한 태도로 메리가 말했다. "브리짓, 미시즈 보든이 뒷마당에 있는 걸 여러 번 봤어."

나는 손을 멈추고 말했다. "방금 뭐라고 했어?"

"아침마다 부인이 밖으로 나와. 가끔은 새벽일 때도 있고."

"마당에서 뭘 하시는데? 부인이 너를 봤어?"

"그런 것 같지는 않아. 오늘 아침에도 봤어. 부인이 자기 배를 치더라." 메리가 소곤거리며 말했다. 저멀리 어딘가에서 문이 열렸다 닫히는 소리가 들렸다.

미시즈 보든은 전에도 그런 행동을 했다. 나는 리지가 미시즈 보든의 일기를 에마에게 읽어주는 걸 들은 적이 있었다. 두 사람이 어찌나 웃어대던지. 미시즈 보든은 몇 년째 생리를 하지 않았는데 다시 피가 나오기 시작했다고, 자신의 뱃속이 쏟아져나오기라도 할 것처럼 멍이 든 느낌이라고 썼다. "이걸 들어봐!" 리지가 말하더니 퍼그 같은 느릿한 목소리를 흉내내며 읽었다. "나는 땀을 흘리며 잠을 깬다. 앤드루는 내 곁에 오려 하지 않을 것이다." 에마와 리지가 깔깔거렸다. 미시즈 보든이 가여웠다.

미시즈 보든은 자신의 끔찍한 생각과 감정에 대해 쓰고 또 썼다. 때로 미스터 보든이 죽어버리면 좋겠다는 생각이 드는데, 그런 생각을 할수록 하혈이 더 심해진다고, 벌을 받는 것 같다고 했다. 그래서 그녀는 자신의 배를 때리기 시작했다. 그런 끔찍한 생각을 멈추려고 애썼다. 에마와 리지는 그저 비웃었다.

그런데 요즘 다시 미시즈 보든이 자신의 몸을 난폭하게 다루기 시작했다. 나는 어떤 일이 뒤따를지 잘 알았다. 그녀는 다리 사이로 흐르는 피와 뱃속을 때리는 듯한 통증으로 한밤중에 깨어나리라. 살며시 침대에서 빠져나온 뒤 잠옷을 지혈대 삼아 그곳을 꼭 누른 채 어기적어기적 안쪽 계단을 내려가 지하실에서 몸을 씻을 것이다. 그녀는 절대 자신의 잠옷과 시트를 내가 처리하도록 하지 않을 것이다. 리지와 달리, 에마와 달리. 미시즈 보든은 절대 자신의 상태를 내게 알리려 하지 않을 것이다.

"부인이 왜 자신의 배를 때리는 것 같니?" 메리가 물었다.

"더 알고 싶지 않아." 마차가 지나가자 돌길 위로 말발굽이 또각거리고 굴레가 짤랑거렸다. "때가 되면 떠나는 게 좋을 것 같아."

"그때가 언젠데? 지난번에는 모아놓은 돈이 없다고 했잖아."

"떠나려고 계속 돈을 모았어. 조만간 미시즈 보든에게 말할 거야."

"부인은 절대 너를 놓아주지 않을걸."

"상관없어. 그 사람들의 싸움이며 그 모든 터무니없는 짓거리라니. 이러다가 무슨 일이 일어날 거야. 나는 미쳐버릴지도 몰라."

"부인이 절대 놓아주지 않을 거야."

"나를 놓아주게 만들어야지." 비둘기 한 마리가 헛간에서 구구 울었다. "이제 이걸 떨어야겠어. 밥값을 하려면."

메리가 내 어깨에 손을 얹고 원을 그리듯 문질렀다. "하느님은 너를 사랑하셔, 브리짓."

나는 양탄자를 두드렸고 한입 가득 먼지를 마셨다.

*

안으로 들어가자 미시즈 보든이 싸늘한 눈초리로 거실에 앉아 있었다. "양탄자 청소를 아주 느긋하게 하고 왔구나."

"네?"

"할일이 산더미야."

나는 그녀의 마음을 읽을 수 없어 지하실로 내려가 빨래를 했다. 그녀는 내게 사진의 먼지를 떨고, 선반의 먼지를 떨고, 액자와 피아노, 도자기의 먼지를 떨라고 했다. 자신이 명령을 내리는 영주라도 되는 것처럼 소파에, 미스터 보든의 자리에 앉아 무릎에 손을 올린 채로. 미시즈 보든은 점점 무자비해졌다. 아, 하지만 그런 짓도 이 집에 그녀와 나만 있을 때나 할 수 있었다. 리지가 그녀의 속을 뒤집어놓은 것이 분명했다.

"네가 뒷마당에서 켈리가의 하녀와 이야기하는 걸 들었어." 부인이 경멸하듯 툭 뱉었다.

나는 얼굴이 화끈 달아올랐고 이대로 불에 타 사라지고 싶었다. 내 말을 어디까지 들었을까? 미시즈 보든은 소파에서 벌떡 일어나 몸을 지탱하기 위해 마호가니 사이드테이블에 기댔다. 그러더니 내게 바짝 다가왔다. 그녀의 숨결과 내 숨결이 뒤섞일 정도로.

"내가 너를 미치게 한다고, 내가? 네가 사랑하는 연로한 할머니와 엄마가 지금의 너를 보면 뭐라고 하실까, 흠? 너는 사람들을 버리는 버릇이 있구나, 그렇지?" 미시즈 보든이 입술을 핥았다. 문득 그녀가 증오스러웠다. 우리 할머니의 따스한 마음에 대해 알지도 못하면서 가여운 할머니를 운운하는 게 증오스러웠다. 그녀에게 떠나온 집에 대해 이런저런 이야기를 털어놓았다는 사실이 증오스러웠다. 뒤섞이는 그녀의 숨결과 내 숨결, 잇새에 낀 악취 풍기는 돼지고기 살점. 나는 그녀에게서 물러났다. 미시즈 보든이 내 손목을 낚아채 피부를 꼬집듯 꽉 잡았다.

"미시즈 보든, 놓아주세요. 아파요."

그녀는 손목을 더 세게 쥐었다. 그녀의 종잇장 같은 손.

"왜 그애에게 이 집을 떠날 거라고 말했니?" 미시즈 보든의 눈에 눈물이 어렸다. 이제 그녀도 알게 되었구나.

"부인에게 말씀드리려고 했어요."

그녀가 얼굴을 더 가까이 들이댔고 나는 그녀의 피부에 부딪혀 튕겨나온 내 숨결을 느꼈다. 따스했다. "이제 옮길 때인 것 같아요, 부인."

"또 누구에게 말했어?"

"메리에게만요."

"그런 식으로 내게 망신을 주다니."

"그럴 뜻은 없었어요."

그녀가 점점 더, 점점 더 다가와 우리의 코끝이 거의 닿을 지경이었다. 늙은 여자의 주근깨, 눈 아래 푸르죽죽한 다크서클, 붉은 강처럼 볼에 얼기설기 비쳐 보이는 실핏줄. "주급을 올려줬잖니, 계속 올려줬어. 그런데 나를 이렇게까지 미워해? 내가 그렇게 비열한 사람이니?"

"아니에요, 부인. 하지만 이 집은 불길해요." 나는 나 자신의 목소리를 알아듣지도 못했다.

미시즈 보든이 내 얼굴을 힘껏 때렸고, 쩍 하는 고기 칼 소리와 함께 머리가 옆으로 확 돌아가고 몸통도 따라 돌아갔다. 밴시의 동굴처럼 그 소리가 방안에 울렸다. 입안에서 피맛이 났다.

"너는 절대 그렇게 훌쩍 떠날 수 없어!" 그녀가 악을 쓰며 고함을 질렀다.

밖에서 마차 소리와 얼음장수 수레의 종소리, 남녀가 걸어가는 소리, 남자와 보조를 맞추려고 청석 보도를 잰걸음으로 따라가는 여자의 구둣소리가 들렸다. 집안에서 그 모든 소리가 들렸는데, 밖에서도 미시즈 보든의 말소리가 들렸을지 궁금했다. 나는 손을 들었다. 그녀를 맞받아 때려주고 싶었다.

미시즈 보든이 관자놀이를 긁었다, 세게 긁었다. 나는 들었던 손을 겨드랑이에 끼웠다. "올라가서 할일 해." 그녀가 말했다. 어느새 그녀의 목소리는 잔잔한 시냇물이 되어 있었다.

"부인, 제 이야기를 들어보세요……"

"위층으로 올라가."

나는 걸레를 들고 양동이를 챙겼다. 미시즈 보든이 나를 지켜보았다. 나는 그녀 옆을 지나쳐 현관 쪽으로 발걸음을 옮겼다. 내 피부가 그녀의 피부에 쓸리자 건조중인 시트처럼 타닥 소리가 났다. 내가 계단에 다다르자 미시즈 보든이 말했다. "네가 위층에서 일을 다 끝내면 이것에 대해 설명을 들어야겠다." 그녀가 말을 멈추었고 이내 짤랑거리는 소리가 들렸다. 나는 우뚝 멈췄다. 그녀의 손에 내 돈통이, 보든가에서 보낸 모든 시간과 세월이 들려 있었다. 짤랑, 짤랑.

*

리지의 방에서 나는 먼지를 떨고 또 떨었다. 미시즈 보든이 증오스러웠다. 분노로 금방이라도 울음이 터질 것 같았지만 감정을 억누르고, 영리하게 행동해야 내 돈을 되찾을 수 있을 거라는 생각을 했다. 나는 리지의 자질구레한 장신구, 그녀가 건드리지도 않는 그 우스꽝스럽고 소소한 물건에 쌓인 먼지를 떨었다. 그녀가 가진 것의 반만이라도 내게 있다면. 책장으로 다가가 먼지를 떠는데 기어이 울음이 나왔고 엄마와 아빠가 보고 싶었고 두 분이 이렇게 말하는 소리를 듣고 싶었다. "미국은 너 같은 아가씨가 갈 만한 곳이 아니라고 우리가 말했잖아." 무엇이든, 누구든 이 집에 와 모든 걸 끝내주기를 바랐다. 내가 이 집을 걸어나가 다시는 돌아오지 않을 수 있도록. 나는 걸레로 『아서왕 궁전의 코네티컷 양키』의 책등을, 『숲 사람들』의 책등을 닦았다. 리지가 이 책들을 마지막으로 읽은 게 언제일까? 걸레가 『프랑켄슈타인』을 지나고 『폭풍의 언덕』을 지나고 『오트란토 성』을 지날 즈음 나는 고향을, 우리가 스토브의 온기를 가득 품은 식탁에 모여 앉아 도란도란 이야기를 나누던 시절을, 암흑에서 기어나와 얼굴을 감싸는 차가운 손들이며 해변으로 미처 헤엄쳐 오지도, 가족에게 돌아가지도 못하고 바다 밑바닥으로 가라앉아 익사한 이주자들에 대한 이야기를 나눴던 시간을, 그 유령의 시간을 떠올렸다.

그곳에서 아빠와 할아버지는 집에서 만든 위스키를 따르며 당신들이 아는 재미있는 이야기를 들려줄 차례를 기다릴 것이었다.

"이 술을 마시면 목에서 불이 날 거다." 프랭크 외삼촌은 입버릇처럼 말했지만 정작 자신은 목이 마비되어 더이상 타는 듯한 느낌이 나지 않을 때까지 꿋꿋이 술을 마셨다.

나는 책등의 먼지를 떨고, 선반의 먼지를 떨고, 리지의 화장대 바로 옆에 있는 침대 머리판의 먼지도 떨었다. 리지는 자기 자신을, 꽃이 그려진 작은 도자기 화병 수집품을, 씻지 않은 몸의 냄새가 나는 듯한 재스민과 사향고양이 향수를 좋아했다. 그녀의 보석함이 잠겨 있지 않았다. 나는 그러지 말았어야 했다. 보석함에는 서로 다른 크기로 하느님을 향한 사랑을 보여주는, 나무와 은으로 만든 십자가들이 들어 있었다. 그리고 사파이어 반지가 있었다. 먹잇감을 쥔 호랑이 모양 장식이 작은 황금 앞발 사이에 커다란 보석을 움켜쥔 형태였다. 리지가 그 반지를 낀 모습은 한 번도 본 적이 없었다. 새 반지가 분명했다. 나는 반지를 집었다. 보석 아래에 작은 가격표가 달려 있었다. 사십 달러. 미스터 보든이 절대 사도록 허락해줄 리 없는 반지. 나는 반지를 보석함에 도로 내려놓고 뚜껑을 닫았다. 리지는 또다시 나쁜 짓을 했다. 그녀가 미스터 보든에게 이렇게 말했던 일 년 전 그때처럼. "아, 아버지! 누가 집에 들어와 내 물건을 마구 뒤졌어요."

"그걸 어떻게 아니?"

"그 남자 소리를 들었어요. 그 사람이 뭔가 훔치기 전에 저 때문에 겁을 먹고 도망친 것 같아요."

우리는 거실에 있었는데, 미스터 보든은 마치 내가 그랬다는 듯 아는 게 없는지 물었다. "아무것도 모릅니다, 주인어른. 저는 지하실에서 빨래를 하고 있었어요." 에마도 아는 게 없었다.

그의 손가락이 편을 고르듯 나와 에마 사이를 오락가락했다. "괴한이 침입했는데 어떻게 인기척을 느낀 사람이 리지밖에 없을 수 있지? 너희는 주위에 무슨 일이 일어나는지 신경도 안 쓰는 거냐?"

"아버지, 집은 다 잠겨 있었어요. 그런 일이 있으리라고는 의심하지 못했어요." 에마가 다급하게 토로하듯 말했다.

미스터 보든은 말썽을 부린 아이들처럼 우리 셋을 데리고 다니며 집안을 살폈다. 그는 창문을 가리키며 창문이 헐거워졌는지 내게 흔들어보라고 했다. 창문은 모두 멀쩡했다.

"아버지," 리지가 말했다. "꼭 이래야 해요?"

미스터 보든은 대답하지 않았다.

한 시간가량 집안을 둘러보고 다닌 끝에 우리는 보든 부부의 침실로 들어갔다. 미스터 보든이 서랍장을 살피는 동안 우리는 창가에서 있었다. 에마는 팔꿈치를 긁었다. 리지는 아버지를 지켜보았다.

"그 남자가 제 전차표를 가져갔어요." 리지가 미스터 보든에게 다가가 그의 팔에 손을 올렸다. 에마가 숨을 깊이 들이쉬자 목에서 아코디언 소리가 났다. 방안 공기가 점점 탁해졌다.

미스터 보든이 팔을 뺐다. "그런 걸 가져가다니 이상하구나."

"그 표를 돈으로 바꿀 수 있을 거라고 생각했나봐요." 리지가 어깨를 으쓱했다.

미스터 보든이 딸을 보았다. 두 사람이 마주보았다. 리지의 얼굴이 분홍빛으로 물들고 눈이 커졌다. 그가 주먹을 쥐었다 풀었다.

"아버지," 에마가 큰 소리로 불렀다. 그가 돌아보았다. "리지는 쉬어야 해요. 그런 소동을 다 듣고도 사람을 부를 수 없었으니 분명 겁이 났을 거예요. 집은 그만 살펴봐요."

미스터 보든이 주위에 열려 있는 서랍을 유심히 살폈다. "동전 몇 개와 목걸이 하나도 가져간 것 같군."

"아버지, 제가 혹시 다른 소리를 들었던 기억이 나면 말씀드릴 테니 그때 경찰을 부르세요." 리지가 회유하듯 말했다.

에마가 리지에게 손을 뻗었다. 리지가 그 손을 잡았다. 자매는 방을 나가 안쪽 계단을 내려가며 걸음마를 배우는 아이처럼 쿵쿵거렸다. 나도 그곳을 뜨려고 발걸음을 뗐다.

"잠깐만." 미스터 보든이 말했다. 그는 침대 옆에 서서 몸을 앞뒤로 흔들다 멈췄다. "혹시 다른 사람에게 열쇠를 준 적이 있니?" 그의 목소리는 작았다.

"아니요, 주인어른. 항상 몸에 지니고 있습니다."

미스터 보든이 툴툴거렸다. "이제 가봐라."

나는 고개를 까닥하고 그곳을 떠났다.

며칠 후 지하실에서 빨래를 하다 리지의 치마 안쪽에 끼여 있는 전차표를 보았다. 다른 주머니도 확인했다. 또다른 표. 리지는 비밀을 숨기는 법에 대해 배워야 할 게 많아 보였다. 나는 그 표들을

찢고 한데 뭉쳐 따뜻한 비눗물이 든 양동이에 던져넣고 종잇조각
이 회색으로 변하는 모습을 지켜보았다.

4

벤저민

1892년 8월 3일

나는 피 튀기는 싸움을 하고, 마지막 남은 일 달러를 잃고, 가시철조망에 한쪽 다리가 찢기는 밤을 보낸 후 페어헤이븐에서 존을 만났다. 내가 늘 누군가를 만나는 방식으로—우연히, 어쩌다, 같은 길을 택하는 바람에. 새벽이었고 오줌보가 터질 지경이었다. 손에 연골과 토막 친 고기를 든 채 골목길 담벼락에 오줌을 갈기고 있는데, 키가 나무만하고 꽤 나이를 먹은 남자가 빠른 걸음으로 골목길을 돌아 들어오더니 내 쪽으로 다가와 내 부츠에 그레이비소스 같은 걸쭉한 것을 게워냈다. 그는 정신을 차리고 신사답게 웃었다. "이건 예상하지 못한 일인데."

"정말로 그렇군."

그는 입을 닦고 나를 위아래로 훑어보더니 말했다. "나도 가끔 공터에서 오줌 싸는 걸 좋아하지. 자유롭잖아, 안 그렇소?"

나는 방해받는 걸 좋아하지 않았다. "그냥 해야 하면 하는 거요."

그가 고개를 끄덕이더니 말했다. "나는 깊이 생각하지 않는 남자를 좋아해. 그런 태도에는 나름의 가치가 있거든."

내 아버지가 할 법한 말. "내가 멍청이라는 얘기 같은데, 영감."

그가 손을 내저었다. "그 반대라네." 그가 자갈이 깔린 바닥으로 시선을 떨어뜨리고 인상을 쓰며 말했다. "부츠는 미안하게 되었네. 제대로 맛이 간 우유를 마셨나보이." 그는 손을 짙은 색 양복에 문질렀고 그 모습에 은행가가 떠올랐다.

"마시기 전에 냄새를 맡아봐야 한다고 모친에게 안 배우셨소?" 내가 바지를 주섬주섬 추어올리는데 누가 고함을 쳤다. "이봐, 당신들! 하던 짓 당장 멈춰."

재빨리 돌아보니 여드름 난 얼굴에 등이 살짝 굽은 경관이 골목 입구에 서 있었다. 나는 그를 무시했다.

경관이 점점 다가오자 그의 부츠가 긁히는 소리가 났다. 나는 이를 악물었다. 이 하나가 흔들리는 것 같았다. 바지를 제대로 입었을 즈음, 경관이 권위적인 태도로 말했다. "야, 더러운 똥개."

나는 그를 마주보았다. "쯧쯧. 다짜고짜 욕을 하면 상대의 협조를 얻을 수 없어."

경관이 내게 바짝 다가서더니 손가락으로 내 가슴을 쿡 찔렀다. "어떻게 말하든 내 마음이야." 그러더니 영감 쪽을 힐끔 보고 눈썹을 치켰다. "부자 범죄단을 잡은 건가, 그래?" 경관이 껄껄 웃으며 영감의 사타구니를 가리켰다. "거시기 꺼냈지, 그렇지?" 영감의 얼굴이 벌겋게 달아올랐다.

수치심을 느껴야 할 사람은 경관이었다. 나는 그의 어조가 마음에 들지 않았다.

"그런 게 아니오." 영감이 말했다. "당신이 생각하는 그런 일이 아니라고."

"노상 방뇨는 범법 행위요, 알긴 하시나? 이름을 대시오." 경관이 말했다.

"존."

"당신은 쓰레기 부류로는 안 보이는데, 존. 여기 이 작자와는 달리." 경관이 더 가까이 다가와 개처럼 코를 킁킁거렸다.

"내게서 떨어져." 내가 말했다. 착 가라앉은 목소리로.

"네가 나댈 자리가 아니야. 여기 규칙은 내가 정해." 경관이 벨트에 매달린 곤봉을 꺼내 벽돌담을 툭툭 치더니 이어 존의 다리를 쳤다. 존이 오래된 불쏘시개처럼 쓰러졌다.

"내게서 떨어져." 내가 경고했다.

더 가까이 다가오는 경관. "이 더러운 똥개가 뭐라는 거야."

나는 충분히 참았다. 무쇠 같은 손바닥으로 그의 따귀를 갈기자 경관의 머리가 홱 돌아갔다. 몸풀기. 그런 다음 주먹을 쥔 채 뼈가 부러지는 소리가 나고, 피가 분수처럼 솟구치고, 경관이 몸을 숙이며 곤봉을 떨어트릴 때까지 팼다. 존이 곤봉을 집어들고 자신의 손바닥을 탁 쳤다. 순간 내게 곤봉을 휘두르려는 줄 알았다.

"나라면 안 그럴 텐데." 내가 존에게 말했다.

"나도 그렇다네." 그가 곤봉을 내게 건넸다. 경관은 우리 사이에 푸른색 면과 울로 된 탁자처럼 무릎을 꿇고 엎드려 있었다. 나는 곤봉을 치켜들고 경관의 몸을 힘껏 내리쳤다. 경관이 비명을 질렀다. 그를 일으키자 내 손이 피로 물들었다. 내가 말했다. "노인을 때린 대가다."

경관은 그대로 드러누워 이 하나를 뱉었다. 그는 일어나지도 못할 것이었다. 존이 내게 말했다. "이건 예상하지 못한 일인데."

존을 바라보자 씩 웃는 그의 얼굴이, 앞니 사이에 약간 벌어진 틈이 눈에 들어왔다. 존이 손을 내밀었고 나는 그와 악수를 했다. 그의 피부는 부드러운 노인 피부였다. 평생 한 번도 두 손을 써서 노동을 하지 않은 사람. 내 엄지와 손목에 피가 묻어 있었고 악수를 끝내자 그의 손에도 피가 묻었다. 그는 가슴팍 주머니에서 하얀 면 손수건을 꺼내 손을 닦았다.

"벤저민이오." 내가 그에게 말했다.

"자네를 만나 정말 다행일세, 벤저민. 자네가 없었다면 무슨 일이 일어났을지 누가 알겠나." 존이 나를 보았고 시선이 가시철조망에 다친 내 허벅지로 향했다. "자네는 골치 아픈 상황에 휘말리는 경향이 있나보군."

나는 너덜너덜해진 바짓가랑이를, 그 안의 깊은 상처를 내려다보았다. "내게 이 정도는 별일 아니오."

"그런 것 같군. 하지만 그 상처는 치료를 받아야겠어."

"때가 되면."

존이 다시 손을 닦고 손톱을 꼼꼼하게 살폈다. 그의 배에서 요란한 소리가 나더니 그가 트림을 했다. "실례하네." 그가 배를 문지르며 말했다. "아직도 여기 문제가 남아 있나보이."

다리의 통증이 다시 시작되자 울타리를 뛰어넘을 때 피부를 잡아 찢던 강철이 떠올랐고, 그 남자를 때려눕힌 후 내 손바닥에 박힌 피 묻은 치아가 떠올랐다. 존이 이렇게 물은 것을 보면 나도 모르게 인상을 쓴 모양이었다. "쉬어야겠나?"

"괜찮을 거요."

"어디 잠시 쉴 만한 곳으로 가지 않겠나? 술도 한잔하고? 나를 지켜줬으니 빚을 진 것 같군." 과하게 친근하고 과하게 끈질긴 존.

경관을 보니 여전히 정신을 잃고 쓰러져 있었다. 내가 존을 따라가지 않으면 혹시 그가 날 밀고할까? 어떤 사내들은 쉽게 겁을 먹고, 어떤 사내들은 공포 그 자체다. 나는 내가 어떤 사내인지 알았다. 존에게 운을 걸어보기로 했다. "좋소." 내가 말했다. "가서 좀 쉽시다."

존이 미소를 지었다. "내가 조용한 곳을 아네. 그런데 좀 걸어야 해. 갈 수 있겠나?"

"이보다 더한 상처도 많이 겪었소."

우리는 골목길에서 나와 페어헤이븐으로 더 깊이 들어가며 지붕 없는 시청 주위를 에워싼 비계를 지나고, 온갖 것을 신사적으로 지나쳐 모퉁이에 있는 조용하고 먼지 쌓인 가게에 다다랐다. "여기서는 아무도 우리를 귀찮게 하지 않을 걸세." 존이 말했다. 나는 고개를 끄덕였다.

안으로 들어가니 흙내음이 밴 위스키 향이 났고 남자들이 보였다. 반쯤 빈 잔을 들고 있는 남자, 제 불알을 잡고 있는 남자, 카드 게임에 마지막 운을 건 남자. 내 아버지를 닮은 그곳의 남자들. 그들은 우리에게 조금도 관심을 두지 않았다. 우리는 바에 앉았다. 존의 체취를 맡을 수 있었고 그가 이런 곳에 속한 사람이 아니라는 것을 알 수 있었다. 나는 그의 냄새―땀냄새가 얼핏 날 뿐인 청결한 향기―를 들이마셨다.

바텐더가 우리 쪽으로 왔다. 족제비 같은 다리를 질질 끌면서.

"뭘 드릴까?"

나는 주머니를 더듬어봤지만 텅 비어 있었다. 존을 바라보자 그가 재킷 주머니에서 접은 지폐 몇 장을 꺼냈다. "몸을 데울 위스키 두 잔."

바텐더가 술을 따라 우리에게 건넨 후 자리를 떴다.

우리는 술을 홀짝거렸다. 술을 넘기자 목구멍이 뜨뜻해졌다. 나는 존에게 고개를 까닥했다. 존이 미소를 지었다. "그나저나 이 새벽에 뭘 하고 있었나, 벤저민?"

"이것저것."

"비밀이 많은 남자라. 그런 면을 존중하네."

"그러는 당신은 뭘 하고 있었소?" 내가 물었다.

"나는 먹은 걸 게워내느라 밤새 일어났다 누웠다 했지. 산책을 하면 괜찮아질 줄 알았는데, 맙소사⋯⋯"

"정말 맙소사였지."

"그래도 나는 우리 모두 아침 일찍 일어나야 한다고 생각한다네. 일찍 일어나는 새가 벌레를 잡는다지 않나." 존이 눈을 찡긋하고는 위스키를 한 모금 마시고 목을 헹구는 소리를 내며 넘겼다. 묘한 남자.

바는 소음과 술로 넘쳐났다. 남자들은 남자들에게 시비를 걸었다가 재빨리 싸움을 포기했다. 잠시 후 존이 내가 어디 출신인지 물었다.

"말하자면 길지." 내가 말했다.

"어쨌든 이 근방 출신은 아니군?"

"그렇소." 그와 이런 식으로 친해질 생각은 없었지만 우리 상황은 예외적이라 할 만했다. "당신은 여기 출신이오?"

"아니, 아닐세. 폴리버로 가는 길에 잠시 들른 거라네."

"거기 뭐가 있는데?"

존이 코를 문질렀다. "가족. 말하자면."

"말하자면?"

"내 누님의 딸들이 거기 살거든."

"하지만 누님은 아니고?"

그가 손바닥으로 머리를 쓸어올렸다. "누님은 오래전에 돌아가셨지."

"나도 여동생들이 있지." 나는 우리가 친구라도 된 것처럼 말했다.

"그들과 잘 지내나?"

"전에는. 못 본 지 꽤 되었소."

그 말에 그가 미소를 지었다. "자네는 사람들과 거리를 두는 게 좋은가보군."

"가끔은."

존이 내 얼굴에 숫자라도 적혀 있는 것처럼 계산하듯 나를 바라보았다. "당신이 원하는 게 뭐요?" 내가 물었다.

그가 다시 손바닥으로 머리를 쓸었다. "그저 나를 도와준 사람을 좀더 잘 알고 싶을 뿐이네."

"나는 문제를 맞닥뜨리면 바로 해결하지." 내가 말했다. 절반의 진실. 그가 알면 어떻게 나올까.

존이 환하게 웃었다. "그럴 거라고 생각했네."

우리는 서로를 바라보았다. 존이 마치 뭔가를 심사숙고하는 것처럼 손톱을 물어뜯었다. 한참 후 그가 말했다. "갓 튼 친분으로 밀어붙이고 싶지는 않지만, 자네가 나를 한번 더 도와줄 수 있을지도 모르겠군." 그의 목소리에서 묻어나는 동요.

"어떤 식으로 말이오?"

"문제를 해결해줄 사람이 필요하네."

"어떤 종류?"

"집안 문제."

나는 고개를 끄덕였다. "내가 그런 일을 좀 알지."

존이 미소를 지었다. "그럴 것 같다는 느낌이 오더군." 그가 다시 나를 찬찬히 보더니 내 다리로 시선을 내렸다. "그 다리는 의사에게 보여야겠어."

피가 바지 겉으로 번져 있었고 다리에서 온갖 종류의 냄새가 났다. "더 지독한 상처도 입어봤소."

"그렇겠지만, 그 상처가 자네 발목을 잡는 건 싫을 테지."

"그런 것 같군."

바의 남자들은 계속 술을 들이켜고, 계속 카드 게임을 하고, 계속 하던 일을 했다. 바깥에는 어느새 해가 떠서 가게 안으로 기다란 그림자를 드리웠다. 나는 그 경관이 떠올랐고, 사람들이 그를 찾았을지, 그가 나를 잡으라고 누구를 보냈을지 궁금했다. 가만히 궁둥이를 붙이고 있는 건 위험했다. 나는 존에게 말했다. "당신의 그 문제, 폴리버에 있소?"

"그렇다네."

"그리고 당신은 그 문제가 조만간 해결되기를 원하고?"

"빠르면 빠를수록 좋지."

"정확하게 내가 뭘 해야 하오?"

"결정을 내리기가 어렵군. 그 일이 통제에서 벗어나는 건 원하지 않거든."

"나는 아주 신중하지."

존이 고개를 끄덕였다. "그래, 그렇더군. 그런데 종적을 감추는 것도 가능한가? 비밀을 지킬 수 있어?"

순간 위험한 예감이 몰려들어 내 몸을 떠미는 듯한 느낌이 들었다. 전에도 이런 종류의 의뢰를 받은 적이 있었다. 내 앞에 좋은 시절이 기다리고 있는지도 몰랐다. "내가 잘하는 게 그거요."

돌이킬 수 없는 지점을 향해 가는 부표처럼 존이 고개를 자꾸 주억거렸다. "좋네. 우리는 사생활을 몹시 중시하는 사람들이거든. 그저 도움이 좀 필요한 거라네. 일종의 중재인, 우리를 모르고 편파적으로 굴지 않을 사람이 필요해." 잇새가 벌어진 치아가 드러나는 미소.

"도움이 필요한 사람이 정확히 누구요?"

"나의 훌륭한 조카들." 그가 잠시 뜸을 들였다. "안타깝게도 그 아이들은 제 아버지와 의견이 달라. 그는 고집이 센 남자고 자신에게 의문을 품는 사람에게 그리 친절하지 않지."

나는 아버지들에 대해 잘 안다. 태생은 중요하다. 한때는 나도 그런 일에 잘 대처하지 못했다.

존이 자신의 손톱을 살피더니 그 손톱으로 치아를 하나씩 미끄러지듯 긁었다.

"그 사람이 정신을 차리도록 이야기를 해보라는 거요?" 내가 물었다.

"나는 자네가 세게 나가주면 좋겠네. 그는 합리적인 말에 귀를 기울여야 해."

"내가 어떤 메시지를 전해야 하는 거요?" 나는 존의 의뢰를 이행할 방법을 생각해보았다. 재미있을 것 같았다.

"그가 최근에 딸을 어떻게 대했는지 내가 주의깊게 지켜보고 있었다는 사실을 알게 해주면 좋겠네." 존은 또다시 말을 멈추고 생각에 잠겼다. "그리고 그가 돈을 쓰는 용처를 재고하기를 원하네."

부자. 관심이 동하는 일거리였다. "알겠소. 내가 어느 선까지 해야 하는 거요?"

"조카들이 삼촌의 보살핌을 받고 있다고 느끼기만 하면 되네. 내가 그애들의 어머니에게 약속한 대로 말일세."

*

나는 한때 버터였다―열기의 조짐에 스르르 사라지곤 했다는 점에서. 학교를 다닐 때는 내내 손마디 부위가 까져 있었고, 몸에서 나는 닭장냄새 때문에 놀림을 받았다. 아버지는 키가 크고 주먹이 거대했다. 그에게는 아이를 어른으로 빚어내는 방식이 있었다. 내가 나무를 한 탓에 몸살이 나, 식은땀을 흘리며 한밤중에 눈을 뜨면 아버지가 나를 다리 사이에 끼운 채 무릎을 꿇고 있곤 했다.

"오늘은 학교를 쉬어라."

"왜요?"

"네게 남자가 되는 법을 가르쳐줄 거니까."

남자가 된 우리는 밖으로 나가 손에 총을 쥐고 나무 사이를 돌아다녔다. 나는 목표물을 놓칠 때마다 아버지가 내 뒤통수를 갈기는 등골 서늘한 공포와 싸워야 했다.

집에서 어머니는 먼지떨이나 다름없었다. 그녀는 '내가 일을 멈추
춘다면 다 관두고 떠나게 될 텐데, 아이들을 데려갈 자신은 없어'
라는 생각을 떨치기 위해 끝없이 잡다한 일을 하며 버텼다. 그렇게
어머니는 남아서 우리에게 사랑을 쏟았다.

여동생들과 나는 아버지가 항상 어머니에게 폭언을 퍼붓고 폭력
을 감내하길 요구하며 입을 맞추는 모습을 지켜보곤 했다. "내 식
대로 너를 사랑할 거야." 아버지는 말하곤 했다.

"안 돼요, 지금은. 아이들이 있잖아요."

"네가 잘하는 게 뭐야?" 아버지는 어머니에게 손찌검을 했다.
"어차피 너는 생긴 것도 별로야."

나는 아버지를 어머니에게서 떨어뜨려놓고 싶었지만 그럴 배짱
이 없었다. 문제가 뭐였을까? 짐승을 잡을 때는 눈을 똑바로 보며
목덜미에 단검을 꽂을 수 있는데, 왜 아버지를 몰아내는 일에는 그
렇게 겁을 집어먹었을까?

그러던 어느 밤 아버지가 집에 돌아와 말했다. "이놈의 집구석은
개차반이야." 그는 바닥에 침을 뱉더니 식탁에 앉았다. 그날 오후
그를 위해 정성스럽게 끓였지만 차갑게 식어버린 양고기 수프를
먹는 아버지를 우리는 지켜보았다. 그는 후루룩거리며 먹었다.

"무슨 일이에요?" 어머니는 한 마리 쥐였다. 어머니가 그에게
다가갔다.

"주둥이 다물어, 이 여편네야." 그가 어머니의 얼굴을 쳤다.

나는 목청을 가다듬고 아버지가 원하는 남자가 되어보려고 했
다. "어머니를 때리지 마세요."

그가 자리에서 벌떡 일어나 코가 맞닿을 때까지 천천히 다가왔다. 난생처음 나는 야생돼지 털 같은 코털이 그의 콧구멍 옆면을 뒤덮고 있다는 사실을 알아챘다. "지금 내게 대들었냐?"

"하느님이 아버지를 벌하실 거예요. 저분은 우리 엄마라고요." 내가 말했다. 나는 바짝 긴장했고 심장이 미친듯이 뛰었고 토할 것 같았다.

아버지가 검지로 내 목을 찔렀다. "너는 틀렸어. 내가 벌을 받을 리 없어."

내 목을 찌르는 검지에 점점 더 힘이 들어갔고, 나는 그의 체중 아래에 갇혀 빠져나가지 못하는 내 숨결을 느낄 수 있었다.

아버지는 짐을 싸고 모자를 머리에 얹더니 내 어깨를 세게 잡고 말했다. "이제 이 집의 술래는 너다." 여동생들은 아버지가 우리를 사랑한다고, 언젠가 돌아오겠다고 말해주기를 기다렸다. 나는 희망이 솟아오르지 않도록 억눌렀다—나는 사랑했고 증오했다. 하지만 아버지는 그대로 떠났고, 그걸로 끝이었다.

그날 밤 어머니는 무릎을 꿇고 앉아 가슴에 성호를 그었다. 나는 몸이 부서질 것만 같은 극심한 고통을 다스리며 집안을 서성거렸다. 아버지는 집으로 돌아와야 했다. 그를 찾으러 가야겠다고 생각했다. 총을 챙겨야 할지 고민도 했다. 내게 그럴 용기가 있는지 확신이 서지 않았다. 그래서 매켄지강으로 걸어가 강둑에 앉아 아버지가 낚싯대를 잡고 있게 해줬던 때를 떠올렸다. 물결에 드리운 나무 낚싯대. "아빠, 제가 제대로 하고 있어요?"

"그래, 아들. 그래." 그는 심지어 내 등에 새끼 강아지처럼 매달리기도 했다.

아버지는 그때 한 번 좋은 말을 해주었다.

나는 머리를 식힐 요량으로 부츠에 물이 가득찰 때까지 강으로 걸어들어갔다. 고개를 들어 달을 보았다. "어째서 아버지는 우리에게 이런 짓을 하는 거야?" 나는 말했다. 그리고 울부짖었다. 예전에 내가 사슴을 죽이고 나서 눈물을 흘리며 계속 몸을 떨자 아버지가 말했다. "이런 일은 항상 처음이 가장 힘든 법이다. 하지만 점점 쉬워진다. 날 믿어." 때리기, 싸우기, 피 흘리기, 고함치기, 목 조르기. 수많은 일이 결국에는 쉬워지기 마련이었다.

언젠가 어머니가 내게 말했다. "무엇이 옳은 일인지 하느님에게 물어보렴. 그러면 항상 해답은 네 안에 있다고 말씀해주실 거야. 너는 그 대답을 믿기만 하면 돼."

나는 하느님이 있을 만한 곳을 올려다보며 말했다. "하느님, 저는 모든 일이 더 좋아지게 하고 싶어요. 무엇이 옳은 일인가요?"

나는 대답을 기다렸다. 아버지를, 그가 입힌 모든 상처를 떠올렸고, 아버지가 나라면 어떻게 했을지 고민했고, 아버지가 우리 곁으로 돌아오는 것과 그것이 의미하는 바를 생각했다. 아버지의 얼굴 위로 들고 있는 돌, 입술 위로 튀어오르는 이, 볼과 턱에 흐르는 피에 대해 생각했다. 아주 어두운 구석에서 내 목소리가 들렸다. "보호하는 게 옳은 일이고 문제를 해결하는 게 옳은 일이야." 마음속에서 그 돌로 아버지의 얼굴을 짓이기자 기분이 훨씬 좋아졌다. 내 생각이 틀렸다는 하느님의 목소리가 들리지 않았으므로 나는 스스로 아버지의 아들이 될 것이었다. 아버지가 대가를 치르고, 집으로 돌아오고, 모든 것이 옳은 방향으로 가도록 만들 것이다. 나는 옷에서 물을 뚝뚝 떨어뜨리며 강에서 걸어나왔다. 세례.

몇 주 후 외삼촌이 우리집 계단에 서서 비스듬히 쓴 모자로 눈을 가린 채 무겁게 입을 열었다. "네 아버지를 봤어. 라이징선에 살고 있더라. 결혼식에서 봤어."

여동생들이 작게 헉헉거리더니 울음을 터트렸다. 그들은 서로 손을 잡고 손가락을 잡아당기며 외삼촌에게 거짓말쟁이라고 했다. 그 모습에 나는 그애들을 안고 모든 게 잘될 거라고, 내가 다 알아서 처리하겠다고 말해주고 싶었다.

"아버지는 하객이었어요?" 내가 물었다.

"그 인간 결혼식이었어. 신부가 갓난쟁이를 안고 있었어. 그 인간을 똑 닮았더라. 심지어 너하고도 닮았어."

내가 말했다. "아버지가 어디 사는지 아세요?"

"그 사람 찾아가지 마, 벤저민." 어머니가 말했다. "나하고 여기에 있어."

외삼촌이 손가락으로 턱수염을 훑었다. "알다마다. 뒤를 밟았거든. 침례교회에서 4분의 1마일 정도 떨어진 곳이니까 네가……"

나는 바닥에 침을 뱉었다. 혀가 산패한 금속성 맛에 오그라들었고 나는 그 맛을 빨아들였다.

나는 외삼촌을 밀치고 나가 아버지 사냥에 나섰다. 계속 걸었다. 족히 20마일을 지나 라이징선에 접어들자 불에 탄 밀짚과 진흙 냄새가 나를 반겼다. 나는 시내를 몇 시간 동안 돌아다니며 신혼집의 흔적을 찾아 창문 안과 울타리 아래를 들여다보았다. 어떤 집은 뒤죽박죽이었고 어떤 집은 유령의 집처럼 텅 비어 있었다. 나는 계속 걸었다.

그러다 얼마 후 나는 우연히도 아버지와 그의 신부를 스쳐지나갔다. 두 사람은 붉은색 울타리 뒤에 있었다. 붉은 머리에 지나치게 긴 드레스를 입은 그의 아내는 현관 포치에 앉아 어떤 여자의 손금을 보고 있었다. 아버지는 집 옆에 자란 풀을 베고 셔츠 소매로 입을 닦았다. 그는 행복해 보였다. 나는 돌과 이와 피에 대해 생각했다.

그의 아내가 손금을 다 보자 아버지가 다가가 그녀의 이마에 입을 맞췄다. "이 칼날을 손보러 다녀와야겠어." 그가 말했다. 나는 이마—어머니의, 여동생들의, 나의—에 닿는 아버지의 입술을 상상했다. 손을 들어 입으로 가져갔다.

"사랑해요." 그의 아내가 아버지에게 말했다.

"나도 사랑해."

아버지가 그런 말을 내뱉다니, 마치 평생 그 말을 해온 사람인 양. 그는 길을 따라 내려갔고 오후의 미풍이 서서히 거세졌다.

아버지의 아내가 나를 보더니 울타리 뒤에서 나왔다. 그녀에게서 역겨울 정도로 달착지근한 냄새가 났다. 그녀의 머리카락, 손톱 주위, 블라우스의 실밥, 멍청한 입술과 통통한 볼에서. 아버지 아내의 이마에 그림자가 드리웠다. "너 괜찮니? 길을 잃었나보구나."

땀이 등줄기를 타고 흘렀다. "딱히 그런 건 아닌데."

그러자 그녀가 활짝 웃었다. "아하, 그럼 네가 빛을, 하느님의 훌륭한 역사役事를 모두 볼 수 있게 해줄게. 그분의 은총을 받으렴."

나는 불만스럽게 끙 소리를 냈다. 마법 같은 건 좋아하지 않았다.

그녀가 내 손을 향해 손을 뻗었다. "나는 앤절라야."

"벤저민." 우리는 악수를 했다. 나는 혀를 빨았다. 얼굴이 복숭아처럼 참하고 파우누스*처럼 예쁜 앤절라. 나도 그녀에게 미소를 짓는데 어떤 생각이 떠올랐다. 앤절라를 통해 아버지를 벌주겠다는 생각이.

앤절라.

"안으로 들어와." 새처럼 재잘재잘.

나는 뒤를 따랐다. 이를 악물고 입술을 깨문 채.

"여기 앉아. 편히 있으렴." 그리고 그녀도 내 옆에 앉았다. "네 얼굴은 꼭 천사 같구나. 이 보조개 좀 봐." 그녀는 앞으로 몸을 숙이고 나를 똑바로 바라보았다. "네 눈을 보니 마치……" 그녀의 촉촉한 목소리에 나는 등골을 움찔했다.

앤절라가 킥킥 웃었다. "오다가 악마라도 봤니?"

"어쩌면."

그들의 집은 책과 가구로 가득했는데, 우리집에 있는 것보다 더 많았다. 그리고 거실에 배가 불룩한 작은 조각상이 있었다. "저게 뭐예요?"

그녀가 파리를 쫓듯 그 조각상을 향해 손을 저었다. "그건 부처야. 모든 사람의 취향에 신경을 써야 하거든."

순간 그녀의 몸안을 들여다보면 어떤 모습일지, 온통 시뻘겋지 않을지 궁금했다. "너는 이렇게 혼자 다니기에는 너무 어린데." 그녀가 목덜미에 늘어진 머리채를 손으로 치우며 말했다.

나는 그녀가 무슨 말을 듣고 싶어할지 머리를 짜냈다. "나는 가족이 없어요." 반쯤 열린 거실 창문으로 가벼운 미풍이 플라타너스와 치커리의 향기를 싣고 너울거리며 들어왔다.

---

* 반은 사람, 반은 염소의 모습을 한 신화 속 목축의 신.

"힘들겠구나."

나는 고개를 끄덕였다.

"음, 하느님의 빛을 받아들이면 너는 더이상 혼자가 아니야."

나는 어린 소년처럼 웃었다. "이상한 소리네."

"내 남편도 처음 만났을 때는 그렇게 생각했어."

"풀을 베던 아저씨요?" 나는 그녀 쪽으로 몸을 숙였다.

앤절라가 뒤로 기대앉으며 손가락으로 자신의 입술을 눌렀다. "그래, 그 사람."

"좋은 사람이에요?"

그녀가 고개를 끄덕였다. "최고 중 한 명이지."

나는 그녀에게 빠져나갈 틈을 주지 않을 작정이었다. "어떻게 만났어요?"

"어느 날 산책하다가." 그녀는 나 때문에 통증이 왔다는 듯 눈썹을 문질렀다.

"그 아저씨가 아줌마에게 처음 한 말이 뭐였어요?"

앤절라는 고개를 저으며 속삭이듯 말했다. "이 순간은 나를 위한 시간이 아니야. 나는 너를 치유하는 데 훨씬 관심이 있단다."

"아줌마가 그 아저씨를 치유했어요?"

"그래."

나는 그녀의 뼈를 떠올렸다. "어떻게 고쳤어요?"

"사랑으로." 앤절라의 두 볼은 붉고 통통했다.

"아저씨가 아줌마에게 박았어요?"

앤절라가 소파에서 뒤로 더 물러났고 얼굴에서 핏기가 사라졌다. "그건 정말 무례한 말이구나. 오늘 내가 너를 도와줄 수 있을

지 모르겠다."

"하지만 나는 기대하고 있었는데."

"미안하지만 그냥 가줘야겠다." 앤절라가 현관으로 향했다.

나는 이래라저래라 하는 말을 듣고 싶지 않았다. 앤절라에게 손을 뻗었다. 나와 눈이 마주친 그녀는 조용히 찬송가를 읊조렸다. 설탕이 춤을 추는 붉은 입술. 나는 숨을 깊이 들이쉬었다. 그녀의 두 눈이 휘둥그레졌다. 나는 그녀의 손을 잡았다. 그녀의 피와 생명력을 전부 빨아내고 싶었다.

나는 이를 갈았다. 집안 어딘가에서 아기가 울었다. 앤절라가 나를 밀치려 애쓰며 집안을 건너다보았다. 내게서 벗어나려고 해봐야 소용없었다. 밖에서는 두 여자가 자갈투성이의 흙길을 구두 굽으로 찍으며 집 앞을 지나갔다. 나는 깊이 숨을 쉬고, 앤절라의 가느다란 손목을 세게 쥐고는 볼이 서로 닿을 정도로 가깝게 끌어당겼다.

"당장 나를 놓아줘." 그녀가 말했다.

격렬한 흥분이 전기처럼 혈관을 타고 온몸을 돌아 피부로 전해졌고 양손이 부들부들 떨렸다. 앤절라의 숨이 점점 얕아지더니 내 가슴에 침이 뚝 떨어졌다. 그녀는 너무나 따뜻했다.

아기가 울었다. 앤절라가 다시 나를 밀어내며 말했다. "제발 나를 놓아줘."

"할말이 있어, 앤절라."

"뭐라고?" 그녀가 속삭였다.

나는 그녀가 숨이 막히도록 꼭 끌어당겼다. 그녀의 몸이 잔뜩 긴장한 것이 느껴졌다. "네 남편은 이미 가정이 있어."

아기가 울었다. "제발 나를 놓아줘." 앤절라가 말했다.

"네 남편이 네 몸에 박아넣고 아기를 만들어주기 전에 자기한테 이미 아이들이 있다는 말을 했어?" 내 말이 그녀에게는 청천벽력 같았을 것이다.

아기가 울었다. 앤절라가 흐느꼈다. "지금 무슨 말을 하는 거야?"

서로를 품에 안은 채 우리는 벽에 그림자를 드리웠다. 그런 다음 나는 앤절라를 소파로 내던졌다.

"너 누구야?"

"네 남편과 할말이 있어서 왔어. 넌 내게 정말 고마워해야 해. 그 사람은 결국 네가 지겨워질 거거든, 특히 네가 흉해지면."

"나를 풀어줘."

"이제부터 게임을 하자, 앤절라……"

내가 첫번째 주먹을 날렸을 때 앤절라는 몸을 공처럼 웅크리려 애썼다. 나는 뒤로 물러나 벌겋게 달아오르는 그녀의 얼굴을 바라보며 아버지를, "사랑해요"라고 말했지만 무시당했던 순간을 떠올렸다. 주먹을 허공으로 들어올려 앤절라의 볼을 세게 내리쳤다. 뼈에 금이 갔다.

"어머니가 웃지 않으시는 건 다 네 탓이야."

또 한번의 주먹질. 주먹이 그녀를 칠 때마다 그녀는 소파로 더 깊이 파고들었다. 나는 눈을 감았다. 얼굴이 땀투성이였다. 아기가 울었다. 모든 것이 점점 제자리를 찾고 공기 중에서 꿀처럼 달콤한 피 냄새가 났다.

나는 앤절라가 쉰 목소리로 "제발 그만해"라고 외치고 현관문이 열렸을 때에야 손을 멈췄다. 가죽냄새, 그 시큼한 냄새가 나를 후려쳤다. 문가에 서 있는 남자를 향해 나는 고개를 홱 돌렸다. 아버지. 그는 앤절라의 모습을 보자 열쇠 꾸러미를 떨어뜨렸다. 내 손마디마디가 노래를 불렀다.

그는 흐느끼다시피 말했다. "무슨 짓을 한 거냐, 벤저민?" 그의 얼굴에는 온통 걱정뿐. 분노는 어디로 갔을까?

아기가 울었다. 앤절라가 고통으로 울부짖었다. 나는 아버지를 밀치고 으르렁대며 현관을 나와 길로 들어섰다. 나는 달리고 또 달렸다.

마침내 집에 도착하니 어머니가 포치에서 기다리고 있었다. "경찰이 너를 찾으러 왔었어. 맙소사, 어디 갔었니?"

나는 어머니를 향해 손을 뻗었다. "문제를 해결하고 왔어요. 사랑해요, 어머니."

어머니는 고개를 홱 돌리며 내 손을 쳐냈다. "온통 피투성이구나."

나는 손을 내려다보았다. 자잘하게 베인 상처에 관절이 퉁퉁 붓고 피가 말라붙고 손톱이 깨졌다. "괜찮아요. 제 피가 아니에요."

"경찰이 네가 아버지의 집을 찾아갔다고 하던데."

나는 대답하지 않았다.

어머니가 등유 램프를 들어 내 얼굴을 비췄다. "그 여자에게 상처를 입혔니?"

"저는 그 여자에게 상처를 입히지 않았어요. 아버지에게 상처를 줬죠. 저는 어머니를 위해 옳은 일을 했어요."

어머니가 울 듯한 표정으로 고개를 가로저었다. "넌 내가 알던 아이가 아니야. 경찰을 불러야겠어."

"어머니, 제발……"

어머니가 현관문을 쾅 닫았다. 나는 맨 아래 계단에 서 있었다. 이렇게 될 줄은 몰랐다. 어머니가 나를 사랑하는 줄 알았는데.

나는 문을 두드리며 소리쳤다. "이제 누가 나를 돌봐줘요?"

어머니가 울먹이며 되받아쳤다. "이 집에 너 같은 애를 들일 순 없다. 너는 선을 넘었어."

나는 문을 다시 두드렸다.

"네가 가지 않으면 경찰을 부를 거야."

나는 그 어느 것도 원하지 않았다. 그저 내가 모든 상황을 어떻게 바로잡았는지 설명하고 싶을 뿐이었다. 하지만 도망칠 수밖에 없었다. 나는 마지막으로 집을 눈에 담은 후, 언젠가 내가 어머니를 위해 한 일을 어머니가 깨닫고 전처럼 나를 사랑해주실 날이 오기를 바랐다. 그리고 숲으로 달려갔다. 언젠가 어머니에게 돌아올 날을 떠올리며, 깊은 숲속에 다다를 때까지 달렸다.

*

존은 가정에서의 안전을 찾고 있었다. 나는 그런 욕구를 잘 알았고, 그에게 그런 안전을 제공할 수 있었다. 나는 혀끝으로 이를 핥았다. "조카들은 당신이 돕고 있다는 사실을 아오?"

존이 어깨를 으쓱하며 미소를 지었다. "누가 알겠나? 하지만 나는 그애들이 도움이 필요하다는 사실을 깨닫기 전에 미리 도와주고 싶을 뿐일세."

"조카들 이름이 뭐요?"

그는 내게 손가락을 흔들며 그건 중요하지 않다고 말했다. 나는 콧김을 세게 뿜으며 그를 노려보았다. 존이 말했다. "알았네, 말해주지. 큰애는 에마고 동생은 리지야. 하지만 집에는 리지만 있을걸세. 그애에게는 접근하지 말게."

나는 고개를 끄덕였다. 사람들과는 접촉이 없을수록 좋으니까. "그 조카는 어떻게 생겼소?"

"그걸 왜 알아야 하나?"

"그녀에게 접근하지 않으려면……"

존이 턱에 힘을 주었다. "리지는 그 집에 사는 젊은 여자고 키는 평균보다 조금 작네. 그리고 브리짓이 있어. 하녀처럼 생겼다는 말 외에 달리 덧붙일 말이 없군. 하녀복을 입었을 걸세." 그가 이를 드러내며 미소를 지었다.

나는 고개를 끄덕였다.

존은 단 하룻밤이면 충분하며, 나를 폴리버에서 빼내줄 것이고, 모든 일은 쉽게 끝날 거라고 했다. 괜찮은 일이었지만, 나는 그 이상을 원했다. 내게도 해결해야 할 문제가 있었다. 그래서 존에게 수고비에 대해 물었다.

그가 나를 훑어보았다. "자네 다리를 치료해줄 걸세."

내가 웃음을 터트렸다. "내 다리는 보상이 아니오. 나는 돈을 원하오."

존이 수염을 쓸어내렸다. "천 달러면 어떤가. 그거면 되겠나?"

기대 이상이었다. 그는 정말 꼭 해결해야 할 심각한 문제를 안고 있는 것이었다. 내가 할 수 있는 일. 나는 아버지를, 어떻게 그의 처벌을 마무리할지를 생각했다. 얼마나 근사한 방문이 될지. 나는 고개를 끄덕이고 또 끄덕였다.

"그리고 조카들의 아버지. 이름이 뭐요?"

"앤드루 보든. 아내 이름은 애비네. 체격이 좀 육중한 여자야, 무슨 뜻인지 알겠지. 아마 그녀에게 말을 걸 일은 없을 거네."

나는 머릿속에 모든 정보를 뒤섞어 넣고 앤드루와 무슨 이야기를 할지 고민하기 시작했다. "폴리버로 갑시다."

우리는 바에서 나와 환한 빛 속으로 들어섰다. 마을의 시계탑이 열시를 알렸다. 우리는 사람들 사이를 요리조리 빠져나가며 말없이 기차역으로 향했다. 기차표를 산 뒤 존이 말했다. "폴리버라는 걸 잊지 말게."

"우리가 어디로 가는지는 잘 알고 있소. 당신과 나는 이제부터 함께 흥미진진한 기차 여행을 하는 거지."

존은 내가 어린 강아지라도 되듯 등을 툭툭 쳤다. "자네를 헷갈리게 할 생각은 없었네." 그는 내게 표를 주며 기차의 끄트머리를 가리켰다. "자네는 저 끝이네."

그의 말투가 마음에 들지 않았다. 그는 나를 내버려두고 앞쪽 객차로 향했다. 나보다 자신이 더 낫다고 생각하는 치들은 늘 있다. 그를 돕는 일을 재고해보았다. 나는 기차의 끄트머리를 향해 걷기 시작했다. 다리가 아팠고 작은 시내처럼 피가 흐르기 시작했다. 나는 수고비에 대해 생각했다. 기차가 기적을 울렸다. 나는 아버지들, 그들이 일으킨 문제에 대해 생각했다. 이제부터 존에게서 눈을 떼지 않을 작정이었다. 나는 기차에 홀쩍 올라탔다. 이윽고 기차가 천천히 앞으로 나아갔다.

2부

5

리지
1892년 8월 4일

　내가 다섯 살이 될 무렵 아버지와 미시즈 보든이 결혼식을 올렸
다. 에마와 나는 작은 신神처럼 문가에 서서 두 사람을 지켜보았고,
미시즈 보든이 머리를 땋고 고리 모양으로 말아올려 관자놀이 옆
에 핀으로 고정하는 모습도 지켜보았다. 아버지는 그 모습을 바라
보다 잇새로 공기를 빨아들여 장난감 피리 소리를 냈다. "도움이
필요하오? 내가 에마에게 부탁을……"

　"아니에요." 미시즈 보든이 말했다. "신부는 이런 일을 혼자 해
내야 해요."

　교회는 흰색과 선홍색 꽃으로 가득했다. 종소리가 주위의 공기
를, 내 귀를 가득 채웠다. 작은 천사의 날갯짓. 에마와 내가 발치에
장미 꽃잎을 흩뿌리며 교회 통로를 걸어가는데, 여자들의 드레스
에서 제비꽃 꿀 향기와 장뇌 냄새가 났다. 내가 재채기를 하자 웃
음소리가 터져나왔다. 에마가 내 손을 꼭 쥐고 내 손목을 자신의

배 쪽으로 끌어당겼다. 그렇게 우리는 아버지를 향해 걸어갔고 오르간 연주 소리에 맞춰 심장이 피를 뿜어냈다. 우리는 서서 미시즈 보든이 통로로 걸어들어오기를 기다렸다. 나는 음악에 맞춰 몸을 흔들었고, 내 두 발은 딸깍거리는 작은 딱정벌레처럼 깡충깡충 뛰었다. 그리고 에마도 함께 춤을 추도록 이끌려 했다. 하지만 그녀는 팔다리가 대리석인 양 꿈쩍도 하지 않았고 금방이라도 울 것 같은 얼굴이었다. 그래서 나는 에마 옆에 딱 붙어서 양팔로 그녀의 다리를 감싸안고 아버지와 미시즈 보든이 달 모양의 은반지를 교환하고 입을 맞추는 모습을 지켜보았다.

잠시 후 나는 사람들이 나누는 이야기를 들었다. "남자가 여자를 완전히 쥐락펴락할 거야." 어떤 사람들은 어머니가 돌아가신 후 부서진 아버지의 마음이 치유될 것이라고 했다. 우리 마음은 어쩌고? "애비는 늘 원했던 아이들을 갖겠지." 사람들은 그렇게 수군거렸다.

바닥에 쓰러진 미시즈 보든을, 양탄자의 붉은색과 보라색 꽃들을 짓누르고 있는 그녀의 치아와 눈을 생각하니 이런 기억이 떠올랐다. 에마, 우리 압화를 만들자. 그리고 작은 자갈이 뱃속에서 굴러다니는 느낌이 들었다. 스키피-스키피-두-다 리듬에 맞춰.

경관 두 명이 식사실에서 뛰어나가 계단을 뛰어오르더니 그들의 발이 내 머리 위에서 우뚝 멈춰 바닥으로 쑥 꺼질 때까지 달렸다. 정지. "세상에. 당장 의사 선생님을 모셔와." 누군가가 고함을 쳤다. 집이 들썩거리고 창문과 문틀이 줄줄이 삐거덕댔다. 보언 선생님이 나를 돌아보자 자줏빛이 감도는 입술이 눈에 들어왔다. 그가 말했다. "리지, 여기에 있거라." 나는 고개를 끄덕였다. 내 마음에 안개가 들어찼고 모든 것이 느려졌다.

브리짓과 미시즈 처칠이 식사실로 돌아와 내게 다가오더니 발치에 주저앉았는데 반쯤 넋이 나간 것 같았다. 나는 허리를 펴고 똑바로 앉았다.

"미스 리지, 끔찍해요. 저 위에는 사방이 피범벅이에요." 브리짓의 눈이 유리처럼 반짝이더니 물기가 어렸다.

"뭐라고?" 내가 물었다.

"부인을 찾았어, 리지. 애비가 저기 위층에 있어." 미시즈 처칠이 천장을 향해 시소처럼 고개를 들었다 내렸다 하자 온갖 삐걱거리는 소리가 났다.

안쪽 계단에서 천둥 같은 발소리가 들렸다. 또다른 경관이 손에 푸른색 경찰모를 든 채 식사실로 들어왔다. "미스 리지," 그가 말했다. "이런 소식을 전하게 되어 유감입니다만, 사망자가 또 있습니다. 미시즈 보든이……"

"아, 드디어 집에 오셨군요?" 내가 물었다. 나는 그 소식을 계속 기다리던 중이었다.

경관이 멍하니 바라보았다. "아닙니다. 살해당하셨습니다."

나는 아버지를 떠올렸다. 그리고 미시즈 보든을 떠올렸다. "누가 미시즈 보든도 해쳤다고요?" 내가 물었다.

경관이 멍하게 바라보더니 천장으로 시선을 돌렸다. 미시즈 보든이 점점 번져가는 짙붉은 웅덩이에 얼굴을 처박고, 양팔을 옆으로 늘어뜨리고, 부드러운 가죽 부츠에 발을 욱여넣은 채 누워 있는 곳으로. 땋아서 정수리 주위로 단단하게 틀어올린 그녀의 머리카락은 잘려 침대에 흩어져 있었다. 그 얼마나 무시무시한 광경인지.

미시즈 보든의 머리에서는 라벤더맛이 났다. 내가 일곱 살 때 그녀는 내 얼굴 주위로 머리카락을 휙 날리곤 했다. 내 뺨을 간질이던 굵은 머리채. 그러나 시간이 흐르면서 그녀의 머리는 하얗게 세고 음식 그릇에 빠지기 시작했다. 그녀는 매일 저녁 제 몸의 일부를 먹는다는 사실을 알아차리지도 못했다.

점점 더 많은 경관이 식사실로 들어와 내 주위를 반원으로 에워쌌다. 이곳에 얼마나 더 많은 사람이 들어올 수 있는지 볼까.

그러자 더위가 심해졌고 구토를 할 것 같았다. "무슨 일이에요?" 내가 물었다.

"미스 보든, 어떤 상황에서도 이 방을 떠나시면 안 됩니다." 한 경관이 말했다.

"제가 그렇게 무서워해야 하는 상황인가요?" 나는 손으로 배를 문질렀다.

브리짓이 울었다. 미시즈 처칠도 울었다. 두 사람이 만들어내는 고음의 통곡.

"정황상 살인자가 아직 이 집에 있을 가능성이 높습니다."

"이런 맙소사." 내가 말했다. 배가 조여들었다. "언니가 필요해요. 정말 언니가 필요해요."

*

경관이 맞은편에 앉아 물었다. "왜 그러십니까, 미스 보든?"

"네?" 내가 말했다.

"계속 머리를 문지르고 있잖아요." 그가 몸을 더 가까이 기울이자 강에 빠진 통나무처럼 목재 식탁 의자가 삐걱거렸다.

손가락이 이마 꼭대기에서 딱 멈췄다. 위도즈 피크, 위도즈 피크.*
나는 손가락을 이마에서 떼어 무릎 위에 내려놓았다. "내 머리가
낯설게 느껴져요, 경관님."

"지금 벌어지는 일들 때문일 겁니다."

"네. 분명히 그 때문일 거예요." 내가 말했다.

자갈이 굴러다녔다. 시야의 한구석에서는 미시즈 보든이 내가
들어오기를 기다리며 거대한 석재 지하 묘지처럼 누워 있었다. 순
간 몸이 움찔해 나도 깜짝 놀랐다.

"왜 그러십니까?" 경관이 물었다.

"몹시 끔찍한 생각이 들어서요. 미시즈 보든이 내내 홀로 저 위
층에 계시잖아요. 아버지처럼 심하게 다친 채."

"우리가 고인을 잘 보살필 겁니다." 경관이 말했다.

나는 보언 선생님이 그녀의 옆에서 맥을 짚고 위로하듯 어깨를
쓰다듬는 모습을 상상했다. 부엌 벽이 들썩거리는 소리가 울려퍼
지자 욕지기가 파도처럼 머리 위로 덮쳐왔다. 미시즈 보든은 보살
핌을 받고 있었다. 그러면 나는 누가 돌봐주지?

집은 말소리로 가득찼고, 누군가 말을 하면 그 위에 다른 말이
겹쳐 어느새 모든 소리가 말벌이 웅웅대는 소리처럼 들렸다. 귀
가 아플 지경이었다. 식사실 한쪽에 모여 있는 미시즈 처칠과 브리
짓―이 밴시들―이 경관에게 이야기했다.

---

* widow's peak. 브이 자형으로 된 이마 선을 말하는 것으로, 이마 선이 이런 여성
은 남편을 일찍 여읜다는 속설로 인해 붙은 명칭이다.

"그 방에서 별다른 건 못 봤어요."

"아뇨. 침대에 리넨 이불이 있었어요……"

"나는 부인의 시신밖에 못 봤어요…… 내가 지금 부인의 시신이라고 했나요?…… 손님방 벽장을 닫고 돌아서는데 바닥에 있는 게 보였어요."

"부인이 움직이실 수 있는지 보려고 부인의 등을 만졌어요."

"우리는 방안에 있었지만 아무 소리도 못 들었어요."

"속이 매슥거려요. 속이 매슥거려."

두 사람이 한 그 모든 말 때문에 머리가 멍해졌다. 내 머리는 둔해지고 변질된 채 되돌아오는 반향으로 가득찬 북이 되었다. 다른 쪽 벽을 통해 누군가가, 남자가 말하는 소리가 들려왔다. "그리고 바로 여기가 마지막 일격을 가한 곳 같습니다. 제가 추측하기로, 그로 인해 한쪽 안구가 튀어나온 듯합니다." 나는 아버지를 떠올렸다. 몇 주 전 아버지는 에마에게 눈이 예전 같지 않다고 불평했다. 에마는 아버지의 등을 토닥거렸다. 자기가 제일 총애받는 딸이 되려고. "아버지, 의사에게 진료를 받아보는 게 좋겠어요."

아버지는 어깨를 으쓱했다. "의사들은 눈을 치료하는 대가로 내 팔다리를 내놓으라고 할 거다."

"어떤 일은 돈을 쓸 가치가 있어요, 아버지." 에마는 아버지에게 그런 식으로 말해선 안 되었다. 내가 더 요령 있게 굴며, 에마에게 말썽만 일으킬 혀를 조심하라고 말하고, 아버지가 어떻게 변할 수 있는지 상기시켜줄 걸 그랬다.

하지만 아버지는 고개를 가로저으며 기분이 좋을 때처럼 웃었다. "네 말이 맞는 것 같구나."

"미시즈 보든도 제 말에 동의할 거예요, 장담해요." 에마가 말했다. 몹시 흡족한 것처럼 보였다.

"그래그래. 조만간 애비에게 나를 데리고 가라고 말해야겠다."

"잘 생각하셨어요, 아버지." 에마가 아버지의 등을 다시 토닥거렸다. 문득 내 어깨를 쓰다듬는 에마의 손길을 떠올렸다. 나를 위로해주던 그 손길을. 그녀는 내 피를 따뜻하게 데워주고 멍한 느낌을 지워줄 것이다. 다시는 이 집에 나를 혼자 두고 떠나지 않을 것이다. 에마가 모든 상황을 더 나아지게 해줄 거야.

남자들이 이야기를 계속했다. 나는 그들 중 한 명이 에마가 하던 대로, 내가 할 수 있었던 대로 아버지의 어깨를 주물러주면 좋겠다고 생각했다.

거실에서 목소리들이, 부엌에서 목소리들이, 내 머리 위에서 웅웅거리는 목소리들과 질질 끄는 발소리가 들렸다. 모든 것이 평소보다 더 크게 들렸다.

누군가의 손이 내 팔목을 잡았다. 경관이 나를 빤히 바라보았다. "아가씨, 괜찮으세요? 혼잣말을 하시던데요. 의사 선생님을 다시 불러드릴까요?"

나는 식사실을 둘러보았다. 얼굴, 또 얼굴, 또 얼굴, 사방에 나를 향한 얼굴들. 한 경관은 입술이 비틀려 있었다. 미시즈 보든의 가계에 유전되는 종류의 입술. 그 경관이 나를 보며 멍하게 미소를 지었다. 입술 위로 이가 튀어나오는 으스스한 미소. 미시즈 보든이 나를 보며 그렇게 미소를 지은 적이 있었다. 머리가 아팠다. 나는 이마를 문질렀다.

혀끝이 떨렸다. 에마를 원해. "네." 내가 말했다. "네, 의사 선생님을 불러주시면 좋겠어요." 그러자 경관이 보언 선생님을 데리러 갔다.

나는 위층의 미시즈 보든을 떠올렸다. 벽난로 선반 위 시계가 재깍거렸다. 나를 둘러싼 모든 사람의 움직임이 느려졌고 팔다리가 소금물을 머금은 태피* 같았다. 계단 꼭대기에서 그녀의 목소리가 들렸다. "리지, 사랑하는 리지. 와서 나를 좀 도와주렴." 심장이 오그라들고 발가락이 찌릿찌릿했다. "어서, 리지." 나는 의자에서 일어나 말했다. "미시즈 보든?" 그러자 두 줄기의 땀이 길게 등골을 타고 내려갔다. "리지, 나 쓰러졌어." 미시즈 보든이 말했다.

나는 거실로 걸어갔다. 그때 누군가가 내 손을 잡았다.

"미스 보든, 어디 가십니까?" 경관이 내 앞에 섰다.

"위층에 가려고요."

"가실 수 없습니다." 그가 이를 드러냈다. 개처럼. 목소리는 격분한 듯했다.

"왜 안 된다는 거죠?" 배가 조여들었다. 나를 밟고 지나가는 비둘기들. 나는 미시즈 보든을 도와줄 작정이었다. 기꺼이 도움을 줄 작정이었다.

미시즈 처칠이 내 옆에 섰다. "얘야," 그녀가 말했다. 짭짤하고 달콤한 목소리로. "네 어머니가 저기 위층에……" 내 어머니가 아니라 미시즈 보든이야!

"아가씨는 저희와 함께 아래층에 계셔야 합니다." 경관이 말했다. 고르륵, 고르륵, 고르륵.

---

* 설탕을 녹여 만든 무른 사탕.

사람들이 나를 다시 의자로 데려가 앉히고는 기다리라고 했다. 벽난로 선반 위 시계가 재깍거렸다. 보언 선생님이 식사실로 불쑥 들어왔다. "경관이 네가 아프다고 하더구나, 리지."

내가 고개를 끄덕였다. "최악의 통증이에요."

그가 나를 바라보았다. 피곤한 두 눈이 흐릿했다. 그러자 그가 내 몸안으로 뚜벅뚜벅 걸어들어와 내 장기를 검사하고 나를 구성하는 모든 것을 살펴보는 느낌이 들었다. 아주 즐거운 일이지. 나는 미소를 지었다. 보언 선생님은 쓰레기를 뒤지는 짐승처럼 왕진가방을 뒤적여 주사기를 꺼내더니 내가 좋아하는 것을 가득 채웠다. 내 팔에 주삿바늘이 들어왔다. "자, 리지. 이걸 맞으면 좋아질 거다."

나는 앞으로 처리할 수많은 일들에 대해 생각했다. 미시즈 보든이 아버지처럼 다쳤는지, 그렇다면 우리가 관을 열어둔 채 장례식을 진행할 수 있을지 궁금했다. 이런 문제를 생각한다는 건 참 힘든 일이야. 아버지의 시신은 좀 매만져야 하겠지만, 장례식에 온 모든 조문객이 두 사람을 마지막으로 보고 영원한 추억을 간직할 수 있기를 원했다. 관에 누운 아버지와 미시즈 보든을 조문객에게 보여줄 가장 좋은 방법이 뭐라고 생각하는지 에마에게 물어봐야 할 것이다. 우리는 아버지가 최고의 대접을 받을 자격이 있다는 사실에 이견이 없을 것이다.

"관은 응접실에 놓을 거야." 에마는 말할 것이다.

"두 분에게서 빛이 나는 것처럼 보이도록 햇빛이 뒤에서 비추는 자리에 놓자." 나는 에마에게 말할 것이다.

"화환도 있어야 해."

"그리고 나는 교회에서 아이 한 명을 데려와 피아노로 찬송가를 연주하게 할 거야." 내가 말할 것이다.

"외삼촌이 아버지를 위해 추도사를 해야 해. 그래야 아버지가 어머니와 함께 보낸 시간에 대해 이야기할 수 있을 테니까."

하지만 나는 추도사를 할 사람은 바로 나라고 에마에게 말할 것이다. 나는 주말 성경학교의 학생들에게 들려줄 짧은 설교문을 자주 작성했다. 그래서 한입거리 분량으로 신에 대한 메시지를 전하는 방법을 안다.

"생각해봐. 아버지와 미시즈 보든이 저기에 있을 거라고. 내내 평화롭고 편안하게." 내가 말할 것이다.

"그래."

"에마, 두 분이 땅속에 묻히면 무슨 일이 일어날까?"

"우리에게?"

"그래, 우리에게."

묵직한 손이 갈고리처럼 내 어깨를 짚었고, 고깃덩어리 같은 손가락이 피부를 파고들었다. "미스 보든." 어느 경관이 말했다.

"원하는 게 뭐예요?"

"괜찮으시면 몇 가지 질문을 더 드리고 싶습니다." 땀이 그의 관자놀이를 타고 줄줄 흘러내려 덥수룩한 콧수염으로 들어갔다.

"흠흠." 나는 입안에 혀가 가득찬 것처럼 느껴졌다.

"경관, 지금은 리지를 좀 쉬게 두는 게 좋을 것 같소만." 보언 선생님이 말했다. "심한 충격을 받았으니까 말이오."

"우리도 이해합니다만 이 집에서 두 사람이 죽었습니다."

보언 선생님이 창백하고 수척한 얼굴로 방안을 서성거렸다. "불쌍한 앤드루가 역정을 내겠군." 그가 소곤거렸다. 마치 아버지가 살아 있는 것처럼 그 이름을 내뱉었다. 나는 바닥에 둥글게 몸을 말고 눕고 싶어졌다.

"이 가족을 잘 아시죠, 선생님?" 그 질문은 비난처럼 들렸다.

"오래전부터 이 가족의 주치의였소." 보언 선생님이 갈고리 같은 손가락으로 자신의 허리께를 세게 짚었다.

착하게 굴면 사탕을 줄 거야.

"선생님이 마지막으로 우리집에 오셨을 때 우리는 전부 몸이 좋지 않았어요." 내가 말했다.

"그게 언제죠?" 수첩이 새 페이지로 넘어갔다.

"몇 주 전이었어요. 미시즈 보든이 몸이 너무 안 좋아서 죽을 것 같다고 하셨죠." 나는 경관이 내 말을 정확하게 알아듣기를 바라며 말했다.

"단순한 식중독처럼 보였소." 보언 선생님이 말했다. "리지와 에마는 증세가 없어서 천만다행이었지."

네, 천만다행이었죠.

경관이 수첩에 받아 적었다. 벽난로 선반 위 시계가 재깍거렸다. 그날 아침에 내가 에마에게 무슨 말을 했는지 떠올랐다. "오늘은 아침 먹지 마."

"왜?"

"방금 미시즈 보든과 브리짓이 토하는 소리를 들었으니까."

"이런." 에마가 목을 어루만졌다. "벌써 아버지와 포리지를 조금 먹었는데."

잠시 후 방에서 에마의 신음소리와 침대에서 몸을 뒤척이는 소리가 들렸다. 하지만 그녀는 도움을 청하지 않았다. 그래서 보언 선생님이 다른 식구들을 보러 왔을 때 그에게 이야기하지 않았다. 그들이 완전히 낫기까지 며칠이 걸렸다. 나는 그래서는 안 되었지만, 거실에서 멋대로 배를 먹었다. 덕분에 손가락이 끈적거렸지.

"최근에 이 집 사람들의 건강은 어땠습니까?" 경관은 남의 사생활을 꼬치꼬치 캐물었다.

"식구들이 다시 병이 난 것 같았어요, 경관님." 내가 말했다.

"언제죠?"

"오늘 아침요. 그래서 아버지가 일찍 퇴근하신 거예요."

"고인이 뭐라고 하시던가요, 아가씨?"

나는 머릿속으로 아버지의 말을 정리하려 했지만 떠오르는 거라곤 피와 쩍 갈라진 아버지의 머리뿐이었다. 지끈거리는 이마를 문질렀다. "모르겠어요."

"시간이 지나면 기억날 거다." 보언 선생님은 차분했다. 나를 다독여주었다.

"그러기를 바라요. 경찰을 도울 수 있도록 최대한 기억해내고 싶어요."

"지금 잘하고 계시니 안심하세요, 미스 보든." 경관이 비틀린 미소를 지었다. 입술 위로 이를 드러내며.

배가 단단하게 뭉쳤다. 돌덩이 같은 장. 그 이를 보면 볼수록 손을 뻗어 잡아 뽑고, 잇몸에서 피가 흐르는 모습을 지켜보고 싶었다. 하지만 그 이로 뭘 하지? 나는 혀로 이를 훑었다. 아주 오래전이었지. 입 안쪽에 작은 구멍이 느껴졌다. 내가 일곱 살이었을 때 이를 뽑아야 한다고 결정한 사람은 에마였다. "이를 뽑으면 넌 돈을 받을 거야." 그녀가 말했다. 그 말이 마음에 들었다. 우리는 강둑에 앉은 것처럼 다리를 달랑거리며 침대에 앉아 있었다.

나는 손가락으로 어금니를 잡고 이리저리 비틀었다. "꼭 바닥에 달린 문 같아!"

"그 안에 애비를 넣어버릴 수도 있어." 에마가 말했다. 우리는 웃었고 집이 삐걱거리는 소리로 가득 찼다.

나는 다시 이를 잡고 흔들었다. "너무 무서워서 못하겠어, 에마."

"걱정 마. 나는 경험이 아주 많으니까." 그녀가 내 앞에 서서 눈을 가늘게 떴다. "크게 벌려봐." 내가 입을 크게 벌리자 에마의 손가락이 곧장 들어왔다. 소금과 꿀의 맛. 에마가 내 이를 잡아당겼다. 입안에서 정원의 잡초를 뿌리째 뽑는 소리가 났다.

"와우! 내가 이를 뽑았어." 에마가 금을 발견한 것처럼 소리쳤다.

나는 비명을 질렀다. 피가 혀 위에서 춤을 추었다. 나는 치마에 침을 뱉었다.

에마가 뽑힌 이를 요리조리 뜯어보았다. "엄청 크다, 리지."

"기분이 별로 좋지 않아." 피가 계속 흘렀다.

앞쪽 계단에서 발소리가 나더니 방문이 열렸다. 미시즈 보든이 안으로 들어와 화를 냈다. "얘들아, 여기서 대체 뭘 하고 있니?"

에마가 이를 높이 들었다. "내가 뽑았어요!"

미시즈 보든이 부드러운 표정으로 내게 다가왔다. "리지, 괜찮니?"

"그애는 더할 나위 없이 멀쩡해요." 에마가 가슴 위로 팔짱을 낀 채 말했다.

나는 고개를 가로저었다.

"입을 벌려봐. 얼마나 심한지 봐야겠다."

내가 입을 열자 미시즈 보든의 손으로 피가 뚝뚝 떨어졌다. "오,

세상에." 그녀가 말했다. 나는 울었다. 그녀가 나를 끌어당겼다. 부엌의 기름냄새로 따뜻하고, 사랑으로 따뜻한 자신의 몸으로. 그리고 말했다. "오늘 아주 대단한 모험을 해냈구나." 절대적으로 최악의 모험이죠. 그녀가 몸을 뗐다. 내 피가 그녀의 어깨로 떨어져 가슴으로 흘러내렸다. 미시즈 보든이 나를 보며 미소를 지었다. 이가 입술 위로 톡 튀어나왔다.

*

어떤 경관이 동료에게 하는 말이 들렸다. "보든 부부의 침실에서 돈이 가득 든 녹색 깡통을 찾았어. 이 짓을 한 자가 누구건 이 집에 돈이 숨겨져 있다는 사실을 알았을까?"

"그거야 모를 일 아니겠나? 일단 증거물로 챙겨둬."

미시즈 보든이 무슨 비밀을 숨겨두고 있을까?

나는 마룻바닥의 어느 지점에서 내 이름을, 집이 속삭이는 소리를 들은 것 같았다. 여기 이 아래에 네가 봐야 하는 게 있어. 나는 식탁 아래가 보일 정도로만 고개를 숙였다. 양탄자 위에 떨어진 굳은 고기와 담즙이 보였다. 썩어가는 음식 찌꺼기. "저건 어디서 나온 거야?"

한 경관이 목을 가다듬었다. "실례합니다만, 지금 뭐라고 하셨습니까, 미스 보든?"

나는 그 찌꺼기의 크기를 가늠하며 아침에 봤던 브리짓과 미시즈 보든의 토사물과 비교해보려 했다.

"아니요. 아무것도 아니에요." 내가 말했다. 이게 어디서 나왔지? 아버지 것인가? 나는 오늘 아침에 집에 있다가 밖으로 나갔다. 브리짓이 소란을 피웠고, 미시즈 보든이 소란을 피웠다. 내가 집안을 돌아다니던 중에 아버지가 퇴근해 돌아왔다. 어째서 내가 이 썩어가는 찌꺼기를 놓쳤지?

"무슨 말씀을 하시는 걸 들었는데요." 경관이 말했다.

좀더 요령껏 굴어야겠어. "식탁 아래 이상한 게 있어요." 나는 손짓으로 가리켰고, 경관이 뻐꾸기처럼 몸을 앞으로 숙이는 것을 보았다.

"이게 대체 뭐야……" 그가 바닥을 기어가자 잠깐이지만 그의 등에 걸터앉고 싶어졌다. 소중한 조랑말인 양 그에게 올라타고 싶었다. 누구라도 나를 여기서 데리고 나가주면 좋겠어. 나는 나의 작은 조랑말을 타고 녀석의 배를 발꿈치로 차며 방안을 돌아다닐 것이다.

"다들 아팠다고 내가 말했잖아요." 나는 말했고, 내가 옳았다.

"구토하는 걸 직접 보셨습니까?"

"물론 아니죠. 봤다면 브리짓에게 치우라고 했겠죠." 이것이 어디서 나왔을까?

온몸이 아팠다. 경관이 질문할 때마다 눈 뒤쪽이 욱신거리기 시작했다. "어머님은 어디에 계셨습니까?"

"몰라요." 내가 말했다. "나는 위층에 있었을 거예요."

"그때 뭘 하셨죠?"

기억이 뱀처럼 똬리를 틀었다. "기억이 나지 않아요." 벽난로 선반 위 시계가 재깍거렸다. 이야기는 할 만큼 했다. 에마가 집으로 오면 좋겠다.

"여기는 너무 더워요." 내가 말했다. "창문을 열어도 될까요?"

창문을 다 열자 집이 한숨을 쉬었다. 사람들이 내가 없는 것처럼 내 이야기를 했다.

*

그들은 에마가 집에 올 때까지 내 곁을 지켜줄 앨리스 러셀을 데려오라고 사람을 보냈다. 그녀는 오자마자 말했다. "리지, 도대체 무슨 일이 일어난 거야?" 그녀가 내 손을 어루만졌다. 응당 그래야지. 내가 그녀에게 말했다. "부모님이 돌아가셨어. 내가 두려워했던 것처럼."

"어떻게?" 앨리스는 격앙되어 있었다. 부담스러울 정도로.

나는 그녀의 손을 만지작거리고 밀가루 반죽처럼 그녀의 피부를 꼬집었다. 피부가 나보다 더 부드러웠다. 그 점이 마음에 들지 않았다. 내가 더 세게 꼬집자 그녀가 나를 흘겨보았다. 나는 미소를 지었다. "누군가 들어와서 부모님을 난자했어." 내가 말했다.

"오, 세상에!" 그녀의 입이 다른 사람들이 그랬던 것처럼 떡 벌어졌다. 나는 그 표정이 지겨웠다. 보고 있으면 숨고 싶어졌다.

"나도 믿어지지 않아." 내가 말했다.

누군가가 식사실 창문을 열어놓아서 집이 더 많은 소음으로 차올랐다. 나무에서 비둘기가 구구 우는 소리가 들렸다. 내 안이 텅 빈 것 같았다.

경관이 물었다. "오늘 아침에 댁 주위를 어정거리는 수상한 사람을 보셨습니까?"

"아뇨, 오늘 아침은 아니에요."

134

그가 멈칫했다. "그럼 전에는 누가 있었다는 겁니까?"

심장이 잠깐 멈췄다가 다시 뛰었다. 뭐라고 대답하지? "작년에 도둑이 들었거든요."

"범인이 누구였습니까?"

위에서 들리는 발소리가 더 커지고 커지며 머릿속에서 메아리쳤다. "저 사람들이 미시즈 보든에게 무슨 짓을 하는 거죠?"

"따라야 할 절차가 몇 가지 있습니다." 경관이 퉁명스럽게 말했다.

"아." 나는 그곳에 버티고 서서 일처리를 제대로 하는지 직접 확인하고 싶었다. 그게 올바른 생각 아니야?

"아가씨, 절도범이 잡혔습니까?"

"아뇨."

"오늘 아침 일에 대해 좀더 이야기해줄 수 있습니까?"

이 아침의 혼란과 공포로 인해 말이 되는 것은 죄다 잘려나가고, 모든 것이 머릿속에서 길을 잃었다. 나는 에마를 원했다.

모든 것이 너무 밝아졌다. 목소리들이 내 귀의 신경을 긁어댔다. 양손을 무릎 아래에 끼우고 있었더니 아팠다. 깔고 앉아 있던 손을 빼니 손가락 끝에 작게 베인 상처가 보였고 그 주위에 피가 말라붙어 있었다. 그 손가락을 입에 물고 앉은 자리에서 몸을 뒤척였다.

경관이 작은 눈으로 나를 바라보았다. "그럼 어머님이……"

"새어머니." 내가 그에게 말했다.

경관이 펜을 든 채 멈칫했다. "저는……"

"미시즈 보든은 아버지의 두번째 아내예요." 사실을 지적해줘야 했다. 나는 미소를 지었다.

"알겠습니다." 그는 들고 있던 펜을 잉크병에 획 꽂고는 주먹으로 노랗고 하얀 종이를 툭툭 쳤다. 나는 그의 손가락 사이로 수첩을 보려고 했다. 그는 자신의 생각을 능숙하게 가렸다.

"아침식사 후 집에는 새어머니와 브리짓, 아가씨만 계셨죠, 맞나요?"

"네."

"아가씨가 아버님을 발견하신 직후의 상황을 좀더 자세하게 기억하실 수 있겠습니까?"

나는 고개를 가로저었다. 아니야, 아니야, 나는 아니야.

경관이 말했다. "한번 해보죠. 그때 미시즈 보든은 어디에 계셨습니까, 미스 리지?"

나는 정말 열심히 생각했다. "친척이 아프다는 연락을 받고 병문안을 가셨어요." 사방의 벽이 내 주위에서 마구 충돌하고 벽지의 붉은색과 파란색과 녹색이 소용돌이쳤다. 욕지기가 났다. 손으로 눈을 가리고 욕지기가 가시기를 기다렸다. 기억해내야 할 일이 너무 많았다. 나는 모든 사람을 차단했다.

내가 볼 수 있는 건 며칠 전 아버지와 미시즈 보든과 내가 식사실에서 식탁에 둘러앉아 양고기 수프를 먹던 순간뿐이었다. 미시즈 보든이 숟가락으로 수프를 떠 후루룩거리며 먹었다. 고기 먹는 돼지. 나는 그녀의 혀가 입술을 잽싸게 핥는 모습을 보았다. 두툼한 회색 혀. 아버지의 입안에 들어간 그녀의 혀를 상상했다. 두 혀에서 무슨 맛이 날까.

"에마가 그립겠구나." 미시즈 보든, 유쾌한 말투.

"제가요?"

식탁의 상석에 앉은 아버지가 검은 점이 생긴 바나나의 껍질을 벗겼다. "제대로 대답해라, 리지."

"알겠어요. 언니가 그리워요. 언니를 집으로 돌아오게 할 수 있다면 뭐든 할 거예요." 나는 손가락으로 레이스 식탁보를 훑었고 레이스가 손톱에 걸려 찢어졌다.

"나도 내 언니가 보고 싶어. 언니를 매일 볼 수 있으면 좋을 텐데." 미시즈 보든의 목소리가 내 머리를 망치처럼 내려쳤다. 오늘 아침에 그랬듯이, 그리고 지금도 계속 그러듯이.

나는 눈을 뜨고 경관을 보았다. 지붕에서 들리는 비둘기 발톱소리. 탁탁. "경관님, 오늘 아침에 있었던 일이 하나 기억났어요. 제가 아홉시 몇 분 전에 아래층으로 내려왔어요…… 아마 아홉시 십오 분 전이었을 거예요. 외삼촌은 벌써 일을 보러 나가셔서 안 계셨어요."

"그리고 아버님은요?"

"아버지는 미시즈 보든과 함께 계셨어요. 두 분이 뭔가에 대해 이야기를 나누고 계셨죠."

"그 뭔가가 뭐죠?" 그의 혀가 질척하게 입술을 핥았다.

나는 머리가 아팠다. "그냥 일상적인 얘기였어요. 저는 두 분에게 아침 인사를 드렸죠."

"두 분은 그때 어떠셨습니까?" 뭔가 의미를 찾아내려는 그의 태도가 내 화를 돋우었다.

"기분이 좋으신 것 같았어요." 내가 말했다. "우리는 오늘 저녁에 외삼촌과 식사를 할 예정이었거든요."

경관이 펜을 잉크병에 담갔다가 손끝으로 펜촉을 살짝 긁었다. 우리 머리 위로 마룻장이 한껏 멀리까지 늘어났다. 벽난로 선반 위 시계가 재깍거렸다.

"미시즈 보든이 내게 저녁으로 뭘 먹고 싶은지 물어보셨어요. 나는 아무 말도 하지 않았어요. 그러자 부인이 위층 손님방에 잠자리를 만들어뒀는데, 작은 베개에 씌울 리넨 베갯잇을 갖다놓아줄 수 있겠냐고 하셨어요. 누가 아프다는 전갈이 와서 곧 나가봐야 한다면서요. 그리고 날씨에 대해 무슨 말을 하신 것 같아요. 잘 모르겠어요."

한 시간 사이, 삶과 죽음 사이의 모든 빈틈이 내게 다가왔다. 모든 것이 점점 더 또렷하게 보였고, 그에 대해 경관에게 말할 수 있었다. 그것들이 머릿속에서 당장이라도 말해지기를 기다리고 있었기 때문이다. 나는 경관에게 그후에 밖으로 나가 배나무 아치 아래 잠시 서 있다가, 배 하나를 따서 헛간에 가 먹었다고 말할 수 있었다. 그런 다음 배를 하나 더 따서 마당 한가운데에서 먹었으며 이른 아침의 햇살이 얼마나 따가웠는지, 다락방 창문에 맺힌 물기가 얼마나 잘 보였는지 말할 수 있었다. 그후에 납 봉돌을 찾으려고 헛간으로 되돌아갔는데, 다음날 외삼촌과 예전처럼 낚시 여행을 갈 계획이었다고 말할 수 있었다. 나는 배를 몇 개 더 먹었다. 맛이 좋았고, 끈적거리고 달콤한 향이 나는 즙이 손목을 따라 흘러내렸다. 새들이 나무에 앉아 있었다. 이웃들이 집밖에서 이야기를 나누었다. 마침내 나는 식사실에서 손수건을 다리려고 집으로 들어왔다. 깜박할 뻔했네. 나는 경관에게 덧붙여 말했다. "헛간에서 잡지를 읽었어요. 아마 삼십 분가량 읽었을 거예요." 모든 것이 바로 내 머릿속에 있었다. 나는 심지어 미시즈 보든과 내가 이야기를 나누는 모습까지 눈앞에 그려볼 수 있었다. 내가 한 말을 전부 기억하기는 힘들지만, 우리가 지하실에서 개구리를 발견하고 잡으려다가 놓친 일을, 그것이 우리에게 얼마나 따스한 추억인지를 이야기하는 모습을. 어쩌면 나는 미시즈 보든에게 아버지를 만났을 때에 대해 물어보며 서로 첫눈에 사랑에 빠졌는지, 그랬다면 그 사랑은 어떤 느낌이었으며 내게도 그런 일이 일어날 거라고 생각하는지 물어보았을 것이다. 나는 경관에게 이 모든 이야기를 들려줄 수 있었다. 왜냐하면 모두 진실이니까. 이 모든 일이 이 집에서 각기 다른 시기에 일어났다.

언제 일어났는지가 중요할까?

나는 몸을 앞으로 숙이고 경관에게 속삭이듯 말했다. "무슨 일이 있었는지 더 생각해봤는데요, 아버지가 집에 돌아오셨을 때 이야기를 나눴어요! 아버지에게 미시즈 보든은 친척이 아파서 병문안을 갔다고 했죠. 아버지는 미소를 지으며 말씀하셨어요. '그 사람은 항상 다른 사람을 돌봐준다니까.' 그러고 나서 전 아버지가 소파에서 쉬시도록 놔두고 집밖으로 나갔고 얼마 후에 돌아와보니 아버지가……"

경관이 손을 내밀어 내 손 위에 얹었다. 그가 말했다. "충격이 크셨겠네요." 그래서 내가 말했다. "처음에는 눈앞에 벌어진 광경이 현실 같지가 않았어요. 아버지가 난자당한 건 알아챘지만 온통 피로 덮여 있어서 얼굴을 제대로 볼 수 없었어요. 너무 겁이 났어요. 경관님, 그때는 아버지가 돌아가신 것도 몰랐어요."

안쪽 계단에서 삐걱거리는 소리가 나더니 남자들의 말소리가 들렸다.

낮은 목소리가 말했다. "부검을 해봐야 확실히 알겠지만 혈액이

상당히 응고되어 말라붙었어요. 추측건대 미시즈 보든은 오전 일찍 사망한 것 같습니다."

나는 식사실 창문을 내다보았다. 벽난로 선반 위 시계가 재깍거렸다. 나는 모든 일이 한꺼번에 일어나기를 원했다. 질문이 끝나기를, 계속 말하기를, 홀로 남겨지기를, 사람들에게 둘러싸이기를, 하루가 평소처럼 계속되기를, 아버지를 살펴보기를, 미시즈 보든이 정말 죽었는지 확인해보기를, 에마가 집으로 돌아와 모든 일이 다 잘될 거라고 말해주기를.

6

브리짓

1892년 8월 3일

나는 먼지를 떨고 또 떨었다. 늙은 미시즈 보든을, 내 방에서 자신의 곁에 나를 붙잡아둘 방도를 찾는 그녀의 모습을 떠올리면서. 그녀는 꽤 힘겹게 바닥에 손과 무릎을 짚고 엎드려 내 침대 아래를 들여다보았을 것이다. 내 돈통을 쥐고 다시 일어나기 위해 꽤나 고생했을 것이다. 내 시트에 땀을 잔뜩 흘리면서. 나는 먼지를 떨었다. 미시즈 보든과 그녀의 서글픈 눈빛. 미시즈 보든과 그녀의 독재자 같은 말. 밖에서 내 이야기를 엿듣는 미시즈 보든. 그 말에 그녀가 얼마나 상처를 받았을지. 나는 먼지를 떨던 손을 멈췄다. 리지는 자기 방의 근사한 벨벳 소파에 흰옷을 단정하게 쌓아두었다. 그 옷더미를 집어들었다. 긴 소매의 하얀 앞치마 세 장과 보닛 한 개. 어쩌면 내게 줄 것인지도 몰랐다. 나는 앞치마 한 벌을 입고 리지의 화장대 옆에 있는 전신 거울에 비춰보았다. 내 모습은 유령 같았고, 화이트헤드 상점의 푸주한 같았고, 천에 휩싸여 익사할 것처럼 보였다.

나는 앞치마를 벗고 다시 개어서 소파에 올려놓았다. 기회가 된다면 미시즈 보든에게 앞치마에 대해 물어보고, 리지가 그것을 가지고 있는 이유를 아는지 알아보리라. 리지 방의 창문을 내다보았다. 내가 가진 풍경. 길과 사람들과 집을 조각조각 이어붙인 풍경, 내 눈앞에 펼쳐진 전형적인 폴리버. 그곳에 나를 위한 것은 아무것도 없었다. 세컨드 스트리트에 있는 미시즈 매케니의 직업소개소 지붕이 눈에 들어왔다. 그녀가 나를 다른 가족에게 보냈다면 어땠을까.

해가 유리창 위로 다가왔고 미시즈 보든이 내 돈통을 짤랑거리며 집안을 돌아다니는 소리가 들렸다. 가슴에 통증이 느껴졌다. 마치 누군가가 주먹으로 때려서 숨을 못 쉬게 된 것처럼. 짤랑, 짤랑, 짤랑.

숨을 쉬어 통증을 가시게 하려고 몸을 숙이는데, 누가 현관문을 두드렸다. 천둥처럼 요란하게 세 번. 아기 돼지들을 찾는 크고 못된 늑대. 나는 미시즈 보든이 나가기를 기다렸다. 다시 노크 소리가 들렸다. 내가 소리쳤다. "미시즈 보든? 손님이 오실 예정인가요?"

대답이 없었다.

나는 앞쪽 계단으로 내려가, 주머니에서 열쇠를 꺼내 문을 열었다. 문을 밀자 햇살이 얼굴에 강렬하게 쏟아져 입술이 절로 벌어졌다. 한 남자가 서 있었다.

"안녕, 브리짓."

나는 남자가 누군지 확인하고 뒤로 살짝 물러서서 집안으로 들였다. 존 외삼촌.

"미스터 모스."

그가 미소를 짓자 입술이 휘어졌고, 낡은 가죽 같은 얼굴에 주름이 졌다. 빨기 까다로운 검은색 모직 양복을 입은 그에게서 방목장의 양 냄새가 났다.

"안으로 들어가도 될까?" 담배에 전 목소리.

나는 그의 면전에서 문을 쾅 닫아버릴까 생각했다. "물론이죠."

그가 문을 지나면서 몸을 살짝 숙였다. 짐을 받으러 다가갔지만 아무것도 없었다.

"미스터 모스, 짐은 어디에 두셨어요?"

"아무것도 가져오지 않았어. 잠시 들른 거거든."

"지금 미시즈 보든 혼자 계세요." 나는 안으로 들어와 문을 잠갔다. 존이 내 가까이에 서 있었다, 언제나 그러듯이. 그가 숨을 깊이 들이쉬며 내 체취를 맡았다, 언제나 그러듯이. "재킷을 걸어드릴까요, 미스터 모스?" 나는 팔을 내밀었다. 그가 재킷을 벗어서 건네리라 생각하면서. 나를 바라보는 그 눈빛이 싫었다. 뭔가 다른 것을 보는 듯한 눈빛.

"나 좀 도와주겠니?" 그가 부탁을 했으니 따라야 했다. 존이 나를 위해 몸을 낮췄고 나는 뼈만 앙상한 어깨에서 재킷을 벗겼다. 그가 뒤통수를 긁은 자리에 머리카락과 엉켜 있는 비듬이 보였다. 한 조각이 내 손으로 떨어졌다. 얼른 손을 털었다.

"됐습니다, 미스터 모스." 내가 말했다. "이 옷은 벽장에 걸어두겠습니다."

존이 몸을 폈다. 우리는 잠시 마주서 있었고 나는 그를 빤히 바라보았다. 재킷을 벽장에 거는데 등에 그의 시선이 느껴졌다. 나는 그가 오후에 잠깐 들른 것이기를 빌었다. 쿵쿵거리며 부엌에서 거실로 향하는 발소리가 들렸다. 나는 신경을 바짝 곤두세웠고 미시즈 보든이 손등으로 입가를 닦는 모습을 보았다. 그녀는 존을 보고 한 손을 들어 가슴을 짚었다.

"세상에, 존."

"나 때문에 놀랐나요, 애비?" 그가 게임을 하듯 말했다.

존이 나를 문가에 세워둔 채 미시즈 보든에게 다가가며 양팔을 펼쳤다. 손가락을 작은 갈고리처럼 구부린 채. 그는 헝겊 인형을 대하듯 미시즈 보든과 악수를 했다.

"얼굴 보니 좋네요, 애비."

"나도 그래요. 그런데 오늘은 어쩐 일이에요?" 미시즈 보든이 간신히 말했다.

"리지한테 못 들었어요?"

미시즈 보든이 눈을 살짝 모으자 이마에 주름이 졌다. "무슨 이야기요?"

"내가 타운에 볼일이 있어 갈 예정인데 겸사겸사 집에 들르겠다고 몇 주 전에 리지에게 편지를 썼거든요." 그가 말을 할 때면 길고 앙상한 턱이 석쇠처럼 삐끔삐끔 움직였다. 미시즈 보든이 머리를 매만졌다.

리지는 우리에게 그런 이야기를 하지 않을 때가 많았다. 최근에 도착한 편지라곤 에마를 페어헤이븐으로 초대하는 편지밖에 없었다. 그 편지가 일으킨 소동. 리지는 자신의 방문을 쾅 닫고 소리를 질러댔다. "저 두 사람 곁에 나만 남겨두고 떠날 수는 없어."

"바보 같은 소리 하지 마." 에마가 말했다.

소동은 계속되었다. 그러던 중 리지가 에마의 드레스 소매를 잘라내버렸다. "입을 옷이 없으면 갈 수 없을걸."

"대체 뭐가 문제니?" 에마가 물었다.

"내가 여기 혼자 있을 수 없다는 거 잘 알잖아." 리지의 손에 들린 가위.

"너는 지금 못돼먹은 괴물처럼 굴고 있어."

"내가 이런 짓을 하게 만들잖아." 리지가 옷을 조금 더 자르자 양탄자 위로 실 보푸라기가 비처럼 떨어져내렸다.

그런 상황이 며칠 동안 이어졌다. 나는 서로를 난도질하는 두 사람의 목소리, 문을 쾅 닫는 소리에서 도망치려고 지하실로 내려갔다. 한번은 그곳에서 미스터 보든과 마주쳤다. 그는 벽돌 벽에 기대서 있었다.

"안녕하세요, 미스터 보든."

"브리짓." 그가 고개를 재빠르게 끄덕였다.

"혹시 제가 방해가 되었나요?"

"지금은 아니다." 그가 눈을 감았다. 자는 것처럼 보였다.

지하실은 서늘했고 동굴처럼 반쯤 불이 밝혀져 있었다. 우리 둘의 숨소리가 들렸다. 느리고 씩씩거리는 소리. 우리는 그렇게 서 있었다. 미스터 보든이 말했다. "너는 할일이 있을 텐데."

"네, 주인어른." 나는 그곳을 나갔다.

지하실에서 올라와보니 이제 집안은 평화로웠다. 자매가 집을 나간 줄 알았는데, 응접실에서 리지가 에마의 무릎을 베고 누워 있고, 에마가 동생의 이마를 쓸어주고 있었다. 두 사람의 몸에서 뿜어져 나오는 열기. 나는 창문을 열고 싶었다.

"브리짓." 에마가 말했다. "차 좀 끓여주겠니?"

나는 두 사람의 가슴이 함께 크게 부풀었다 가라앉는 모습을 보았다. 리지는 내내 조용했고 두 눈은 만▨처럼 푸르고 부드러웠다. 누군가가 이긴 것이었다.

*

미시즈 보든이 고개를 갸우뚱한 채 존에게 말했다. "리지는 아무 말도 없었어요."

존이 잇새로 침을 빨았고 그 소리에 내 목덜미의 솜털이 바짝 섰다. "음, 어쨌든 이렇게 왔어요." 그가 웃었다.

나는 그런 모습이 싫었다.

미시즈 보든이 어색하게 미소를 지으며 관자놀이를 긁었다. "얼마나 계실 거예요?"

"하룻밤. 하루나 이틀 정도요."

그녀는 존의 뒤쪽을 보았다. "그런데 짐이 없네요?"

"그게 참 어처구니가 없어요. 뭘 챙겨올 생각을 미처 못했어요."

나는 그가 얼른 가버렸으면 싶었다.

"필요한 물건은 앤드루에게 빌리면 될 거예요."

"반갑게 맞아줘서 고마워요, 애비." 존이 다시 잇새로 침을 빨았고, 미시즈 보든은 내가 그곳에 아예 없는 것처럼 나를 불렀다.

"미스터 모스에게 차를 드리고 식사를 준비하렴."

"네, 부인."

"나 때문에 번거롭게 일을 만들지 말아요." 존이 말했다.

"무슨 소리예요. 우리는 음식이 잔뜩 있어요, 그렇지, 브리짓?"

"네, 부인." 나는 거실에 있는 두 사람을 지나쳐 부엌으로 가서 양고기 수프를 불에 올렸다. 미시즈 보든이 존에게 앉으라고, 편하게 있으라고 말하는 소리가 들렸고, 그후에 두 사람은 서로에게 아무 말도 하지 않았다. 오, 어쩌나 조용하던지. 너무 조용해서 미시즈 보든이 입을 벌릴 때마다 혀를 움직이는 소리가 들릴 정도였다.

양고기가 데워지자 냄새가 부엌을 가득 채웠다. 수프를 떠서 그릇에 담는데 고깃덩어리가 풍덩 떨어지면서 국물이 내 뺨에 튀었다. 어쩌나 몸이 가렵고 속옷이 배, 겨드랑이, 허벅지 안쪽에 찰싹 들러붙던지. 마치 모직물에 감싸인 채 알코올을 부어 확 치솟은 불 앞에 억지로 앉아 있는 것 같았다. 나는 손바닥을 후 불어 몸을 식히려 했다. 코브*로, 바다로 가는 중이라고 상상하려 했다. 후, 후, 후.

존의 말소리가 들렸다. "내 조카들은 어떻게 지내고 있나요?"

나는 그의 수프를 쟁반에 놓고 찻주전자도 놓았다.

"리지는 시내에 나갔어요. 에마는 페어헤이븐에 있고요."

"아, 나도 거기에 갈 거예요. 어제도 페어헤이븐에 있었죠!"

"일 때문인가요?"

"나야 항상 일 때문이죠." 그가 웃었다. "처리할 일이 있었어요. 에마가 거기에 있는 줄 알았으면 잠깐 얼굴이라도 보러 갔을 텐데."

"거기 간 지 두 주 되었어요."

"그애가 없으니 여기는 적적하겠어요."

"평소 같지는 않아요."

---

* 아일랜드 코크 카운티에 있는 항구도시.

"네, 그럴 거예요. 평소에는 그애들이 종일 당신 주변에 있으니까요."

"리지든 에마든 오랫동안 이곳을 비운 적은 없죠." 미시즈 보든이 혀를 찼다.

"여러모로 당신은 복을 받았어요."

"어째서요?"

"두 아이가 이 집에 있잖아요. 이야기할 사람들이 말이에요."

"맞아요."

"유감스럽게도 나 같은 남자들은 외로워지기 마련이죠. 혼자 살면."

나는 쟁반을 들고 식사실로 갔다.

"식사 준비가 되었나봐요." 미시즈 보든이 말했다.

"잘됐네요."

두 사람이 식사실로 들어오자 나는 식탁에서 물러섰다. 미시즈 보든이 존을 위해 의자를 빼주었다. 그녀는 얼굴이 벌겋게 달아올랐고 손이 살짝 떨렸다.

"저는 나중에 그릇을 치우러 다시 오겠습니다." 내가 말했다.

존이 식탁에 앉아 그릇 위로 몸을 숙인 채 숨을 깊이 들이마셨다. "기가 막힌 냄새로군!"

미시즈 보든은 내가 나가지 않기를 바라는 듯 나를 힐끔 보았다. "음, 브리짓. 너는 여기서 미스터 모스에게 차를 따라드리는 게 좋겠구나." 미시즈 보든이 달콤한 목소리로 말했다. 나를 옭아맨 그 목소리로.

존이 수프를 후루룩거리며 먹었다. 우리는 그를 지켜보았다.

"알겠습니다, 미시즈 보든." 나는 벽에 등을 기대고 서서 차를 따라야 할 순간이 오기를, 그 순간이 끝나기를 기다렸다.

"그나저나 애비, 요즘 앤드루의 일은 어때요? 더 많은 이사회에 참여하나요? 땅을 더 샀어요?"

미시즈 보든이 고개를 가로저었다. "그건 그이에게 물어보시는 게 좋겠네요."

존이 후루룩거렸다. "그렇네요, 애비. 미안해요."

"괜찮아요." 예의바른 미소.

"그러면 앤드루 몸은 좀 어때요? 건강해요?" 그가 숟가락을 입에 밀어넣자 숟가락과 이가 부딪치는 소리가 났다.

"앤드루를 아시잖아요. 금방 몸이 나빠질 일은 없을 거예요."

존이 숟가락으로 식탁을 빠르게 두 번 쳤다. "다행이네요!"

미시즈 보든이 미소를 지었다. "차 드시겠어요, 존?"

존이 눈을 들어 나를 위아래로 훑어보았다. "그거 좋죠." 내가 진짜 사람이 아닌 것처럼 바라보는 존, 그 눈빛에 대해 아무 말도 하지 않는 미시즈 보든. 나는 숟가락을 들어 그의 눈을 찔러버리고 싶었다.

식탁으로 가 차를 따르는데, 내 팔이 그의 팔에 닿을 듯 가까워졌다. "설탕 넣을까요, 미스터 모스?"

"두 스푼."

나는 차에 설탕을 탔다. 내 손에 닿는, 소매를 통해 내 팔에 닿는 그의 숨결. 나를 지켜보는 미시즈 보든과 눈이 마주쳤다. "고맙구나, 브리짓." 그녀가 말했다. 나는 다시 벽으로 물러났다.

그들은 말없이 앉아 있었다.

식기실에서 설거지를 하며 미시즈 보든에게서 내 돈통을 되찾을 궁리를 하는 사이 손가락이 쪼글쪼글해졌다. 그 돈을 점잖게 되찾을 방법이란 없었다. 미시즈 보든이 어디에 숨겼는지에 따라, 나는 집안 곳곳의 자물쇠를 부수고 그녀의 비밀 장소를 들춰내 돈통을 찾아야 했다.

작년 대낮에 도둑이 든 후로 미시즈 보든은 귀중품을 지하실의 금고에, 식기실의 작은 나무상자에, 잠가놓은 화장대 서랍에 숨겼다. 한번은 밀가루 포대 아래에 넣어둔 오래된 비누 상자에서 칼카레아 카보니카* 병을 발견하기도 했다. 그녀는 뭐든 눈에서 멀어지면 마음에서도 사라졌다.

내 목에 닿은 뜨거운 숨결. 누군가가 피부를 잡아당기는 것처럼 목에 경련이 일었다.

나는 휙 돌아섰다. 양팔을 옆으로 늘어뜨린 존이 내 쪽으로 몸을 숙이고 눈을 크게 뜬 채 서 있었다.

"냅킨을 두고 갔더구나." 자갈길에서 나는 소리 같은 그의 목소리. 그가 지저분한 천을 내 앞에서 흔들었다.

"고맙습니다, 미스터 모스." 내가 냅킨을 받으러 다가가자 그가 얼른 뒤로 뺐다. 나는 쫓아가고 싶지 않았다.

우리는 한참을 서 있었다. 단둘이. 그의 입 주위 주름살, 수염에 남아 있는 양고기 덩어리. 눈 주변에는 잔주름이 자글자글했다. 천

---

* 조개류의 석회질을 주원료로 하는 동종요법용 약물.

천히 그의 손이, 냅킨이 나를 향해 다가왔다. 부러지기 쉬운 겨울 잔가지 같은 손가락. 나는 설거지에 집중하며 최대한 조용하게 행주를 빨았다. 존이 냅킨을 흔들더니 내 발치에 툭 떨어뜨렸다.

"더 필요한 게 있으세요, 미스터 모스?"

"없다." 존이 미소를 짓고는 식기실을 나가, 부엌을 거쳐 집의 다른 구역으로 들어갔다. 뻣뻣해진 내 다리가 슬슬 떨리기 시작했다. 나는 냅킨을, 그의 입술 윤곽대로 묻어 있는 고기 국물을 보았다.

나는 스토브로 가 냅킨을 던져넣고 불길에 리넨 냅킨이 연기를 피우며 새까맣게 타는 모습을 지켜보았다.

*

미시즈 보든이 손님방을 준비하려고 위층으로 올라가는 나를 따라 존을 올려보냈다. 그의 부츠가 쿵쿵거렸고, 광이 나는 목재 난간 위로 손이 미끄러졌다.

"고맙구나, 브리짓." 그가 방으로 들어오며 말했다.

"아닙니다, 미스터 모스."

존이 허리에 손을 올렸다. 그가 화장대로 다가가 손가락으로 표면을 훑었다. "먼지가 없구나."

"네."

"너는 일을 아주 잘하는구나, 그렇지?" 존이 화장대 거울을 만족스럽게 들여다보며 나무 손잡이가 달린 말총 빗을 들어 머리를 빗었다. 나는 그의 말에 대답하고 싶지 않았다. 그가 빗을 내려놓고 창가에 서 있는 내 쪽으로 다가오더니 창밖을 내다보았다.

"저 아래 사람들을 봐. 다들 몹시 분주하구나."

나는 아래를 힐끔 보았다. 여름용 겉옷을 꼬리처럼 펄럭거리며 인도를 걸어가는 남자들이 보였다. 존이 내 옆에서 쌕쌕거렸다. 그 소리에 당장이라도 이성을 놓아버리고 창문에서 뛰어내려 그곳을 벗어나고 싶었다. 보언 선생님이 어떤 여자에게 말을 하며 집 앞에서 길을 건너는 모습이 보였다. 여자가 사자처럼 입을 벌리자 선생님이 손가락을 입에 넣고 안을 살폈다.

"저 아래에서 우리가 보일까?" 존이 물었다.

"멈춰 서서 고개를 든다면 보일 거예요." 아, 누구든 고개를 들어 이 집에서 무슨 일이 벌어지고 있는지 알아봐주기를 내가 얼마나 간절히 바랐던지.

존이 잠시 입을 다물었다. 그러더니 말했다. "말해봐, 브리짓. 이 집의 여분 열쇠가 있니?"

나는 그를 돌아보았다. "아뇨, 미스터 모스. 제 열쇠 꾸러미와 보든 부부의 열쇠 꾸러미가 전부예요."

그가 짧은 턱수염을 문지르고 턱을 톡톡 두드렸다. "그렇구나. 그럼 내가 여기 있는 동안 네 열쇠 꾸러미를 빌릴 수 있을까?" 존이 거지처럼 손을 오므렸다. 그의 입꼬리가 올라갔다.

나는 손을 앞치마 주머니에 넣고 열쇠를 만졌다. "그럴 수 없습니다, 미스터 모스."

그가 내게 더 다가서며 쌕쌕거렸다. "단 몇 시간도?"

"미스터 보든은 모든 문을 잠가두는 걸 좋아하세요. 집에 식구들이 있을 때도요. 저는 늘 열쇠가 필요합니다." 그가 너무 가까웠고 모든 것이 더 뜨거워졌다.

"앤드루가 모르면 기분 상할 일도 없을 거야." 그가 윗니로 아랫입술을 깨물었다.

나는 귀가 달아올랐다. "미스터 모스, 지금 너무 가깝게 서 계세요." 말썽에 휘말릴 수 있다는 생각을 하기도 전에 말이 먼저 튀어나왔다.

존이 뒤로 물러났다. "그렇구나. 내 실수야."

"집에는 항상 미스터 모스에게 문을 열어드릴 사람이 있습니다."

"그렇다니 다행이구나." 그의 몸이 바짝 긴장했고 그가 침을 꿀꺽 삼키자 울대뼈가 움직였다.

"이제 가봐야겠어요."

존이 옆으로 비켰고 나는 그곳을 나왔다. 그리고 그가 따라나와 미시즈 보든에게 말했다. "이따 저녁에 돌아올게요."

미시즈 보든의 어깨에서 긴장이 풀렸다. "그래요, 존. 앤드루가 당신을 보면 반가워할 거예요."

나는 벽장에서 재킷을 꺼내 존에게 건네고 현관문을 활짝 열었다. 길에는 갓 싼 말똥이 떨어져 있었다. 달콤한 밀짚과 진창, 썩어가는 과일이 뒤섞인 채. 케케챈강의 지류가 도시를 가로질러 흘렀다. 나는 폴리버의 여름이, 그것이 가져온 죽음의 냄새가 싫었다. 존이 말했다. "날이 참 좋구나." 그는 세컨드 스트리트를 따라 걸어갔고 이내 시야에서 사라졌다. 나는 문을 닫고 확실하게 잠갔다. 집에는 나와 미시즈 보든만 남았다.

그녀는 손을 무릎에 올린 채 소파에 푹 기대앉아 있었다. "브리짓." 그녀의 말투가 바늘처럼 뾰족했다.

나는 느릿느릿 그녀에게 걸어갔다. "네, 부인?"

"나는 우리의 작은 문제를 잊지 않았어."

"네, 부인."

"너는 나를 몹시 우울하게 만들었어." 그녀는 혀를 둥글게 굴려 입술을 핥았다.

"네, 부인."

그녀의 어깨로 머리카락 몇 가닥이 흘러내렸다. "게다가 너는 그 사실을 내게 계속 숨겼어."

"그렇지 않아요, 미시즈 보든." 내 말에 얼굴이 벌게진 그녀는 무릎을 문질렀다.

"내 눈앞에서 당장 사라져!" 그 소리는 그녀의 목을 찢고 나온 것처럼 거칠었다. 나는 감히 그녀를 바라보지도 못했다.

*

아, 분노가 스스로 발화해 천장으로 번지고 커튼처럼 걸린 듯 다락방이 푹푹 쪘다. 침대에 누운 채 몸을 굴려 우리 가족을 바라보자 귓전에서 그들의 목소리가 들렸다. 〈Blow the Candles Out〉을 다정하게 부르던 소리, 내가 배를 타기 전 애정을 담아 건네던 작별인사. 나는 그 노래를 따라 흥얼거렸다. 노래를 흥얼거리자 향수병에 목이 메고 두 볼이 젖었다. 나는 엄마의 빵을, 내 마음속에서 부풀어오르며 방안으로 흘러들어와 나를 포근한 잠으로 이끌던 효모의 냄새를 떠올렸다.

그때 밖에서 턱 하는 소리가 들리지 않았다면 나는 계속 그러고 있었을 것이다. 턱, 허공을 가르는 바람소리. 턱, 나무를 패는 도끼

소리. 턱, 꿍 하는 소리. 턱, 턱. 그리고 남자의 목소리. "가만히 있어." 턱. 미스터 보든. 배가 단단히 뭉쳤다.

나는 침대에서 나와 창가로 가서 아래를 내려다보았다. 뒷마당의 헛간 옆에 미스터 보든이 서 있었다. 풀밭에 그의 재킷이 놓여 있었고, 하얀 셔츠 소매는 팔꿈치까지 말아올린 상태였다. 한 손에는 도끼가, 다른 손에는 거꾸로 뒤집힌 비둘기가 들려 있었는데, 비둘기는 날개를 활짝 펼친 채 머리로 쏠리는 피와 앞으로 일어날 일에 대한 충격으로 뻣뻣하게 굳은 모습이었다. 나는 무릎이 후들거리고 방광에 살짝 힘이 빠져 가랑이 사이를 적시고 말았다.

미스터 보든이 장작을 패는 모탕에 비둘기를 올려놓고 도끼를 재빨리 휘둘렀다. 턱. 비둘기의 머리가 풀밭으로 툭 떨어지자 미스터 보든은 몸통을 금속 통으로 던졌다. 그는 팔로 이마를 닦고 새장으로 손을 뻗어 한 마리를 더 꺼냈다.

리지의 비둘기. 그가 마침내 일을 끝마쳤다. 미스터 보든은 목을 풀었고 나는 손목이 가려웠다. 새의 작은 발톱이 기억났다. 그가 나더러 이 일을 리지에게 알리라고 하지 않기를 바랐다. 하지만 나는 눈을 돌릴 수 없었다. 그가 또다른 비둘기를 잡자 그 작은 짐승이 날개로 미스터 보든의 왼쪽 팔을 쳤고 그 바람에 그는 새를 놓쳤다. 비둘기가 풀밭으로 툭 떨어졌지만 이내 위쪽 나뭇가지 사이로 날아갔다. 미스터 보든은 내리쬐는 햇빛에 눈을 가리고 어깨를 으쓱했다. 그는 도끼를 헛간의 문 안쪽에 기대놓고, 금속 통 안에 쌓여 있는 비둘기의 몸통 위로 잘린 머리를 하나씩 던졌다. 그는 통을 헛간 깊숙이 가지고 들어갔다. 나는 마당에 깃털이 별로 떨어지지 않은 것에 놀랐다. 여기 조금, 저기 조금. 운이 좋은 고양이가 잽싸게 새를 덮쳐 상처를 입혔다고 생각할 만했다.

나는 보닛을 다시 썼다. 그리고 아래층으로 내려가 옆문 근처에 서서 미스터 보든이 다음에 무엇을 하려는지 알아내려고 기다리는데 심장이 미친듯이 뛰었다. 그가 좁은 길을 따라 걷는 소리가, 검은 부츠의 밑창이 돌바닥에 사포처럼 갈리는 소리가 들렸다. 나는 얼른 조리대로 가 바삐 차를 내리려다가, 작은 나무를 쓰러뜨린 듯 찻잎을 주전자의 옆면에 우수수 쏟고 말았다. 시계가 두시를 알렸다. 옆문이 열리고 그가 들어왔다.

"브리짓, 비누를 다오." 미스터 보든은 양손이 얼룩덜룩했고 손가락은 잼처럼 붉은 피로 물들어 있었다. 그의 옷깃에도 피가, 눈썹 위에도 피가, 입가에도 피가 튀어 있었다. 그 모습에 나는 입술을 핥았고, 말없는 내 행동에 그도 무심결에 입술을 핥다가 자신이 짐승의 잔해로 뒤덮였다는 사실을 깨달았다. 그는 그것이 느껴지지 않는다는 듯 가만히 있었다.

"네, 미스터 보든." 나는 지하실로 후다닥 내려가 비누를 가지고 뛰어올라왔다. 그가 조리대에 기대서서 자신의 손을 내려다보다가 손가락을 마주 비볐다. 기묘한 사향냄새가 났다. 내 몸이 떨리기 시작했다. 그에게 다가가고 싶지 않았다. 나는 비누를 내밀었다. "여기 있습니다, 미스터 보든." 마치 벽돌을 쥐고 있는 것 같았다. 손목을 홱 빼고 싶었다. 한 발자국 앞으로 다가가자 그가 내게서 비누를 받았다. 그의 윗입술에 맺힌 땀방울이 보였다.

"미스터 보든, 괜찮으세요?"

그가 손에 연거푸 비누칠을 하더니 대야에서 손을 박박 문질러 씻었다. "나는 괜찮다."

156

"어디를 다치셨어요?" 나는 형편없는 거짓말쟁이였다.

"아니. 마당을 좀 치우던 중이었어." 그렇기는 했다.

"네."

그가 손을 다 씻고 나서 팔을 씻는데 피에 물든 비눗물이 뚝뚝 떨어졌다.

"미시즈 보든 봤니?" 그가 물었다.

"오전 이후로는 못 뵈었어요. 미스터 모스가 나가신 후로는요."

그가 돌아섰다, 잔뜩 인상을 쓴 채. "모스?"

"네. 잠시 들르러 오셨대요."

"지금 어디 있는데?"

"일을 보러 나가셨어요. 이따 오신다고 하셨어요."

미스터 보든이 입안을 씹자 그의 광대뼈가 늑대 이빨처럼 보였다. "모스가 언제 왔어?"

"정오 무렵이었을 거예요."

"그 남자는 여기에 얼마나 있을 거라던?"

"잘 모르겠어요. 확실히 하룻밤은 묵으실 거랬어요."

그 남자. 사랑했던 사별한 아내의 혈육을 부르는 호칭은 결코 아니다.

"그가 오는 걸 알고 있었니?"

"미스 리지 외에는 아무도 몰랐을 거예요."

"리지는 지금 어디에 있니?"

"외출했어요, 주인어른."

미스터 보든이 주먹으로 조리대를 내려쳤다. "필요할 때는 왜 아무도 없는 거야?" 그는 마른행주로 얼굴을 닦았다. 그리고 양손을 바지에 비벼 닦고 목을 이쪽저쪽으로 꺾었다. 이윽고 그는 부엌을 나가 집안 어딘가로 가버렸다.

7

에마

1892년 8월 4일

세컨드 스트리트는 사람들의 피부로 물결을 이루었다. 나는 마차에서 천천히 내려 집 앞에 벌떼처럼 모여든 구경꾼을, 기묘한 표정이 서린 그들의 얼굴을 힐끔 둘러보았다. 어깨가 아파서 손끝으로 뭉친 근육을 꾹꾹 눌렀다. 집에 돌아왔다. 내가 지나가자 군중 속의 몇 사람이 가슴에 손을 얹었는데, 아는 얼굴들이었다. 항상 코를 흘리는 아들을 둔 젊은 마부 미스터 포터. 말을 할 때면 양배추 같은 두 볼이 풍선처럼 부풀어오르는 미시즈 휘터커. 성경학교에서 리지가 가장 총애하지 않는 학생으로, 덥수룩한 머리를 긁으며 다람쥐 같은 눈으로 집을 빤히 바라보는 어린 프랜시스 길버트. 나는 시선을 맞추려고 해보았다. 어디선가 들리는 목소리. "큰딸도 알까?" 소문은 빠르게 퍼졌다. 그런데 정확히 무슨 사고가 있었던 거지?

하늘을 올려다보자 구름이 내 얼굴에 그림자를 드리웠고 지붕 위 정중앙에 앉은 새 한 마리가 보였다. 눈을 깜박이자 모든 것이 고요해졌다. 집은 평소와 전혀 다를 바 없었고 나는 '애비 실종'을 계속 생각했다. 어떻게 애비 나이대의 여자가 사라질 수 있을까? 밤에 집을 빠져나갔나? 쪽지를 남기는 걸, 아버지에게 곧 돌아올 테니 걱정하지 말라고 말하는 걸 깜박했나? 아니면 기분 변화에 굴복해 영원히 집을 떠나기로, 강으로 걸어가 보트에 올라탄 다음 강을 따라 내려가다가 바다에 닿으면 뱃전에서 훌쩍 뛰어내려 소금물을 마시고 닻처럼 가라앉기로 마음먹었나?

내가 다가가자 인파가 양쪽으로 갈라졌고, 열띤 뒷담화로 두 볼이 붉게 달아오른 열 명의 여자가 울음을 터뜨렸다. 내 입에서 "리지"라는 말이 새어나오는 소리가 들렸고, 한 발 한 발 다가갈수록 허벅지가 단단히 조여오고 어깨가 움찔거리고 온몸이 두려움에 사로잡혔다.

한 경관이 집 옆에서 나타나 말했다. "미스 보든, 이쪽으로 오시죠."

사실이었다. 정말 사고가 난 것이었다. 나는 옆문으로 들어가도록 안내받았고 집안에 어떤 상황이 펼쳐져 있을지 생각도 하고 싶지 않았지만 다음 순간 거기에 있었다. 안으로 들어서자 즉시 실내의 열기가 느껴졌다. 바짝 타들어가는 혀. 거실 문이 닫혀 있었다. "사망 시각"이라는 단어가, 내 귀를 때리는 기묘한 남자 목소리가 들렸다. 손이 그대로 굳어버렸다.

"동생분은 여기 있습니다." 손가락이 식사실을 가리켰다.

거기에 보언 선생님과 미시즈 처칠과 앨리스 러셀이 있었다. 낯선 남자들에게 둘러싸인 리지는 몸집이 어린아이 크기로 줄어 있었다.

"무슨 일이에요?" 내 손, 배어나온 땀.

앨리스 러셀이 앞으로 나왔다. "아, 에마." 그리고 자신의 이마와 관자놀이를 손으로 훔쳤다.

동생은 손가락으로 치마 주름을 고르며 항상 내 짜증을 돋우던 식으로 꼼지락거렸다. 리지의 턱선을 따라 자잘한 상처가 보였는데, 손톱이 족집게라도 되듯 피부를 잡아 뜯은 자국이라는 걸 알 수 있었다. 나는 확실히 알았다. 그건 동생이 걱정을 멈춰보려고 애쓴 흔적이었다. 리지의 치마에 작은 적갈색 얼룩이 있었다. 갈비뼈 위의 피부가 팽팽해지고 손에서 땀이 났다. "무슨 일이에요?"

구석에 있는 경관이 나무 새장 같은 가슴을 쑥 내밀고 콧수염을 쓰다듬으며 리지를 관찰했다. 내가 헛기침을 하자 그 경관은 몸을 곧게 펴고 손가락으로 배를 죽 훑었다. 소금기 짙은 공기.

"자리에 앉으셔도 됩니다, 미스 보든." 경관의 목소리는 높고 지나치게 형식적이었다.

"무슨 일이에요?"

사람들이 고개를 떨궜다.

"아가씨의 부모님." 누군가가 말했다.

"아버지." 리지가 차분한 목소리로 말했다.

"아버님과 어머님이 돌아가셨습니다."

머리가 욱신거리기 시작했다. "왜 사람들이 이렇게 많이 모여 있어요?"

"에마, 변고가 일어났단다." 보언 선생님의 말소리는 엄숙하고 너무 낮아서 잘 들리지 않을 정도였다.

나는 리지와 눈을 마주쳤지만 동생의 얼굴은 무표정했다. 어쩌면 저렇게 낯설어 보일까. 단어가 말이 되어 나오지 않았다. 리지가 침을 꿀꺽 삼키자 목 옆의 근육이 개구리 입처럼 들어갔다 나왔다. 리지가 말했다. "언니가 돌아와서 정말 기뻐, 에마." 그러더니 손을 내밀고 손가락을 펼친 채, 내가 그 손을 잡아주기를 기다렸다.

"이게 무슨 일이야?"

모두 숨을 삼켰다. 나는 리지 옆에 앉아 동생의 어깨를 감싸안고 동생을 들이마시듯 숨을 쉬었다. 기묘한 냄새. 우리는 몸이 한데 기워진 듯 나란히 앉았고, 나는 소금기와 땀에 익사할 것만 같았다. 쿵쿵 뛰는 리지의 심장박동이 손가락과 뼈를 따라 전해졌다. 리지를 받아들이기가 너무 버거웠다. 나는 눈을 감고 리지를 꼭 안을 때마다 그애가 사라져버리기를 바랐다.

"에마."

나는 눈을 떴다. 리지가 나를 빤히 바라보며 몸을 빼려 했다.

"에마, 나를 놓아줘. 언니가 이러니까 기절할 것 같아." 리지가 나를 밀어냈다.

나는 그녀를 놓아주었다. "무슨 일이야?"

리지가 속삭였다. "외삼촌이 오셨어."

그 남자. 나는 방을 둘러보았다. "왜?"

"지난밤에 잠시 들르러 오셨어." 리지가 거의 노래하듯 말했다.

"지금 어디에 계셔?"

"일이 있어서 외출하셨어. 금방 돌아오실 거야." 리지가 말했다. 그녀는 볼 안쪽을 잘근잘근 씹었다.

잠시 침묵. "오늘 몹시 끔찍한 일이 벌어졌단다, 에마." 미시즈 처칠이 말하며 옆에 앉아 내 손을 잡고 피부가 얼얼할 때까지 쓰다듬었다. 미시즈 처칠과 경관들의 입에서, 마치 그들이 한 사람인 것처럼, 사건의 정황이 간결하게 굴러나왔다.

"아버님과 어머님이 살해되셨습니다."

"오늘 아침에요."

"우리는 미시즈 보든이 친척집에 가 계신 줄 알았습니다. 하지만……"

"동생분은 지금 충격을 받은 상태고요."

"오늘 아침에 리지가 거실에서 네 아버지를 발견했어."

"댁의 하녀와 미시즈 처칠이 이층에서 어머님을 찾았습니다."

"리지가 도와줄 사람을 데려오라고 브리짓을 보냈었어."

"무단 침입의 흔적은 없습니다."

나는 뭔가 이해할 수 있는 소리를 듣고 싶었다. 내가 얼마나 집을 떠나 있었던 거지?

"에마, 나 좀 다시 꼭 안아줘." 고양이 같은 리지.

목소리의 소음이 이어졌다. 미시즈 처칠이 내 귓가에 속삭였다. "……이런 일이 일어나다니 믿어지지가 않는구나…… 오…… 문가에 있는 리지를 봤어…… 그곳에…… 내가 리지에게 물었어…… 우리가 확실히 하려고……" 나는 따끔하고 저린 느낌을 뿌리치려 애썼고, 머릿속에서 목소리들을 내몰았다. 리지의 혀가 불쑥 튀어나와 치아 위를 날름거리는 모습이 눈에 들어왔다. 그것이 만드는 잡음. 나는 동생에게 미소를 지었고 그애의 관자놀이를 쓰다듬으며 진정시키려 했다. 리지의 옆머리에서 전해지는 심장박동. 빠르고 거대하게 내 손가락으로 폭포처럼 쏟아지는 박동. 세상이 멈췄으면 싶었다.

보언 선생님이 내게 차가운 물수건을 건넸다. "리지에게 대주렴." 그의 목소리는 느린 기차 같았다. 나는 물수건을 리지의 이마에 얹고 눌렀다. 리지가 작아진 것 같았다. 그 순간 어머니에게 약속했던 대로 그애를 내 안에 집어넣고 안전하게 보호하고 사랑해주고 싶었다. 모두가 병적인 연민과 호기심을 품은 눈빛으로 리지를 바라보았다. 동생은 어머니가 돌아가신 후에 줄곧 그랬던 것처럼 내게서 눈을 떼지 않았다. 나는 리지에게 입을 맞췄다. 열이 오른 피부 뒤의 어딘가에, 눈물이 생성되는 곳에.

나는 똑같은 공포에 사로잡힌 여러 얼굴에 둘러싸였고, 모든 것이 더 작아진 것처럼 보였다. 집안 어딘가에서 기이한 통곡소리가, 피가 몸에서 세차게 빠져나갈 때 날 법한 소리가 들렸다. 나는 인상을 쓰며 거실 쪽을, 아버지가 있는 쪽을, 그 너머 애비가 있는 쪽을 힐끔 보고 아무도 내게 그 방에 들어가보라고 하지 말아주길 기도했다. 나는 손목을 물끄러미 보았다. 햇살이 혈관 위에서 춤을 추었고, 그 순간 나는 페어헤이븐의 들판으로, 손에 연필을 쥐고 온전히 혼자가 된 시간으로 되돌아갔다. 리지가 입안에서 혀를 굴리는 소리가 들리자 나는 소매를 손목까지 끌어내려 리지의 이마를 닦아주었다.

"이 상황을 받아들이기가 버거우시리라는 건 이해합니다." 어느 경관이 말했다.

"그러네요." 하지만 나는 묻고 싶은 게 너무 많았다.

"에마, 나 기절할 것 같아."

"동생분을 위층으로 데려가 쉬게 하는 게 좋겠습니다." 그 경관이 말했다.

앨리스 러셀이 내게 몸을 숙이고 말했다. "리지의 방은 엉망진 창이야. 내가 정리할까?"

"아니, 내가 할게." 나는 주도권을 잡는 데 익숙했다. 나는 일어 서서 고개를 까닥했다. 리지를 편안하게 해주고 그애의 방을 정리 할 것이다. "금방 돌아올게." 나는 리지에게 말하고 이마에 입을 맞췄다. 질문은 나중으로 미룰 것이다.

*

나는 안쪽 계단을 올라 리지의 방으로 향했다. 아버지와 애비의 방을 지나야 한다는 사실을 의식하면서. 계단을 빙 돌아 올라가는 데 누군가가 말했다. "아무래도 여자가 먼저 당한 것 같아. 방 맞은 편의 라디에이터 옆에서 두개골 조각이 나왔어." 그 말에 발이 딱 멈췄고 근육이 팽팽하게 긴장하나 싶더니 바로 일이 터졌다. 위장 이 담즙을 밀어내고 다시, 또다시 밀어냈다. 나는 입을 닦고 계단 을 마저 올라가 아버지와 애비의 침실로 들어갔다. 방은 조용했다. 화장대 위의 작은 시계는 더이상 재깍거리지 않았다. 그리고 침대. 매트리스 아래로 팽팽하게 끼워져 있는 깨끗한 리넨 시트, 화려하 게 장식된 목재 머리판. 결혼으로 맺어진 두 사람의 공간. 담요 가 장자리를 살피며 만지자 상실의 두께가 느껴졌다. 라벤더와 세이 지 향이 손에 부드럽게 닿는 축축한 모직물, 그리고 가죽의 냄새와 뒤섞였다. 애비는 얼마 전까지 이곳에 있었다. 나는 양손을 들어 얼굴을 부드럽게 문질렀다. 향은 오래 지속되지 않는다는 사실을 경험으로 알았다.

방 곳곳에 아버지의 흔적이 있었다. 오 센트와 십 센트짜리 동전 한줌, 세금 영수증 사본, 스완지 농장에 필요한 물건을 구입하고 브리짓에게 양말을 수선하라는 지시 사항이 적힌 구겨진 종이 한 장. 화장대의 아버지 공간에는 어머니의 자그마한 사진이 놓여 있었다. 어머니의 결혼식, 어머니의 젊은 피부. 나는 그 사진에 입을 맞췄다. 애비는 매일 내 어머니를 보아야 했을까?

침대 한쪽에 앉아 눈을 감고 아버지의 모습을 떠올렸다. 아버지를 노인이 아닌 다른 모습으로 상상하기는 어려웠다. 이 주 전 아버지는 담배 파이프를 들고 소파에 앉아 있는 노인이었다. 일 년 전 아버지는 헛간에서 농기구를 꺼내려고 고군분투하는 노인이었다. 십 년 전, 이십 년 전, 삼십 년 전. 늙은 아버지는 점점 세월을 거슬러 어머니를 만난 때로 돌아가 어머니에게 사랑한다고 말하고 그녀의 몸에 나의 씨를 뿌렸다.

속이 울렁거렸고 방안 공기가 너무 달짝지근했다. 나는 머리부터 팔까지 쓰다듬으며, 무無의 상태를 꿈처럼 통과했다. 이 방엔 들어오지 말았어야 했다. 아래에서 남자들이 일층을 느릿느릿 돌아다녔고 무게를 이기지 못한 바닥이 노래를 불렀다. 나는 침대를 쓰다듬었다. 모든 것이 달라질 것이다. 어머니, 아버지, 애비. 세 사람은 모두 그곳에서 잠을 잤고, 모두 죽었다.

나는 방을 가로질러 가장 먼 창문으로 다가가 헛간을 내려다보았다. 한동안 내가 얼씬도 하지 않던 곳. 문이 모두 꼭 닫혀 있었다. 한 경관이 마당으로 나와 수첩과 연필을 만지작거렸다. 그는 헛간 앞에 서서 그 작은 건물을 요모조모 뜯어보더니 마침내 문에 손을 댔다. 손가락으로 통나무의 옹이를 쓰다듬었다. 그가 수첩에 뭔가를 기록하더니 문을 열고 안으로 들어가 이내 시야에서 사라졌다.

헛간에는 우리가 방치한 물건들이 오랫동안 보관되어 있었다. 제2의 인생을 꿈꾸며 깨진 채 놓여 있는 접시와 찻잔. 기다란 밧줄, 납 봉돌이 가득 든 상자, 오래된 망치와 못, 이가 빠져 못 쓰게 된 도끼, 땔감더미. 아버지는 아무것도 버리지 않았다. 이제 모든 것이 그곳에 남을 것이다.

창문으로 경관이 헛간 위층으로 올라가는 모습이 보였다. 그는 넓적한 손으로 이마를 닦더니 창유리의 아랫부분을 손가락으로 훑었다. 그리고 검지를 살피더니 수첩에 기록했다. 나는 유리에 이마를 갖다댔다. 창이 달그락거렸다. 나는 방의 끝까지 걸어가 리지의 방으로 통하는 문을 열어 보든과 보든을 분리하는 경계를 풀었다. 리지의 방, 그곳에 남은 파괴적인 움직임과 낯선 이의 흔적. 비뚤어진 액자, 책꽂이에서 방바닥으로 내팽개쳐진 책. 리지는 이렇게 난장판이 된 걸 알았을까?

나는 거울에 비친 내 모습을 보았다. 둥그런 턱, 멍하고 지친 눈, 축 처진 어깨. 더이상 그 모습을 보고 있을 수 없었다. 침대에서 시트와 이불을 걷어 리넨으로 된 작은 고치를 만들었다. 나는 오랫동안 그렇게 리지를 위해 둥지를 만들어왔다. 그 일에 점점 진력이 났지만 이렇게 다시 여기에서 그것을 만들고 있었다. 리지의 베개 아래에 작고 눅눅한 흰 천조각이 있었다. 그 천을 집어들었다. 꽃향기를 입은 금속냄새가 얼핏 났다. 기묘한 동생의 냄새. 나는 천을 다시 베개 아래로 되돌려놓았다.

연갈색 물이 든 병이 침대 옆 탁자에 놓여 있었다. 리지가 마실 물을 따르는데 손이 떨리고 심장이 뛰었다. 나는 떨림을 가라앉히려 애쓰며 경관이 "무단 침입의 흔적은 없습니다"라고 말할 때의 어조를, 혀를 차는 것 같은 입모양을, 깨진 앞니 사이로 휘파람처럼 새어나오는 희미한 소리를 떠올렸다. 나는 여러 가설을 세워봤다. 어느 낯선 이가 찾아와 실내 화장실의 장점에 대해 열변을 토하며 문을 두드린다. 아버지가 "돈 낭비야, 이 날강도 같으니"라며 당장 꺼지라고 하자 이성을 잃는다. 하지만 거절했다는 이유로 그렇게 참혹한 처벌을 내렸다는 주장은 납득하기 어렵다.

아버지에게 감정이 좋지 않은 세입자가 있었을지도 모른다. 아버지가 예고 없이 집세를 올리자 격분한 것이다.

"지붕에 구멍이 또 생겼어요." 그가 말했을 것이다. "밤이면 그 구멍으로 벌레가 들어와요."

"그 문제는 정말 고쳐야 할 때 해결해주겠소." 아버지의 대답.

세입자는 고개를 저으며 현관 계단에 서 있는 아버지의 발 옆에 침을 뱉었을 것이다.

"내 집에서 당장 나가!"

"오늘은 못 나가, 미스터 보든." 그리고 세입자는 아버지의 가슴을 밀치며 아버지를 현관문 안으로 밀어넣었을지 모른다.

하지만 그랬을 리 없다. 그런 소란이 벌어졌다면 목격자가 있었을 텐데 아무도 어떤 것도 보지 못했다.

몸을 움직일 때마다 나는 숨을 깊이 들이쉬며 진하고 뜨거운 악취를 빨아들였다. 이 냄새는 뭐지? 나뭇가지가 창문을 치며 끽끽거리는 소리를 내기에 창문을 여니 뜨거운 햇살이 얼굴을 후려쳤다.

한 쌍의 부츠가 앞쪽 계단을 올라와 손님방으로 향했다. 부츠 소리가 점점 커지자 문득 떠올랐다. 그 문 뒤에 아버지의 죽은 육신과 짝을 이루는 애비의 시신이 누워 있다는 사실이. 나는 그 상황에 어떻게든 익숙해지려 애썼다.

그때 리지의 침대 아래에 떨어져 있는 종잇조각들이 눈에 들어왔다. 리지는 방을 너무 지저분하게 썼다. 나는 바닥에 엎드려 쓸모없는 말들을 주워모으다가, 음식이 두껍게 말라붙은 나이프와 포크, 굳어버린 은빛 타액 자국을 보았다. 사용한 손수건과 지저분한 블라우스도 있었다. 이를 악물었더니 잇몸을 따라 찌릿한 통증이 느껴졌다.

원래 여기는 모든 것이 정돈되어 있고, 먼지 한 점 없고, 흠잡을 데 없는 내 방이었다. 나는 책을 알파벳순으로 정리하고 가장 아끼는 책은 커버를 씌웠다. 나는 흰색—침구, 그림, 가구—을 선택해 방을 꾸몄지만, 그후로 방은 붉은색과 노란색으로, 커다란 파라솔과 천박한 미술품으로 뒤덮였다. 리지는 거인으로 자랐다. 매일 나는 여동생에게 에워싸여 있었다. 양탄자와 개수대에 떨어져 있는 적갈색 머리카락, 거울과 문의 손자국, 커튼 뒤에 숨겨진 사향냄새. 마치 리지가 나를 소유하고 있는 것처럼 나는 입에서 머리카락이나 시큼한 우유맛을 느끼며 동생과 함께 잠을 깼다.

한 해 전 리지가 우리를 분리하는 유일한 가로막인 내 방문을 열어놓아야 한다고 고집을 피웠다. "우리가 항상 서로의 곁에 있다는 사실을 알기 위해서야."

"우리 같은 다 큰 성인이 공간을 이렇게까지 공유하는 게 과연 좋은 일인지 모르겠어. 문을 열어놓으면 나는 불편해."

"그게 내가 원하는 거야, 에마." 리지는 고개를 갸우뚱하며 눈을 크게 떴다.

실랑이는 몇 주 동안 이어졌다. 리지가 이겼다. 항복하는 게 더 쉬웠다. 나는 천박하고 현학적인 동생의 백일몽을 고스란히 들어야 했다.

"언젠가 나는 이 모든 것을 다 뜯어고칠 거야." 한번은 리지가 스스로를 가리키며 말했다.

"그게 대체 무슨 소리야?"

"나는 그랑드 담*이 될 거야, 응당 그렇게 되어야 하니까." 리지는 유럽에 다녀와서 이런 생각을 하게 되었다.

"그랑드 담은 유치한 소원을 말하며 돌아다니지 않아. 왜 그냥 너 자신이 되면 안 되는데?"

아쉬워하는 리지. "나는 진실한 나 자신이 될 최고의 순간을 기다리는 거야. 그때가 되면 모든 게 변할 거야, 두고 봐." 그녀는 침대에서 일어나 거울에 비친 자신의 모습을 꼼꼼하게 살폈다. "에마, 우리의 몸안은 어떻게 생겼을까?"

병적인 호기심. 나는 그녀를 지켜보며 심장 위의 가슴을 부드럽게 훑는 그녀의 손가락이 그리는 궤적을 좇았다. 리지는 자신의 피부가 밤이라도 되듯 만졌다.

"우리는 서로를 새롭게 뜯어고칠 수 있어, 에마."

"그만해! 나는 이런 말도 안 되는 대화에 질렸어. 그런 백일몽은 너 혼자 꿔."

---

*Grande Dame. 사회적으로 큰 성취를 이룬 영향력 있는 여성을 일컫는 말.

리지가 거울로 나를 보더니 진지하게 말했다. "언니는 여러 가능성을 고려해봐야 해."

그래서 그 가능성에 대해 생각해보았다. 유럽의 화가, 열 개 언어 능통자, 침묵의 맹세를 한 수도승, 비글호*에 승선한 과학자. 내가 절대 될 수 없는 것들. 하지만 리지라면 훨씬 가능성이 있었다. 아버지는 그애가 원하는 것이라면 뭐든 들어주니까. 나는 공상을 집어치우고 현실을 받아들여야 한다는 것을, 아버지와 새어머니를 모시고 살아야 하며 나를 절대 놓아주지 않을 동생과 살아야 한다는 것을 마음 깊은 곳에서는 알고 있었다. 뭔가가, 누군가가 될 수 있는 시간은 내게서 사라졌다. 나는 그 좌절감을 안고 살아야 했고, 리지도 똑같은 꼴이 되기를 바랐다.

*

나는 계속 청소를 하며 두번째 창문으로 다가가 커튼을 걷었다. 거기에, 유리창에 실금이 여러 개 나 있고 배를 뒤집고 죽은 파리가 한 마리 있었다. 나는 둥글게 오므린 손바닥에 파리를 담아 치마 주머니에 넣었다. 피로가 몰려와 리지의 침대에 앉았다. 그리고 손으로 리넨 침구를 쓸며 소리의 속도에 대해, 도움을 요청하는 소리가 누군가의 귀에 닿기까지 얼마나 걸릴지에 대해 생각했다. 죽음은 얼마나 요란할까? 리지는 그 소리를, 고통에 찬 비명을 들었을까? 나는 손님방 쪽을 바라보며 애비를, 그녀의 육중한 몸이 바

---

* 영국 군함으로 1831년 찰스 다윈이 이 배를 타고 남미를 탐사한 것으로 유명하다.

닥에 털썩 쓰러지는 모습을 떠올렸다. 그녀에게 묻고 싶은 것이 있었다.

1. 아버지가 살해당할 때 당신은 어디에 있었나요?
2. 어디까지 도망쳤나요?
3. 리지가 어떤 위험에 처해 있었나요?
4. 이런 일이 일어날 낌새를 느꼈나요?
5. 무슨 일이 있었죠? 당신은 누구를 화나게 했죠?
6. 얼마나 고통스러웠나요?

일어나서 손을 치마 주머니에 넣자 파리가 만져졌다.

모든 준비가 끝났다. 아버지와 애비의 침실을 지나 계단을 내려가는데, 새삼스럽게 계단이 얼마나 가파른지, 그동안 얼마나 닳고 낡았는지, 계단을 오르내리는 몸뚱이가 어째서 둔중하고 느려질 수밖에 없는지가 눈에 들어왔다. 창밖을 내다보자 이웃 사람들이 울타리에 손을 올리고 일렬로 늘어서 있었다. 그들은 이 집안에서 무엇을 보고 싶은 걸까? 나는 성난 표정을 지으며 그들이 내 얼굴을 보기를 바랐다.

나는 식사실 문가에 섰다. "이제 올라가자." 내가 말했다.

리지는 입술을 계속 혀로 핥으며 묵직한 낚싯봉 같은 눈으로 거실 문을 빤히 보았다. 심지어 미소를 짓는 듯도 했다.

나는 심장박동을 진정시키려 애쓰며 마룻장을 따라 속삭이듯 조용조용 리지에게 다가가 손을 내밀었다.

"아버지가 지금 어떤 모습일 것 같아, 에마?" 무미건조하게 묻는 리지.

"리지……"

"아버지는 온통 난자당해서 붉은색이야." 그녀는 볼을 만지작거렸고 나는 더럭 겁이 났다.

"리지는 지금 엄청난 충격을 받은 상태야." 보언 선생님이 내게 말했다.

"가자, 리지. 그런 식으로 말하지 말고." 내가 말했다.

"하지만 사실인걸. 내가 아버지를 발견했을 때 그랬단 말이야."

"내가 진정제를 조금 더 투약했다. 그러니 곧 잠이 들 게다." 보언 선생님이 문득 더 늙어 보였다.

"고맙습니다." 나는 팔로 리지의 어깨를 감싸안아 일으켰다. 그녀에게서 열과 전류가 느껴졌다.

"잠자리를 봐뒀어." 내가 리지에게 말했다. "어서 가자."

리지가 한숨을 쉬었다. 거실에서 들리는 소음. 남자들이 무거운 짐을 옮기는 소리였다. "머리 조심해."

우리는 느릿느릿 안쪽 계단을 올라 리지의 방으로 갔다. 내 오른쪽 귀에 대고 리지가 오래전에 우리가 만든 곡인 〈새들의 노래〉를 흥얼거렸다. 발을 내딛을 때마다 노랫가락이 튀어오르고 리지의 치아 사이에서 춤을 췄다.

"리지, 그만해." 내가 속삭이자 리지가 미소를 지었다. 이애는 대체 왜 이러는 걸까? 나는 헬렌이, 더 오래 머물러도 된다고 했던 그녀의 말이 떠올랐다. 리지에게 그녀를 떠나겠다는 말을 어떻게 해야 할까?

침대에서 리지가 물었다. "떠나 있는 동안 내가 보고 싶었어?"

"마음 편히 있도록 해." 나는 리지와 게임을 하고 싶지 않았다.

"언니는 내 편지에 한 번도 답장을 하지 않았어." 리지의 표정이 뿌루퉁했다.

"바빴어."

리지가 내 가슴을 찔렀다. "사과를 해야지."

뾰족한 못이 내 흉곽의 안쪽을 따라 자라났고 그 때문에 기침이 터졌다. 나는 리지의 손을 잡았다. 내 손처럼 부드러웠다. 그곳에 우리가 있었다. 나와 내 동생, 떼어놓을 수 없는 우리의 몸이. 핏줄을 피할 수 있는 것은 아무것도 없다.

나는 리지의 동그란 눈을 들여다보았다. 동공이 팽창하고 오른쪽 눈꼬리가 씰룩거렸다.

"오늘 무슨 일이 있었던 거야, 리지?" 나는 전부 들어야 했고, 아무것도 듣고 싶지 않았다.

"아무도 이해할 수 없을 거야." 리지가 내 어깨 너머로 손님방을 바라보았다.

나는 더 가까이 다가갔다. "무슨 일이 있었던 거니?"

"나도 확실히는 몰라." 귓가에 닿는 리지의 숨결이 불꽃 같았다.

"오늘 뭘 봤는데?"

"저 사람들도 그 질문을 했어. 왜 나를 이런 식으로 대하는 거야?" 리지의 목소리는 노래와 비명의 가장자리에 걸쳐 있었다. 나는 리지를 밀어 넘어뜨리는 사람이 되고 싶지 않았다.

"미안해. 경찰이 내게 아무 말도 해주지 않았어. 그 이야기를 너에게 직접 듣고 싶었던 것뿐이야."

"소파에 있는 아버지를 봤어. 쉬고 계셨지." 리지는 직소 퍼즐을 맞추는 것처럼 이야기했다.

"그래서?"

"그때는 나도 확실히 몰랐어."

내 손안에 놓인 리지의 손이 점점 무거워졌다. 방은 조용했다. 바깥에서 새 한 마리가 화창한 날을 노래했다. 나는 리지를 쉬게 놔두고 말해지지 않은 채 남겨진 것에 대해 생각했다. 리지의 마음속으로 들어가 그녀의 뼈와 눈, 피부 아래에서 모든 것을 보고 싶었다.

*

리지가 어렸을 때 나는 그녀의 마음속으로 들어가게 해달라고 기도했다. 나는 모든 것이 변하기 전, 애비가 오기 전 어머니와 그 시절에 대한 기억을 읊조리곤 했다. 리지가 태어나기 전에 내가 얼마나 외로웠는지, 아기 앨리스가 하느님 곁에서 자기 위해 가버린 후로 절대 사라지지 않을 것만 같았던 작은 통증에 대해 털어놓고 싶었다. 일곱 살 아이가 얼마나 많이 울 수 있는지 아무도 알고 싶어하지 않았다. 나는 수많은 비밀을 마음속에 간직하는 법을 알게 되었다. 이 집에서 언제나 어른의 리듬에 맞춰 뛰는 맥박, 늙어가는 숨결, 우울함과 사업 이야기, 더이상 예전처럼 서로를 만지지 않는 어머니와 아버지, 아기 앨리스가 남긴 통증이 너무 극심해 참을 수 없다고 할머니에게 털어놓던 어머니. 때로 아버지와 어머니는 내가 방에 있다는 사실을 잊었고, 내가 여전히 살아 있다는 사실을 잊었다. 나는 내가 쌍둥이였으면 좋겠다고 바라기 시작했고 그 쌍둥이와 마주보고 손을 잡고 텔레파시로 이야기를 나눌 수 있기를, 더이상 외롭지 않기를 원했다.

그러던 어느 날, 어머니가 아버지의 손을 만졌고 아버지의 두 팔을 만졌다. 나는 부모님이 사랑을 나누는 소리를 들었다. 나는 매일 밤 숨을 죽였다. 몇 달 동안 제발, 제발 엄마가 새 아기를 낳게 해달라고 빌었다. 제발, 제발. 그리고 어머니의 몸에서 일어나는 모든 가능한 변화를 점검하며 가족의 해부학자가 되었다.

1. 몇 주가 흐르자 어머니의 배와 엉덩이가 더 펑퍼짐해진 것 같았다.
2. 어머니의 머리카락이 더 풍성해 보였다.
3. 어머니가 "허기져 죽겠어"라는 말을 했다.
4. 어머니에게서 사향과 소금, 그러니까 짐승의 냄새가 나기 시작했다.
5. 어머니의 볼이 붉게 상기되었다.

마침내 어머니가 말했다. "아기가 태어날 거야." 어머니의 몸이 죽 늘어났고, 그녀는 아프다고, 이 기간이 끝날 때까지 못 기다리겠다고 불평을 했다. 어머니가 더이상 허리를 구부릴 수 없게 되자 나는 신발을 신는 걸 돕고, 더 편히 주무실 수 있도록 라놀린과 라벤더로 발을 마사지해주었다.

"너는 착한 딸이야, 에마." 어머니가 말했다. "아주 좋은 언니가 될 거야."

나는 어머니를 보며 활짝 웃었지만 그런 건 이미 알고 있는 사실이었다. 나는 전에도 그 말을 들었고 전에도 좋은 언니였다. 어떻게 어머니는 그 사실을 잊을 수 있을까?

시간이 흘렀고 리지가 태어났다. 물론 나는 내가 그렇게 만들었다는 사실을 알고 있었다. 나는 새로 태어난 동생에게서 내 모습을 찾으려 했다. 리지가 자고 있을 때 그 옆에 서서 아기의 얼굴에 익숙한 표정이 나타나는지 살폈다. 리지가 인형이라도 되듯 내 낡은 옷을 입혔고, 등이 뻐근해질 때까지 어디든 업고 다녔고, 리지에게 내 어린 시절의 기억을 들려주며 그것이 자기 기억이라고 생각하기를 바랐다. 리지와 나는 눈이 똑 닮았고 배가 고플 때 입을 벌리는 모습도 똑같았다. 나는 몇 시간이고 아기 리지에게 나처럼 말하도록, "에마, 에마"라고 부르도록 가르쳤다. 하지만 그애가 한 유일한 말은 "다다"*였다. 다다 또 다다.

짧은 승리도 몇 번 거두었다. 나와 같은 음식을 좋아하고, 같은 노래를 사랑하고, 말과 수탉의 울음소리가 들리면 박수를 쳐야 한다고 여기는 리지. 리지는 매일 아침 내 몸 위로 기어올라왔다. 침으로 범벅이 된 따뜻하고 끈적끈적한 아기 손으로 내 등과 다리를 붙잡으면서. 나는 다른 사람의 얼굴에서 내 모습을 본다는 사실에 너무 들떠 나와 리지를 모두 '나'로 부르기에 이르렀다.

"나는 화가 난 것 같아."

"나는 배고파."

"나는 나를 사랑해."

가끔 나는 아버지가 이렇게 말하는 소리를 들었다. "꼭 예전으

---

* Dada. '아빠'라는 뜻.

로 돌아간 것 같아." 그가 어머니에게 말했다.

"앨리스가 우리를 떠났다는 사실을 에마가 여전히 받아들이지 못하는 건 아닐까요?"

"아니야. 그애는 분명히 두 아이가 같지 않다는 걸 알아."

*

우리 사이에 침묵이 흘렀다. 리지가 내 손가락을 잡아당겼다. 나는 내가 마음을 열기를, 굽히고 들어오기를 그녀가 원한다는 걸 알고 있었다.

"기분은 어떠니? 이야기하고 싶니?" 나는 리지의 이마에서 머리카락을 치웠다.

"사람들이 언제 다 돌아갈까?" 리지가 짜증을 냈다.

"나는 지금 무슨 일이 벌어지는지도 모르겠어."

"아." 리지가 문을 바라보았다.

"경찰이 애비가 먼저 죽었다던데." 나는 그날을, 고작 몇 시간 전 나의 하루와 이곳에서의 하루가 어떻게 이다지도 다르게 시작될 수 있었는지를 알고 싶었다.

"맞아." 리지가 고개를 끄덕였다.

어쩐지 입맛이 씁쓸했다. "경찰이 네게 말해줬어?"

"내가 알아냈어."

"어떻게……"

"조용히 해, 에마. 그런 건 따지고 싶지 않아."

우리가 언제 그걸 따지려 했다는 거지? "알았어."

리지가 미소를 지었다. 나는 손가락을 빼내려 했지만 리지가 얼른 다시 잡아챘다. 빼기와 잡기, 우리의 오래된 놀이. 리지, 영원한 승자.

"너는 쉬어야 해."

"알겠어."

리지는 나를 밀어내고 등을 돌리더니 곧장 잠이 들었다. 나는 잠시 리지를 지켜보다 방을 나와 아버지와 애비의 침실로 들어갔다. 뒤창을 내다보다 밖에 서 있는 구부정한 남자가 누구인지 알아차렸다. 존.

나는 이를 갈았다. 그는 허리에 손을 얹고 배나무 근처에 서 있었다. 등이 조금 굽고 뒤틀린 미소를 짓는 남자. 그가 재킷 주머니에서 손수건을 꺼내 얼굴을 닦았다. 태양을 바라보며 다시 이마를 닦았다. 존이 앞마당으로, 군중에게로 다가갔다. 그를 보다니 충격이었다. 애비가 온 후 우리집을 찾는 존의 발길이 줄어들었다. 어머니가 살아 계실 때는 매달 찾아왔지만 이제 일 년에 고작 몇 번 오는 게 전부였다. 그가 찾아올 때마다 온 식구가 뻣뻣하게 굴었다.

"오랜만입니다." 존은 아버지의 손을, 강인한 팔목을 흔들곤 했다. 두 남자는 현관문을 사이에 두고 양쪽에 서 있었다.

"오랜만이군." 아버지는 손을 바지에 문지르며 대꾸하곤 했다.

존은 아버지를 위아래로 훑어보며 입에 생강이라도 물고 있는 것처럼 미소를 지었다. "좋아 보이시네요."

"자네도." 아버지, 고갯짓 한 번.

혐오의 대본. 과거를 기억하는 낯선 이들. 한번은 어머니가 돌아가신 직후에 아버지가 존과 악수를 하다 그의 손이 어머니의 손이라도 되는 듯, 그렇게 하면 어머니가 존의 몸에서 걸어나와 방으로 돌아오기라도 한다는 듯 손을 어루만지는 모습을 본 적이 있었다. 그 상태로 짧은 순간이 지나갔다. 존이 말했다. "그 정도면 됐어요." 그러자 아버지가 손을 얼른 거두어 주머니에 넣었고 며칠 동안 손을 보이지 않았다. "순간 내가 어디에 있는지 잊었어." 아버지가 말했다.

거리감은 사람을 변하게 만든다. 나는 존이 올 때마다 그 거리감을 보았다. 몇 주에 한 번, 몇 달에 한 번, 일 년에 한 번. 입들은 점점 사라진 대화들로 불룩해졌다. 나는 존이 그저 우리의 삶에 머무르고 싶어서 찾아온다는 사실을 알았다. "사랑하는 조카들," 그가 말했다. "난 너희를 볼 때 세상에서 가장 행복하단다." 십대였을 때는 그가 찾아오면 즐거웠지만 성인이 되자 금세 산업화에 대한 그의 지론이며 사냥과 도축, 바다 여행에 대한 내 관심이 식었다. "항상 동물이 네게 다가오게 해야 해, 에마. 항상 네게." 그의 목소리에는 심술기가 있었다. 그는 더이상 내게 앞으로 무엇을 할 것인지, 무엇을 좋아하는지 묻지 않았다. 나는 그의 마음을 사로잡을 나이가 지났다는 듯이. 리지를 대할 때와는 달랐다. 리지는 언제나 소중했다.

리지는 전에 없이 외삼촌을 좋아했고 마치 그가 상이라도 되듯 옆에 꼭 붙어 있었다. 두 사람은 서로에게 소속되어 있었고 리지는 언제나 그의 기쁨이었다. 때때로 두 사람은 내가 너무 말이 없다고, 너무 평범하다고 놀렸다. "언니가 장식품이라면 벽난로 선반에서 언니를 떨어트려 박살내도 아무도 모를 거예요!" 리지가 말하면 외삼촌은 웃음을 터트렸다. 그럴 때면 나는 리지가 죽어버리기를, 아예 존재하지 않기를 빌었다. 하지만 어머니가 사랑을 베풀라고 리지를 내게 주었다는 사실을 떠올렸다. 나는 언제나 한 치의 망설임도 없이 리지를 받아들여야 했다.

나는 존이 배를 먹는 모습을, 한입 한입 베어먹는 모습을 지켜보았다. 바지를 꽉 끼게 입은 그의 긴 다리가 단단한 흙바닥을 향해 뻗어 있었다.

"아버지처럼 키가 크네." 나도 모르게 불쑥 말했다.

존은 가만히 서서 작은 머리를 이리저리 움직여 마당을 살피다가 창으로 고개를 돌렸다. 그가 눈을 가늘게 뜨고 나를 보더니 웃으며 손을 흔들었다.

나는 창문에서 물러나 계단을 내려가 부엌으로 갔다. 사람들이 이야기를 나누고 있었다.

"이 가족에게 공공연하게 원한을 품은 사람이 있나?"

"그 여자는 밖에 있었다고 주장하더군. 낚시 여행을 준비했대."

"미스 보든이 발견했을 때 시신이 아직 따뜻했다더군."

"손도끼 같아. 얼굴을 가격한 흔적을 보면."

"미시즈 보든은 공격을 받자 침대 밑으로 피하려고 했어. 하지만 거기로 들어가기엔 덩치가 너무 컸지."

담즙이 목으로 올라왔다. 엿들은 대화에 몇 가지 해답이 있었다. 나는 아버지를 발견하는 리지를 떠올렸다. 피부가 벗겨져 뼈 너머의 뼈까지 드러나고, 무無의 장소이자 죽음 너머의 장소가 된 아버지를.

보언 선생님이 식사실에서 내가 앉을 의자를 가져와 스토브 근처에 놓았다. "잠시 후에 경찰이 네 아버지와 미시즈 보든을 식사실에 안치할 거야. 너는 여기 있는 게 좋겠다."

나는 앉고 싶지 않았다. "네, 알았어요." 나는 담즙을 다시 삼키려고, 두 분의 시신을 생각하지 않으려고 애썼다.

"리지는 어떠냐?" 보언 선생님이 물었다.

"잠들었어요. 여전히 충격에서 벗어나지 못한 것 같아요."

"무시무시한 현장을 목격했어. 네가 리지에게 평소보다 더 관심을 기울이고 보살펴줘야 할 거야." 보언 선생님이 둥근 테 안경을 콧날 끝까지 올렸다.

"네, 그래야죠." 어떻게 지금보다 더 해줄 수 있을까?

심장이 신음을 토했다. 리지를 위해 희생하는 나를 보려 하지 않은 아버지를 생각했다. 십대에 리지가 신학에 대한 열의를 불태우는 동안 내 열의는 사그라졌고, 내 침실을 포기했고, 끊임없이 관심을 기울였고, 밤이면 자장가를 불러줬고, 불만을 토로할 때마다 며칠이고 지겹도록 들어줬고, 새뮤얼과 함께할 수 있었던 삶을 포기했다. 모두 리지를 위해. 몸에서 열이 치솟았다. 어떻게 아버지가 모르실 수 있었을까? 항상 리지를 먼저 챙기고, 항상 그애의 편을 들고, 한 번도 내 의견을 묻지 않으셨다. 거실에 누워 있는 사람을 두고 이런 생각을 하다니, 원망을 하다니 옳지 않게 느껴졌다.

식사실 문이 열렸다. 이리저리 움직이는 발소리, 끙 하는 소리. 피부가 달아올랐다가 이내 소름이 돋을 정도로 차가워졌다. 나는 텅 비었다. 나는 아버지에게 해드릴 이야기가 잔뜩 있었다. 어쩌면 아버지에게 솔직했어야 했는지도 몰랐다. 페어헤이븐에 간 진짜 이유를 털어놓았어야 했는지도.

*

옆문이 열렸다. 존이 문가에 서서 말했다. "에마," 그는 양손을 꽉 쥔 채 내게 천천히 걸어왔다. "비극이야. 비극이라는 말밖에 할 말이 없구나."

"오셨어요, 외삼촌." 나는 그와 닿는 순간을 각오했다.

존은 양손으로 내 어깨를 짚었지만, 근육이 움찔하고 내가 발을 끄는 것을 알아차리지 못했다. 그에게서 땀과 씹는담배, 끈적거리는 배, 희미한 약 냄새가 났다.

"에마, 삼가 조의를 표한다." 존이 높은 목소리로 말했다.

"고맙습니다." 예의바른 인간 행세가 점점 지겨워졌다.

"여기에서 지낼 겁니까, 존?" 내 뒤에서 보언 선생님이 말했다.

"물론이오. 두 아이만 두고 떠날 생각은 추호도 없소."

나는 아이가 아니었다. "저 혼자서도 감당할 수 있어요⋯⋯"

"무슨 소리냐. 내가 도울 일이 있다면 최대한 머무를 작정이다. 이게 대체 무슨 일인지 도무지 이해할 수가 없구나." 존이 믿을 수 없다는 듯 고개를 앞뒤로 까닥거렸다.

"여기는 언제 오셨어요?" 내 말투에 섞인 힐난조를 나도 알아차렸다.

"지난밤에. 근처에 볼일이 있어 온 김에 네 아버지와 애비를 보러 와야겠다고 생각했지." 존은 발꿈치로 땅을 딛고 선 진자였다.

"리지는 어디 있었어요?"

그는 질문을 받자마자 대답했다. "저녁식사 때 리지를 봤고 그후에 리지는 친구 앨리스를 보러 갔다. 사실 그때 어딘지 흥분한 것처럼 보이더구나."

"왜 그렇게 생각하셨어요?"

"이유를 물어볼 만큼 대단한 일이라는 생각은 들지 않았다. 리지는 내가 잠자리에 든 후에 돌아왔지." 존이 매처럼 유심히 나를 바라보았다.

당장은 더 할말이 없었다.

"지난밤에는 그렇게 다 같이 즐거운 시간을 보냈는데, 지금은 이런 상황이라니." 존이 고개를 저었고 잠긴 듯한 목소리가 떨렸다.

"네, 믿을 수가 없어요." 나는 도망치고 싶었다. 담즙이 요동쳤다. 나는 가라앉기 시작했고, 모든 것이 끝나기를 기다렸다.

"리지의 상태를 보러 가마." 존이 말했다. "괜찮은지 봐야겠다."

내가 몸을 곧추세웠다. "그러지 마세요. 지금 자고 있어요. 제가 나중에 살펴볼게요."

"아니다. 내가 돌봐주러 왔다는 걸 알려야 해." 그는 비어 있는 한쪽 손으로 머리를 쓸고 미소를 지었다.

나는 거의 피가 터져나올 때까지 혀를 깨물었다. 그가 내 동생 주위에 얼씬거리는 게 싫었다. 존이 안쪽 계단으로 향했다.

보언 선생님이 말했다. "나는 지금 갔다 내일 아침에 다시 오마. 밤에 혹시라도 무슨 일이 생기면 내게 사람을 보내거라."

"네, 그럴게요."

남자들이 집을 나서는 소리.

위층에서 느릿하게 움직이는 발소리가 마룻바닥을 가로지르고, 존과 리지가 나직하게 이야기를 나누는 소리가 집안을 채웠다. 문득 귀에 들어온 벽난로 선반 위 시계 소리가 심장박동보다 느리게 재깍거렸다. 아버지와 애비가 마지막으로 들은 소리는 뭐였을까? 나는 잠시 앉아 귀를 기울였다. 집은 두 사람이 존재했다는 사실조차 잊은 것 같았다.

갑작스럽게 육신이 빠져나간 자리, 몸에 닿는 공기의 서늘함, 공동空洞. 부엌에 서서 이제 무엇을 해야 할지 생각해봤지만 떠오르는 것은 아침에 일어난 일뿐이었다. 계속되는 공격에 몸을 숨기려 발버둥치는 애비. 그만하라고 울부짖는 소리. 아버지를 발견한 리지와 그후 나를 집으로 불러들인 리지. 경찰은 집을 철통같이 지키고 있으니 안심하라고 했다.

"아무도 다시 오지 않을 겁니다." 귓가의 목소리. "문이 잘 잠겨 있는지 우리가 확인하겠습니다!"

나는 경관을 보았다. "알겠어요."

"그리고 이곳을 지키도록 경관을 배치할 겁니다."

"네."

그리고 경관은 떠났다.

나는 한참 동안 서서 리지가 돌아다니는 소리가 들리기를 기다렸다. 동생과 이야기를 나누고, 일어난 일을 되짚어보고, 리지가 목격한 것이 무엇인지 알고 싶었다. 알지 못하는 것을 위로하는 최선의 방법은 무엇일까? 나는 손을 물끄러미 보고 몇 번이고 뒤집으며 앞으로 무엇을 해야 할지 곰곰이 생각했다.

*

이 세상에서 나만의 장소를 가질 수 있다고, 나는 폴리버 바깥의, 내 가족 바깥의 삶을 상상할 수 있으므로 평범한 젊은 여자들보다 더 큰 것을 가질 자격이 있다고 믿었던 시절이 있었다. 이윽고 스물다섯 살이 되었고 내가 자신에 대해 알았던 것은 거의 다 끝장나버렸다. 아버지가 나를 결혼시키려 했던 해의 일이었다.

"너도 아내가 될 때가 되었어." 어느 날 아침 아버지가 거울을 보고 검은색 면 나비넥타이를 고쳐 매며 말했다. 마치 그 생각이 불쑥 떠오른 것처럼, 내 나이의 딸은 반드시 다른 남자에게 떠넘겨야 한다는 사실을 이제야 깨달은 것처럼. 그때까지 아버지는 그 문제에 대해 다급한 기색을 보이지 않았다. 나도 그랬다. 사실 나는 결혼에 호의적이었다. 결혼이 나를 가족으로부터, 아버지로부터 벗어나게 해줄 것이라는 점에서. 하지만 그런 목적으로 남편을 원하는 게 맞을지 자신할 수 없었다. 매일매일을 남편과 함께 보내며 내가 원하는 대로가 아니라 그가 원하는 대로 살아야 하는 삶. 그런 삶은 이미 리지와 함께 살고 있었다. 나는 그 이상을 원했다. 누군가를 받아들여야 한다면 선택은 내가 하고 싶었다.

아버지는 내 의견을 받아들이지 않았다. "네게 가장 어울리는 사람은 내가 안다. 너는 그런 결정을 할 수 있을 만큼 성숙할 때까지 기다려야 해."

"내가 애비처럼 서른여섯 살이 될 때까지 기다리면 좋으시겠어요? 아버지가 인정하셨다시피 저는 지금도 충분히 성숙한 나이예요."

아버지가 손가락으로 나를 가리키며 말했다. "네 어머니는 이 문제와 아무 상관도 없다, 에마. 말조심해라."

아버지와 아버지의 변심. 나를 학교에 보냈다가 다시 관두라고 했을 때처럼. 나는 아버지의 속내가, 리지를 잘 보살피도록 나를 붙잡아두고 싶어하는 속내가, 그가 허락하지 않은 삶을 살지 못하게 하려는 속내가 훤히 보였다. 나는 아버지가 미웠다.

아버지는 내게 구혼자가 필요하다는 말을 꺼냈다. "우리는 연을 맺어두면 좋은 집안이지." 아버지가 말했다. "우리가 고를 만한 괜찮은 신랑감이 많을 거다." 우리는 기다렸다. 얼마 후 보든가와 결혼하려는 사람은 아무도 없다는 사실이 밝혀졌다. 남자들은 우리 집에 찾아와 문을 두드리지도, 사교 행사에서 굳이 내게 말을 걸려 하지도 않았다. 그때까지 나는 심장이 얼마나 외로움을 탈 수 있는지 몰랐다. 나는 그 모든 것을 잊고 어떻게 하면 스스로 행복해질 수 있을지에 전념했다.

하지만 아버지는 점점 인내심을 잃어갔다. "폴리버 밖에 사는, 결혼 적령기인 아들을 둔 동료들에게 연락했다."

그런 아버지 때문에 나는 병이라도 걸려 모두가 피하는 존재가 된 기분이었다. 어떤 사람이 구혼자가 될지에 대해 내게는 발언권이 별로 없을 듯했다. 아버지가 사윗감을 구하면 구할수록 결혼이 싫어졌다. 그렇게 몇 달이 갔다. 마침내 아버지의 편지에 답장이 왔고 그의 얼굴에 웃음꽃이 피었다. "에마! 네 신랑감을 찾았다. 우리처럼 존경받는 가문의 훌륭한 젊은이야. 양가 모두에 좋은 일이 될 것 같구나."

나는 이 모든 일에 사랑이 무슨 역할이라도 할 수 있을지 의아했다. "우리가 서로 맞지 않으면 어떻게 해요?"

"굳이 맞을 필요 없다. 이런 합의는 단순명료한 거야, 에마." 아버지에 따르면 결혼은 사업적 결정이었다. 아버지와 애비처럼.

곧 구혼자들이 찾아왔다. 그들의 면면은 이랬다. 존, 은행가의 아들로 구취가 지독함. 아이작, 농부의 아들로 사냥을 좋아함. 앨버트, 의사의 아들로 피에 푹 빠져 있음. 토머스, 너무 밋밋해서 기억도 나지 않음. 유진, 군인의 아들로 예술을 시간 낭비라고 생각함.

지겨운 남자들을 위해 행복한 표정을 지어야 했던 몇 개월. 나는 그들 중 누구도 마음에 들지 않았고, 어떤 식으로든 그들이 나를 만지는 걸 견딜 수 없었다. 데이트를 위해 집을 나갈 수 있다는 사실만이 유일하게 마음에 들었다. 아버지는 구혼자가 나를 데리러 올 때마다 그들이 점잖게 행동하고 정해진 시간에 나를 데려다주게끔 보증금을 걸도록 했다. 그 돈이 아버지의 주머니에 들어가야 데이트가 시작되었다.

한번은 앨버트가 아버지에게 삼십 달러를 지불하고 나를 로드아일랜드로 데려가 대서양을 보여주었다. 싸늘하고 비가 쏟아지는 날, 앨버트는 은근슬쩍 내 팔짱을 끼고 나를 물가로 데려갔다. 바다를 마주하고 있으니 소금과 죽은 생선 냄새가 났고, 옷을 벗어던지고 물에 뛰어들고 싶다는 생각이 들었다. 그 물이 지겨움에서 나를 깨워줄 것 같았다. 나는 아버지에게 다른 구혼자들과 마찬가지로 이 남자도 마음에 들지 않는다고 말할 방법을 고민했다.

실망한 아버지들. 세상은 그들로 가득했다. 내가 너무 까다로운 건가?

그러다 새뮤얼 밀러가 왔다.

저녁식사 시간에 맞춰 찾아온 새뮤얼은 키가 크고 호리호리하고 입매가 다부졌다. 그가 우리집 현관에 나타났을 때, 그의 손에는 아름다운 흰 수국이 들려 있었다. 더위에 꽃잎이 축 늘어진 수국.

나는 수국을 경멸했다.

"정말 친절하고 사려 깊으시네요." 내가 말했다. 그에게서 후추향이 섞인 사향냄새가 났고 그 냄새가 내 무릎을 돌려세웠다.

그가 햇살처럼 환하고 진심어린 미소를 지었다. 내가 전혀 기대하지 않았던 것.

애비가 삶은 감자, 화이트소스를 곁들인 황새치, 구운 자색 당근으로 저녁을 차렸다. 식사를 하기 위해 자리에 앉는데, 리지가 그의 옆자리에 앉겠다고 고집했고 아버지는 젊은 남자를 알아가는 절차에 돌입했다.

"하는 일이 뭔가?"

나는 포크로 감자를 잘랐다.

새뮤얼이 눈을 가린 검은 머리카락을 치웠다. "막 로스쿨을 마쳤습니다."

아버지가 크리스마스를 맞은 아이처럼 미소를 지었다.

"당신의 관심사는 뭔가요, 에마?" 새뮤얼이 물었다.

심장이 쿵쿵 뛰기 시작했고 금방이라도 입으로 튀어나올 것만 같았다. 내게 그런 질문을 한 사람은 아무도 없었다.

"언니는 지겨운 것을 좋아해요." 리지가 끼어들었다. 그녀는 미소를 지으며 자칼 같은 눈빛으로 나를 바라보았다.

"자, 자, 리지." 애비가 차분하고 행복에 겨운 목소리로 말했다. "에마가 직접 대답하게 하자." 그녀가 나를 보며 눈을 찡긋했다. 나는 이번에야말로 내가 이 집을 나갈 진짜 기회를 잡아 자기 앞에서 사라져주리라는 생각에 들떠 애비가 일부러 나를 구해준 것 같다는 의심이 들었다.

리지는 물러나지 않았다. "춤추는 거 좋아해요, 새뮤얼?"

"가끔요. 상대가 마음에 든다면." 내 쪽을 향하는 그의 시선.

"어쩌면 언니에게 춤을 가르쳐줄 수도 있겠네요. 언니는 통나무나 다름없거든요." 리지가 낄낄거리며 황새치 한 조각을 입에 넣었다.

나는 얼굴이 빨개졌다. "리지 말은 신경쓰지 마세요. 평소에는 저애를 다락에 가둬두니까요."

새뮤얼이 웃음을 터트리고 포크로 나를 가리키며 말했다. "아버님이 제게 당신의 유머 감각에 대해서는 깜박 잊고 말씀해주지 않으셨나보군요."

또 뭘 깜박했을까?

그후, 며칠 후 그리고 또 며칠 후 우리는 책에 대해, 마음을 정리하기 위해 몇 시간이고 산책을 하는 즐거움에 대해, 가장 좋아하는 예술에 대해 이야기했다.

"아버지가 내게 법을 전공하라고 하셨죠." 그가 말했다. "나는 음악 공부를 더 하고 싶었지만."

"어떤 악기를 연주해요?"

"바이올린. 이제는 좀처럼 연주할 시간을 낼 수가 없어요." 새뮤얼이 내 손을 잡자, 내 피부가 뼈 아래로 내려앉았다가 다시 표면으로 부글부글 솟아올라 용암처럼 흐르는 것 같았다. 나는 놓칠 수 없었다, 내 영혼의 쌍둥이를. 이 남자에게 더 많은 것을 원했다. 우리가 성취할 수 있는 것. 나는 기꺼이 그와 함께 살 작정이었다. 그와의 새로운 삶을 상상했고 그 가능성에 나를 기꺼이 맡겼다. 얼마 후 내 입에서 절로 이런 말이 흘러나왔다. "우리는 결혼해야 해요."

나는 마음속으로 앞으로의 몇십 년을 빠르게 그려보았다. 함께 여행하는 우리, 바이올린 협주곡이 울려퍼지는 방에서 그림을 그리는 나, 육신이 노쇠해졌음에도 여전히 팔다리를 서로 엮고 침대에 누워 있는 우리. 새뮤얼이 나를 거절할 수도 있으니, 그전에 상상 속에서라도 그런 삶을 살아봐야 했다.

그런데 그가 내게 몸을 기울였다. "좋아요." 그리고 내 입술에 포개진 그의 입술, 첫 키스. 나는 이 남자에게 더 많은 것을 원했다.

우리는 아버지에게 말했다. 애비가 나를 안고 어깨를 쓰다듬어주자 마음이 훈훈해졌다.

그날 밤 나는 리지에게 괜찮다면 내 결혼식에서 화동 역할을 해달라고 했다. 그녀는 가슴 앞에 팔짱을 꼈다. "싫어."

"네가 해주면 정말 좋겠는데."

"그 이야기는 하고 싶지 않아." 리지는 뚱해서 내 방을 나가 자기 방으로 들어가더니 문을 쾅 닫았다. 나는 동생을 따라가 문에 대고 말했다. "내가 결혼해서 집을 나가면 내 방도 네가 쓸 수 있어."

리지는 책을 바닥에 내던지며 요란한 소리를 냈다. 나는 동생이 곧 화가 풀리기를 바랐다.

약혼 기간이 계속되었다. 새뮤얼이 찾아왔고 우리의 만남에 아버지가 합석했다. 거실에서도 함께, 응접실에서도 함께, 부엌에서도, 세컨드 스트리트를 산책하는 동안에도 셋이 함께였다. "그가 마음을 바꿀 만한 행동이나 말을 에마가 하지 않도록 잘 지켜봐야해." 아버지가 애비에게 말했다.

내가 뭘 어쨌다고 아버지는 나를 그렇게 형편없게 생각할까?

그러다 귀한 기회가 찾아왔다. 아버지와 애비가 스완지 농장에 간 것이다. 나는 새뮤얼을 초대하고 리지를 이웃에 사는 친구 집에서 놀다 오라며 내보냈다. 그는 언제나처럼 후추 향 섞인 사향냄새를 풍기며 도착했다. 나는 그를 위층의 내 방으로 이끌었다.

방으로 가자마자 새뮤얼은 흰색과 금색으로 된 내 청동 침대를 어루만졌고 우리 머리 위의 천장이 라일락색임을 알아보았다. "중앙에 단 하나의 백합 문장이 있는 게 마음에 들어요. 정말 세련되었어요."

나는 침대에 앉은 그의 옆에 앉았다.

그에게 손을 뻗어 짧은 수염이 난 볼을 쓰다듬고 손끝으로 그의 얼굴을 따라 진하고 검은 눈썹까지 더듬었다. 새뮤얼이 미소를 지었다. 그런 식으로 누군가를 만진 건 처음이었다. 누군가의 육체를 경험하는 경이로움. 그는 내 손끝 아래에서 전율했다. 피를 따라 흐르는 흥분.

우리는 키스했다. 따뜻한 혀가 맞닿는 진한 키스. 손이 서로의 몸을 어루만졌고 나는 움찔했다. 나는 나 자신에 대한 전문가였고, 그 이상을 원했다. "내 블라우스를 벗겨요." 그에게 말했다.

그가 고개를 끄덕이고는 그렇게 했다. 새뮤얼이 내 목과 어깨뼈를 애무하자 몸속에 태양이 솟아오른 것만 같았다. 그가 내 코르셋의 후크를 풀자 나는 가슴 깊이 숨을 한가득 들이쉬었다. 창문이 달그락거렸다. 나는 이 남자에게 더 많은 것을 원했다.

나는 리넨 속옷을 벗고 맨가슴으로 앉아 새뮤얼의 손을 내 가슴에, 심장에 올려놓았다. "아버지 없이 나에 대해 알아봐요."

새뮤얼이 옷을 벗었고, 살과 살이 부딪혔다. 새뮤얼이 키스를 하고 내 가슴을 훑는 동안 나는 그의 다리 안쪽에서부터 사타구니까지 쓰다듬으며 그가 얼마나 따스한지, 그의 피가 어디로 몰리는지 느꼈다. 바로 그때 문이 열리는 소리가 들렸고, 나는 새뮤얼에게서 떨어져 뒤를 돌아보았다.

리지가 거기 서 있었다. 두 눈에는 경멸을, 두 볼에는 깊은 분노를 담고 입술이 하얗게 질린 채. 리지가 말했다. "언니는 이런 행동을 해서는 안 돼." 리지가 뒤로 물러서더니 쿵쿵거리며 계단을 내려갔다.

"동생을 따라가봐요." 새뮤얼이 말했다.

"알았어요. 알았어요."

우리는 말없이 옷을 입었다. 새뮤얼이 내게 키스했고 나는 그에게 옆문으로 집을 빠져나가라고 일렀다. "지금 당신을 보면 리지가 더 흥분할 거예요."

리지는 거실 소파에 앉아 양탄자를 발로 차고 있었다.

"리지, 노크를 했어야지." 나는 부드럽게 말하려고 애썼다.

리지가 벽난로 선반 위 시계 소리에 맞춰 발을 찼다. "언니는 죄를 범했어."

정확히 무슨 죄를? "아니, 나는 그러지 않았어. 새뮤얼과 나는……"

리지가 점점 더 빠르게 발을 찼다. "언니가 허락을 받기도 전에 자신을 줘버리려 했다고 아버지에게 말할 거야."

나는 리지의 다리를 꽉 잡았다. "그만해, 리지!"

우리는 서로를 노려보았다. 리지가 말했다. "정말 그 남자랑 결혼할 거야?"

"그래. 그리고 나는 더 기다릴 수가 없어."

"뭘?"

"이 집에서 나가는 걸, 너와 가족으로부터 벗어나는 걸." 뱃속 깊은 곳에서 올라오는 목소리.

리지의 볼이 풍선처럼 부풀어오르며 벌게졌다. "결혼하지 않는다면 이 집을 떠날 일도 없겠지."

나는 리지의 손목을 잡고 힘을 꽉 주었다.

리지가 버둥거리며 잡힌 손을 빼내려 했다. "나 없이 혼자만 떠나서 살 수 있을 거라 생각하지 마. 언니는 어머니와 한 약속을 깨려 하고 있어. 너는 이기적이야, 에마."

그 말이 상처가 되었다. "감히 그런 식으로 말하지 마."

리지가 손목을 빼냈다. "아버지에게 말할 거야."

나는 화가 끓어올라 리지의 뺨을 때렸다. "꿈도 꾸지 마. 그 말을 할 사람은 네가 아니니까."

리지가 소리쳤다. "모두에게 말할 거야. 그러면 아무도 언니와 결혼하려 하지 않을걸."

자신의 자매에게 당한 모욕. 나는 상황에 대한 통제력을 잃었고, 리지에 대한 통제력을 잃었다. 모든 자유가 슬그머니 빠져나가려 했다. 아버지가 알아서는 안 되었다. 아버지가 알면 무슨 일이 벌어질지 두려웠다. 나는 그날 밤을 눈물로 지새웠고 온몸이 아팠다. 나는 새뮤얼에 대해, 누군가의 옆에서 늙어가는 것에 대해, 뒤엉킨 우리의 팔다리에 대해, 우리가 갈 수 있는 장소들에 대해 생각했다. 그리고 가족에 대해, 잃을 수도 있는 것들에 대해 생각했다. 인생은 결코 두 가지를 함께 갖도록 허락하지 않는다는 것을 나는 경험으로 알았다. 어머니를 통해 보았다. 어머니는 주위에서 뛰어노는 두 딸을 보는 기쁨, 그리고 사랑과 안전감으로 충만한 심장을 다 가졌지만, 그녀가 좋은 것을 너무 많이 가졌다고 판단한 우주에 의해 결국 딸 하나를 잃었다. 어머니의 가족은 파괴되었다. 조심하는 게 최선이었다.

새뮤얼에게 우리 관계는 끝났다고 말하려는데, 말이 혀끝에서 좀처럼 떨어지지 않았다. 심장에서 무언가가 뒤틀리며 그를 죽이기라도 하듯 새뮤얼이 흐느끼는 소리를 듣자, 내 몸안의 모든 것이 끌려나와 불에 타는 것처럼 느껴졌다. 우리는 살 아래서 펄떡이는 피를 느끼며 마지막으로 입을 맞췄고 새뮤얼은 나를 떠났다. 아버지에게 파혼했다고 알리자 아버지가 말했다. "대체 무슨 일이냐? 좋은 신랑감을 찾아주려고 그렇게 애썼는데." 아버지는 고개를 젓는 것으로 일축했다. 그 모습에 이런 기분이 들었다. 내게 결함이 있다는 기분.

나는 리지를 떠올렸고, 새뮤얼을 떠올렸다. 잘못된 결정을 내렸다는 사실을 나는 잘 알았다.

8

벤저민
1892년 8월 3일

 기차가 폴리버로 들어서자 승강장이 증기로 자욱해지고 여자들의 치마가 부풀어올라 부츠의 윗부분과 스타킹이 드러났다. 다리의 피는 멎었지만 피부 아래에 쇠막대가 들어 있는 것처럼 걷기가 힘들었다. 승객들이 일어나 기지개를 켜자 몸에서 우두둑 소리가 나며 장뇌 냄새가 풍겼다. 나도 일어나 머리를 창문에 기댔다. 뜨거운 햇살이 이마에 닿았다가 정수리까지 올라가자 머릿니들이 꿈틀거렸다. 나는 몸을 벅벅 긁었다. 커다란 흰색 승강장 표지판 아래에 서 있는 존이 보였고, 그제야 그에게 짐이 없다는 사실을 깨달았다. 그는 짧게 가족을 방문할 것이다. 중절모를 쓴 남자들이 지나가자 그가 고개를 까닥였다. 나는 복도로 나가 기차에서 내린 뒤 존에게 다가갔다.
 "여행은 즐거웠나?" 미소가 어찌나 환한지 그를 한 대 치고 싶었다.

"끼여서 왔소." 내가 말했다.

"아, 그렇군. 아무튼 이제 도착했네. 가세."

그가 먼저 발걸음을 뗐고 나는 그를 따라갔다. 우리는 역을 빠져나와 청석이 깔린 넓은 길로 들어섰다. 마부들이 외치는 요란한 소리. "메인 스트리트까지 태워다드려요, 가는 곳까지 태워다드립니다." 사방에서 깊고 낭랑하게 울리는 전차 벨소리, 아픈 짐승처럼 울부짖지만 어머니에게는 칭얼거리는 정도로 들릴 아기들의 울음소리, 얼굴을 집어삼킬 정도로 콧수염이 덥수룩한 가게 주인들이 가게 앞을 쓰는 소리. 나는 그곳의 소음이 견디기 힘들었다. "여기 오래 있을 거요?"

"인내심을 갖게."

우리는 거리를 걷기 시작했고, 한쪽 다리를 질질 끌며 따르는 내게 존이 말했다. "자네가 일을 하기 전에 그 다리부터 의사에게 보여야겠어."

지연. 지연은 결코 좋지 않다. "나는 괜찮소."

"헛소리. 그것도 수고비의 일부야, 아닌가?"

사실 할말이 없었다. 우리는 계속 걸었고 각종 공장과 방적공장에서 뿜어내는 악취를 정통으로 맞았다. 존이 나를 주택과 상가가 빽빽하게 붙어 있는 거리로 이끌었고, 가는 내내 우리의 구둣발이 망치처럼 인도를 때리는 소리가 울려퍼졌다. 잠시 후 우리는 하얀 칠을 한 가게에 도착했다. 에나멜 문틀은 깨져 있고 검은색 철자는 떨어져나가 'V T SUR E N'*만 남았으며, 똥개 색깔의 고양이가 진

_____

* VET SURGEON, 즉 '수의외과'로 추정된다.

열대에서 몸을 말고 있었다.

"여기가 어디요?"

존이 거리를 향해 고개를 홱 돌려 주위를 살피더니 말했다. "자네를 도와줄 외과의를 아네. 다만 비밀을 지켜주게."

우리는 안으로 들어가 초인종을 울렸다. 존이 벽에 붙어 놓여 있는 가죽 의자에 앉으라고 했다. 주위에서 소독약냄새가 코를 찔렀고 축축한 모피 냄새가 나를 에워쌌다. 존이 복도 저편으로 걸어가더니 이내 사라졌고 나는 그가 이런 의사를 어떻게 아는지 궁금했다. 다리에서 다시 피가 흐르기 시작했다. 시간이 흘렀고 존이 의사와 함께 돌아왔다.

"자네 환자가 여기에 있네." 존이 말했다.

의사는 가죽 앞치마에 가죽 장화 차림이었고, 내게 다가오면서 코에 걸린 안경을 밀어올리고는 손으로 입을 막고 기침을 했다. "그렇군요." 그는 내게 다가와 새처럼 내 다리로 달려들더니 손가락으로 쿡쿡 찔렀다. "이 부위를 깨끗하게 소독하고 봉합해주지. 어때?"

존이 씩 웃자 의사도 씩 웃었고, 복도에 숨어 있던 다른 고양이가 다가오더니 의사의 다리에 몸을 말았다. 고양이는 믿을 수 없다.

"그러시오." 내가 말했다. 나는 늘 몸이 알아서 회복하도록 내버려뒀기에 봉합 치료는 처음이었다.

"음, 좋아. 자네는 치료를 받게. 나는 기다리고 있겠네." 존이 내 등을 철썩 때리고 옆구리를 세게 쳤다. 의사는 나를 이끌고 복도를 지나 휑한 방으로 들어갔다. "거기 앉게." 그가 소파 겸용 침대를 가리켰다. "바지는 벗고."

시키는 대로 하자 수많은 멍과 흉터, 보잘것없는 무릎이 드러났다. 다리의 상처가 쫙 벌어져 있었고 나는 그 안에 손가락을 넣어 상처가 얼마나 깊은지 확인해보고 싶었다. 의사는 긴 의자로 다가가더니 벽을 따라 늘어선 호박색 유리병을 살폈다. 방 한가운데에 놓인 커다란 목재 테이블에 작은 핏자국이 남아 있었고, 어디선가 동물 우리가 달그락거리는 소리가 들렸다. 의사가 유리병을 하나 챙기고 다음으로 의료 도구함을 챙기더니 내게로 왔다. 안에는 커다란 청동 주사기와 얇은 줄처럼 생긴 길고 날카로운 물건, 육중한 가위, 핀셋이 있었다. 그는 가위와 핀셋을 꺼내고 호박색 병을 들어올리며 말했다. "이제 이 용액을 상처에 부을 거야. 일종의 산이지. 따갑겠지만 기적을 일으킨다네."

나는 문밖을 흘긋 바라보았고 절뚝거리며 지나가는 검은 고양이가 보였다. 뚜껑이 열리고 내 다리로 용액이 쏟아졌다. 불개미가 열을 지어 지나가는 것처럼 다리가 뒤틀렸다. 나는 비명을 질렀고 건물 안쪽 어딘가에서 터져나온 또다른 비명이 내 소리와 만났다.

"아플 거야." 그가 말했다. "이제 봉합할 차례군." 그는 낚시꾼처럼 작은 갈고리와 장선*을 들고 다가와 피부를 잡아당기며 내 다리를 꿰맸다. 머리가 무겁고 뜨거워 깊은 잠에 빠지고 싶었다. 나는 눈을 감았고 잠시 후 존이 나를 흔들어 깨웠다. "괜찮은가?"

나는 입가의 침을 닦았다. "다 끝났소?"

"간단하지, 그렇지?" 한밤의 올빼미처럼 나를 바라보는 눈초리. 내 다리에는 붕대가 감겨 있고 바지도 다시 입혀져 있었다. 존이

---

* 동물의 창자로 만든 줄로 수술용 봉합사나 낚싯줄 따위로 쓰인다.

몸을 일으키도록 도우며 말했다. "이제 움직일 시간일세." 나는 의사를 찾아 주위를 두리번거리고 다른 환자를 찾아 주위를 두리번거렸지만 그도 다른 환자도 보이지 않았다. 우리는 그곳에서 나와 거리로 돌아갔다.

"이제 훨씬 좋아질 걸세." 존이 말했다.

"그래서 이제 우리는 뭘 할 거요?"

"우리는 헤어질 거야. 나는 조카를 만나고 나서 몇 가지 볼일을 처리해야 하네. 여섯시에 기차역에서 다시 보세. 그리고 함께 그 집으로 가는 거야."

"알겠소." 내가 말했다. "그런데 배가 고픈데."

"미안하네. 지금은 줄 게 없다네." 그가 잇새가 벌어진 이를 드러내며 미소를 지었다. "그때까지 참게!" 존이 떠났고 나는 길거리에 남겨졌다. 이런 식으로 남겨진 게 마음에 들지 않았다. 존을 쫓아갈까도 생각해봤지만 이내 분별력을 찾았다―돈을 벌자, 아버지에게 가자.

시내. 나는 공기를 쿵쿵거렸다. 짐말이 밀가루 수레를 끌었다. 개 두 마리가 서로의 냄새를 맡으며 골목길을 달려갔다. 사람들이 인도에 서서 날씨에 대한 이야기를, 몸속으로 파고들어 이를 갈게 만드는 시시껄렁한 이야기를 나누었다.

메인 스트리트에서 한 경관이 넝마주이에게 말을 걸었다. 내가 두 사람에게 가까워졌을 즈음 경관이 남자가 등에 멘 가방을 벗겨 길가에 내용물을 다 쏟았고 양철 접시가 요란한 소리를 내며 떨어졌다. 경관이 소지품을 조사하고 양철 접시를 살펴보고 다시 땅바닥으로 던지는 동안 넝마주이는 등을 구부린 채 서 있었다. 두 사람과의 거리가 좁아지자 경관의 말이 들렸다. "이걸 너에게 줬다니 믿을 수 없는데."

"친절하신 분들입니다. 저기 교회의 부인들이 정말 이 낡은 식기를 제게 줬습니다." 흔들리는 그의 목소리.

"감옥에 가고 싶어?" 경관이 말했다.

내가 그 사람들 옆에 멈춰 서서 경관을, 가슴 앞에 팔짱을 낀 그의 벌레 다리 같은 팔을, 그의 멍청하고 사악한 얼굴을 빤히 바라보자 경관이 내게 말했다. "무슨 일이오?"

나는 그의 주먹 냄새를, 넝마주이를 한 대 치려고 준비하는 낌새를 맡을 수 있었다. 나도 주먹에 힘을 줬고 내 안에 벌을 주고 싶은 마음이 차올랐다. "너희는 다 똑같아. 문제를 일으키는 것밖에 모르지." 내가 말했다. 양발에 체중을 번갈아 신자 부츠 아래에서 돌이 우두둑 소리를 냈다.

경관이 혀를 끌끌 찼다. "그런가?"

손마디가 단단해졌다. "그래."

"그냥 당신 일이나 신경쓰는 게 좋을 것 같은데."

그 말에 웃음이 터졌다. 내 웃음소리가 거리를 가득 채웠다.

"이곳은 미치광이 천지야." 경관이 말하며 손가락으로 넝마주이의 가슴을 힘주어 푹 찔렀다. "너 같은."

그 남자는 아무 대꾸도 하지 않고 자신의 소지품을 주워 더럽고 기름이 낀 가방에 다시 넣으려 했다.

"그거 내려놔." 경관이 말했다. 아버지가 우리에게 명령할 때와 똑같은 태도로. 나는 그에게 주먹을 휘둘렀고 그의 눈 뼈에 금이 갔다.

경관이 얼굴을 감쌌다. "제길." 그가 말했다.

"물건 챙겨서 어서 가쇼." 나는 넝마주이에게 말했다. 그는 고개를 끄덕이고 계속 물건을 챙겼다. 내가 경관을 한 대 더 때리고 그곳을 뜨는데 경관의 호루라기 소리가 들렸다. 높고 날카로운 소리. 나는 다리의 통증 속에서 계속 달리며 웃고 또 웃고, 살아 있음을 느꼈다. 호루라기가 다시 삐익 울렸고 사람들이 소리쳤다. "저자를 잡아! 저 남자를 잡으라고!"

나는 좁은 길을 지나 기차역 근처까지 비슷한 길을 계속 달렸다. 다리가 욱신거렸지만 멈추지 않았고 역에 도착하자 바로 화장실을 찾아갔다. 어떤 칸은 향긋하고 어떤 칸은 악취가 났다. 나는 칸 하나에 들어가 문을 걸어 잠그고 부츠를 신은 채 변기 위로 올라가 웅크리고 앉았다. 그리고 그곳에서 기다렸다.

*

마을의 시계탑이 여섯시를 알렸다. 다리가 욱신거렸다. 나는 변기에서 내려와 기지개를 켜고 허벅지를 만졌다. 새로 흐른 피는 없었다. 나는 역 밖에서 존을 기다렸다. 그는 좀처럼 오지 않았다. 그게 마음에 들지 않았다. 시간이 흘렀다. 그가 입술에 휘파람을 달고 흐느적거리듯 다가왔다. "아! 벤저민." 존이 내 등을 토닥거렸다. 그에게서 여자 근처에 있었던 것 같은 냄새가 났다.

"이제 그 집으로 가는 거요?"

"잠시 기다려보게. 자네에게 몇 가지 할 이야기가 있네." 존이 너무 가깝게 붙어서는 바람에 그의 땀과 열기가 느껴졌다. "오늘밤 자네가 쓸 열쇠를 손에 넣어보려고 했는데 하녀가 협조적이지 않더군. 자네 일은 내일 처리해야 할 것 같네."

"하지만 당신이 날 들여보내줘야 하오. 그 집으로 들어갈 방도가 없다면 그 일을 잘해낼 수 없단 말이오."

"아무래도 나는 열쇠를 구하지 못할 것 같네. 요령껏 해보게."

경험에 따르면 자신에게 필요한 게 뭔지 철저하게 살피는 법이 없는 사람들이 있었다. 생각은 내가 존을 위해 대신 해야만 했다. 내가 말했다. "이 문제를 해결해주길 원한다면 나를 그 집에 들여보내줘야지."

존이 고개를 저었다. "그 집에 들어갈 방법은 자네가 직접 찾아야 하네."

"문을 잠그지 마쇼."

"앤드루는 문을 철저히 잠그는 걸 좋아해. 그러니 자네는 하녀를 해결해야 해."

예기치 않은 일거리. 그런 일을 내게 미리 알려주지 않으면 곤란하다. "그 하녀. 문제가 될까?"

존이 입술을 톡톡 쳤다. "브리짓이 방해가 될 수도 있어. 하지만 그래봐야 아무것도 아닌 멍청이라네. 자네가 집안에 있어도 알아차리지 못할걸."

기차의 기적소리가 들렸다.

"내가 간다는 걸 당신 조카도 아나?"

"그애가 모를수록 좋아."

그에게 항상 그렇지만은 않다고 말해줘야 했을지도 모르지만 무슨 상관인가. "내가 그 문제를 어떻게 풀어야 할지 결정을 내렸소?"

존이 뒤틀린 입술에 주름을 잡았다. "그건 자네에게 맡기지. 하지만 누가 자네를 보냈는지 앤드루가 알까봐 걱정이 되는군. 그러면 내게 문제가 될 걸세."

"나보고 뭘 해달라는 거요, 존?"

그가 혀를 끌끌 찼다.

나는 앤드루를 상대로 수많은 방법을 생각해봤다. 일단 옆문으로 들어가 신발끈을 묶고 있는 그를 낚아챌 수도 있다. 그의 손을 쥐고 신발끈을 빼앗아 손목을 묶은 다음 볼따구니를 몇 차례 갈긴다. "잘 들어." 내가 그에게 말하면 그는 따를 것이다. 그러면 조각칼을 몇 번 휘둘러 그가 똥을 지릴 때까지 겁을 준다. 낡은 나무 야구방망이로 다리를 부러뜨릴 수도 있다. 그에게 주먹맛을 보여줄 수도 있고, 욕을 실컷 해줄 수도 있고, 눈물을 쏙 빼며 신을 찾게 만들 수도 있고, 그를 내 아버지처럼 다룰 수도 있다. 진짜 문제 해결은 바로 그때부터 시작된다.

"은밀하게 처리하겠소." 내가 말했다.

존이 관찰하듯 나를 위아래로 훑어보았다. "좋아. 어쨌든 난 이 일을 통해서 조카들이 행복해지기를 바랄 뿐이거든. 그애들이 제 집에서 겁에 질리는 건 싫네."

"물론."

"나를 실망시키지 말게."

나는 그를 바라보았다. "나를 실망시키지 마시오, 존."

존이 내게서 잠시 시선을 돌리더니 손을 마주 비볐다. "훌륭해. 이제 갈까? 자네에게 그 집을 보여주겠네."

나는 그가 몇 발짝 앞서가게 한 후 그 뒤를 따랐다. 우리는 메인 스트리트를 따라 걸으며 넓은 풀밭이 딸린 집을 지나, 공간이 부족하고 사생활 보호 역시 부족한 집들로 향했다. 가끔 나는 그 넝마주이가 없는지, 경관이 없는지 살폈지만 두 사람 다 보이지 않았다.

존이 걸어가며 휘파람을 불었다. 나는 그 곡조가 벌써 지겨워졌다. 우리는 폴리버의 시작점을 향해 여러 길을 거슬러올라갔다. 다섯번째 길, 네번째 길, 세번째 길. 세컨드 스트리트에 도착하자 존이 멈춰 서더니 어깨 너머로 말했다. "다 왔네." 그 거리에는 창문과 문을 가리는 녹음 무성한 나무가 줄지어 서 있었고, 이른 저녁 산책을 즐기는 남녀가 드문드문 있었고, 말수레가 빈 나무상자를 싣고 가고, 얼룩덜룩한 회색 나방이 가로등 불빛과 싸우고 있었다.

"저기 진녹색 이층집 보이나? 저기가 그 집이야."

다층집일 거라고는 전혀 예상하지 못했다. 나는 휑한 전면과 방 몇 개가 전부인 단층 주택에 익숙했다. 그 집은 이 거리의 다른 집들처럼 앞쪽 창문으로 새어나오는 불빛이 없었다. 그 안에 살아 있는 존재가 있다고 짐작할 만한 것이 전혀 없었다.

"뒷마당으로 가게." 존이 다급하게 말했다.

"그리고 뭘 하지?"

"때가 되면 내가 자네에게 가겠네."

우리가 만난 후 처음으로 그가 초조해 보였다. 그를 그런 상태로 두는 건 좋지 않았다. 나는 고개를 끄덕이고 심지어 미소까지 지으며 그의 마음을 편안하게 해주려 했다.

존은 길을 건너 집으로 다가가 문을 두드렸다. 푸른색 보닛을 쓴 뚱뚱한 중년 여인이 문을 열고 엉덩이와 배로 문틀을 꽉 채우자 존이 그녀의 손을 잡고 입을 맞추었다. 그가 큰 소리로 인사했다. "좋은 저녁이네요, 친절한 애비." 저 여자가 아내였다. 존이 강도 복면이라도 쓰고 있는 것처럼 그녀가 그에게서 눈길을 돌렸고, 존은 안으로 불쑥 들어가 문을 닫았다.

나는 셋까지 세고 길을 건너 야트막한 하얀 울타리를 훌쩍 넘은 다음, 근처에 아무도 없다는 사실을 확인한 후 집으로 다가갔다. 문틈으로 등유 냄새가 뱀처럼 길게 새어나왔다. 나는 문에 손을 올렸다. 나무가 따뜻했고 문 꼭대기에 청동 문패가 달려 있었다. 92번지. 손잡이를 돌려보았다. 잠겨 있었다. 나는 집 옆으로 달려가 미끄러지듯 창문으로 다가갔다. 해가 떨어졌다. 창문을 통해 집안이 보였고, 광이 나는 검은색 소파의 윗부분과 그 위로 분노에 휩싸여 뒷다리를 차는 근육질의 말 한 마리가 들판에 서 있는 그림이 눈에 들어왔다. 존이 키가 큰 남자와 악수를 하려고 손을 내미는 모습이 보였다. 두 남자가 서로를 바라보는 모습. 키 큰 남자가 이를 드러내며 활짝 웃는 모습. 그 사람이 앤드루라고 직감했다. 나는 그의 외양을 최대한 눈여겨보며 머리가 벗어진 정수리의 검버섯, 불안정한 두 팔, 마른 체격을 기억에 새겼다. 내 아버지는 키가 더 작고 어깨가 더 다부졌지만 마음은 허약했다. 나는 그런 아버지와도 맞설 수 있었다. 앤드루는 전혀 문제가 되지 않을 것이다.

존과 앤드루가 악수를 하고, 악수를 하고, 악수를 하고 손을 놓았다. 그들 사이로 하녀가 다가왔다. "브리짓." 내가 말했다. 숱 많은 검은 머리에 넓은 어깨, 다부진 턱. 하녀들은 늘 다가가서는 안 되는 것에 다가가곤 한다. 브리짓이 창문을 똑바로 바라보았다. 나는 창문 아래로 몸을 숨기다 벽에 팔꿈치를 부딪혔다. 나는 땅바닥에 공처럼 몸을 말고 누워 어두워지는 밤 속으로 최대한 모습을 감쳤다. 개미가 팔 위로 기어올라 나를 세게 깨물었고, 여름을 지내며 메마르고 곧추선 풀이 몸 아래에서 따끔거렸다. 나는 기다리고 기다린 후 다시 창문 안을 들여다보았다. 내가 본 사람들이 유령이었던 것처럼 방은 텅 비어 있었다.

*

나는 뒷마당으로 갔다. 울타리를 따라 배가 주렁주렁 달린 배나무 아치가 있었고, 반쯤 먹다 버린 배에서 역겨울 정도로 달콤한 향이 진동했다. 나는 땅속을 헤집고 다니며 무르고 젤리 같은 몸이 하나로 말릴 때까지 서로에게 올라타는 지렁이를 떠올렸다. 배를 하나 따서 베어 물자 즙이 손가락과 턱을 타고 흘러내렸다. 입 안쪽에 찡한 통증이 느껴져 검지를 넣어보니 이 하나가 또 흔들렸다. 나는 이를 잡고 비틀어 당긴 후 배나무 아치 아래로 던져버렸다.

귀뚜라미가 작은 목청을 돋워 윙윙거리는 소리가 주위를 에워싸고 달이 슬슬 나타나 은은한 빛으로 풀밭을 뒤덮기 시작했다. 마당 왼쪽에 헛간이 있고 빨랫줄에 커다란 양탄자가 걸려 있었다. 다리가 가렵기 시작해 긁었다. 손톱 아래로 각질이 벅벅 긁히는 느낌을, 나 자신이 차곡차곡 쌓이는 느낌을 만끽했다. 나는 집 뒤쪽을 살피고, 등유 램프로 은은하게 밝혀진 창문을 살피고, 이 방에서 저 방으로 오가는 브리짓을 지켜보았다. 그녀는 위층 다락방으로 들어가 보닛을 벗더니 창문에 얼굴을 붙이고 이른 밤의 풍경을 내다보았다. 내가 손을 흔든다면 그림자 속의 나를 알아볼지 궁금했다. 그녀는 분명 에마와 리지의 아버지에 관한 문제를 알고 있을 것이다. 나는 그 문제에 대해 브리짓에게 물어볼 생각도 있었다. 우리가 대화를 나눈다면. 그러면 내 일이 얼마나 간단해지겠나. 브리짓은 창가에 서 있었고 나는 집 쪽으로 움직였다. 일층 창문을 열려고 했지만 모두 잠겨 있었다. 다음으로 지하실의 쌍여닫이문을 노리고 손잡이를 이리저리 비틀었다. 잠겼다. 손잡이를 다시 비틀었지만 저항이 느껴졌다. 손잡이를 놓자 덜그럭거리는 소리가 났다. 문 뒤에 누군가가 있었다. 자물쇠에 열쇠를 끼우며 툴툴거리는 소리가 나자 나는 얼른 배나무 아치로 달려가 땅바닥에 납작 엎드렸다. 지진이 난 듯 요란하게 지하실 문이 열리고 램프 불빛이 보였다. 그곳에 한 여자가 서 있었다. 그녀는 램프를 높이 들고 불빛으로 날아든 나방을 보더니 손등으로 휙 쳐서 쫓았다.

여자는 밖으로, 마당으로 곧장 왔다. 얇고 불안정한, 몸안에서 뭔가가 부글거리는 것 같은 숨소리가 들렸다. 그녀는 울고 있었던 것처럼 손가락으로 눈을 문질러 닦고 램프를 바닥에 내려놓더니 뱃속에서 우러나오는 분노의 소리를 토해냈다.

나는 고개를 살짝 들고 그녀가 내는 소리에 열중했다. 내가 익히 아는 느낌이었다. 쉽게 처리할 수 있는 것. 그녀가 다시 그 소리를 냈고 이렇게 읊조렸다. "여호와께서 살아 계심을 두고 맹세하노니 네가 이 일로는 벌을 당하지 아니하리라." 나는 고개를 조금 더 들고 지면에서 가슴을 들어올리려 했다. 그때 그 여자가 리지라는 사실을 알아차렸다. 그녀는 정말 문제가 있었다. 근처 어딘가에서 이런 소리가 들렸다. "도대체 이게 무슨 소리지?" 그러자 리지가 손으로 입을 막고 주위를 둘러보기에, 나도 얼른 다시 땅바닥으로 납작 엎드렸다. 귀뚜라미가 노래를 시작하자 리지가 램프로 양탄자를 비추더니 그곳으로 다가간 뒤 집에 기대 세워놓은 고리버들 먼지떨이를 집어들었다. 리지는 내게 등을 돌리고 서서 그것으로 양탄자를 쳤다. 힘에 겨워 끙 소리를 내면서 어깨를 둥글게 말고는 맹렬하게 치고 또 쳤다.

"나는 그런 짓을 하지 않을 거야. 나는 그런 짓을 하지 않을 거야." 그녀는 들판을 가로지르는 화물열차처럼 속도를 늦추지 않은 채 이런 말을 내뱉었다.

나는 손과 무릎으로 몸을 지탱하며 천천히 그녀를 향해 기어갔다. 가까이 다가가서 분노의 냄새를 맡고, 내가 해결해야 할 문제가 어느 정도인지 알아내고 싶었다. 리지가 울부짖었고 양탄자가 시체처럼 출렁거렸다. 내가 그녀에게 반쯤 다가갔을 때 존이 지하실 문가에 모습을 드러냈다. 그는 램프를 높이 들었고 땅바닥에 엎드린 나를 발견했다. 그가 경멸감을 드러내며 고개를 가로젓자 나는 그 자리에서 멈췄다.

"리지, 무슨 일이니?" 그가 말했다.

"이대로는 더이상 못 견디겠어요." 그녀가 양탄자를 때렸다.

존이 그녀에게 다가가 램프를 바닥에 내려놓고 리지의 양어깨를 잡았다. "자, 자." 그가 달랬다. "너는 뭐든 다 할 수 있어."

"왜 아버지는 저를 늘 깎아내리지 못해 안달이죠?"

"사람들이 뭔가를 하는 이유를 어떻게 알겠니? 아버지 말은 귀담아듣지 마라." 존이 내 쪽을 바라보았고 나는 천천히 기어서 원래 있던 곳으로 돌아갔다. 그리고 풀밭에 납작 붙었다. 그가 조카를 팔로 꼭 안고 달래며 말했다. "삼촌이 네 기분을 풀어줄게. 그러면 어떨까?" 존이 그녀를 더 꼭 안고 코를 비비자 리지가 고양이처럼 그에게 찰싹 엉겨붙었다. "좋아요."

그들은 잠시 그렇게 서 있었다. 그러다 리지가 물었다. "제가 좋은 딸인가요?"

"최고 중의 최고지, 내가 장담한다."

"아버지가 그 사실을 아시려면 제가 어떻게 해야 할까요?" 그녀의 목소리에서 느껴지는 압박감.

"지금처럼 너답게 지내면 돼. 조만간 아버지도 실수를 깨달을 게다."

"아마도 그럴 거예요." 리지가 말했다. 귀뚜라미 소리가 마당을 맹렬하게 두드렸다. "오늘 오셔서 깜짝 놀랐어요."

"내가 온다고 말했잖니."

"내일 오실 줄 알았거든요."

"계획이 바뀌었단다. 처리해야 할 일이 있었거든. 예정보다 일찍 와야겠다고 생각했지. 페어헤이븐에서 에마도 보고."

"만나셨어요?"

"아니. 네가 말해준 곳에 없더구나. 외출을 했어."

리지가 고개를 들었다. "어디에 갔는데요?"

"그애 친구가 말해주지 않더구나. 나를 믿지 않는다는 느낌이 들었어." 존이 손바닥으로 리지의 이마를 쓰다듬으며 달래주었다.

"헬렌은 항상 지나치게 조심을 하죠. 재미없는 여자예요." 리지가 말했다.

두 사람은 지하실 문 앞 계단에 앉았고, 존이 리지에게 팔을 둘렀다.

"여기는 별일 없지? 애비는 평소보다 더 이상해 보이더구나. 지나치게 일찍 자리를 뜨고 싶어하는 것 같았어." 존이 휘파람을 불 듯 말했다.

"그랬어요? 신경쓰지 않아서 몰랐어요."

"애비 때문에 마음이 아픈 거니?"

"미시즈 보든은 아버지만큼 나빠요. 가끔은 아버지와 제 사이를 일부러 이간질하는 것 같다는 생각도 들어요."

존이 고개를 가로저으며 리지를 어르듯 앞뒤로 흔들었다. "부모 와 자식 사이를 틀어지게 하다니." 존은 조카를 안고 연신 어루만 지며 이상하게 대했다. 그 모습이 영 마음에 들지 않았다.

"그 여자는 늘 그래요. 지금은 이 집을 자신과 자기 언니에게 남 기라고 아버지를 설득하고 있어요."

"그가 왜 그런 일에 동의하려 하는지 알 수가 없구나."

"이 집은 당연히 저와 에마의 것이에요. 그 재산은 우리 것이라 고요."

나는 앤절라가 아버지에게 자식들을 버리라고 속삭였던 것처럼 애비가 앤드루의 귀에 속삭이는 모습을 상상했다. 그런 여자들에 대해 앤드루에게 이야기해줘야겠다.

"앞으로는 아무 문제도 없을 거라고 하면 너는 뭐라고 하겠니?" 존이 말했다.

리지가 그를 바라보았다. "어떻게요?"

"네 아버지와 남자 대 남자로 이야기를 나누고 너와 네 언니를 제대로 대해주라고 말할 참이다."

"그러면 효과가 있을 거예요." 리지의 표정이 밝아졌다.

"내 생각도 그렇다, 리지."

"언제 말씀하실 거예요?"

"내일쯤?"

리지가 손톱으로 손톱 밑을 파고 치마에 떨어진 부스러기를 털었다. "언제요?"

"그가 점심을 먹으려고 집에 돌아왔을 때가 어떨까? 자기 집에서 체면을 구기는 일이 없도록 은밀하게 이야기할 거다. 혹시 브리짓과 애비가 외출을 하도록 네가 손을 써둘 수 있겠니?" 존이 내일을 수월하게 만들어주려고 손을 쓰는 중이었다.

리지가 관자놀이를 문지르며 눈을 감았다. "그러면 되겠네요. 그러면 되겠어." 그녀가 조용히 말했다.

존이 미소를 지었다. "좋아, 그렇게 정했다."

"그렇게 정했어요."

그가 리지를 다시 팔로 꼭 안고 그녀의 이마에 입을 맞추었다. "오늘밤은 편히 보내거라."

"실은, 지금 친구 앨리스를 만나러 갈까 생각중이에요."

"좋은 생각이구나."

리지가 일어서서 작별인사를 한 후 램프를 놓아두고 지하실로 들어갔다. 문이 닫혔다.

시간이 흘렀다. 존이 목소리를 높였다. "다 들었지?"

"들었소." 여전히 그림자에 모습을 숨긴 채 내가 말했다.

"그애가 이 상황을 얼마나 힘들어하는지 자네도 봤을 걸세."

"봤소."

"제발 최선을 다해주게."

"그러지."

존이 일어서서 흙을 털었다. "이제 가봐야겠네."

"오늘밤에 나를 집으로 들여보내줄 거요?"

"아니. 너무 위험해."

"그럼 나보고 어디로 가라는 거요?"

그가 손으로 가리켰다. "저기 헛간."

나는 짐승이 아니다. 몸을 일으킨 나는 똑바로 서서 잡아먹을 듯이 그에게로 향했다. 코가 거의 닿을 정도로 다가갔다. "당신이 내게 말하는 방식이 마음에 안 들어."

"그건 내 알 바 아니지."

"똑똑히 알게 해줄 수도 있어." 나는 그에게 주제를 알려주고 싶었다.

그가 물러나며 내 등을 토닥였다. "바로 그거야. 그렇게만 해주게." 그가 웃더니 지하실 문을 열고 안으로 들어갔다. 귀뚜라미 소리가 마당을 맹렬히 두드렸다. 벌레들, 그 증오로 가득한 것에 물려가며 밖에 있어봐야 소용이 없었다. 나는 리지가 두고 간 램프를 들고 불빛을 반으로 낮춘 후 헛간으로 갔다. 그곳에는 나무상자가 잔뜩 쌓여 있고 깨진 접시가 담긴 궤짝, 더이상 쓰지 않는 자질구레한 살림살이, 텅 빈 새장이 여기저기 놓여 있었다. 나는 헛간 계단을 올라 좁은 고미다락으로 들어가 창문 아래에 자리를 잡았다. 램프를 끄고 창밖으로 집을 바라보며 그림자가 오가는 모습을 지켜보았다. 나도 그 그림자 중 하나가 될 것이다.

9
리지
1892년 8월 4일

    식사실에서 아버지와 미시즈 보든이 장례용 판자에 똑바로 뻣뻣하게 누운 채 검시관을, 죽는다는 것이 뭔지 그들에게 말해줄 때를 기다리고 있었다.

    경찰은 잠시 자리를 비웠고 집안에는 지키는 사람이 아무도 없었다. 이웃도 각자의 집으로 돌아갔다. 에마는 어딘가에 있었다. 마음 한구석에서 미시즈 보든이 나를 부르는 소리가 들렸다. "어서 와서 우리를 봐. 리지. 와서 비밀을 봐." 나는 그들을 실망시키고 싶지 않았다. 계단을 살며시 내려가 식사실로 갔다. 그곳에 나 혼자인지 확인했다. 식사실 문을 열고 눈을 들어 안을 들여다보았다. 나는 숨을 죽였다. 그곳의 하얀 시트 아래 겁에 질리고 목소리를 잃은 두 사람의 육신이 처음 사랑을 나누는 연인처럼 서로를 안고 있었다. 나는 아버지가 팔을 뻗어 아내를 안고 이렇게 말하는 동안 눈을 감았다. "이제 곧 다 끝날 거요."

나는 식사실로 들어갔다. 열기와 혈액, 파열된 근육과 부러진 뼈가 남긴 찐득한 얼룩이 내 코 아래로 파고들었다. 짐승, 짐승. 나는 천천히 식탁으로 다가가 끄트머리에 섰다. 빳빳한 시트의 가장자리를 만졌다. 천장을 향해 고개를 들었다. 조명등 아래에서 누렇게 변한 흰색 페인트가 잘게 바스러져 아버지와 미시즈 보든을 덮고 있는 시트 위로 여름 눈처럼 떨어졌다. 아버지는 이런 지저분한 광경을 싫어할 것이다.

손바닥으로 얼굴에 떠오른 미소를 가리자 소금맛이 났다. 손목에는 여전히 피부 아래로 들어가는 길을 찾는 작게 방울진 피가 묻어 있었다. 나는 손가락에 침을 발라 핏자국을 문지르며, 내 몸에서 아버지를 지우고 미시즈 보든을 지웠다. 시트를 들췄다. 그 아래에서 메아리처럼 울리는 미시즈 보든의 흥얼거리는 소리를, 내 몸으로 곧장 뛰어드는 그녀의 떨리는 목소리를, 어린 시절 내가 잠들지 못할 때 불러주던 노래를 흥얼거리는 소리를 느낄 수 있었다. 나는 그녀에게 소리치고 싶었다. "그만해! 당신은 더이상 그 사람이 아니야." 하지만 대신 그녀가 이제 무엇인지 생각했다. 썩기 시작한 고기. 부드러운 피부가 바위처럼 쩍 갈라져 있었다. 단단한 안쪽 단단하고 차가운 안쪽. 나는 시트를 더 높이 들었다. 두 사람은 알몸이었다. 손가락으로 미시즈 보든의 허벅지를 찔렀다. 너무 차가워. 재빨리 시트를 내렸다.

나는 아버지에 대해 생각하며 뼈로 만든 실로폰인 양 한 팔을 아버지의 몸통으로, 다른 팔은 자비를 베풀어 미시즈 보든에게로 뻗었다. 아버지가 누워 있는 쪽으로 가서 다시 시트를 들췄다. 아버지의 머리카락은 윤기가 없고 숱이 적었다. 그는 고통스러운 듯 보였다. 나는 몸을 기울였다, 아주 조금만. 그리고 아버지의 얼굴 옆쪽, 난자당한 곳에 입을 맞추었다. 벽난로 선반 위 시계가 재깍거렸다.

"불쌍한 아버지," 내가 말했다. "좀더 편히 계시려면 제가 뭘 해드려야 할까요?" 나를 둘러싼 벽이 쉭쉭거렸다. 두 사람은 알몸이었다. 내가 아버지를 그리워할지 알 수 없었다. 나는 시트를 내렸고, 두 사람이 꿈틀거리며 서로에게 다가가 애무하는 모습을 보았다.

나는 이를 갈았다. 애무는 이제 그만! 가짜 사랑은 이제 그만! 그리고 식탁에서 물러나 문으로 향했다. 문설주의 한구석에 꽃잎이 매달려 있었다. 사흘 전 식사실은 제비꽃으로 뒤덮였다. 미시즈 보든이 화병이란 화병은 모두 그 지긋지긋한 꽃으로, 그녀가 집안 곳곳에 즐겨 장식하는 꽃으로 가득 채워놓았다. 나는 그녀가 작은 꽃잎에 코를 박고 숨을 들이쉬는 모습을 지켜보았고, 미소를 지으며 엉덩이를 씰룩거리는 모습을 지켜보았다. 그녀가 세상에 존재했을 때, 나는 식사실로 들어가 꽃대와 화병만 남을 때까지 남김없이 꽃잎을 잡아 뜯었다. 모든 꽃을 뜯었다. 그러면 한동안 나의 소소한 폭력적인 충동이 안정을 찾는 듯했다. 하지만 시간이 지나면 그 충동은 되살아났다. 다시 이전 그대로인 느낌이었다. 나는 꽃잎을 최대한 많이 잡아 뜯고 식사실을 나왔다. 나는 아무 말도 하지 않았다.

문설주에 붙어 있는 꽃잎을 떼어 주머니에 넣었다. 그리고 아버지와 미시즈 보든을 남겨둔 채 식사실을 나와 거실로 갔다. "그 여자가 보여!" 내가 응접실 창문을 지나 앞쪽 계단으로 가는데, 밖에서 누군가가 소리쳤다. 나는 손으로 머리를 쓸었다. 계단을 오르자 널조각이 소리를 질러댔다.

한 손으로 뜨거운 난간을 쓸자 난간이 태피처럼 녹아 손바닥에 묻어났다. 모든 것이 느려졌고 벽이 건물의 토대로부터 떨어져나 갔다. 더이상 정적은 없었다. 계단 꼭대기에 가까워질수록 모든 것 이 더 요란하게 천둥처럼 울렸다. 계단을 다 오르자 열기는 분노의 폭군이 되어 내 입을 억지로 벌렸고, 나는 숨이 받아졌다 다시 깊 어졌다. 내가 비명을 지르다 자지러지게 웃는 소리가 들렸다.

미시즈 보든이 발견된 손님방으로 들어가보니, 경찰이 서랍이 며 벽장을 죄다 열어 우리의 삶이 흙과 먼지에 뒤덮이도록 바닥에 흩뜨려놓은 현장이 눈에 들어왔다. 아버지는 이 난장판을 보고 화 를 낼 것이다. 내게 이걸 다 치우라고 할 것이고 나는 아버지를 돌 아보며 하지 않겠다고 거부할 것이다. 다음 순간 아버지의 두 눈이 번쩍하고 목이 굵어지며 힘이 잔뜩 들어갈 것이다. 그러고는 손가 락을 한데 모아 주먹을 쥐고 소리칠 것이다. "시키는 대로 해." 그 러면 나는 아버지에게 달콤하게 미소를 지으며 손바닥으로 귀를 막을 것이다. 아버지의 입이 벌어지고 벌어지고 닫히고, 벌어지고 벌어지고 닫히는 모습을 지켜보며 그가 이렇게 말한다고 생각할 것이다. "내가 잘못했다. 리지. 네가 옳아."

경찰이 방바닥에 낡은 타월을 펼쳐놓았다. 타월에 피 묻은 부츠 자국이 잔뜩 찍혀 있었다. 보이지 않는 병사들. 문득 내가 여덟 살 때 에마와 함께 부엌 곳곳에 밀가루 발자국을 남긴 유령이 되었던 일이 떠올랐다. 나는 정말 작고, 작고, 작았지. 아주 오래전.

나는 까치발로 에마의 침대에 다가가 속삭였다. "나를 웃겨줘 요, 수다쟁이 아가씨!"

에마가 돌아누워 입가의 침을 닦으며 물었다. "뭘 하고 싶어?"

내가 에마에게 말했다. "못된 장난을 치자." 우리는 계단을 내려간 다음, 나는 춤추는 꼭두각시가 되고 에마는 쥐가 되어 싸늘한 부엌에서 우리를 따뜻하게 데워줄 태양을 기다렸다. 우리는 찬장을 뒤지며 서로에게 말했다.

"우리는 설탕을 먹을 수 있어!"

"우리는 칼 하나를 숨길 수 있어."

"우리는 여기에 숨어 있다가 누가 문을 열면 튀어나갈 수 있어."

"끔찍한 것만 남겨두고 음식을 다 먹어버리자."

그때 에마가 밀가루 통을 발견하고 내게 물었다. "리지, 투명인간이 되고 싶니?"

"유령 같은?"

에마가 풀쩍 뛰어오르듯 고개를 끄덕였다. "그래."

나는 그 말이 내가 저지를 못된 장난을 아무도 못 본다는 뜻이라면 유령이 되겠다고 했다. 그러자 에마가 말했다. "아무도 절대 너를 보지 못할 거야. 네가 늙어서 검버섯이 잔뜩 핀다고 해도 말이지."

우리는 부엌 한가운데에 서서 다리 사이에 밀가루 통을 두고 잠옷을 벗었다. 그리고 통 위로 몸을 숙여 양손을 집어넣고 밀가루 구름을 두 주먹 꺼내 몸에 발랐다.

"얼굴이 다 가려지게 잘 발라." 에마가 말했다. 나는 밀가루를 한줌 더 퍼서 에마에게, 그녀의 눈을 향해 뿌렸다. 에마는 내가 무서워하는 목소리로 고함을 치고 고함을 치고 고함을 치다 이윽고 아버지가 안쪽 계단으로 내려오며 벨트를 푸는 소리를 들었다. 우리는 기다란 가죽이 바지의 벨트 고리를 통과하는 소리며 아버지의 부츠가 계단을 빠르게 내려오는 소리에 귀를 기울였다. 이윽고 주위가 고요해졌다. 우리는 눈을 감고 투명인간이 되었다.

*

나는 눈을 떴다. 내 구두가 피로 얼룩진 양탄자 위를 떠돌고 있었고, 미시즈 보든의 삶을 이루었던 마지막 조각들이 마치 대양처럼 내 뒤꿈치를 할짝거렸다. 나는 바다에 있어. 대양의 바닥에서 가느다란 잿빛 해초가 보였고, 상어로부터 몸을 숨기려 해초 사이를 헤엄치는 작은 물고기가 보였다. 나는 물속에서 몸을 웅크리고 피에 물든 소금물에 내 얼굴이 씻기도록 내버려두었다. 나는 파도를 헤치며 걸었다. 스스로를 심해 다이버라고, 탐험가라고 상상했다. 물에 둥둥 떠다니며 빗과 카메오가 달린 목걸이, 베갯잇에서 떨어져나온 레이스 조각, 작은 뼛조각을 찾았다. 가라앉은 보물의 흔적, 해적에게서 탈취한 현상금. 나는 보물 때문에 물속에 가라앉지 않도록 조심하며 그것을 치마 주머니에 집어넣으려 애썼다. 나는 깊은 숨을 토했다. 뭔가가 나를 울고 싶게 만들었다. 나는 대양을, 그 방을 떠났고 내 얼굴을 쓸고 지나가는 신선한 공기를 느꼈다.

아래층에서 쿵 소리가 나며 온 집안이 울렸다. 경관의 육중한 부츠가 계단을 쿵쿵 올라왔다. 나는 재빨리 층계참을 가로질러 내 방으로 들어가 문을 잠갔다.

내 방은 열기로 꽉 차 있었다. 나는 침대 위에 걸린 은 십자가를 보며 그분도 고통을 겪었다는 사실을 상기했다. 온몸이 아프더니 모든 피가 귀로, 그다음엔 이마로 몰리며 모든 것을 까맣고 단단하게 만들었다. 나는 거울 앞에 서서 옷을 잡아당겼다. 옷이 언제 이렇

게 작아졌지? 그리고 한 겹씩 벗어 완전히 나체가 되었다. 내 피부
는 창백하고 칙칙했다. 서른두 살의 몸은 이런 모습이면 안 돼. 온몸이
아팠다. 기분이 나아졌으면 싶었다. 손가락에게 팔 위에서 개미처
럼 행진하라고 명령을 내렸다. 손가락이 팔과 가슴 아래에 참호를
파고 언덕과 산을 무너뜨렸다. 점점 기분이 나아지기 시작했어. 군대
는 사타구니와 허벅지를 보기 위해 둥그스름한 배로 진격했다. 나
는 따끔거리는 얼얼함, 좋은 느낌으로 가득찼다. 피부가 시원해지
고 집이 열기를 누그러뜨렸다. 하나 둘 왼쪽 오른쪽, 구호에 맞춰
손가락 군대는 거미줄 같은 핏줄이 비쳐 보이는 피부를 따라, 그
피부가 아름다운 액체가 될 때까지 발가락을 향해 내려갔다. 나는
몸을 거울에 밀착시켰다.

　나는 다시 한 겹씩 옷을 입고 머리를 곧게 폈다. 완벽해. 내 방 창
문으로 세컨드 스트리트를 엿보며 앞마당의 찬란한 풍경으로부터
밝은 흰색과 보라색을 눈에 담고, 집집마다 겹겹이 엉겨붙은 눅눅
한 더께와 부패를 눈에 담았다. 저 아래에서 아일랜드인 메리가 빨
래를 널고 있었다. 그녀가 갸우뚱한 머리를 긁더니 잠시 지하실을
바라보았다. 나는 메리가 무슨 생각을 하는지 알았다. 불행한 일들
은 일어나기 마련이다.

　에마가 올라오기를 바랐지만 아버지를 죽게 내버려뒀다고 내게
화를 낼까봐 두려웠다. 에마에게 설명해야 할 일이 많았으나 적당
한 말이 떠오르지 않았다. 나는 위층으로 올라와 내게 달려오는 에
마를 상상했다. 내가 문을 열어주면 에마는 나를 바닥에서 일으켜
자신의 허벅지를 베고 눕게 할 것이고 나는 말할 것이다. "정말 끔
찍했어, 에마, 너무 끔찍했다고. 그들이 질문을 절대 멈추지 않을

것만 같았어." 그러면 에마는 사랑이 가득한 눈빛으로 나를 바라보며 이마에 입을 맞추고 말할 것이다. "이제부터는 내가 알아서 할게, 리지. 너는 떠나, 사라져, 여기 일은 다 두고."

에마에게 뭔가를 말하고 싶었다. 나는 침대 옆 바닥에 앉아 그녀에게 절대 말하지 않았던 것들에 대해 생각했다. 언젠가 미시즈 보든이 내가 아버지를 실망시켰다고 말하며 내 뺨을 때리자 내가 그녀를 비웃은 적이 있었다. 열쇠 구멍으로 미시즈 보든이 발가벗은 채 떨고 있는 모습을 훔쳐본 적도 있었다. 나는 에마가 페어헤이븐으로 떠난 날 밤에 대해 생각했다. 내가 저지른 수치스러운 짓.

그날 밤 잠을 자는 동안 악몽이 나를 그러쥐고 비명을 지르도록 때렸다. 꿈에서 보았던 것들. 나는 새벽이 반쯤 깨어난 시간에 눈을 떴다. 방을 둘러보았고, 누군가가 내 몸속으로 손을 뻗어 나를 뒤로 끌어낸 다음 귀 뒤에서 뚝뚝 떨어지는 동물적인 소음만, 내 생각마저 들리지 않을 정도로 커지고 더 커지는 소음만 남긴 채 떠나버린 것만 같은 느낌이 들었다. 땀이 줄줄 흘러 침구가 소금물에 흠뻑 젖었다. 하루가 벌써 너무 길어. 이윽고 나는 일어나 침대에서 나와 옷을 다 벗고 두툼한 면직물을 브리짓이 치우도록 한구석에 쌓아놓았다. 심장이 뛰고 뛰다 목으로 튀어올라 폭발했다. 나는 몸을 떨지 않을 수 없었다. 에마가 필요했고 위안 같은 것이 필요했다. 옷을 입고 마음을 가라앉히려 해보았지만 눈을 깜박일 때마다 감고 있는 순간이 점점 길어졌고, 눈앞에 밤의 빛이 번득였다. 벽 뒤에서 두 사람 중 한 명—아버지 혹은 미시즈 보든—이 잠자리에서 뒤척이는 소리가 들렸다. 전에는 내가 저곳에 있었는데. 안전하다고 느끼고 싶었고 다시 어리다고 느끼고 싶었다. 나는 아버지와 미시즈 보든의 방으로 가서 곧장 안으로 들어갔다.

그림자가 커튼에 어른거렸다. 침대에 미시즈 보든이 누워 있었다. 아버지는 벌써 나갔네. 그녀의 몸뚱이는 거의 움직이지 않았다. 에마라면 가지 말라고 했겠지만 어쩔 수 없었다. 나는 그녀에게 다가갔고, 바닥이 삐걱거렸고, 미시즈 보든은 작은 토네이도 같은 무거운 숨을 들이쉬고 내쉬었다. 나는 가까이 가서 손가락으로 침구와 목재 침대 틀을 차례로 쓰다듬었다. 그리고 침대에 무릎을 꿇고 앞쪽으로 체중을 완전히 실어 미시즈 보든의 머리 위로 몸을 기울였다. 그녀는 내가 있는 줄도 몰랐다. 옆얼굴에 주름이 자글자글했다. 내가 어린 시절부터 기억하던 얼굴이 아니었다. 나는 몸을 더 기울여 눈가의 주름, 축 늘어진 종잇장 같은 피부를 만졌다. 그 여자의 껍데기를 벗겨, 껍데기를 벗겨내. 그러자 심장박동이 느려지면서 일순 평온해졌다. 손길로 할 수 있는 것. 손가락을 잿빛 머리칼 사이에 넣어 쓰다듬고 쓰다듬었다. 미시즈 보든은 과거에 그랬던 것처럼, 앞으로도 영원히 그러할 것처럼 잠 속에서 평안해 보였다. 나는 말총 같은 머리카락을 쓰다듬었다. 그리고 점점 더 몸을 숙여 그녀의 피부에서 오래된 나방 날개와 침 냄새를 맡고, 그녀의 이마에 입을 맞추고, 내 앞니 끝이 피부와 뼈를 누르는 느낌을 맛보았다. 미시즈 보든이 내 밑에서 뒤척였다. 나는 뒤로 물러났고 나를 바라보는 그녀를 보았다.

"세상에 이게 무슨……"

"묘한 기분이 들어서요. 무척이나 기괴하고 끔찍한 꿈을 꿨거든요."

미시즈 보든이 이불을 턱까지 끌어올렸다. "그래서 지금 나보고 어쩌라는 거니? 네 아버지는 여기 없어." 침 뱉기.

나는 그녀 가까이 침대에 앉았다. 심장이 쿵쿵 뛰어 나도 모르게 입술을 핥았다. 그녀에게 말했다. "나쁜 꿈을 꾸고 싶지 않은데 나를 도와줄 에마가 여기 없어요."

미시즈 보든이 작게 신음을 내뱉고 팔꿈치로 상체를 일으켜 앉았다. 그녀는 나를 한참 동안 바라보았다. 나도 그녀를 바라보았다. 입꼬리를 축 늘어뜨렸다 다시 곧게 펴는 모습을. 나는 침대에서 미시즈 보든의 옆자리를, 아버지가 누웠던 공간을 보았다. 저곳은 아직 따뜻할 거야. 그러자 미시즈 보든이 내 시선을 좇았고, 고개를 내젓고 또 내저었다. "안 돼." 그녀가 속삭였다. 그 말을 듣자 나는 열세 살이 된 것 같았다. 아버지와 미시즈 보든이 더이상 나를 그들의 침대에서 재워주지 않기로 한 그날과 같은 기분이 되었다. "악몽을 꿨다고 자꾸 이 방으로 오면 안 돼, 리지." 아버지와 그의 비정한 말들. 그것을 극복하기까지 꽤 시간이 걸렸다.

나는 미시즈 보든을 바라보았다. 그녀의 중심을 똑바로 응시하며 기다렸다. 방은 조용했다. 이윽고 그녀가 이불을 내리고 한쪽을 들어올려 자기 옆 빈자리를 보여주었다. 에마만 여기 있었더라면. 그랬다면 나는 미시즈 보든의 옆자리로 기어들어가지 않아도 되었을 것이고, 그녀를 어머니처럼 대하지 않아도 되었을 것이다.

10

벤저민
1892년 8월 4일

태양이 대포처럼 나를 쳤다. 비둘기가 지붕에서 춤을 췄다. 시간
이 흐르고 헛간 문이 열렸다. 아래에서 인기척이 나더니 새처럼 떨
리는 목소리로 여자가 말했다. "좋은 아침, 내 귀여운 새들아." 리
지였다. 그러더니 비명을 질렀다.

"내 비둘기!"

나는 엎드린 자세로 살며시 계단 쪽으로 기어갔다. 아래를 내려
다보니 속이 깊은 드럼통에 손을 집어넣는 리지가 보였다. 그녀가
다시 비명을 지르며 죽은 비둘기 한 마리를 꺼냈다. 죽은 것들이 모
두 그렇듯 날개가 꺾인 채 뻣뻣하게 굳었고 머리가 없었다. 리지는
차례차례 비둘기를 꺼내 발치에 쌓았다. 그리고 소리쳤다. "아버지
가 미워! 그 사람이 미워!" 리지는 새를 가슴에 꼭 안고 자신의 심
장소리를 들려주었다. 태양이 헛간을 가로지르자 목재가 숨을 쉬
었다. 문득 그날의 아버지가 떠올랐다. 그는 맨발로 바닥을 때리며

집안을 가로질러 내 방 앞에서 걸음을 멈췄다. "아들, 아들아."

"네, 아버지?"

"문 열어."

나는 문을 열었다. 사향과 탄 담배 냄새, 오래된 진흙 냄새. 아버지가 갈색으로 변색된 치아를 드러내며 웃었다. "겉옷 입어라."

나는 겉옷을 챙겨서 아버지를 따라 나갔다. 우리는 바쁘게 걸었다. "어디 가는 거예요?" 내 발이 쥐새끼처럼 행진했다.

"나를 도와 뭘 좀 붙잡고 있어라."

우리는 가족 닭장으로 갔다. "내가 도끼질을 할 테니 네가 저것들을 내게 건네줘."

아버지가 닭을 거칠게 한쪽으로 몰았다. 닭을 거꾸로 잡고 있는데 비늘로 뒤덮인 다리가 내 손목 안쪽에 근지럽게 쓸렸다.

"이리 줘." 아버지가 말했다.

나는 닭 한 마리를 건넸고, 닭이 몸부림치고 눈을 부릅뜨는 모습을 지켜보았다. 도끼를 내려치자 닭이 허공으로 튀어오르며 피가 내 피부에 튀었고, 닭 머리가 도살대 위에서 기묘하게 살아 움직였다. 다음 닭을 집어든 나는 두려움으로 버둥거리는 녀석을 침착하게 붙잡고 있으려 애썼다.

"잡고 있을 수가 없어요. 너무 버둥거려요."

나는 닭을 건넸다. 또다른 닭. 닭. 닭.

모두 끝나자 아버지가 말했다. "닭 머리를 모두 모아 어머니에게 가져다줘라."

닭 머리가 불쏘시개처럼 땅바닥에 쌓여 있었다. 무서워서 만질 수가 없었다. 머리 하나가 움직이더니 눈을 깜박거리고 부리를 뻐

금거렸다. "아버지, 저건 아직 살아 있어요."

"그냥 신경일 뿐이야."

나는 천천히 머리를 집어올려 양동이에 다 담았다. 피비린내. 나
는 그 냄새에 뒤덮였다.

헛간 밖에서 앤드루의 굵직한 목소리가 들렸다. "리지! 리지, 이
리 와봐라." 리지가 돌아섰고 나는 계단에서 물러났다. 앤드루가
제 그림자로 열린 공간을 꽉 채운 채 문가에 서 있었다.

"저리 가세요." 리지가 말했다.

앤드루가 한숨을 쉬었다. "네가 알기 전에 먼저 이야기하고 싶
었는데……"

"아버지가 다 죽였군요!" 리지가 비둘기 한 마리를 앤드루에게
던졌다. 새가 그의 배를 치고 바닥으로 툭 떨어졌다. 날개가 휙 꺾
였다.

앤드루가 헛간으로 들어와 리지의 따귀를 때렸다. "이런 짓거리
는 그만해."

리지가 흐느끼며 발을 굴렀다. 나무 병정 장난감의 발소리가 났
다. 그리고 말했다. "왜요?"

"저건 해조害鳥야, 리지."

"비둘기는 제 애완동물이에요. 나는 저애들을 사랑해요."

"저것들이 집에 병을 옮겼어."

리지가 몸을 숙여 새를 집어들고 꼭 안았다. "왜 이렇게까지 잔
인한 짓을 하셨죠? 그냥 날려보낼 수도 있었잖아요."

"날려보낸다고 해도 떠나지 않으리라는 걸 너도 알잖니. 어떤
것은 그냥 죽는 게 더 나아." 앤드루가 그녀에게 다가가 한 손을 들

자 그의 새끼손가락에서 금반지가 반짝였다. 리지가 그를 쳤다.

"더이상 제게 말도 걸지 마세요." 그녀는 눈물에 목이 메었다.

"리지, 제발 분별력 있게 굴어라."

그녀는 죽은 새를 꼭 안은 채 앤드루를 밀치고 지나갔다. 나는 창문으로 기어가 밖을 보았다. 리지가 마당 한가운데에 서서 새를 앞뒤로, 앞뒤로 흔들었다. 앤드루가 그녀 곁으로 다가가 딸의 머리를 쓰다듬으려 했다.

"만지지 마세요."

그가 손을 치웠다. "이 일도 다 잊게 될 거다." 그가 말했다. "오늘 오후에 다시 이야기하자."

리지가 그를 돌아보았다. "아버지는 모든 걸 안다고 생각하시죠. 하느님이 아버지를 벌하실 거예요." 그녀는 비둘기를 땅바닥에 떨어트리고 아버지를 마당에 홀로 둔 채 가버렸다.

앤드루는 양손으로 마른세수를 했다. 태양이 헛간 지붕 위로 올라와 내리쬐며 내 뼛속으로 파고들었다. 이제 저 남자에게 가볼 시간이었다.

그가 메아리처럼 마당에서 멀어지며 걷기 시작했다. 패배한 모습으로 느릿느릿. 나는 계단을 내려가 헛간 문을 열었다. 신선한 공기가 내 입술에 입을 맞추었고, 환한 빛으로 인해 내 동공에 작은 빛의 고리가 생겼다. 앤드루는 호리호리한 몸통을 검회색 모직 정장으로 폭 감싼 채 집 옆쪽으로 향했다. 비둘기 한 마리가 그의 머리 위로 날아왔다. 그가 잡으려고 팔을 뻗었지만 놓쳤다. 그는 주름진 손으로 이마를 문질렀다. 나는 앞으로 뛰쳐나가 그의 얼굴을 쥐고 분별력을 찾게 해주고 싶었지만 그는 이내 집안으로 사라져버렸다.

나는 배나무 아치를 향해 팔을 쭉 뻗었다. 알이 굵은 배를 따서 꽉 움켜쥐자 과즙이 손가락 사이로 줄줄 흘렀다. 나는 배를 먹었다. 하나를 더 따서 먹고 과심果心을 바닥에 던진 후 소매로 입을 닦았다. 내게서 지독한 냄새가 났다.

나는 마당 한가운데로 걸어가 죽은 새가 있는 곳에서 걸음을 멈추고 몸을 숙여 새를 집었다. 납 같은 깃털. 날개를 꺾자 뼈가 뚝 소리를 냈다. 그 날개를 얼굴에 잠시 대고 있다가 바지 주머니에 쑤셔넣었다.

문이 열렸고 누군가가 신음소리를 냈다. 이윽고 두 발이 나타났다. 나는 눈에 띄지 않으려고 서둘러 헛간으로 뛰어가 외벽에 몸을 바싹 붙였다. 브리짓이 걸레와 양동이를 들고 뒷마당으로 나왔다. 그녀는 팔로 얼굴을 닦고 가만히 서 있었다. 바닥에 양동이를 내려놓더니 몸을 구부려 풀밭에 구토를 했다. 그녀의 몸이 만들어내는 소리. 그녀는 구토를 하고 또 하더니 부패하고 걸쭉한 갈색 용액을 모두 게워냈다. 그리고 무릎을 꿇고 엎드린 채 이마를 땅에 댔다. 그녀의 하얀 보닛과 앞치마에 황금색 햇빛이 비쳤다. 새들이 불평하듯 조잘거렸다.

브리짓은 한번 더 구토를 하고 일어서서 양동이를 집 반대편 끝으로 가지고 갔다. 그녀는 타르처럼 움직였다. 그녀가 창문을 닦기 시작하자 나는 잠시 분위기를 살피다 마당을 가로질러 달렸다. 지하실 문으로 가 살며시 손잡이를 돌렸다. 잠겨 있었다. 이 집에 얼마나 귀중한 것이 있기에 문이란 문은 다 잠가두는 걸까? 나는 그곳에서 가장 가까운 옆문으로 달려갔다. 열려 있었다. 브리짓이 실수를 했다. 나는 미끄러지듯 안으로 들어갔다. 폭이 좁은 목재 계단이 보였고 옷을 거는 청동 고리 몇 개가 벽에 달려 있었다. 더 안으로, 부엌으로 들어가니 반쯤 닫힌 덧문이 집안에 그림자를 드리웠고 빵을 굽는 냄새와 오래된 고기 냄새, 피부 냄새, 그리고 과열된 사람들의 냄새가 났다. 내 위가 애걸복걸했다. 나는 사람을 넣고 구워도 될 정도로 큰 스토브로 다가갔다. 속이 깊고 새까만 냄비의 뚜껑을 열었다. 시큼한 냄새. 나는 손을 국자처럼 오므려 수프 속에 넣었다. 따뜻했다. 손을 입으로 가져가고 또 가져갔다. 수프가 턱으로 줄줄 흘러내려 목을 타고 셔츠를 지나 바닥에 떨어졌다. 수프는 마지팬*처럼 뭔가 달콤한 맛이 났다. 고기는 그런 맛이 나면 안 된다. 괜히 정신없이 달려들었다. 냄비 뚜껑을 다시 닫자 이번에는 조리대에 올려놓은 옥수수빵 접시가 보였다. 빵을 하나 집어 냄새를 맡았다. 희미한 설탕냄새. 나는 벽돌처럼 무거운 빵 덩어리를 혀에 올리고 겉을 핥은 후 씹고 한번에 꿀꺽 삼켰다. 셔츠에 떨어진 부스러기를 터는데, 머리 위에서 발소리가 들렸다. 고개를 들어 천장을 보니 천장 돌림띠에 그을음이 묻어 있었다. "앤드루가 저 위에 있는 모양이군." 내가 말했다.

*

커다란 소파가 놓인 방에는 벽난로 선반 위에 짙은 색 나무로 만든 시계가 있었다. 나는 손가락으로 목재 선반을 훑으며 앤드루와

---

* 아몬드 가루, 설탕, 달걀 흰자를 섞어 만드는 말랑말랑한 과자.

애비의 사진을 지나 리지의 사진으로, 그다음에는 검은 머리에 코
는 돌을 정으로 깎아 만든 듯하고 이마는 높은 것을 보니 에마가
분명한 여자의 사진으로 옮겨갔다. 에마는 리지와 전혀 닮지 않았
다. 리지는 통통한 볼에 살진 자두 같은 입술, 작은 돛처럼 귀의 끝
부분이 구부러진 생김새였다. 어딜 보나 평범한 용모의 여자들.

　내 손가락이 벽난로 선반에서 미끄러져 벽을 가로지르고 책꽂이
를 가로질러 창으로 갔다. 창에는 두꺼운 레이스 커튼이 쳐져 있었
고 다른 쪽 창유리로 살짝 엿보니 브리짓의 보닛 꼭대기가 보였다.
그녀의 머리가 올라왔다 내려갔다 했고, 나는 커튼 뒤로 손가락을
넣어 들추고는 브리짓이 바닥에 꿇어앉아 금속 양동이에 걸레를
빼는 모습을 지켜보았다.

　머리 위에서 누군가가 쿵쿵거리며 한참을 돌아다녔다. 나는 소
파로 가 앉아서 말갈기로 만든 보드라운 소파 덮개에 손을 올렸다.
죽은 짐승은 윤기가 자르르 흘렀다. 그곳에 앉으니 피아노가 있는
다른 방을 지나 앞쪽 계단까지 시야가 탁 트여서, 들고 나는 움직
임을 모두 볼 수 있을 듯했다. 이 집은 지금껏 내가 봤던 어떤 집보
다 컸다. 집안 어디서든 앤드루와의 볼일을 처리할 수 있을 것이
다. 소파에 머리를 기대는데 배가 부글부글 끓고 죄어왔다. 나는
바지의 찢어진 부분에 손가락을 대고 의사가 봉합한 상처를 만져
보았다. 아버지가 떠올랐다. 이 집에 있으니 아버지를 다시 찾아가
그의 모든 잘못에 대해 말하고 싶어졌다. 잠시 후 앤드루에게 이야
기할 방식대로. 나는 자리에서 일어나 식사실로 가서 기다란 식탁
주위를 돌며 단단한 목재를 톡톡 두드리고 바닥까지 닿는 묵직한
레이스 식탁보를 잡아당겼다. 어린 시절 어머니의 치마를 끌어당

겼던 것처럼. 어머니가 보고 싶었다. 덧창이 열려 있었다. 내 앞에 청명한 하루가 펼쳐졌고, 밖을 힐끔 내다보니 이웃집 여자가 블라우스의 옷깃을 정리하고 있었다. 창문에 얼굴을 바짝 붙이고 이마에, 눈에 떨어지는 햇빛을 만끽했다. 앤드루를 찾아야 할 시간.

누군가가 앞쪽 계단으로 내려오는 소리에 나는 돌아섰다. 누군지 보려고 몸을 살짝 구부렸다. 앤드루이기를, 그가 곧장 내게로 와 그의 어깨를 움켜쥐고 흔들어줄 수 있게 되기를 기대했다. "내가 왜 여기 있는지 당신은 알 거야, 그렇지?" 나는 그에게 물을 것이다. 앤드루는 고개를 가로저을 것이다.

"당신은 마음을 곱게 쓰지 않았어. 남의 말을 귀기울여 듣지 않았고." 그를 내 쪽으로 바짝 끌어당길 것이다.

짙은 색 바짓가랑이와 호리호리한 몸이 보이고 말소리가 들렸다. "이렇게 더운 날에는 몸을 잘 챙겨야 해요, 애비. 당신의 건강이 더 나빠지는 건 원하지 않으니까." 존이 계단에 있었다. 그의 전신이, 손바닥으로 머리를 매만지고 셔츠의 주름을 펴는 모습이 눈에 들어왔다.

"별다른 계획이 없어서 집에 있을 거예요." 애비가 말했다.

이러면 내 일이 어려워진다. 존이 현관으로 향하다 나와 눈이 마주쳤다. "자네!" 그의 눈이 휘둥그레지며 표정이 굳더니 시선이 재빨리 계단 위를 향했다.

이제 애비가 내 시야에 들어왔다. 그녀는 고개를 숙이고 발걸음에 집중한 채 난간을 꽉 잡았다. 나는 재빨리 식탁에서 의자 하나를 잡아 빼고 그 아래로 몸을 굴렸다.

"뭐라고요, 존?" 애비가 물었다.

"아이코. 무슨 생각을 하던 중이었는지 까맣게 잊어버렸네요."

"인정하고 싶진 않지만 저도 그런 때가 자주 있어요."

존이 힘없이 웃었다. 어깨를 귀까지 들썩이면서. 내 배에 경련이 일면서 머리가 어질어질하고 눈에 눈물이 고였다.

"브리짓에게 오늘 당신 몫까지 저녁을 준비하라고 할까요?"

"음, 그래야 할 것 같아요. 하룻밤 더 머무를 겁니다. 리지와 시간을 좀더 보내고 싶어요."

"알았어요."

"시내에 가서 몇 가지 일을 처리하고 나면 꽤 지칠 것 같아요."

존은 더 머무를 계획에 대해 아무 말도 하지 않았다. 그는 내가 폴리버를 빠져나가도록 돕겠다고 약속했다. 나는 거짓말쟁이를 좋아하지 않았다. 우리는 이야기를 좀 해봐야 할 것이었다.

애비가 벽장을 열고 존에게 그의 재킷을 건넸다.

"앤드루는 언제 집에 오나요?" 존이 물었다.

"대개 한시경에 잠시 집에 들러요."

"그렇군요. 오후 일찍 돌아오지요."

애비가 문을 열었고 존은 집을 나섰다. 그녀는 문을 닫고 열쇠 구멍에 열쇠를 끼워 돌리고 한숨을 쉬었다. 앤드루는 없었다. 예상치 못한 소식. 그가 집에 올 때까지 이 집에 숨어 있어야 했다. 숨을 곳을 몇 군데 떠올려봤다. 위층의 침실, 지하실, 계단 아래 벽장. 내가 당장 발각될 가능성, 애비가 식탁 아래에서 나를 발견할 가능성도 있었다. 그녀가 나를 보고 비명을 지르며 내 얼굴을 할퀴려 하겠지. 내 관절이 주먹이 되면 나는 내 피부로 애비의 피부를 가격하고 애비의 입을 찢어발기고 입술과 혀를 잡아 뜯을 것이다.

그녀가 나에 대해 찍소리도 못하게 할 것이다.

애비가 거실 한가운데에 서서 바깥을 바라보았다. 뱃속이 뒤틀렸다. 애비는 창문으로 다가가 레이스 커튼을 젖히고 창유리를 톡톡 두드렸다. "일을 설렁설렁 하고 있구나, 브리짓." 그녀가 소리쳤다. "제대로 하는지 두고 볼 거야." 그녀는 커튼을 놓고 식사실로 향하다 멈춰 섰다. 그리고 눈물 몇 방울을 흘리며 온전히 혼자 울었다. 천장에서 삐걱거리는 소리가 나기 시작했다. 리지가 분명했다. 뱃속이 뒤틀렸다. 내가 먹은 건 배와 양고기 수프뿐이었다.

천장이 다시 삐거덕거리자 애비가 위를 보더니 부엌으로 갔다. 조리대로 다가서는 그녀의 배에서 요란하게 꾸르륵 소리가 났다. 그녀가 옥수수빵을 마치 문진文鎭처럼 집어들었다. 그녀가 빵을 물었고 부스러기가 블라우스의 옷깃으로 떨어졌다. 애비가 부스러기를 털다가 바닥을, 내가 만들어놓은 난장판을 보았다. "이게 다 뭐야?" 그녀가 말했다. 빵 부스러기가 스토브에 흘러내린 수프로 그녀를 안내했다. 그녀의 배에서 나는 소리가 들렸다. 그녀가 몸을 숙여 손가락 하나를 수프에 담갔다. 손가락을 꽉 조인 결혼반지가 눈에 들어왔다. 나도 저렇게 손가락으로 맛을 먼저 봤어야 하는데. 그녀가 얼마나 끙끙 앓는 소리를 내던지.

애비가 선 채로 다리를, 낡은 가죽 부츠와 굵은 발목을 흔들어 부스러기를 털어냈다. 치맛자락 아래쪽이 찢어져 있었다. 나는 애비 같은 여자는 몸치장에 돈을 많이 쓰는 줄 알았다.

"브리짓은 바닥 청소도 제대로 못해." 그녀가 내뱉었다.

천장이 다시 삐걱거리자 애비가 위를 바라보더니 삐걱거리는 소리를 따라 식사실로 들어와 식탁 바로 옆에 서서 다리를 떨었다.

그녀가 허공에 대고 코를 킁킁거리며 말했다. "도대체 이게 무슨 냄새야?" 그녀는 부엌으로 돌아갔다. 킁킁. 그녀가 거실로 들어갔다. 킁킁. 들키기 일보 직전이었다.

"리지," 애비가 소리쳤다. "리지, 좀 내려와보렴."

위층에서 문이 열리고 리지가 나무 계단을 내려왔다. 그리고 거실로 들어와 애비와 거리를 두고 섰다. 리지는 하얀 긴소매 앞치마 아래에 푸른색 드레스를 받쳐 입고 있었다. 뱃속이 뒤틀렸다. 과일을 먹는다고 이렇게 되지는 않는다.

"왜요?" 핧는 듯한 리지의 목소리.

"너도 이 끔찍한 냄새가 나니?"

리지가 주위의 공기를 빨아들였다가 내뱉었다. "아무 냄새도 안 나는데요."

"부엌에서 더 심하게 나는 것 같아."

리지가 부엌으로 들어와 숨을 쉬었다. "그런 냄새는 안 나요."

"뭐가 썩는 냄새인지 지린내인지……"

"자기 냄새를 맡으셨나봐요."

"무슨 말을 그렇게 못되게 하니." 애비가 가슴 앞에 팔짱을 꼈다.

리지가 어깨를 으쓱했다. "아무 냄새도 안 나는데, 제가 무슨 말을 해주길 원하시는지 모르겠네요." 리지가 애비에게 쏘아붙였다.

애비는 잠시 아무 말도 하지 않았고, 리지는 천천히 그녀에게 다가가며 둘 사이의 거리를 좁혔다. 두 사람은 서로를 바라보았다. 그러다 애비가 말했다. "왜 앞치마를 입고 있어?"

리지가 하얀 앞치마를 어루만지더니 미소를 지었다. "청결은 신앙심 다음이죠, 미시즈 보든." 그녀가 한 걸음 더 다가갔고 애비의 배에서 꾸르륵 소리가 났다.

"양고기 드셨어요?" 리지가 물었다.

"그래, 좀 먹었어." 애비가 거의 속삭이듯 말했다.

"제가 먹을 건 남겨두셨어요?"

애비가 관자놀이를 긁었다. "너는 벌써 먹은 줄 알았는데."

"왜요?"

"누가 부엌바닥을 엉망으로 만들어놓았더구나."

"미시즈 보든이 그런 게 아니고요?"

나무의자 다리에 얼굴을 딱 붙이고 있으니 두껍게 칠한 목재 광택제 냄새가 났다.

"못된 것." 애비가 버럭 화를 내며 리지의 뺨과 입을 때리자 피가 흘렀다.

리지가 입술을 살짝 깨물고 피를 맛보았다. 그녀는 팔짱을 끼었다가 풀더니 애비에게 바짝 다가가 몸을 숙여 그녀의 입술에 입을 맞췄다. 리지는 애비를 세게 밀어붙이며 그녀의 머리를 살짝 뒤로 밀었다. 잠시 동안 애비는 그 상황을 받아들였다. 그러다 리지가 뒤로 물러났고 앞치마로 입술을 닦자 핏자국이 남았다. 두 여자는 아무 말도 하지 않았다.

리지가 애비에게서 물러나 앞쪽 계단으로 올라갔다. 애비는 울음을 터트렸다. 그녀는 몸안에서 뭔가를 끄집어내는 듯한, 붉은 암여우 같은 소리를 질러대며 양손으로 얼굴을 가리고 머리를 흔들었다. 싫어, 싫어, 싫어. 그녀가 똑바로 서더니 소매로 눈물을 닦았다. 내 귀에 파리가 윙윙거리는 소리가 들렸다.

애비가 앞쪽 계단으로 향했고 그녀의 발소리가 내 머리 위까지 이어졌다. 뱃속이 뒤틀리기에 몸을 앞으로 숙이고 한 번 들썩이자 양고기 수프가 올라와 양탄자에 쏟아졌다. 눈물이 핑 돌았다. 파리가 윙윙거리며 토사물에 내려앉았다. 리지와 애비가 대화하는 소리가 들렸고, 애비가 말했다. "그렇게 계속 거기 서 있을 거면……" 내가 다시 몸을 들썩거리는데 리지의 말소리가 들렸다. 방이 핑 돌았고 모든 것이 뜨거웠다. 정신을 바짝 차리려고 했지만 이내 모든 것이 캄캄해졌다.

*

눈을 뜨니 햇빛에 눈이 멀 것 같았고 혀에 짭짤한 양탄자맛이 느껴졌다. 내가 얼마 동안 정신을 잃었지? 밖에서 두 아이가 집 앞을 지나가며 소리를 질렀다. 서로를 쫓아가며 웃는 소리가 길게 메아리쳤다. "동생에게 그러면 안 돼." 여자가 소리쳤다. 형제란 그런 거지. 내 입술에 미소가 떠올랐다.

식탁 아래에서 기어나가려는 순간 거실의 안락의자에 앉아 있는 리지가 눈에 들어왔다. 그녀는 치마가 팽팽히 당겨지도록 다리를 쩍 벌리고 의자에 푹 파묻힌 채 생기 없는 눈빛으로 양탄자를 보고 있었다. 더이상 앞치마는 입고 있지 않았다. 그녀는 혀를 입술 위로 날름거리며 혀짤배기소리로 혼잣말을 속삭였다. 저기에 얼마나 앉아 있었을까? 혹시 나를 봤나? 리지는 이마를 문지르고 머리를 잡아당기며 정적이 흐르는 집에서 침묵을 지켰다. 다리가 아팠고 계속 웅크리고 있었던 탓에 피곤했다. 조만간 집안 다른 곳으로 이동해야 했다. 리지가 허벅지 쪽으로 손을 뻗어 반쯤 먹은 배를 꺼내더니 한입 베어 물었다. 질척거리는 입. 그녀는 배를 다시 베어 물며 발을 모았다. 한입 베어 물고, 똑바로 앉았다. 한입 베어 물고, 목을 철썩 쳤다. 한입 베어 물고, 입술을 핥더니 미소를 지었다.

리지가 일어나 부엌으로 가서 배를 개수대에 던졌다. 나는 식탁의 반대쪽으로 천천히 기어가다 손으로 토사물을 짚어버렸다. 차갑고 조약돌처럼 굳어 있었다. 쥐죽은듯 조용히 있으려면 이런 더러운 짓까지 견뎌야 한다. 리지가 서랍에서 숟가락을 꺼내 입에 물더니 시야에서 사라졌다. 내 손바닥에서 뱃속 깊은 곳의 냄새가 났다. 다시 내 시야에 들어온 리지는 손에 라즈베리 잼 병을 들고 있었다. 숟가락을 잼에 깊숙이 넣자 유리병에서 쨍그랑 소리가 났다. 애비는 어디로 갔을까? 리지는 잼을 먹고 병을 비운 후 그대로 조리대에 올려놓았다. 그러고는 양팔을 머리 위로 뻗은 채 부엌을 나갔다. 잠시 후 옆문이 열렸다가 쾅 하고 닫혔다. 리지는 이상한 작은 생물이었다.

식탁에서 기어나오니 리지와 브리짓이 마당에서 웅얼거리며 급하게 이야기를 나누는 소리가 들렸다. 그들이 계속 돌아다니는 상황에서 언제까지고 식탁 아래에 머무를 수는 없었다. 그러다가는 발각될 것이다. 그들에게 들키지 않고 뒷마당으로 나가기는 쉽지 않을 것 같았다. 앤드루가 돌아올 때까지 집안 어딘가에 숨어 있어야 했다. 나는 앞쪽 계단으로 올라갔다. 열기가 나를 까마귀처럼 뜯어먹었다. 난간에 붉은 시럽 같은 액체가 한 덩이 떨어져 있었다. 그것을 손가락 끝으로 뭉개듯 눌러 입으로 가져갔다. 노래를 부르는 듯한 신선한 피맛이 났다. 방문이 열려 있어 안으로 들어가니 문손잡이에 붉은 액체가 또 떨어져 있었다. 그걸 손가락으로 찍어 또 입에 넣으니 같은 맛이 났다. 내 볼이 시큼털털한 금속맛을 알아보았다. 이전에도 이런 피맛을 수도 없이 맛보았다.

안으로 좀더 들어가자 라디에이터 옆에 떨어진 하얀 물체가 눈에 들어왔다. 가까이 다가가니 집어들기도 전에 뭔지 알 수 있었다. 두개골 조각의 밑면이 피로 물들었고 살점에는 여전히 흰머리 몇 가닥이 붙어 있었다. 그것을 얼굴 가까이 들어 냄새를 맡았다. 내 코와 입에서 나는 작은 비명소리. 누군가 나 없이 이미 벌을 내렸다. 어깨 너머로 돌아보자 열기가 얼굴을 후려쳤고 나는 들고 있던 뼈를 바닥에 떨어뜨렸다. "무슨 일이야?" 밖에서 꼬맹이 둘이 소리를 지르고 웃음을 터트렸다.

침대로 눈을 돌리니 하얀 이불보와 깃털 베개에 씌운 단정하게 다림질한 베갯잇에 피가 자잘하게 흩뿌려져 있고, 침대 한가운데에는 많은 머리채 한줌이, 그 옆에는 깨진 두개골의 또다른 조각이 떨어져 있었다. 내 혀에 남은 금속성 유황의 맛. 나는 천천히 침대로 다가가 뼈를 집어올려 그대로 들고 있었다. "이런, 이런. 여기 보물 상자가 있네." 침대에 기대앉자 체중에 눌린 매트리스가 푹 꺼졌다. 바로 그때, 얼굴은 바닥에 처박히고 몸뚱이는 화장대와 침대 사이에 어중간하게 끼인 채 널브러져 있는 애비가 보였다.

그녀의 몸뚱이는 S자 형태로, 얼굴을 접힌 양팔에 파묻고 두 다리를 뻣뻣하게 뻗고 있었다. 머리 주위에 후광처럼 피가 흘러나온 모습이 마치 양탄자에 놓인 굵고 붉은 꿀 막대 같았다. 나는 침대에서 내려와 애비 옆에 무릎을 꿇고 그녀의 어깨를 흔들었다. 내 손가락이 그녀의 살을 파고들었고 나는 그녀의 뒤통수를 빤히 보았다. 나무뿌리 같은 굵은 상처들이 뇌가 시작되는 부분까지 이어져 있었다. 나는 벌어진 상처에 손가락 하나를 넣었다. 상처들은 흉포했고 나는 두개골에 넣었던 손가락을 뺀 후 바지에 닦았다. 아버지는 늘 흘린 피를 낭비하지 말라고 했다.

주위를 둘러보며 누가 애비를 처리했는지 알려줄 실마리를 찾았다. 존이 가족의 문제를 해결할 다른 누군가를 불렀을지도 모른다는 사실이 마음에 들지 않았다. 리지는 애비가 바닥에 누워 있다는 사실을 알까? 애비의 등을 쓰다듬으며 어머니를 떠올렸다. 나는 침대를, 작은 두개골 조각을 바라보다 손을 뻗었다. 내 손에 황금의 값어치가 느껴졌다. 그것을 코로 가져가 숨을 깊이 들이쉬자 제비꽃 향기가 얼핏 났다. 존이 집을 나간 후 무슨 일이 있었는지 그에게 보여주려고 바지 주머니에 머리뼈를 잘 챙겨넣었다.

*

계단 쪽으로 나오자 브리짓과 리지의 말소리가 들렸다.

"미스 리지, 여기 이거 보셨어요? 식사실에 끔찍한 게 있어요." 브리짓이 재빨리 말했다.

"무슨 말이야?"

"누가 사방에 구토를 해놓았어요!"

"어디 보자." 리지는 마치 사슴 사냥을 나선 것 같았다.

나는 존을 찾아야 했고 앤드루를 찾아야 했다. 계단을 내려가는데 난간 사이로 침대 아래의 애비가 보였다. 브리짓의 말소리가 들렸다. "미시즈 보든이 걱정돼요. 혹시 부인께서 여기에 토하신 거면 어쩌죠?"

나는 소리치고 싶었다. "그 여자는 여기 있어. 그 여자는 죽었다고." 하지만 이렇게 들킬 수는 없었다.

"그럴지도 몰라." 리지가 말했다. "미시즈 보든이 많이 아플지도 몰라."

"부인이 어떤지 살펴보러 가요."

"아, 그럴 수 없어. 미시즈 보든은 집에 없거든. 아픈 친척이 보낸 전갈을 받고 지금 병문안을 가셨어."

"누가 오는 건 못 봤는데요." 브리짓이 말했다.

"왔었어." 리지가 우물쭈물했다.

목소리들이 길게 늘어졌고 문이 열렸다.

메아리치는 내 발소리를 들으며 계단을 내려갔지만 아래층은 텅 비어 있었다. 피아노 방에도, 거실과 식사실에도 아무도 없었다. 계단 아래 벽장에도. 누군가가 위층을 피바다로 만들었고 덕분에 내 일만 복잡해졌다. 애비가 발견되기까지, 경찰이 들이닥치기까지 오래 걸리지 않을 것이다. 앤드루를 처리할 시간이 점점 줄어들고 있었다.

시계가 열시를 알렸다. 앤드루는 한시에 집에 온다고 했다. 집 안에서 몇 시간을 버티며 위험을 감수할 수는 없었다. 일단 헛간에 몸을 숨겨야 했다. 나는 지하실로 내려갔다. 토대 기둥에 손을 대자 뭔가 축축하고 살짝 끈적거리는 것이 느껴졌다. 맛을 보았다. 애비였다. 누군가가 그녀의 피를 집 아래까지 가져왔다. 속이 근질 거렸다. 사냥을 하고 싶은 욕구. 계산을 해보았다―경찰이 도착하면 집을 수색하고 이곳까지 내려올 것이다. 나는 뒷마당으로 난 쌍여닫이문으로 가서 손잡이를 잡아당겼다. 운이 좋았다―잠겨 있지 않았다. 문을 빼꼼 열었다. 한쪽 눈으로 바깥을 살폈다. 리지가 배나무 아치 옆에 서서 배를 따서 먹고 남은 배를 땅으로 툭 떨어 트렸다. 시간이 흘러갔다. 그녀가 과심을 버리고 지하실 쪽으로 다가오자 나는 얼른 문 뒤로 숨어 벽에 딱 붙었다. 그녀는 내 옆을 지나가며 손으로 입을 닦고 풀냄새를, 진한 땀냄새를 풍겼지만 전혀 나를 알아차리지는 못했다. 리지가 계단을 올라가 부엌으로 들어 갔다. 나는 지하실에서 나와 헛간으로 갔다. 확실한 은신처가 필요 했다. 헛간 지붕에 올라앉은 비둘기 소리에 나는 위를 보았다. 바로 그때 고미다락 위로 내가 기어들어갈 만한 공간이 보였다. 관하나 정도의 길이였다. 나는 계단을 올라가 그 좁은 공간으로 훌쩍 뛰어오른 뒤 벽 쪽으로 몸을 굴렸다. 애비의 두개골 조각이 다리를 찔렀다.

*

뒷마당에서 여자가 모스부호를 보내듯 울부짖는 소리가 들렸다. 비명, 비명. 무언가 예상하지 못한 일. 제대로 들은 건지 알 수 없었다. 잠시 후 밖에서 공포에 찬 소요가 일어났다. "구경꾼들한테 전부 보도로 물러나라고 해. 아무도 안으로 못 들어오게 하고."

"네, 알겠습니다."

몸을 비틀어 좁은 공간의 가장자리로 가서 보니 헛간 문이 열려 있었다. 누군가가 다녀간 것이다. 나는 몸을 웅크리고 고미다락의 창문으로 밖을 내다보았다. 군중이 거리에 모여들었고 경찰이 집 옆을 오락가락했다.

창문을 살짝 미는데 나무에 앉은 비둘기들이 소리를 냈다. 그때 한 경관이 브리짓의 등에 손을 얹은 채 그녀를 호위하며 뒷마당 한 가운데로 데려갔다. 울고 있는 브리짓에게 경관이 말했다. "자, 천천히 마음을 추스르고, 미스터 보든을 따라 집에 온 사람이 혹시 있었는지 말해줘요."

그녀가 고개를 저었다. "아뇨, 없었어요. 제가 주인어른에게 문을 열어드렸고, 얼마 후에 미스 리지가 누가 미스터 보든을 죽였다고 했어요."

누군가 미스터 보든을 죽였다. 이번에도 전혀 예상하지 못한 일. 이 집에서 도대체 무슨 일이 벌어지는 거야? 존이 마음을 바꿔 이 일을 직접 처리한 거라면 현명하지 못한 행동이었다. 나는 창가에서 물러났다. 문득 아까와 달라진 헛간 바닥이 눈에 들어왔다—바닥에 낱장이 흩어진 여성용 잡지, 커다란 부츠 발자국, 군데군데 먼지가 닦여나간 자리. 분명히 누군가가 이곳에 왔었다. 어째서 나는 아무 소리도 못 들었을까? 헛간은 태양의 열기로 이글거렸고 경관이 소리쳤다. "물러나세요. 물러나라고요."

그때 고미다락의 바닥을 따라 낡고 무거운 담요까지 점점이 이어진 핏자국이 눈에 들어왔다. 나는 그 흔적을 따라가 담요를 들어올렸다. 피가 두껍게 말라붙은 도끼머리. 짧고 흰 머리카락이 이끼처럼 뒤덮여 있었고 손잡이는 부러진 채였다. 오래 사용해 길이 든 물건. "이런, 이런, 이런." 피 아래에, 흰 머리카락 아래에 두 가닥의 기다란 적갈색 머리카락. 도끼머리를 집어들고 냄새를 맡아보았다. 캐러멜 향이 섞인 악취. "이런, 이런, 이런." 누군가 애비를 죽였다. 누군가 앤드루를 죽였다. 그 도끼를 챙겨두었다가 존에게 가져가서 대답을 요구하고, 내 수고비를 요구해야 했다. 나는 도끼 머리를 바지 주머니에 넣었다.

바깥, 목소리들. 다시 창으로 밖을 내다보자 경관 두 명이 보였다. 한 명은 마당의 죽은 비둘기를 걷어차고 다른 한 명은 아치에서 배를 따먹었다. 그가 돌아섰다. 시퍼렇게 멍든 눈. 나는 그를, 내가 한 짓을 알아보았다. 어제 그 경관. 모든 일이 내게 불리하게 돌아가고 있었다. 나는 다락 위의 좁은 공간으로 풀쩍 뛰어올라 배를 깔고 누웠다. 숨쉬기가 힘들었다. 나는 존에 대해 생각했다. 우리는 해야 할 이야기가 있었다. 나는 모든 소리에 귀를 기울였고 지붕 위 비둘기에게 귀를 기울였다.

11

브리짓

1892년 8월 3일

　그날 양탄자를 털고 나서 부엌바닥을 쓰는데 안쪽 계단에서 목
소리가 흘러나왔다. 미스터 보든과 미시즈 보든. 나는 미시즈 보든
이 남편에게 내가 그만둘 작정이라는 이야기를 했는지, 그는 어떻
게 생각할지 궁금했다. 미스터 보든에게 나를 다른 하녀로 대체하
는 건 일도 아니었다. 나는 다른 하녀를 대체했던 수많은 하녀 중
한 명이었다. 그러나 그는 돈을 몹시 아끼는 사람이니 지금까지 내
가 값어치보다 더 받았는지에 대해서는 관심이 많을 것이다.

　나는 바닥을 쓸고, 스토브 아래에 뻣뻣한 밀짚 빗자루를 최대한
깊이 넣어 그을음을 모으고, 흰색으로 칠한 타일 바닥에서 썩은 검
푸른색 음식 찌꺼기를 쓸어모았다. 바짝 말라붙은 작은 오렌지 껍
질 조각이 쓸려 나왔다. 그 껍질을 코 아래에 갖다대니 쌉싸래한
감귤 향이 났다. 누군가 오렌지를 먹었는데 나는 알아차리지 못했
다. 몰래 먹고 남은 것을 태워버리기. 리지. 이건 리지가 할 만한

짓이었다. 다시 껍질의 냄새를 맡았다. 과일과 관련한 기억.

지난여름 보든 부부가 스완지 농장에 가고 없을 때 리지와 에마가 보스턴 시장에서 남부 과일을 사왔다. 오렌지와 복숭아와 살구. 집밖의 측면 계단에서 벌어진 만찬. 새콤하게 톡 쏘며 혀와 코에서 춤을 추는 오렌지 향기. 손가락으로 흘러내리고 입술을 적시던 복숭아 즙. 자매는 쩍 벌린 무릎 위로 몸을 숙인 채, 미스터 보든이 절대 허락하지 않을 자세로 앉아 있었다. 두 사람은 젖을 빠는 아기처럼 과즙을 줄줄 흘렸다. 에마는 내게 말 많은 이웃이 잠시 들를지 모르니 망을 잘 보라고 했다. 아, 나는 밖에서 시간을 보낼 수 있어서, 진미珍味 가까이에 있을 수 있어서 얼마나 행복했던지. 에마와 리지는 팔꿈치가 맞닿을 정도로 바짝 붙어 있었다. 서로의 몸이 계속 부딪치는 것을 알아차리지도 못하는 듯했다.

"로마에서 먹은 오렌지만큼 맛있어." 리지가 말했다.

에마가 눈을 흘겼다. "그 이야기를 얼마나 더 할 거니?" 두 사람은 자매가 흔히 그러듯이 깔깔 웃었다. 내가 내 자매와 그랬던 것처럼.

"이 이야기를 하는 게 지겨워질 때까지." 리지가 바구니에서 오렌지를 하나 더 꺼내 손톱으로 껍질을 벗겼다. 땅으로 떨어지는 껍질. 내 고향에서는 좀처럼 보지 못한 색깔이었다. 리지가 오렌지를 반으로 갈랐다.

"브리짓, 너도 좀 먹어볼래?" 즙, 손가락.

"정말요?"

에마가 고개를 끄덕였다. "오렌지 먹어본 적 있어?"

"아뇨." 내가 일했던 다른 집에서 주인마님은 플로리다에서 보낸 어린 시절로 되돌아가고 싶은 마음에 남부의 고향을 그리며 향수병을 앓았다. 그녀가 오렌지를 얼마간 구해와서, 나는 그걸로 마멀레이드를 만들고 파운드케이크를 구웠다. 그때 오렌지 껍질과 내 손가락으로 흘러내리는 즙을 핥아보았다. 그것이 오렌지를 먹는 행위에 가장 가까운 경험이었다.

"같이 먹자." 리지가 귀족 저택에서 손님에게 음식을 권하듯 말했다.

나는 오렌지를 받아들고 깨물었다. 오렌지는 마치 새콤한 설탕 같았다. 손가락 끝이 끈적거렸다. 나는 그것을 몽땅 먹어치웠다.

"너 로마에 가봤니?" 리지가 물었다.

"리지, 무례하게 굴지 마." 에마가 입을 닦았다.

리지가 입을 벌렸다. "이게 왜 무례해? 나는 예의바르게 대화를 하고 있는 거야."

"아뇨, 아가씨. 저는 고향과 미국을 빼면 아무데도 가본 적이 없어요."

"음, 너도 언젠가는 가볼 수 있을 거야." 리지가 무심한 투로 말했다.

"리지……"

"얘가 부자와 결혼할지도 모르잖아." 리지가 활짝 웃었다.

"제가 그런 사람을 어디서 만나요? 부엌에는 없어요." 리지의 말에, 리지가 자신과 같은 부류의 사람이 내게 관심을 둘 수도 있다고 생각한다는 사실에 웃음이 나왔다.

무성한 나뭇가지를 뚫고 내려온 햇살은 그저 어깨 위의 속삭임 같았다. 자그마한 하얀 개가 우리를 지나 거리로 달려갔다. 저멀리 방적공장에서 증기를 뿜어냈다. 과일의 향기, 비밀스러운 향연. 나는 두 사람이 어디서 과일을 살 돈을 마련했는지 묻지 않았다. 나는 손가락을 핥으며 오후를 보냈다.

올해 내 몫의 여름 과일은 없을 것이었다. 두 사람은 자기들끼리만 먹었다. 아직도 보든 부부는 이야기를 하는 중이었고, 나는 먼지와 쓰레기를 쓰레받기에 모아 쓰레기통에 버린 뒤 그 위로 오렌지 껍질을 던졌다. 시계가 세시 반을 알렸다. 보든 부부의 목소리가 위층에서 계속 들려서, 소리가 나는 곳을 향해 한 계단 한 계단씩 조용히 다가갔다. 그들의 침실 문 근처까지 갔을 때 미스터 보든이 말했다.

"아마 그애는 다시는 비둘기를 못 키울 거요."

"그 이야기는 언제 할 거예요?"

"조만간."

"앤드루, 이왕이면 더 일찍 해요. 많이 속상해할 거예요."

"그것들은 비둘기야! 그렇게 비둘기가 보고 싶으면 폴리버 어디에서든 볼 수 있잖아."

리지가 새를 모으기 시작한 건 어느 가을날 뒷마당에서 날개가 부러진 비둘기를 발견하고부터였다. 그녀가 내게 작은 버들고리 바구니를 갖다달라고 해서 갖다주었다. 그러자 그 새를 바구니에 넣어 제 방에 두었다. 그리고 침대 시트를 길게 몇 가닥으로 잘라 붕대처럼 날개를 묶어주었다.

리지는 주말 성경학교 학생 가운데 한 명의 아버지에게 작은 새장을 만들어달라고 부탁했다. 미스터 보든은 탐탁지 않아했다. "그러다 문제를 일으킬 거다. 치워버려라."

"싫어요! 야박하게 굴지 마세요. 밖에 풀어주면 산 채로 잡아먹힐 거예요."

그 새의 날개는 곧 다 나았고, 그때부터 수집이 시작되었다. 어려운 일은 아닌 듯했다. 모이를 두고 새장이 닫히기를 기다리면 되었다. 비둘기들은 통통해졌고 나는 그것을 넣고 구운 파이를 떠올렸다. 가끔 리지는 아침에 비둘기에게 노래를 불러주었다. 이런 노래였다. "여호와께서 살아 계심을 두고 맹세하노니, 네가 이 일로는 벌을 당하지 아니하리라." 그리고 구구거리고 쩍쩍거리고, 구구거리고 쩍쩍거렸다.

"비둘기가 한 마리라도 도망치면 리지가 어떻게 나올지 생각조차 하고 싶지 않아." 언젠가 에마가 말했다.

"그렇게 끔찍하지는 않겠죠, 그렇죠?" 내가 물었다.

에마가 내 속을 들여다보듯 나를 바라보았다. "너는 내 동생을 몰라."

닫힌 문 뒤에서 미시즈 보든이 남편에게 말했다. "그 일을 갑자기 알게 되는 일은 없어야 할 것 같아요."

"존이 올 거라는 사실을 알게 된 것처럼."

"나는 짐작도 못했어요, 앤드루." 미시즈 보든이 변명하듯 말했다.

"그애는 가끔 뻔뻔스러울 때가 있어."

"친척을 만나는 걸 막을 수야 없죠."

"그 남자는 더이상 친척으로 느껴지지 않소."

"그렇다고 화를 내는 건 도움이 되지 않아요."

나는 안쪽 계단에서 좀더 머무르며 내 이름이 나오는지, 미시즈 보든이 분통을 터뜨리는지 기다렸지만 더이상 아무 이야기도 없기에 포기한 채 부엌으로 돌아왔다. 열쇠가 돌아가는 소리, 현관문이 열리면서 문설주를 구두로 차는 소리가 들렸다. 모퉁이 너머로 머리를 빼꼼 내미니, 리지가 집으로 들어와 하얀 장갑을 벗고 양산을 앞쪽 계단 아래 벽장에 걸어두는 모습이 보였다. 나는 거실로 가서 말했다. "오셨어요, 미스 리지."

"응." 미소 없는 얼굴.

"무슨 일이 있으셨나요, 아가씨?"

"아무 일도 없었어. 그냥 너무 더워." 그녀의 사과처럼 둥그런 볼이 발갛게 달아올라 있었다.

"물 한잔 가져다드릴까요?"

"그래." 리지의 말투가 몹시 시무룩했다. 기분이 안 좋은 것 같았다. 나는 그녀에게 줄 물을 준비하면서 혹시 몰라 과일 케이크도 한 조각 챙겼다. 그녀에게 물을 건네고 접시를 들고 서 있었다. "아버지와 미시즈 보든은 집에 계셔?"

"네."

"어디에?"

나는 고갯짓으로 집 안쪽을 가리켰다. "두 분 방에요."

"내 방에서 오후 내내 두 사람 말소리를 들어야겠네." 땀방울이 이마 선을 따라 맺혀 있었다. 리지는 어디에 있다 왔을까?

"미스 에마의 방에 가 계시면 어때요?"

"나는 그 신발 상자에 처박혀 있지 않을 거야."

"죄송해요, 아가씨."

리지는 나를 쳐다보며 숨도 쉬지 않고 물을 꿀꺽꿀꺽 마셨다.

물을 다 마신 그녀가 말했다. "브리짓, 혹시 청산靑酸 있니?"

"아마 없을 거예요, 아가씨. 왜요?"

"물개 가죽 망토에 써야 해서. 날씨가 더우니까 빨아서 밖에 말릴 생각이거든."

리지는 그런 섬세한 물건을 세탁하는 솜씨가 형편없었다. 아, 그녀는 분명 그 망토를 망칠 것이고 내가 모든 것을 손봐야 할 것이다. "약제사를 찾아가보세요."

그녀의 눈썹이 한데 모였다. "내가 그 생각을 안 해봤을 것 같니?"

"아니요, 아가씨."

리지가 내 손에서 케이크 접시를 낚아챘다. "넌 전혀 도움이 안 되는구나."

그녀는 계단을 올라가 방문을 쾅 닫았다.

문이 다시 열렸다. "내 방에 쓰레기를 그대로 뒀잖아."

걸레, 양동이. 깜박 잊었다. "젠장." 내가 속삭였다. 나는 잽싸게 계단을 올라갔다.

리지가 문틀을 꽉 채우고 서 있었다. "내 방에는 왜 들어왔어?"

나는 그녀가 비켜서리라 생각하면서 한 발짝을 내디뎠다. 우리의 어깨가 맞닿았다. "미시즈 보든이 청소를 하라고 하셨어요. 전 아가씨가 싫어하실 걸 알았지만 미시즈 보든은 들으려고도 하시지 않았어요." 나는 그녀와 이렇게 가까이 있는 게 싫었다.

"못 말리는 사람이라니까." 리지는 제자리를 지켰다. 우리는 같은 공기를 들이마셨다.

"그리고 청소하던 중에 아가씨 외삼촌이 문을 두드리셔서 이걸 깜박 잊어버렸어요."

리지의 얼굴이 환해졌다. "외삼촌이 여기에?"

"아까, 아가씨가 외출하셨을 때요. 저녁에 돌아오실 거라고 하셨어요." 태양이 지붕 위를 가로지르며 방안에 그림자를 드리웠다.

리지가 나를 밀어내고 박수를 쳤다. "오, 좋았어." 그녀는 얼굴에 비해 지나치게 큰 함박웃음을 지었다.

그녀는 나를 안으로 들였고 나는 걸레와 양동이를 집어들었다. 나는 근사한 소파에 놓인 하얀 앞치마를 보았다. 리지가 나를 보았다. "나는 할일이 많아."

"네." 나는 다시 앞치마를 바라보았다. 자꾸 시선이 가는 걸 어찌할 수 없었다. 리지는 저 앞치마로 뭘 하려는 걸까?

"나는 한동안 내려가지 않을 거라고 두 분에게 전해."

그녀는 내 어깨를 밀치며 방밖으로 내보내더니 문을 닫아버렸다.

*

저녁. 나는 저녁 일을 하느라 바빴다. 미스터 보든이 소파에 앉아 목과 어깨가 얼마나 아픈지 이야기하고 있었다. "경련이 오래 지속되는 것 같아." 그가 미시즈 보든에게 말하며 목을 이쪽저쪽으로 돌렸다. 그녀는 남편 옆에 앉아 아픈 곳을 눌렀다. "이렇게 하면 아파요?"

"아니."

그녀는 손가락으로 밀가루 반죽 같은 그의 피부를 꾹 누르며 마사지를 했다. "이렇게 하면 아파요?"

"약간."

그녀는 계속 마사지를 했고 미스터 보든은 말없이 눈을 감은 채 얼굴을 찡그렸다. 나는 미스터 보든의 통증은 도끼질 때문이라고, 새의 목을 쳐서 아픈 거라고, 내 아버지가 농장에서 땔감을 패면서 얻은 통증, 또 내 형제들이 대장간에서 일하며 얻은 통증과 같은 거라고 말해줄 수도 있었다. 그런 통증을 고치는 방법은 애초에 통증을 얻지 않는 것뿐이다. 아, 하지만 이미 엎질러진 물.

나는 계속 식탁을 차렸다. 숟가락의 뒷면과 포크의 뾰족한 부분에 내 모습이 비칠 정도로 커틀러리에 유난히 정성스럽게 광을 냈다. 미스터 보든이 미시즈 보든의 무릎에 손을 올리는 모습이 눈에 들어왔다. 그 손은 실수처럼 어쩌다 그곳에 놓인 것이었지만 미시즈 보든은 그의 손을 밀어내지 않고 계속 마사지를 했다. "보언 선생님에게 진료를 받아봐야 할 것 같아요." 미시즈 보든이 말했다.

"당신 말대로요. 내일 아침에 그를 만나봐야겠소."

두 사람은 서로 맞장구를 쳤다. 미시즈 보든은 소곤거리고 소곤거렸고, 미스터 보든은 목청을 가다듬고 고개를 끄덕였다. 나는 식사실에서 식사 준비를 모두 마친 후 밖으로 나가서 그들에게 알렸다.

"리지에게 내려오라고 해." 미스터 보든이 말했다.

나는 그가 리지의 따귀를 때린 일이 떠올랐고, 누구도 다시는 그런 꼴을 당하지 않았으면 싶었다.

미스터 보든이 헛기침을 했다. 그의 눈빛에 뭔가가, 그가 거기에 존재하지 않는 것처럼 보이게 만드는 뭔가가 있었다. 순간 등골이 오싹했다. 나는 부산하게 부엌으로 가 스토브에서 양고기 수프 냄비를 내리고 국자로 수프를 퍼 도기 그릇에 담았다. 리지를 부르러 위층으로 막 가려는데 현관문을 두드리는 소리가 났다. 나는 간이 철렁했고 내게 나가보라고 하지 않기를 빌었다. 다시 문을 두드리는 소리가 들리자 미시즈 보든이 말했다. "그 사람이에요."

"오후에 너무 바쁘게 일해서 저녁에는 이야기할 생각이 안 들지도 모르지." 미스터 보든이 말했다.

"그러기를 바라요."

미시즈 보든이 서둘러 현관에 나가 문을 열어주는 소리가 들렸다.

존의 목소리가 집을 채웠고 두 사람은 점잖게 인사를 나눈 후 문을 닫고 거실로 들어왔다.

"앤드루!" 존이 악수를 하려고 손을 내밀었다.

미스터 보든이 느긋하게 그 손을 잡았다. "존."

"오랜만입니다."

"그렇군."

"건강하시죠?"

"그렇다네."

그들은 계속 맞잡은 손을 흔들었다.

"존, 재킷을 벗어주세요." 미시즈 보든이 말한 후 내게 부엌에서 나와보라고 했다.

내가 나가자 존이 나를 보며 미소를 지었다. 그의 이가 보였는데 잇새에 뭔가가 끼어 있었다. 그는 내가 재킷을 벗기도록 내 키에 맞춰 무릎을 구부렸다. 내가 옷을 거는 동안에도 그들은 계속 이야기를 나누었다. 그리고 거실로 가는데 언뜻 집밖에서 뭔가를 본 것 같았다. 창밖을 보니 저녁이 유리창을 검게 물들이기 시작해 창에 반사된 우리 네 사람이 보였고, 미스터 보든이 존에게서 물러나 바지에 손을 닦는 모습이 보였다. 창문에 얼굴을 바짝 댔지만 아무것도 보이지 않기에, 나는 근처에 서서 다음 지시를 기다렸다.

"오후 시간은 즐겁게 보냈겠죠, 존?" 미시즈 보든이 물었다.

"늘 그렇죠. 안타깝게도 계획한 일을 다 처리하지는 못했지만."

"이곳에서 정확히 무슨 일을 하나?" 미스터 보든이 이를 드러냈다.

"이것저것. 어떤지 아시잖아요."

"비밀이 많은 남자군, 그렇지?"

존이 웃자 미스터 보든이 그를 내립떠보았다.

"많이 시장하겠어요, 존. 어서 가서 저녁을 드시죠." 미시즈 보든이 말했다.

"내게 너무 잘해주네요, 애비."

미시즈 보든이 얼굴을 붉혔다.

"내 누님이 그랬던 것처럼." 존이 그녀를 보며 미소를 짓자 그녀는 양탄자로 시선을 돌리며 몸을 움츠렸다.

"자, 어쨌든 가서 저녁을 먹지요."

미시즈 보든이 나를 보고 말했다. "브리짓, 준비는 다 해뒀지, 그렇지?"

"네, 부인."

세 사람이 식사실로 들어갔다. 나는 뭔가가 거실 창문을 쿵 치는 소리를 듣고 손을 오므려 유리에 대고 밖을 보았다. 유령이라도 보는 건 아닐까 싶었다. 아무것도 없었다. "휴." 나는 말했다. "내가 정신이 어떻게 되었나봐." 나는 식사실로 들어갔다. 다들 서로 멀찌감치 떨어져 앉아 있었다. 존은 식탁에 팔꿈치를 괴고 있었다.

"뭐하느라 꾸물거렸니?" 미시즈 보든이 물었다.

"창밖에서 뭔가를 본 것 같아서요."

"뭐였는데?" 미스터 보든이 물었다.

"딱히 뭔지는 잘 모르겠어요. 밖이 잘 안 보였어요."

"네가 상상을 했나보구나." 존이 웃었다. 늘 그러던 대로.

"아뇨, 상상은 아니었어요." 강한 어조가 툭 튀어나왔다. 나는 내가 무엇을 보고 무엇을 듣는지 잘 분별한다.

미스터 보든이 마치 나이프로 목의 양옆을 긋듯 목청을 가다듬었다.

"죄송합니다." 내가 말했다. 나는 그들이 원하는 음식을 내놓기 시작했다. 미스터 보든에게 양고기 수프와 빵, 존에게 양고기 수프와 빵, 미시즈 보든에게 케이크 한 조각과 버터 비스킷 두 개. 그들 모두에게 차 한 잔씩. 내 귀를 파고드는 후루룩거리고 쩝쩝거리는 소리. 나는 벽에 기대서서 가만히 기다렸다.

"사업은 잘돼가나요?" 존이 물었다.

"그럼." 미스터 보든이 말했다.

"어느 정도로?"

미스터 보든이 입안 가득 수프를 떠 넣으며 얼굴을 붉혔다. "선은 넘지 말게, 존."

"앤드루, 저는 그런 건 꿈도 꾸지 않아요. 그저 대화를 하고 싶을 뿐이에요." 존이 미스터 보든의 팔뚝을 잡았다. "우리는 가족이잖아요. 기분을 상하게 할 생각은 없었습니다."

미스터 보든이 팔을 뺐다. "어쨌든 내 사업은 내 사업이네."

"물론이죠."

세 사람은 다시 저녁을 들었다. 속옷이 땀 때문에 찰싹 들러붙었다. 나는 이런 이야기를 전혀 알고 싶지 않았다. 미시즈 보든을 보며 내 돈통을 어디에 숨겼을지 생각했다. 미시즈 보든은 입으로 숨을 쉬었다. 요리를 하는 내 옆에 붙어서서 허브를 너무 많이 넣는다며 잔소리를 해 나를 좌불안석으로 만들 때처럼. 미스터 보든이 숟가락으로 수프를 뜨는데 도기 그릇에 숟가락이 부딪히는 소리가 엄청 크게 울렸다. 그가 식탁까지 파고들어가 존을 던져넣어도 될 만큼 큰 구멍을 내려는 건가 싶을 정도였다. 나는 어느 때보다 더 힘껏 벽에 몸을 밀어붙이고 바닥이 삐걱거릴 만큼 발에 힘을 주었다. 내가 그들의 식사에 독을 탔다고 말하기라도 한 것처럼 세 사람이 천천히 나를 돌아보았다.

"다른 할일은 없니? 가서 리지를 불러오거라." 미스터 보든이 말했다.

"저애는 여기서 식사 시중을 들어야 해요." 미시즈 보든이 관자놀이를 긁었고, 미스터 보든은 주먹을 쥐고 식탁을 문질렀다. 내가 말했다. "제가 필요하실지 모르니 근처에서 대기할게요."

미시즈 보든이 인상을 썼다. 슬픔인지 분노인지 알 수 없었다. 궁금하지도 않았다. 나는 바로 식사실을 나왔다. 거의 뛰다시피 나와 등뒤로 문을 닫았다. 그들이 이야기를 나누는 소리가 잠시 들렸지만, 그 소리에 귀를 막고 응접실로 갔다. 어쩌면 미시즈 보든이 내 돈을 그곳에 숨겼을지도 모른다는 생각이 들었다. 나는 여분의 등유 램프에 불을 밝히고 연기에 콜록거리며 찾기 시작했다. 엉금엉금 기어다니며 낮은 소파 아래를 확인해봤지만 태피 포장지 말고는 아무것도 없었다. 나는 그 파라핀지를 엄지와 검지로 쥐고 비빈 후 코로 가져갔다. 버터, 당밀. 포근한 위안거리. 리지가 또 태피를 먹은 모양이었다. 포장지를 앞치마 주머니에 넣고 계속 찾았다. 소파 밑에도 없고, 옥양목과 벨벳 쿠션 뒤에도 없고, 업라이트 피아노 내부에도 없었다. 보든 가족이 체면을 차리기 위해 만들어 놓은 이 방에는 없었다. 나는 계단 아래 벽장으로 가 문을 열고 램 프로 안을 비추며 걸려 있는 옷들 사이를 살폈다. 그곳에도 깡통은 없었고, 순간 집을 뒤지고 다니는 나 자신에게 수치심이 들기 시작 했다. 미시즈 보든이 나를 시궁창의 도둑처럼 행동하게 만들었다는, 이곳을 떠나고 싶은 마음을 대역죄처럼 느끼게 만들었다는 생각이 들었다. 나는 걸린 옷을 제자리로 돌려놓다가, 에마와 리지가 여전히 벽장에 보관해놓은 첫번째 미시즈 보든의 모피 코트를 보고 살짝 마음이 찡해졌다. 갈색 모피 코트는 조야했고 떠돌이 개를 연상케 했다. 벽장문을 닫는데 리지의 방문이 열리는 소리가 들렸다. 그녀가 쿵쿵거리며 곧장 계단을 내려오는 발소리가 내가 있는 곳까지 이어졌다.

"너 뭐하니?" 그녀가 통통한 손가락으로 나를 가리켰다.

"뭘 좀 잃어버려서요. 여기저기 찾아보는 중이에요."

"미시즈 보든에게 들키지 않는 게 좋을 거야. 네가 뭔가를 훔친 다고 생각할 테니까."

"부인은 벌써 그렇게 생각하시는 것 같아요."

리지가 미소를 지었다. "아, 브리짓, 더이상 그 여자의 총애를 받지 못하는 거니?"

"별일 아니에요."

그녀는 마치 기어오듯 나를 향해 다가왔다. "다들 어디에 있어?"

"식사실에 계세요. 아가씨 외삼촌도요."

리지가 내 어깨 너머를 바라보며 입술을 세게 빨았다. "무슨 이야기를 하고 있어?"

"귀담아듣지 않았어요."

"그러지 말고. 뭐라도 털어놔봐." 그녀의 탁한 푸른 눈이 내 안에서 답을 비틀어 짜낼 수 있다는 듯 나를 똑바로 바라보았다. 나는 그녀가 나를 만지는 게 싫어서 바로 말했다. "외삼촌께서 미스터 보든의 사업에 대해 물어보셨어요."

리지가 박수를 쳤다. "하! 당연히 그렇게 시작해야겠지." 리지가 몸안에 불이 켜진 것처럼 밝아졌다.

우리는 거실로 향했고, 리지가 내게 음식을 가져오라고 했다. "수프는 싫어. 네가 일주일 내내 재탕하고 있는 그 끔찍한 양고기 수프 말고 다른 거."

"네, 미스 리지." 누구든 그 끔찍하고 오래된 양고기를 먹어야 할 의무는 없다.

그녀는 똑바로 서서 치마를 단정하게 펴고 옷깃을 바로 한 후 혀로 이를 핥고 식사실로 들어가 환영 인사를 받았다.

"우리 리지 왔구나!" 존이 말했다.

"오셨어요, 외삼촌."

의자를 당기자, 의자 다리가 양탄자 위에서 질질 끌렸고, 그 모습에 어쩐지 몸서리가 나서 나는 부엌으로 가 리지의 저녁을 준비했다. 그들의 대화가 들려왔는데, 주로 리지가 오늘 하루를 어떻게 보냈는지 이야기했다.

"오늘 미시즈 힝클리와 우연히 만났어요, 아버지."

"오, 그랬니?"

"부인이 제게 글을 읽어달라고 했어요."

커틀러리가 쨍그랑거렸다.

"잘됐구나, 리지." 미시즈 보든이 말했다.

"아무튼 저는 부인에게 그러겠다고 했어요. 그래서 언제 한번 저녁에 가서 책을 읽어드리려고요." 리지가 거들먹거렸다.

"미시즈 힝클리가 누구냐?" 존이 물었다.

"저와 같은 교회를 다니는 분이에요. 눈이 안 보이는 노부인이죠." 리지가 말했다.

"선친이 전쟁으로 돈을 벌었지. 부유한 가문이야." 미스터 보든이 말했다.

커틀러리가 쨍그랑거렸다.

"그렇군." 존이 말했다.

"음, 그분은 내가 좋은 말동무가 되겠다고 생각하신 거죠."

"네 낭독은 들어보셨고?" 미스터 보든이 말했다.

"아버지!"

"네가 단어를 더듬는다는 걸 다들 알잖니, 천천히 읽어라." 미스터 보든의 말투는 이런 지적을 즐기는 듯, 며칠 동안 심술을 모아 놓았다가 터트리는 듯했다.

"저는 완벽하게 해낼 수 있어요."

나는 고개를 저었다. 이 빌어먹을 가족은 모두 미쳤다. 나는 그 자리에서 당장 이곳을 떠나버릴까 싶었다. 하지만 미시즈 보든이 내 돈을 가지고 있었다. 그녀에게 제대로 당했다. 나는 빵을 두껍게 자르고 버터와 라즈베리 잼을 듬뿍 바른 다음, 티스푼으로 잼을 한 숟갈 먹었다. 그 맛에 할머니가 떠올랐다. 고향집 부엌에서 저

장 용기에 라즈베리와 설탕을 넣고 휘휘 저어 혀에 닿으면 행복이 터져나오는 잼을 만들면서 〈The Rovin' Girl〉을 부르던 할머니의 모습이. 할머니가 요리를 하고 할머니가 노래를 부를 때면 나는 춤을 추며 부엌을 돌아다니다가 할머니에게 툭툭 부딪히면서 같이 노래를 불렀다. "그리고 그 아가씨가 저 언덕에 왔네. 사랑에 빠진 그녀의 심장은 여전히 진실하게 뛰었네. 나는 '나의 아가씨가 한때 내 것이었던 사랑을 가지고 집으로 왔어'라고 말했던 그날을 축복한다네."

보든가 사람들에게 돌아가기 전에 티스푼으로 잼을 한번 더 퍼먹었다. 나도 그 정도는 먹을 자격이 있었다. 나는 준비한 것을 전부 쟁반에 놓고 숨을 들이쉰 후 식사실로 향했다.

그들은 여전히 리지의 새로운 일에 대해 이야기하는 중이었다. "네가 이 지역의 누군가를 위해 그렇게 애쓰는 건 참 좋은 일 같구나." 존이 말했다. "자선은 집에서부터 시작된다고 하잖니."

미스터 보든이 말했다. "물론이지. 리지가 곁길로 새지만 않는다면 말이지."

리지가 잔뜩 불쾌한 눈빛으로 미스터 보든을 바라보았다. "무슨 곁길요?"

"무엇이 네 것이고 무엇이 아닌지만 명심해라." 미스터 보든이 숟가락을 허공에 치켜들자 리지가 식탁 위에 올린 양손을 꼭 잡았다. 나는 접시를 그녀 앞에 내려놓고 차를 따른 뒤 나머지 사람들에게도 차를 따랐다. 식사실은 공기가 탁해 숨쉬기가 힘들었다. 리지가 쌕쌕거리며 뜨거운 김을 내뿜었다. 그녀가 잼을 바른 빵을 한입 베어먹자 잼이 식탁보에 조금 떨어졌다. 그녀는 항상 내게 청소할 거리를 더 만들어주었다. 식사실을 나가려는데 미시즈 보든이 말했다. "여기 안 있을 거니?" 나는 순간 긴장해 목이 콱 조이고 망치로 턱을 한 대 얻어맞은 것 같았다.

"더 있어서 뭐해?" 미스터 보든이 말하며 그들과의 저녁으로부터 나를 구해주었다.

"또 필요한 일이 있을지 모르잖아요." 그녀가 말했다.

"걱정 마세요, 미시즈 보든. 제가 필요하다면 다시 오겠습니다."

미시즈 보든의 얼굴이 키와노 멜론처럼 일그러지고 꼭 다문 입술에서 핏기가 사라졌다. 그녀는 그러라고 고개를 끄덕일 수밖에 없었다. 오, 나는 그녀에게 활짝 웃어 보였다. 그리고 그들끼리 지지고 볶도록 내버려둔 채 그곳을 나왔다.

*

나는 돈통을 찾아 다락방까지 작은 틈이란 틈은 다 살펴보았다. 위층은 더웠고 두피에 땀이 송골송골 맺혔다. 보닛을 벗어 들고 얼굴을 부쳤다. 보든 부부의 침실을 확인해봐야겠다는 생각이 들었다. 손잡이를 돌렸다. 어차피 잠겨 있을 테지만, 어쨌든 돌려보았다. 어떤 일은 증명을 해야 하고, 어떤 일은 시도를 해야 한다. 잠겼다. 나는 층계참으로 나와 머리를 창에 대고 짙은 어둠을 들여다보았다. 저 밖에 있고 싶었고, 내 귀를 귀뚜라미 울음소리로 채우고 싶었고, 특별히 정해진 곳 없이 혼자서, 어쩌면 메리와 함께 걷고 싶었다. 우리는 뜨거운 담배와 부엌과 마당 냄새를 풍기는 한 친구와, 두 친구와, 그들의 친구와 우연히 마주칠지도 모른다. 그

러면 우리는 폴리버의 어느 뒷골목으로 갈 것이다. 예전에 아일랜
드에서 일요일 미사를 마치고 가던 골목길에서처럼 도박을 할 수
있고 춤을 출 수 있는 곳으로. 우리는 고향에 대해 이야기할 것이
다. 바이올린 연주자가 현을 튕기고, 우리는 밖에서 신선한 공기
를 마시며 눈과 혀로 우리가 차올린 흙먼지를 느끼고, 가죽을 덧댄
구두를 신고 탭, 탭, 탭, 발목, 발가락, 발목, 발가락을 서로 부딪치
고, 연주자가 바람을 모아 우리를 허공으로 띄우고, 그러면 더 빠
르게 춤을 추고 웃고 생기를 발산했던 그 시절을 얼마나 그리워하
는지 말할 것이다. 폴리버 뒷골목의 나와 메리. 메리는 같이 춤을
추기에 최고로 좋은 상대다. 그녀가 팔짱을 끼고 단단히 힘을 주면
하늘을 날 수도 있을 것 같은 기분이 들 테니까. "나를 한번 더 돌
려줘!" 내가 말하면 메리가 나를 돌릴 것이다. 때때로 보든가에 대
해 잊을 수 있게 해준 답례로 메리에게 입을 맞출 수도 있다. 종종
자매처럼 그녀의 뺨에 진하게 입을 맞출 것이다.

천둥처럼 쾅 닫히는 문. 아, 나는 그것을 창문에서 느꼈다. 나는
창에서 물러나 보닛을 다시 썼다. 문소리가 다시 울렸고 집이 후들
거렸다. 오늘밤은 더이상 돈통을 찾지 못할 것이다. 아래층으로 내
려가니 보든 부부가 거실에 있었다. 남편은 소파에, 아내는 창가
의자에 말없이 조용하게 앉아 있었다.

"어디 갔었니?" 미시즈 보든이 물었다. 그녀는 나를 살펴보며
내 비밀을 알아내려 했다.

"제 방에 가 있었어요, 부인."

그녀는 아무 말도 하지 않았다. 무슨 말을 하겠는가? 나는 거실
에서 나와 식사실로 들어가 접시를 모으기 시작했다. 존과 리지는

어디에 있는지 궁금했다. 리지는 잼을 더 많이 흘려놓았고 그녀의 의자에는 빵 부스러기가 떨어져 있었다. 나는 그것들을 손에 쓸어 담은 뒤 주머니에 넣었다. 식기실로 접시를 가져가는데 마침 열려 있는 지하실 문으로 리지가 폭풍처럼 들어왔다. 그녀는 운 것처럼 보였고 내 옆을 후다닥 지나쳐 거실로 들어갔다. "앨리스 러셀에게 갈 거예요." 그녀가 씩씩대며 말했다.

"시간이 늦었다." 미스터 보든이 말했다.

"전에는 그런 걱정은 하지도 않으셨잖아요, 아버지."

나는 리지가 계단 아래 벽장을 열고 옷걸이에서 옷을 꺼낸 뒤 다시 문을 닫는 소리를 들었다. 그녀는 현관문으로 나가며 실내에 작은 지진을 일으켰다.

"앤드루, 문 닫는 버릇 좀 고치라고 저애에게 한소리 하세요."

"흠."

나는 행주를 챙겨 슬며시 식사실로 돌아가 모든 것을 닦기 시작했다. 보든 부부는 조용했다. 늘 그렇게 되듯이. 나는 이 집의 뜨거웠다가 차가워지는 리듬에 절대 익숙해지지 않았고 결코 안심할 수가 없었다. 언제나 상냥하게 대화를 나누고, 언제나 감정을 표현하고, 언제나 상황을 제대로 파악하고 있었던 엄마와 아빠. 상황이 좋든 나쁘든. 나는 그런 분위기에 익숙했다. 보든 부부가 너무 조용해서 존이 지하실에서 올라오며 내뿜는 숨소리까지 들릴 지경이었다. 그 순간 나는 존이 바깥에 나가 있었고 리지도 분명 그와 함께 있었다는 사실을 퍼뜩 깨달았다. 그들이 무슨 이야기를 했는지는 알고 싶지 않았다. 존이 식사실 문가에 서서 나를 지켜보았다.

"한 군데 놓쳤구나, 브리짓." 그가 리지의 의자 다리를 가리켰다.

"오."

"파리가 꼬이는 건 싫겠지. 파리는 퇴치하기가 몹시 까다롭단다."

없애기 힘든 게 어디 그것뿐이겠는가.

거실에서 미스터 보든이 말했다. "여기로 오겠나, 존?"

그는 거실로 갔고 나는 의자 다리를 확인했다. 작디작은 잼 덩어리. 잼을 닦으려다 우뚝 멈췄다. 미시즈 보든이 돈통을 압수해 나를 벌주겠다면 잼 따위 내버려두고 그 달콤한 것에 무엇이 꼬이는지 구경이나 하지 뭐. 나는 거실 문으로 머리를 들이밀었다.

"방해해서 죄송해요, 부인. 설거지를 끝내면 바로 올라가볼게요."

"고맙다, 브리짓."

존이 미시즈 보든 맞은편에 앉아 다리를 쭉 펴고 짧은 턱수염을 어루만졌다. 미시즈 보든이 그를 바라보며 양손을 배 앞으로 모았다. "저기, 두 분이 괜찮으시다면 나는 몸이 좋지 않아 올라가볼게요." 그녀가 일어섰다.

"이렇게 아쉬울 데가, 애비. 당신과 마지막으로 차 한잔 마실 시간을 고대했는데."

"그건 내일 할 수 있을 거예요."

"그래요. 그렇게 합시다."

미시즈 보든이 나를 다시 불렀다. "브리짓, 일을 끝내기 전에 미스터 보든와 미스터 모스에게 필요한 건 없는지 여쭤보도록 해."

"네, 부인."

그녀는 미스터 보든에게 다가가 그의 이마에 입을 맞추었다. 충성을 입증하려는 사람처럼. 그러자 그는 아내의 손을 토닥였고 존과 다르게 거실을 나가는 그녀를 지켜보지 않았다. 혼자 남게 되자 내가 물었다. "뭘 좀 가져다드릴까요?"

미스터 보든. "됐다."

존. "내 방에 비스킷을 가져다주면 좋겠구나."

나는 고개를 끄덕이고 식기실로 가서 부탁받은 것을 챙겼다. 쇼트브레드를 접시에 담아 손님방으로 가져갔다. 남자들은 이야기를 나누었고 그들의 낮은 목소리가 계단을 타고 올라와 귀로 들어왔다.

"최근에 농장에는 가봤나요?"

"몇 주 전에 갈 기회가 있었지."

"애들도 함께?"

"그래."

"그애들에게 그곳의 신선한 공기를 쐬게 해주면 좋을 겁니다."

"그래."

"힐로 거처를 옮기는 걸 고려해보면 어때요? 이곳의 탁한 공기를 피해서."

"공기라면 여기 폴리버 쪽이 더 낫지. 고맙네, 존. 이곳에서 지내는 동안 애들도 폐가 튼튼해졌을 걸세."

"그렇겠죠."

나는 식기실에서 설거지를 끝으로 일을 모두 마치고 이제 거실에 혼자 있는 미스터 보든에게 갔다. "오늘 일은 다 끝냈습니다. 필요한 건 없으세요?"

그가 손으로 다리를 문지르며 손가락을 쫙 폈다. "없다."

그때 그의 팔꿈치에 붙어 있는 회색 깃털이 보였다. "미스터 보든, 뭐가 붙어 있어요." 내가 손으로 가리키자 그가 깃털을 뜯어 손가락으로 들어 보였다.

"다 뗀 줄 알았는데." 그러더니 곤란한 상황에 처한 사내아이처럼 나를 빤히 보았다.

"깃털은 한번 붙으면……"

"그래, 그래. 사방에 붙어 있지." 그가 다시 깃털을 보았다. "그러지 말 걸 그랬어."

새, 도끼. 그는 내가 안다는 걸 알았다. 나는 욕지기가 치밀었다. "분명 이유가 있으셨겠지요, 미스터 보든."

"나는 해명을 해야 해."

"제 아버지는 너무 늦은 일이란 없다고 항상 말씀하셨어요."

미스터 보든이 고개를 끄덕였다. 그를 그곳에 두고 나와 안쪽 계단을 올라가는데, 미시즈 보든이 침실에서 소리 죽여 흐느끼는 소리가 들렸다. 잠시 방에 들어가 살펴봐야 할지 고민했지만 나는 그녀 때문에 너무나 화가 나 있었다. 그녀를 혼자 두고 내 방으로 갔다. 방으로 들어가 등뒤로 문을 잠갔다. 그래야 할 것만 같았다. 침대에 앉아 잠옷으로 갈아입었다. 내가 보낸 하루. 이곳에서 또다른 하루와 만나고 싶지 않았다. 나는 램프를 끄고 침대에 웅크리고 누워 밤의 소리, 이 집의 소리에 귀를 기울였다.

12

벤저민

1892년 8월 4일

　나는 오후 내내 그 좁은 공간에 숨어 거리에서 높아졌다 사그라지는 목소리들을 들었고, 내 피부가 열기에 끓어올랐다 녹아내리는 것을 느꼈다. 경찰들이 길 잃은 아이처럼 헛간을 들락거리는 소리가 들렸다.

　"고미다락도 확인했어?"

　"그래, 여기 처음 도착했을 때."

　"그 여자가 배 이야기를 했다던데……"

　"내가 배 과심 하나를 밖에서 찾았는데, 여기에는 없더군."

　"서장님이 우리보고 범행 도구를 찾으라는데."

　"서장님은 무슨 근거로 범인이 흉기를 가져가지 않았을 거라고 생각하시는 거야? 그런 물건을 이 근처 어디에 숨긴다는 거야?"

　"도통 모르겠어. 나는 무슨 소리를 들은 사람이 아무도 없다는 게 이해가 안 돼. 비명도 못 들었고, 아무 소리도 못 들었다잖아."

"내 생각에도 이상한 일이야."

그들의 미숙함은 진기할 정도였다. 나는 그들에게 말해주고 싶었다. "생명이 꺼질 때 내는 소리가 얼마나 작은지 알면 깜짝 놀랄걸."

"이 주변을 한번 더 살펴봐야 할까?" 경관이 말했다.

"그러지 뭐. 뭔가를 찾아낼 성싶지는 않지만, 그러자고."

경관들은 게을렀다. 그들은 헛간 바닥을 의욕 없이 휙 둘러보고 천이나 나뭇조각 같은 것을 집어들었다가 다시 던져버리고는 말했다. "여기에는 특별한 게 없네." 그들이 떠났다. 나는 피부에 전기 충격 같은 짜릿함을 느꼈다. 아래로 훌쩍 뛰어내려 경관에게 달려가 이렇게 말해주고 싶은 충동이 일었다. "대단한 걸 보고 싶나? 내가 찾은 이 도끼머리를 봐." 계속 가만히 있으려니 지겨웠다. 내게서 이 도끼머리를 가져가보라고, 어떻게든 나를 잡을 수 있으면 잡아보라고 그들을 도발하고 싶었다. 손가락 하나라도 내 몸에 닿는 순간 내 턱이 그들을 향해 날아갈 것이다. 나는 살을 물어뜯고 그들을 두드려 팰 것이다. 이제 앤드루에게는 그렇게 할 수 없으니 그들에게라도 하고 싶었다.

비둘기들이 지붕을 걸어다녔다. 구름 한 점이 머리 위로 지나가며 빛을 가렸다. 나는 누워서 생각했다. 어떻게 수고비를 받아내 남부로 돌아가 아버지와 끝장을 볼 수 있을까? 누군가가 앤드루와 이야기를 했던 것처럼 나도 존과 이야기를 해봐야 했다.

잠시 후 발소리가 헛간 가득 울렸다. 틈새 공간의 가장자리로 몸을 굴려 상황을 살폈다. 존이 한 손에 배를 들고 서서 낮은 소리로 말했다. "벤저민, 여기 있나?"

나는 팔꿈치로 몸을 받쳤다. "그렇소."

존이 헛간 안으로 더 들어와 고개를 들었다. "거기 얼마나 있었나?"

"한동안."

"자네를 본 사람이 있나? 리지가 자네를 봤나?"

"아무도 나를 못 봤소. 난리가 났더군."

존이 배를 한입 베어 물었고 과육이 가차없이 으스러졌다. "말해주게. 애비를 죽이겠다고 마음먹은 게 언제인가?"

마치 내가 우리의 약속을 깨뜨렸다는 듯 나를 비난하는 태도. "내가 아니오."

그가 웃었다. "자네가 겸손한 친구인 줄은 몰랐군." 존이 나를 보며 한참 더 웃었고 나는 입술을 일그러뜨리며 으르렁거렸다. 그가 배를 한입 더 베어 물더니 기침을 했다. 목이 확 막혀버리면 좋을 텐데.

"그 집에 다른 누군가가 있었소."

존의 몸이 굳었다. "그자를 봤나?"

"당신이 아는 자인 줄 알았는데."

"나는 모르네." 존이 헛간 문으로 다가가 밖으로 머리를 내밀었다가 다시 들어왔다. "나는 자네가 앤드루만 처리해줬으면 했네."

"누가 선수를 쳤소." 내가 말했다.

"알다시피 나는 이 모든 일을 은밀하게 처리해달라고 했네. 그런데 사방에 경찰이 좍 깔렸어."

나는 등을 구부리고 머리를 숙인 채 좁은 공간의 가장자리에 다리를 내리고 걸터앉았다. "나는 내가 한 말을 지켰소."

"정말인가? 하지만 저기 시체가 두 구란 말일세……"

"내가 찾은 걸 보쇼." 나는 피범벅인 도끼머리와 두개골 조각을 꺼내들었다.

존이 하얗게 질렀다. "맙소사."

"여기 담요 밑에서 도끼를 찾았소. 그리고 이것도."

"저리 치우게." 존이 물에 빠진 사람처럼 손을 내저었다.

"애비의 머리 말인가? 좀더 자세히 보고 싶지 않소?"

존이 눈을 비볐다. "자네가 아니라면 대체 누구 짓인가?"

"내가 수고비를 받을 수 있겠소?"

그가 나를 보았다. 썩을 대로 썩은 악한. "뭐라고?"

"당신이 수고비를 약속했잖소."

존이 내게 손가락질을 했다. "참 뻔뻔하군, 이 고약한 무뢰배 같으니."

"좋은 게 좋은 거요, 존. 경찰이 밖에 잔뜩 깔렸소. 그들에게 내가 뭘 찾았는지 보여줄 수도 있어."

"누가 자네 말을 믿겠나! 경찰은 자네 짓이라고 생각할걸."

"우리가 함께 있는 걸 본 사람이 있잖아."

"지금 협박하는 건가?"

"그래." 나는 이를 드러내며 미소를 지었다.

그때 헛간으로 두 사람의 요란한 목소리가 다가왔다. 나는 다리를 얼른 올리고 벽 쪽으로 몸을 굴려 모습을 감췄다. 헛간 문이 열렸다.

"안녕하십니까, 경관님들." 존이 말했다. 추접스러운 예의.

"미스터 모스, 여기 계실 줄은 몰랐습니다." 첫번째 경관이 말했다.

"여러분의 일을 방해하고 싶지 않아서요." 존이 배를 베어 물었다.

"헛간을 한번 더 수색해보려고 왔습니다." 두번째 경관이 말했다.

"그럴 필요가 있소?"

"그럼요. 이곳은 범죄 현장의 일부니까요."

금속 물체가 움직이는 소리, 그것을 들었다 떨어트리는 소리가 났다.

"농기구가 많군요." 두번째 경관이 말했다.

"앤드루가 이곳에 가족의 물건을 보관했소." 존이 말했다.

"이 가족이 농업에 종사했습니까?"

"앤드루는 스완지에 농장이 있어요. 굳이 말하자면 취미생활이지."

"그럼 왜 농기구를 그곳에 두지 않았습니까?"

"앤드루가 집 근처에서도 일을 하고 싶었나보오."

"노인이 힘쓰는 일을요?"

"당연히 일손을 뒀지요."

물건을 이쪽저쪽으로 옮기는 소리.

"미스터 보든에게 적의를 품을 만한 사람을 혹시 아십니까? 혹시 그 일손이라는 사람들은요?"

"그건 미스 리지에게 물어보시오. 나는 가끔 들르는 정도라 거기까지는 잘 모릅니다."

"그러시겠죠." 경관이 잠시 뜸을 들였다. "하지만 그런 사람이 있을 수도 있다고 생각하십니까?"

"내 경험으로 미스터 보든은 건실한 사람이오."

"이 집 주변에 무슨 문제라도 있었는지 아십니까? 뭐든 평소와 다른 점은 없었나요?"

평소와 다른 점이야 많았다.

존이 잠시 조용히 있다 말했다. "작년에 대낮에 강도가 들었다는 이야기를 리지에게 들은 기억이 나는데……"

"네, 그 이야기는 들었습니다."

"오늘 상황을 고려해볼 때, 유감스럽게도 누가 이 가족의 돈을 노리고 잔인한 짓을 저질렀을지도 모르겠군요." 존이 배를 깨물었다. 나는 달콤한 즙을 핥아먹는 그의 길쭉한 혀를 생각했다. 계략의 맛이 났다. "이런 더위에 배만한 것이 없지." 존이 말했다.

"제 입맛에는 배가 너무 느글거리더군요." 첫번째 경관이 말했다. "리지가 이곳에 낚시 도구가 있다고 했는데요."

"아, 그렇소." 존이 말했다. 나는 배가 바닥에 떨어지는 소리, 뒤이어 깡통이 달그락거리는 소리를 들었다. "여기 있소." 깡통을 열고 내부를 샅샅이 뒤지는 소리.

"여기는 미심쩍은 게 없어." 두번째 경관이 말했다.

그들은 잠시 말이 없었다. 이윽고 첫번째 경관이 말했다. "저기, 고미다락 위에 공간이 있는 게 아닌가요?"

피가 내 몸에서 콸콸 뿜어져 나오고 몸이 꿈틀거렸다. 그들이 나를 찾으면 내가 다 해치울 수 있을까?

존의 헛기침소리가 들렸다. "뭐라고요?"

"저기 고미다락 위에 공간이 있지 않느냐고요."

"왜요?" 존이 물었다.

"그럴 것 같아서요."

"아, 저기. 아무것도 없소."

"한번 올라가서 확인해봐야겠습니다."

"그러지 않는 편이 좋을 거요." 존이 말했다.

"왜요?"

"경관님이 저 구멍으로 들어가기는 힘들 테니까. 저 안에 뭔가를 설치하려고 만든 곳이 아니거든요." 존이 목청을 가다듬었다.

"그걸 어떻게 아시죠?"

"이 헛간을 만들 때 손을 보탰소. 원래 우리는 한 층을 더 올리려고 했지만 앤드루가 그럴 필요 없겠다고 했죠. 결국 우리가 힘들여 만든 건물이 값비싼 비둘기 오두막으로 끝난 것 같아 유감이오." 존이 웃었다.

"그래도 한번 살펴봐야겠습니다."

"내 말을 못 믿으시오, 경관님?" 존이 말했다.

"그럴 리가요. 그런 게 아닙니다. 그냥 철저히 하는 게 좋을 것 같아서요."

"위험할지도 몰라요." 애원하기 일보 직전인 존이 내 상황을 더 불리하게 만드는 것 같았다.

"그건 왜죠?"

존이 잠시 뜸을 들이다 대답했다. "구조가 별로 튼튼하지 않아요. 앤드루가 이 헛간을 유지하는 데 돈을 썼을 것 같지는 않소. 경관님이 부상을 당하는 일은 원치 않아요."

잠시 아무 말도 들리지 않더니 마침내 경관이 말했다. "그럼 제가 올라가기 전에 건축업자를 불러 헛간 상태를 확인해보라고 해야겠네요."

"그게 좋겠소." 존이 말했다. "하지만 그러면 시간이 좀 걸리지 않겠소?"

"사람을 보내 최대한 빨리 오라고 부탁을 해야죠."

"그게 최선이라고 생각하신다면." 존이 말했다.

"저는 철저하게 하고 싶을 뿐입니다."

"당연히 그러셔야죠."

"도와주셔서 감사합니다, 미스터 모스."

"다행이오. 수사를 도울 수 있어 나도 기뻐요."

남자들이 떠났다. 내 피부에 닿는 도끼머리가, 사랑스러운 예리함이 느껴졌다. 나는 몸을 일으키고 굳어 있던 팔다리를 폈다. 삐걱, 삐걱. 문득 존이 나를 살린 것일지도 모르겠다는 생각이 들었다. 하지만 나는 받아야 할 돈이 있었다. 존에게 질문을 다 하지 못했다. 그 집에 다시 가봐야 했다. 살인자가 뭐라도 남기지 않았는지 확인해보고 싶었다.

*

밤이 달을 깎아냈다. 주위가 조용했다. 나는 헛간 창문으로 기어가 은은히 빛나는 집을 바라보았다. 경관 몇 명이 지겨운 표정으로 근방에 서 있었다. 한 명이 손톱을 깨물어 풀밭에 뱉었다.

나는 집에서 눈을 떼지 않았다. 사람들이 방을 드나들었고 등유 램프가 하나씩 어둑해졌다. 나는 경관들이 현관 쪽으로 향할 때까지 기다렸다가 내가 가진 램프를 켰다. 그리고 잠시 후 헛간 밖으로 나왔다. 밤공기, 올빼미 울음소리, 말발굽소리가 나를 맞았다. 지하실로 들어갔다. 이제 문이 잠겨 있을 이유가 없었다. 축축한 옷 냄새, 소변과 곰팡이 냄새가 났다. 나는 숨을 들이쉬고 등산가처럼 계단을 올라갔다. 다시 부엌으로 돌아왔다. 벽난로 선반 위시계가 열한시를 쳤다. 나는 집안을 돌아다녔다. 응접실에서 램프에 문제가 생겼다. 기름진 탁한 냄새가 위에서부터 아래로 집을 채웠다. 연기에 머리가 어질했다. 나는 식사실로 다가가 문을 열고한 발 한 발 안으로 들어갔다. 썩은 내. 램프를 높이 들자 식탁 위에 있었다. 시신 둘, 단단한 살덩이. 하얀 시트에 말라붙은 작은 핏방울과 박살난 머리통의 윤곽이 보였다. 내가 어렸을 때 할아버지가 돌아가셨다. 괴저로. 아버지가 말했다. "의사가 다리를 톱으로잘라내야 한다고 했을 때 말을 들으셨어야 했어." 나는 어떻게 다리를 잘라 목숨을 부지할 수 있는지 이해가 되지 않았다. 아버지는 내게 할아버지의 시신을 지키라고 했다. "너도 이런 일에 익숙해져야 한다."

"하지만 할아버지가 깨어나면요?"

"아들, 너도 이제 죽으면 끝이라는 사실을 알 때가 되지 않았냐. 아무것도 아닌 것에서 절대 깨어날 수는 없다."

나는 할아버지의 감염된 시신 곁에 앉아 혀로 괴저의 맛을 보았다. 역겨운 썩은 지방.

나는 식탁에 누워 있는 시신에게로 갔다. 도끼가 앤드루의 몸뚱이에 무슨 짓을 했는지 보고 싶었다. 시트를 들추니 벌거벗은 몸한 쌍이 있었다. 앤드루는 팔다리가 가늘고 피부에 반점이 있었다. 복부를 절개했다 다시 헐겁게 봉합했는데, 배에 남은 봉합 자국이내 다리의 것보다 더 깔끔했다. 그는 노인의 악취를 내뿜었다. 씻지 않고 지친 몸의 악취. 어쨌든 그의 시간은 곧 끝날 운명이었다. 더 가까이 다가가 손가락으로 가슴을 훑었다. 그가 숨을 들이쉬고 내쉬기를 기대하면서. 그의 목이, 수염이, 얼굴 반쪽이 있었던 자리가 피투성이였다.

"앤드루." 내가 속삭였다. "당신 누군가를 몹시 화나게 했군."

그는 만신창이였다. 나는 식탁 위의 아버지를, 온몸이 으스러진 아버지를 상상했다. 내가 그를 그 꼴로 만들려면 얼마나 화가 나야 할까.

앤드루를 두고 애비에게로 가서 그녀의 맨발에 손을 올렸다. 몹시 차갑고, 굳은살이 박이고, 거칠한 피부. 나는 그녀의 발을 마사지했다. 발가락 사이에 진물이 가득찬 물집이 하나 있었다. 그 물집을 꽉 짜자 진물이 흘렀다.

"이런 거 좋아해, 애비?" 내가 말했다. 깎지 않은 그녀의 발톱이 마사지를 하는 내 손끝을 찔렀다. "그다지 사교적인 여자는 아니었군, 그렇지?"

하지만 발목 주위의 피부는 마음에 들었다. 어머니처럼 보드라웠다. 아버지에게서는 절대 찾아볼 수 없었던 모습. "말해봐. 누가 당신을 혼낸 거야?" 나는 그 사람과 한판 붙을 준비가 되어 있었다.

나는 시신을 두고 앞쪽 계단으로 발길을 돌려 축축한 양탄자에서 악취가 풍기는 거실을 지나, 고리에 걸린 검은 모자를 보았던 현관 쪽 복도를 지나 계단 아래에 서서 한 손으로 난간을 쓸었다. 그리고 올라갔다. 계단을 올라 애비를 발견한 방으로 향했고, 문을 열어 안을 들여다보았다. 존이 입을 크게 벌린 채 침대에서 잠들어 있었다.

나는 방으로 들어가 침대에 앉았다. "존," 내가 말했다. "일어나시오." 존이 숨을 깊이 들이쉬고 몸을 뒤척였다. 다른 방에서 무슨 소리가 들렸다. 존은 나중에 다시 찾아와야겠다.

옆방으로 이어진 문을 열자 제비꽃과 씻은 피부의 향기, 가죽 장정과 양장본 책이 가득한 하얀 책꽂이, 브러시와 빗과 레이스 장갑이 놓인 목재 화장대, 전신 거울, 바닥에 쌓인 옷가지, 잠든 리지가 나를 덮쳤다. 나는 오르락내리락하는 그녀의 가슴을 바라보았다. 대양의 물결. 그녀에게 몇 가지 질문을 해야 했다.

그녀에게 다가갔다. 도끼머리가 내 다리를 눌렀다. 다른 방에서 침대가 삐걱거리는 소리가 들렸다. 리지가 옆으로 돌아눕자 나는 가까이 몸을 숙였다. 존은 리지가 나를 봤는지, 내가 이 집에서 하려던 짓을 알아버렸는지 몹시 걱정했다. 하지만 나는 그녀가 애비를 대하는 모습을 보았다. 리지는 절대 징징거리는 여자가 아니었다. 그녀는 죽은 아버지를 발견했다. 나는 그녀가 범인을 봤는지 알고 싶었다.

"말해봐." 내가 속삭였다. "너는 확실히 봤나?"

"네." 리지가 잠꼬대하듯 대답했다.

"그들이 무슨 짓을 했지?"

"아버지."

나는 내 몫을 받아내고 싶었고, 리지에게 이 집안의 진실에 대해 말해줄 작정이었다. 존부터 시작해서. "오늘 나는 너를 봤어. 네 외삼촌이 나를 보냈지."

리지가 숨을 내쉬었다, 용처럼.

"그가 네 아버지와 이야기를 해보라고 부탁했어."

"아버지."

"그래." 나는 더 가까이 몸을 숙였다. "존이 문제가 있다고 했어."

리지가 입술을 꾹 다물었다.

"하지만 나는 기회를 잡지 못했어. 이제 그가 내게 돈을 지불하지 않을까봐 걱정이야. 돈이 얼마나 중요한지 아나?"

"돈." 그녀가 속삭였다.

"그걸 내게 가져와."

나는 리지의 얼굴에 내 얼굴을 바짝 붙였고, 그녀의 피부에 닿았다가 튕겨나오는 내 숨결을 느낄 수 있었다. "네가 뭘 봤는지 말해봐, 리지. 존이었나?"

리지. "애비를 봤어."

"나도 그녀를 봤어."

침대가 삐걱거렸다. 리지가 병든 개처럼 소리를 꽥 지르며 눈을 떴다. 그리고 풍선이 부풀듯 눈이 커지더니 얼굴을 돌려 나를 바라보았다. 방금과 같은 비명이 또다시 터졌다. 나는 곧바로 일어섰고 누군가가 열쇠를 돌리는 소리가 나자 방을 뛰쳐나갔다. 계단에서 존이 자신의 방 문가에 서 있다가 다시 방안으로 들어가는 모습을 보았다. 집안을 가로질러 뛰어간 나는 옆문으로 나와 거리로 달려갔다.

어디선가 개가 짖었다. 나는 세컨드 스트리트를 달리다 경관 한 명을 지나쳤고 나를 뒤따르는 발소리를 들었다. 내가 속도를 내자 발소리도 빨라졌다.

도끼머리가 허벅지를 푹 찔러 피가 났다.

정신을 차리니 어느새 선로 위에서 화물열차를 향해 걸어가고 있었다. 신발이 철도의 침목과 선로 사이로 미끄러져 빨리 움직이기가 힘들었다. 기차의 기적소리. 발을 질질 끌며 선로가 빽빽하게 놓인 곳을 가로질러 열차에 올라탔다. 기차가 움직였다. 온몸이 아팠다. 자고 싶었다. 기차가 속도를 올리기 시작했다. 폴리버는 형편없는 실패였다. 주머니에 손을 넣어 들어 있는 물건들을 만졌다. 너무나 많은 일을 끝내지 못했다. 기차는 계속 달렸고 손을 보니 피가 묻어 있었다. 나는 손가락을 빨고 깔끔하게 핥았다. 그 집의 누군가가 내게 거짓말을 했다는 생각이 들었다. 언젠가 다시 돌아와 빚을 받아내리라.

13

리지

1892년 8월 4일

해질녘, 에마와 나는 아버지를 죽인 살인범 체포에 현상금을 내걸었다. 에마는 액수가 너무 많다고, 너무 과시적이라고 불평했다.

"언니는 꼭 아버지처럼 말해." 내가 말했다.

에마가 고개를 저으며 입술을 삐죽했다. "왜 그렇게 말하니?"

"나는 그 액수가 우리가 얼마나 간절한지 보여준다고 생각해."

"돈으로는 아무것도 증명할 수 없어." 에마가 큰 소리로 말했다.

"증명하고말고! 보든이라는 이름은 폴리버에서 중요한 의미가 있어. 우리는 이 일을 제대로 해야 해."

에마가 양손을 허공으로 던지듯 들었다. "그만하자." 에마가 말했다. "어서 범인을 붙잡아 이 상황이 끝나기를 바랄 뿐이야." 해답을 원하는 에마의 흉측한 욕망에 내 심장이 더 빠르게 뛰었다. 나는 그녀의 살에 이를 박고 그녀를 먹어치워 내 삶에서 없애버리고 싶어졌고, 그녀의 마음속으로 쳐들어가 나에 대한 생각을 모두 숨아내고 싶어졌다. 내가 너무 고집스럽다는 생각, 내가 너무 비밀이 많다는 생각, 내가 못됐다는 생각, 내가, 내가. 그녀의 고약함이 내 피부를 스멀스멀 기어다니는 것 같았다. 내게 무無가 되어버리고 싶은 마음을 심어주는 그 작은 죽음들. 에마가 큰 바위처럼 단단히 앉아서, 자기 아이가 비행을 저지르는 모습을 처음으로 목격하고 꾸짖는 부모처럼 나를 바라보았다. 미시즈 보든이 때때로 보여주었던 바로 그 표정.

에마가 고개를 갸웃하고 작은 소리로 뭔가를 읊조리더니 고개를 가로저었다. "뭘 보거나 들은 사람이 아무도 없다는 게 아무래도 믿어지지 않아."

"무슨 말이 하고 싶은 거야?"

에마가 어깨를 으쓱하고 포기해버렸다. "모르겠어. 아무것도."

추가 내 뱃속으로 툭 떨어졌고 근육을 따라 줄줄이 구멍을 뚫었다. 다른 사람도 이런 식으로 나를 보고 있을까? 이런 식으로 생각할까? 손바닥이 아프더니 작은 사막이 되었다. 나는 손바닥을 마주비벼 새로 생긴 굳은살을 하나로 이었다. 왜 내가 말한 사실을 믿는 게 그리 힘들까? 경찰은 내게 질문, 질문, 질문을 해댔고 내 답변을 복음처럼 받아 적었다. 에마가 집으로 돌아왔을 때 경찰은 그녀에게 정보를 던져주었다. 그래서 지금 내게 이러는 걸 거야. 그래서 그녀가 이런저런 생각을 하게 된 것이다. 저렇게 앉아 있으니 에마는 아침에 그림자의 그림자처럼 집안에서 줄곧 나를 따라다니던 미시즈 보든과 똑같아 보였다.

몸이 가라앉는 것 같았다. 하루종일 내가 아버지가 키운 딸이라는 것을 증명하려 했고, 계속해서 질문에 대답했다. 그런데 점심을 먹은 후 두 경관이 나누는 대화를 엿듣고 말았다. "자네라면 살해된 아버지를 발견한 집에서 얼마나 혼자 있고 싶을 것 같나?"

"혹시 미스 보든은 결국 누가 와서 함께 있어줄 걸 알았기 때문에 도망치지 않았던 건 아닐까?"

"아니면 자신이 위험하지 않다고 느꼈거나."

"어떤 미친놈이 사람을 더 죽이려고 어슬렁거리겠어? 미스 보든은 자신을 잠재적 희생자라고 생각하지도 않았을지 몰라."

내 피가 벌떡벌떡 뛰었다. 부모를 잃고 슬픔에 잠긴 아이가 그런 식으로 느끼게 하다니, 어떤 식으로든 죽음에 책임이 있다고 느끼게 하다니 옳지 않았다. 그 말은 그들이 나를 잡으러 올 거라는 뜻인가?

에마가 손으로 얼굴을 문질렀다. 그녀가 나를 집에 혼자 두지 않았다면 아무 일도 일어나지 않았을 것이다.

"경찰이 용의자를 금방 찾아낼 것 같아?" 내가 말했다.

"나도 몰라. 이런 일이 어떻게 진행되는지 전혀 몰라." 에마가 애원하듯 손을 앞에 놓고 폈다 접었다 했다.

"경찰이 살인자를 잡으면 어떻게 할까?"

"아마 재판에 넘기겠지."

"그리고 그들이 유죄라면?"

에마는 내게 몸을 숙이고 입을 크게 벌려 말했다. "교수형에 처해지겠지."

"유죄면 늘 그렇게 돼?" 열기가 내 몸을 덮쳤고, 그로 인해 마음이 소용돌이치다 허물어졌다.

"지금 이런 이야기를 꼭 해야 하니?"

"걱정돼서 그래, 그뿐이야."

"아버지가 돌아가셨다는 사실에 대해 걱정을 좀 하지 그러니?"
비명에 가까운 그녀의 목소리.

내 귀의 한가운데에서 펑 소리가 났다. 그 소리가 기어나와 사방의 벽을 향해 달려들었다. 창문이 흔들렸다. 에마가 의자에서 움찔하며 손으로 입을 가리고 눈을 감았다. "미안해." 그녀가 말했다. "네게 화내고 싶지 않아."

"왜 내게 화를 내는데?" 내 목소리가 마룻바닥에 구르는 작은 조약돌 같았다. 에마가 나를 보는 눈빛이 마음에 들지 않았다.

"차를 좀 갖다줄까?" 에마가 일어섰다.

"브리짓에게 시켜."

에마가 손깍지를 끼었다. 그리고 말했다. "브리짓은 우리를 떠났어."

"왜? 언니가 뭘 어쨌기에 그애가 관둔 거야?" 나는 이제 상황이 변했으니 브리짓이 더 좋아할 줄 알았다.

에마가 내게 멍하고 불쾌한 시선을 던지더니 아무 대답도 없이 부엌으로 가버렸다. 벽난로 선반 위 시계가 재깍거렸다. 나는 손으로 벽지를 훑고 이어서 의자를 훑었다. 미시즈 보든의 크림케이크를 장식했던 끈적거리는 코팅이 만져졌다. 나는 손가락을 치아에 문질러 며칠 전 유흥이 남긴 잔해를 맛보았다.

열 살 때 나는 아버지와 미시즈 보든이 때때로 친구를 초대하는 날을 좋아했는데, 눈에 띄지 않는 생물처럼 돌아다니며 여기에서 대화를 끊어먹고 저기에서 멀드 와인을 홀짝거릴 수 있어서였다. 에마는 미시즈 보든과 친구들이 있는 자리에 종종 초대를 받았지만, 나는 한 번도 초대받지 못했다.

"내가 자기를 더 좋아하게 만들려는 수작이야." 에마가 툭 내뱉었다.

"언니가 다 컸기 때문이겠지. 언니는 행운아야."

에마는 자기 목을 꼬집듯 잡아당겼다. "그렇게 재미있지도 않아."

나는 앞쪽 계단에서 응접실에 앉아 차를 마시는 에마를 지켜보곤 했다. 미시즈 보든이 말했다. "에마, 애야. 네가 요즘 무슨 작업을 하는지 들려주겠니."

홀짝, 홀짝. "풍경화를 스케치하는 중이에요." 홀짝, 홀짝. "별로 대단한 건 아니에요."

"네 어머니는 네가 재능이 뛰어나다는 말을 입에 달고 산단다." 미시즈 보든의 친구 하나가 말했다.

홀짝, 홀짝. "아." 홀짝, 홀짝. 에마는 미시즈 보든을 바라보다가 말했다. "저는 여전히 형태와 색에 대해 배워야 할 게 무척 많아요." 홀짝, 홀짝. 그들은 내가 좋아하는 것에 대해서는 언제 물어보려는 걸까? 얼굴이 발갛게 달아오른 후에야 에마는 양해를 구하고 보든표 쿠키를 한 주먹 쥔 채 자리에서 일어나 뒷마당으로 나갔다. 사람들은 자매 중에서 늘 엉뚱한 쪽을 고른다. 나는 그 자리에 있고 싶었다. 그래서 슬그머니 다가가 에마가 앉았던 의자에 앉아 어른들의 대화에 귀를 기울였다.

"안 돼, 리지. 이번에는 안 돼." 미시즈 보든이 얼른 내 머리 위로 손가락을 뻗었다. 피부가 근질거렸다. 어디에도 나를 위한 시간은 없었다.

*

    나는 손가락으로 이마를 문지르며 통증이 가시도록 마사지를 했다. 에마가 응접실로 돌아와 우리 사이의 작은 테이블에 차를 놓고 나를 바라보았다.

    "괜찮니?" 에마가 나를 빤히 바라보자 그 눈빛에 몸서리가 쳐졌다.

    "뭐가?"

    "머리 말이야. 계속 머리를 문지르고 있잖아."

    나는 다시 문질렀다. "그냥 이상하게 욱신거려. 그뿐이야." 푸주한이 머릿속을 쿵쿵 두드려댔다.

    "아침에 보언 선생님을 다시 부르자."

    내가 미소를 지었고 에마는 나를 계속 지켜보았다. 나는 방을 둘러보았다. 우리는 연민의 유령에게 둘러싸여 있었다. 아버지와 미시즈 보든의 부재가 풍기는 악취를 더이상 감당할 수 없었던 두 사람의 친구들이 작은 테이블 위에 차와 크림이 반쯤 담긴 컵들을 두고 갔다. 소파 아래에는 경관의 수첩에서 찢겨져 나온 작은 종잇조각들이 집으로 가는 길을 찾으려는 듯, 헨젤과 그레텔의 빵 부스러기처럼 부엌까지 줄줄이 이어져 있었다. 나는 다시 이마를 비볐다. 모든 것이 제자리를 찾도록 에마가 손봐야 할 일들이 잔뜩 있을 것이다. 나는 소파에 떨어진 아버지의 피가 보일 듯했다.

    그때 말이 내게서 미끄러져나왔다. "오늘 아침에 여기서 미시즈 보든과 이야기를 나눴어."

    에마가 움찔했다. "그게 언제였는데?" 그녀의 목소리가 내 귀를 긁었다.

"미시즈 보든이 브리짓에게 창문을 닦으라고 시킨 후였어. 이상한 냄새가 난다고 했어."

에마가 코를 찡그렸다. "어떤 냄새?"

달콤한 시럽이 내 사지를 빠르게 흘러다녔다. "나도 몰라. 자기 냄새였겠지." 내가 키득거렸다.

"이야기를 나눈 시간은 언제야?" 에마가 말했다.

나는 그녀 쪽으로 고개를 홱 돌렸다. "방금 말했잖아."

"하지만 너는 미시즈 보든이 아픈 친척의 병문안을 가고 없었다고 했잖아."

나는 이마를 문질렀다. "가기 전에 나랑 이야기를 나눴어." 원래 이런 식으로 흘러가나? 푸주한이 나의 모든 감각을 쿵쿵 두드려댔다.

에마의 태도가 거만해졌다. "나는 단지 이 상황을 이해하고 싶은 거야……"

더이상 말하지 말라고, 에마는 내 안에서 헤엄치는 생각들을 결코 이해하려 들지 않을 거라고 속삭이는 목소리가 들렸다. 하지만 혀를 가만두기 힘들었다. 벽난로 선반 위 시계가 재깍거렸다. 몸에서 힘이 빠졌고 옷이 갈비뼈 주위를 단단히 옭아맸다. 이 느낌, 어린 시절 처음에는 아버지에게, 다음에는 에마에게 너무 꽉 붙잡혀 있었을 때와 같은 느낌. 피부 밖으로 뛰쳐나와 던져진 해머처럼 멀리, 멀리 도망치고 싶은 느낌. 지금은 이런 감정을 느껴서는 안 돼.

에마에게 시선을 돌리자, 내가 우리에 갇힌 짐승이라도 되듯 바라보는 그녀가 보였다. "왜 계속 보는 거야?"

"너 창백해 보여." 에마가 말했다.

나는 얼굴을 만지고 피부를 잡아당겼다. "내가?"

"너는 쉬어야 해."

"할일이 너무 많아. 장례식 계획도 세워야 하잖아." 나는 응접실의 커튼을 젖히고 창밖으로 손을 잡고 지나가던 사람들이 안을 들여다보려고 기웃거리는 모습을 지켜보았다. 사람들의 머리가 기묘한 형상을 이루었다. "아버지는 누가 장례식에 조문을 오길 원하실까?"

에마가 내쉰 숨이 내 귀를 감쌌다. "지금은 그 이야기를 할 때가 아니야."

"하지만 중요한 일이야."

에마의 얼굴에서 핏기가 가셨다. 그녀를 향해 몸을 기울이자 턱선의 연푸른색 핏줄이 긴장해 펄떡펄떡 뛰는 모습이, 모든 작은 분노가 튀어나와 쏟아지기를 기다리는 모습이 보였다. 나는 몸을 더 가까이 숙였다.

"뒤로 물러나 앉아." 에마가 으르렁거렸다.

"나를 자꾸 그렇게 보지 마." 나는 목을 꼬집듯 잡아당겼다. 에마는 여전히 나를 바라보았고, 나는 에마가 기생충처럼 내 피부와 눈 아래로 기어다니기 시작한 것 같은 느낌이 들었다.

"그렇게라니?" 그녀가 말했다.

그녀의 눈은 계속 내 피부를 음식 삼아 잔치를 벌이며, 끝내 내 안에서 그녀가 느껴질 때까지 겹겹이 먹어치웠다. "언니는 항상 그러잖아." 내가 말했다.

"내가 정확히 뭘 그러는데?" 에마가 점점 더 살을 파고들어와 뼈에 닿을 때까지 씹어댔다. 몸을 이어놓은 작은 줄이 전부 풀릴 위험에 처했다. 에마는 어디까지 갈 셈이지?

"아무것도 아니야." 내가 말했다. 하지만 그녀가 나를 보면 볼수록, 생각하면 생각할수록, 작년에 강도를 당했을 때 에마가 며칠 동안 나를 보고 또 보았던 일이 떠올랐다. 바로 지금처럼. "언니가 아버지에게 목걸이에 대해 말했지, 아니야?" 나는 이를 악물었다.

"무슨 소리야?"

"작년에 말야. 언니가 아버지에게 내가 목걸이를 훔쳤다고, 미시즈 보든의 보석을 몽땅 훔친 사람이 나라고 말했잖아."

에마는 눈을 감고 고개를 저었다. "정말 믿을 수가 없네. 그런 건 별로 중요하지 않아."

심장이 쿵쿵 뛰었다. 악단이 연주를 시작했어! 심장이 가슴을 꼭 눌렀고 목이 조여왔다. "하지만 언니가 나에 대해 경찰에게 털어놓을지도 모르는 일이잖아? 내가 했던 말에 대해서 말이야."

그녀의 눈이 보이지 않을 정도로 가늘어졌다. "왜 그런 이야기를……"

"나는 작은 실수를 했어! 사소한 실수일 뿐이라도 언니는 항상 기어이 내가 벌을 받게 하잖아. 가끔 언니가 죽도록 미워." 심장이 내 머리를 둥둥 쳤다. 벽난로 선반 위 시계가 재깍거렸다.

"리지, 그런 말 그만해." 그녀가 내뱉은 목소리가 방을 가로질렀다.

몸이 앞뒤로 휘청거렸다. 앞으로 뒤로, 교수대에 걸린 몸이 흔들리듯. 목이 아팠다. 나는 울었다. 바닥이 이렇게 속삭일 때까지 고개를 저었다. 이제 그만, 이제 그만. 위층에서 외삼촌이 큰 소리로 말했다. "거기 무슨 일이냐?" 에마가 내게 얼른 다가와 앙상한 두 팔로 나를 안고 쉬, 쉬, 쉬 달랬다. "괜찮아질 거야." 그녀가 말했다. 그녀의 머리가 피부의 자력에 끌리듯 내 머리에 감긴 채로 우리는 숨을 들이쉬고 내쉬었다. 아이들처럼. 부모 없는 아이들.

"언니는 항상 내게 이런 사람이어야 해." 나는 그녀의 귀에 대고 웅얼거렸다. 우리는 잠시 동안 따뜻했다. 에마의 손가락이 내 머리를 어루만졌고, 하느님처럼 진정시켰고, 나를 짜릿하게 했다.

"이게 뭐지?" 에마의 손가락이 내 관자놀이에서 딱 멈췄다. 그녀는 몸을 떼고 나를 훑어보았다.

"뭐?"

"네 머리에 뭐가 있는데?" 그녀가 속삭였다.

에마의 손이 멈췄던 부위에 손을 대자 얇고 표면이 반질반질한 것이 만져졌다.

에마가 내 머리를 끌어당겨 살펴보았다. 벽난로 선반 위 시계가 재깍거렸다. "네 머리카락 사이에 뭔가 딱딱한 게 엉켜 있어." 그녀의 손가락이 머리카락을 헤집더니 붙어 있는 것을 살며시 끄집어냈다. "오, 세상에." 그녀가 다시 속삭였다.

그녀의 손가락을 살펴보니 작은 장식품 같은 뼛조각이 보였다. "아니야." 내가 말했다. 아니야, 아니야, 아니야. 우리는 말이 없었다.

에마가 나를 찬찬히 살펴보더니 방을 둘러보았다. 그녀는 눈을 문지르고 천장을 향해 고개를 젖혔다. 미시즈 보든의 피가 아직도 저기 튀어 있어! 벽난로 선반 위 시계가 재깍거렸다. 나는 에마의 흉곽이 부풀었다 가라앉는 것을 지켜보았다. 그녀가 지금 바로 죽는다면 어떤 모습일지 궁금했다. 에마는 나를 한번 더 보더니 잠시 뜸을 들이고 말했다. "혹시 어디서 다친 거니?"

심장이 순간 멈추었다가 다시 뛰었다. 에마가 만졌던 부분에 손을 댔지만 피는 만져지지 않았다. 나는 아주 열심히 생각했다. 모든 것이 몹시 혼란스러웠다. "그래." 나는 이마를 문질렀다. "사실 그 부분이 하루종일 쓰라렸어." 나는 다시 이마를 문질렀다. "난 원래 언니가 없으면 많이 다쳐."

*

에마가 페어헤이븐에 가고 없을 때 나는 내 방에서 피부를 잡아 뜯었다. 먼저 발의 각질을 뜯어 침대 옆에 깔아둔 붉은색 모직 러그에 버리고, 다음으로 팔꿈치와 무릎의 피부를 뜯어 살짝 배어나오는 피를 하얀 시트에 똑똑 떨어트렸다. 에마가 내 편지에 답장을 했다면 그토록 공허하고 외롭지 않았을 테고, 억지로 예의를 차리며 아버지나 미시즈 보든과 이야기를 나눌 필요도 없었을 것이다. 수많은 일이 일어나지 않았을 것이다. 저녁마다 그들과 함께 앉아 있지 않아도 되었을 것이다. 나는 종종 거실에 함께 있는 두 사람을 보았다. 아버지는 소파에서 책을 읽고, 미시즈 보든은 장식이 너무 과한 자수를 들고 한 땀 한 땀 바느질을 하며 실의 매듭을 짓고 있었다. 즐거운 나의 집, 내 마음이 쉴 곳은 여기. 어느 밤 나는 그녀가 바늘에 손가락을 찔리기를, 피부와 피부가 기워지기를 기도했다.

"왔니, 리지."

"네." 나는 응접실과 가장 가까운 의자에 앉아 그들을 지켜보았다. 등유 램프가 타오르며 지옥의 유황냄새를 뿜어냈고 두 사람의 얼굴에 반쪽 그림자를 드리웠다. 아버지는 책에서 눈을 들어 나를 보더니 미시즈 보든에게 눈길을 돌렸다가 다시 책으로 돌아갔다. 미시즈 보든은 수를 놓았다. 손을 올리고, 손가락에 힘을 주어 방향을 바꾸고, 천을 통과해 잡아당기고, 반복, 반복. 벽난로 선반 위 시계가 재깍거렸다. 그 재깍재깍 소리가 선반을 타고 내려와 양탄자를 가로질러 내 발에 닿았다. 작은 대포를 쏘듯이. 나는 펄쩍펄쩍 뛰고 '나 여기 있어! 나 여기 있다고!'라며 요란하게 발을 구르고 싶은 심정이었다. 하지만 헛기침으로 대신했다. 두 사람은 아무 말도 없었다. 나는 다시 헛기침을 하고 두 사람의 숨소리에, 들이마신 공기가 늙은 폐를 통과해 마른 입과 갈라진 입술 사이로 빠져나오는 소리에 귀를 기울였다.

미시즈 보든이 말했다. "앤드루, 내가 말했던가요? 브리짓이 요즘 위층에서 이상한 냄새가 점점 강해진다고 생각하는 것 같아요."

"그게 사실이오?" 아버지가 말했다. "그애는 냄새의 정체가 뭐라고 생각하는데?" 그애가 무슨 생각을 하든 무슨 상관이람.

"아마 짐승일걸요?" 미시즈 보든이 말했다.

"설치류?" 아버지가 짧은 수염을 쓰다듬었다.

"그럴지도요." 미시즈 보든이 수를 놓았다.

"날씨 때문에 냄새가 더 강해졌나보군." 아버지가 말했다.

"그애에게 창문을 열어놓으라고 했어요." 미시즈 보든이 수를 놓았다.

"그 악취가 벽에 밸지도 모르겠소. 집이 손상되면 수리 비용이 어마어마할 거요." 아버지가 말했다.

"네, 꽤 비쌀 거예요." 미시즈 보든, 천을 들락거리는 바늘을 감싼 그녀의 손가락. 그녀는 붉은색 실을 보라색 실로 바꿨고 바늘이 들락거렸다. "여름이 끝날 때까지 기다려봐야 할지도 모르겠어요."

"그래, 그즈음이면 짐승이 완전히 다 썩어서 문제가 저절로 해결될지도 모르지." 아버지가 자신의 해결책에 뿌듯해하며 미소를 지었다. 그는 책으로 돌아갔다.

두 사람의 대화를 듣고 있노라니 벽을 치고 싶었다. 그들은 아무것도 몰랐다. 나는 헛기침을 했다. "어쩌면 브리짓이 거기에 음식을 숨겨둬서 그게 상한 걸지도 몰라요."

"그애가 왜 그러겠니?" 미시즈 보든이 수를 놓던 손을 멈췄다.

"제가 어떻게 알겠어요? 하녀들은 원래 뭔가를 슬쩍하잖아요. 그랬다고 해도 저는 놀랍지……"

"말도 안 되는 소리 마라." 아버지가 책을 내려놓았다. "이 집 물건에 손을 대는 사람은 브리짓이 아니라는 걸 우리 모두가 알아, 그렇지?" 그가 나와 시선을 맞췄다. 그의 입이 벌어졌다. 나는 회색 혀가 잇몸 위로 쑥 올라오는 모습을 보았다.

"아버지, 안타깝게도 우리가 사랑하는 폴리버에도 범죄는 일어나요. 온갖 사람이 온갖 짓을 저지른다고요."

"그래, 그건 맞아, 리지. 그렇지." 아버지가 짧은 수염을 쓰다듬었다. 미시즈 보든은 자수를 무릎 위에 내려놓았다. 벽난로 선반 위 시계의 바늘이 빠르게 빙글빙글 돌더니 시간을 건너뛰었다. 우리 모두 시계를 보려고 고개를 돌렸다. 시곗바늘이 다시 빠르게 돌다가 뚝 멈췄다. 정적.

"한동안 저러지 않더니." 미시즈 보든이 말했다.

우리는 말이 없었다.

그러다 아버지가 말했다. "내일 시내에 가서 수리를 맡겨야겠소."

나는 스타킹을 신은 발목이 치맛단 아래로 드러날 정도로 다리를 쭉 뻗었다. 맙소사, 다리가 정말 튼튼하구나. 그리고 턱에서 달각 소리를 내며 한숨을 쉬었다. 아버지가 고개를 돌려 나를 보았다. 우리의 시선이 얽혔고 그 순간 나는 다시 어려졌다. 나는 아기 고양이처럼 그에게 달려들어 그의 다리에 발톱을 박고, 앞발로 그의 볼을 후려치고, 흐르는 피를 지켜보며 아버지가 방금 우리의 대화를 잊어버리게 만들고 싶었다. "건방진 녀석." 아버지가 말하겠지. "하지만 그래서 너를 사랑한단다. 너는 기적 같은 아이야." 나는 거대한 기적이야. 그러면 나는 아기 고양이의 혓바닥으로 피와 볼을 핥고 털로 아버지를 닦아주며 몸단장을 할 것이다.

아버지와 나는 서로를 바라보았다. 아버지는 나를 신뢰하지 않았고, 내가 성장할 여지를 주지 않았다. 우리는 이런 짓을 밤이면 밤마다, 밤이면 밤마다 했고 나는 결국 피부를 잡아 뜯기에 이르렀다. 이게 다 에마가 집에 없기 때문이었다. 나는 페어헤이븐까지 걸어가, 달빛처럼 에마의 침대로 숨어든 뒤 촉수를 뻗어 그녀를 칭칭 감고 우리의 호흡이 보조를 맞출 때까지 옆에 누워 있고 싶다는 생각을 몇 번이고 했다.

에마가 페어헤이븐으로 떠난 지 일주일, 나는 미시즈 보든이 육중한 강철 발로 계단과 마룻바닥을 쿵쿵 울리며 집안을 돌아다니는 모습을 지켜보았다. 나를 지나칠 때마다 푹푹 뿜어져 나오는 그녀의 숨결이 내 목과 입술을 전염병처럼 휘감았다.

"리지, 너 좀 멍해 보이는구나." 미시즈 보든이 말했다.

"별로 멍하지 않아요. 지금 이 지옥 구덩이에 갇혀 옴짝달싹 못한다는 걸 분명히 알고 있거든요."

그녀가 웃었다. "그런 뜻이 아니라는 걸 알잖니."

내 입술에서 미소가 비어져나왔고 나는 그걸 다시 입속으로 빨아들이려 했다.

"에마는 조만간 돌아올 거야." 하나 마나 한 소리.

"상관없어요." 내가 말했다.

"오······"

"솔직히 때로는 집에 있는 편이 더 낫다는 생각이 들어요." 내가 듣기에도 자연스럽게 흘러가는 대화. 달콤한 버터처럼 퍼지는 내 목소리. 장담하는데, 에마가 그 자리에 있었다면 분명히 이렇게 말했을 것이다. "그래서 이번에는 두 사람에게서 뭘 뜯어낼 속셈이니?"

"언니가 상관할 바가 아니야." 나는 대답했을 것이다. 그리고 나중에 에마에게 이렇게 말했을 것이다. "두 사람에게 다시 유럽에 갈 비용을 대달라고 하고 싶어."

"네 말이 맞아." 미시즈 보든이 말했다. 나는 그녀에게 미소를 지어 보였다. 내가 왜 이러지?

옆문이 열리고 아버지가 들어오더니 우리 앞에 뻣뻣하게 섰다. "두 사람이 얘기중이었나보군."

미시즈 보든이 눈썹을 치켰다. "리지와 집에서 지내는 것의 장점에 대해 의견을 나누던 중이었어요."

"때때로 말이죠." 내가 덧붙였다.

아버지가 나를 보았다. "스스로 쓸모 있는 존재가 된다면 그렇지."

"저는 늘 그렇지 않나요, 아버지?" 내 입술에 환한 미소가 걸렸다. 나는 소리치고 싶었다. 나를 정당하게 대접해줘요! 하지만 입을 다물고 있었다.

"언니에게서 소식 왔니?" 아버지가 말했다.

"네. 잘 지낸대요."

미시즈 보든이 고개를 갸웃한 채 나를 유심히, 사악하게 바라보다가 아버지에게 말했다. "브리짓이 점심을 준비해뒀어요. 먹음직스럽게 구운 양고기예요……"

"너무 크지는 않았으면 좋겠는데. 당신이 지난번에 그애에게 사라고 했던 다리는 결국 남아서 버렸잖소." 아버지가 말했다.

"이번에는 양이 딱 적당할 거예요." 미시즈 보든이 말했다.

아버지가 투덜거렸다. "사람들이 생각을 좀 하고 행동하면 좋겠어."

태양이 거실 창문을 두드리더니 커튼 사이 작은 틈으로 들어와 내 손가락에서 통통 튀며 손마디를 펑 커지게 했다. "리지," 미시즈 보든이 말했다. "집에 있을 생각이라고 했으니 우리와 함께 점심을 들지 않겠니?"

아버지가 손으로 턱을 어루만졌다. 피부로 된 기다란 성냥 같은 아버지의 손가락. 불을 붙이고 타오르세요, 사랑하는 아버지. 부엌에서 브리짓이 음식을 살짝 식히려고 후후 부는 소리가 들렸다. 그녀가 기침을 했고 우리 머리 위로 집이 삐걱거렸다. 아버지, 다시 나를 향하는 그의 눈.

"네, 두 분과 같이 점심을 먹을게요." 내가 말했다.

아버지가 미시즈 보든을 보며 미소를 지었다. 내 배가 뒤틀리고 펄떡거렸다.

우리는 단단한 목재 식탁에 둘러앉아 브리짓이 음식을 내오는 동안 침묵을 지켰다. 아버지가 브리짓에게 고기의 가격을 묻자 내가 말했다. "맙소사, 단 한 번만이라도 그냥 지나갈 수 없어요? 우리가 그 정도 형편은 되잖아요……"

아버지가 주먹으로 식탁을 내려쳤다. "그건 내 돈이야. 나는 이 집에서 질문을 할 자격이 있다. 고맙구나, 리지."

나는 퍽퍽하고 뜨거운 양고기를 입에 넣고 꿀꺽 삼켰다. "우리가 가난뱅이인 것처럼 행동하시는 게 너무 싫어요. 아버지 이름을 딴 건물까지 가지고 계시잖아요!"

미시즈 보든이 나이프와 포크를 접시 위에 엇갈려 놓고 입을 닦았다. "네 아버지는 무척 근면하게 일하시고 너의 존경을 받으실 자격이 있어."

"저는 단지 사실을 지적했을 뿐이에요."

브리짓이 부엌으로 돌아가 우리를 등지고 섰다. 그녀는 한쪽 다리에 체중을 싣고 서서 한 손으로 조리대를 문질러 닦았다.

커틀러리가 도기 그릇에 쨍그랑 부딪히는 소리. 아버지가 양고기를 자르고, 이로 아랫입술을 물고, 식탁 위를 살폈다. 나는 아버지가 내게 소리를 지르길 기다렸지만 모든 게 조용하기만 했다.

"뭐가 문제예요, 아버지?"

아버지가 양고기를 썰어 삼켰다. 미시즈 보든이 리넨 냅킨으로 입을 문질러 닦았다. 입술이 발개졌다. 잠시 동안 그녀가 젊어 보였다. 잠시 동안. "다들 양고기가 입에 맞나요?" 미시즈 보든이 물었다. 짐승의 자그마한 살덩이가 목 안쪽에 들러붙었다. 꽤 묵직하게 목에 걸렸고 식은땀까지 났다. 에마가 떠올랐고, 내 지겨운 삶이 떠올랐다. 나는 유럽을, 그곳에서 내가 얼마나 근사했는지를 생각했다. 나는 캐비어까지 먹었다고!

"맛있어요." 내가 대답했다. 아버지는 벌목꾼처럼 고기를 잘라서 큼직한 덩어리를 입안에 쑥 밀어넣었다. 집이 조용했다. 아버지는 그날 내게 더는 한마디도 하지 않았다. 나는 이런저런 생각을 하기 시작했다.

*

에마가 차를 더 끓여 왔다. 벽난로 선반 위 시계가 재깍거렸다. 일곱시. 외삼촌이 계단을 내려왔다. 무거운 가죽 같은 사람. 그가 말했다. "애들아! 지금은 말다툼을 하고 있을 때가 아니다."

"우리 소리가 컸나요?" 내가 아주 달콤하게 물었다.

"조금. 하지만 충분히 그럴 수 있지." 외삼촌은 내 정수리에 입을 맞추고 말했다. "이제 뭘 좀 먹어야 할 것 같은데, 그렇지 않니?"

배가 조여들었다. "아, 먹어요!"

"저는 배고프지 않아요." 에마가 말했다.

외삼촌이 손가락으로 배를 문질렀다. 자, 자, 아기 고양이야, 아기 고양이야. 그러고는 세 번 두드렸다. "사람이 배만 먹고 버틸 수는 없지." 그가 웃었다. 외삼촌은 마음만 먹으면 매우 매력적인 사람이었다. 나는 에마가 눈을 굴리는 것을 보았다.

우리는 응접실에 앉았다. 손으로 안락의자의 벨벳 커버를 긁는 순간 나는 런던을 여행하던 때로, 선보닛을 쓴 마네킹이 서 있고 가게 종이 딸랑딸랑 울리고 짐승 가죽과 당밀 냄새가 나던 작업장의 뒷방으로 돌아갔다. 나는 장갑을 벗고 손끝으로 선보닛의 진녹색 벨벳을 훑어내렸다. 바느질이 꼼꼼하고 테가 탄탄했다. 모자 앞쪽에 세공된 자잘한 황금색 모조 다이아몬드를 보니 태양의 꿈이 떠올랐다. 몸을 숙여 깊이 숨을 들이쉬었다. 직물에 배어 있던 향신료 같은 톡 쏘는 향에 온몸이 따스해지고 따끔거리는 듯했다. 새로운 것이 불러일으키는 흥분. 나는 몸을 더 기울여 재빨리 모자를 핥았다. 그것을 다 먹어치우고 싶었다. 폴리버에서는 이런 것을 절대 찾지 못하리라.

"리지!" 에마가 소리쳤다.

나는 눈을 화들짝 떴다. "응?" 손바닥을 입에 댔다. 소금과 희미한 나무 광택제, 그리고 나의 일부를 맛보았다.

"뭘 먹고 싶은데?" 에마가 짜증을 냈다. 충동을 따르는 게 그렇게 잘못인가? 그녀는 아버지가 그랬던 것처럼 나 스스로에게, 영원한 아이인 나라는 존재에게 수치심을 느끼게 했다.

차가운 양고기 수프. 나는 미소를 지었다. "아무거나, 사랑하는 언니."

외삼촌이 배를 두드리자 에마는 의자 아래쪽 바닥을 구두로 밀면서 일어나 양탄자에 구둣발을 질질 끌며 방을 나갔다.

"외삼촌, 경찰이 범인을 찾는 데 시간이 아주 오래 걸릴까요?"

그가 눈썹을 치켜세웠다. "상황이 기묘하다는 점을 생각하면 어떤 결론이 나건 시간이 꽤 걸릴 것 같구나."

나는 의자 가장자리에 머리를 기댄 채 시간이 얼마나 흘러야 마음이 편안해질지, 안전하다고 느끼게 될지 생각했다.

에마가 음식을 가지고 왔다.

"배가 고파 죽을 지경이구나." 외삼촌이 말했다.

오래된 빵, 버터, 오래된 양고기 수프. 썩어가는 과일. 신선한 우유, 사과를 곁들인 케이크. 외삼촌은 빵을 자르고 버터를 두껍게 발랐다. 아무도 제지할 사람이 없다는 사실을 잘 아는 느긋한 태도로. 에마가 그를 보며 차를 홀짝거렸다. 나는 케이크 한 조각을 몇 덩이로 쪼개 보드라운 피라미드 형태의 감미로움을 볼 안에서 만끽했다. 설탕이 노래했다.

"정말 맛있구나, 에마." 외삼촌이 말했다.

에마가 나를 바라보았다. "너는 케이크 말고 다른 걸 먹어야 해, 리지. 양고기 수프 좀 먹지 그러니?"

"그 정도로 배가 고프지는 않아." 케이크가 내 입으로 들어갔다. "먹고 싶으면 언니나 좀 먹지 그래."

우리는 좀더 먹었다. 나는 탐욕스럽게 먹었다.

잠시 후 외삼촌이 말했다. "얘들아, 나는 오늘 아침에 일을 보러 나가면서, 너희가 이렇게 아름다운 날이 폭력적으로 끝날 거라고 했다면 신성모독이라며 너희를 비난했을 거다. 불쌍한 애비가 그 이른 아침에 공격당했다는 생각을 하면."

나는 우유를 마셨다. 에마가 손가락으로 찻잔의 둥근 테두리를 훑자 끔찍한 쨍 소리가 났다. "미시즈 보든이 아침을 드시자마자 돌아가셨다는 사실을 외삼촌은 어떻게 아세요?"

"추측이야." 외삼촌이 빵을 입에 넣었다. "달리 어떻게 설명할 수 있겠니? 한 가지 말해주마. 집으로 돌아왔는데 집 앞에 사람들이 잔뜩 몰려 있으면 몹시 놀랄 수밖에 없다."

"그게 얼마나 충격적인지는 저도 잘 알아요." 에마가 말했다.

외삼촌이 먹는 것을 멈췄다. "물론이지, 에마. 내가 실언을 했구나……"

에마가 일어섰다. "실례할게요. 신선한 공기를 좀 쐬어야겠어요."

"밖으로 나가지 마." 내가 말했다. "살인자가 밖에 있을지도 몰라."

"옆문만 열 거야."

그녀가 나갔다. 외삼촌과 나는 음식을 먹었다.

*

계단 꼭대기에서, 손님방에서, 미시즈 보든의 피가 발산하는 열기가 부글부글 끓기 시작했다. 외삼촌이 그 방으로 들어가 침대에 앉았다. "그 변고가 이 방에서 시작되었다니 기분이 정말 묘하구나." 그가 말했다.

"어디든 시작점은 있어야 하니까요."

그가 무릎을 탁탁 두드렸다. "그래, 맞는 말이다. 경찰이 몇 가지 가설을 세웠더구나."

"그런가요?" 그것을 꼭 알아야 했다.

"전부 엉터리다, 내 생각에는." 외삼촌이 얼굴을 향해 손바닥을 들었다. 그의 기다란 손가락이 껑충거리는 대벌레 같았다. 그는 손가락 냄새를 맡더니 말했다. "어떻게 손톱 아래에 이렇게 때가 많이 낄 수 있지?" 그는 손수건을 꺼내 손톱 아래에 천을 비틀어 넣어 때를 닦아내기 시작했다. 나는 그 냄새를, 흙냄새를 맡았다.

우리는 아무 말도 하지 않았다. 방 반대편에 놓인 라디에이터 옆에 튄 핏자국이 보였다. 피가 날아간다. 피가 솟구친다. 그걸 보니 가슴이 철렁했다. "정말 이 방을 계속 쓰고 싶으세요?"

"물론이지, 얘야. 나는 아무렇지도 않다. 피가 조금 남아 있긴

하지만." 어머니가 그랬던 것처럼 외삼촌이 활짝 웃었다. 그 모습을 보자 어머니가 그 방에 우리와 함께 있는 것처럼 기분이 다시 좋아지고 몸안이 따스해졌다. 외삼촌, 나의 선물.

그가 자신의 옆자리를 탁탁 쳤고 나는 그곳에 앉았다. 침대의 끝부분에 피가 튀어 있었다. 나는 손으로 그것을 덮었다. "얼마나 더 우리와 함께 계실 거예요?"

"있을 수 있는 만큼, 리지." 그가 이를 드러내며 미소를 지었다. 외삼촌은 언제나 상황이 나아지게 하려면 무슨 말을 해야 하는지 잘 알았다. 이윽고 그가 말했다. "혹시 오늘 이 집에서 누구 다른 사람을 보지 않았니?"

"저는 이미 경찰에게 말했어요……"

"경찰에게 한 말은 신경쓰지 마라. 그냥 궁금해서 묻는 거다. 집에서 누구든 봤니? 이를테면 남자?"

외삼촌이 무슨 말을 하는지 감도 잡을 수 없었다. "아뇨."

그가 내 손을 보더니 나를 위아래로 살폈다. "지난밤 앤드루와 나눈 대화 때문에 아직도 맘이 상한 거니?"

나는 부글부글 끓기 시작했다. "그 일은 다시 떠올리지도 않았어요."

외삼촌이 나를 빤히 보았다. 지금 외삼촌은 무슨 생각을 하는 걸까? 이른 저녁 집의 옆면을 두드리는, 늑대 같은 바람소리가 들렸다. 나를 향해 무언가가 살금살금 다가오는 소리.

외삼촌이 어깨 너머로 미시즈 보든의 시신이 누워 있던 자리를 바라보았다. "자신에게 그런 일이 닥치리라는 걸 알았을까?" 그가 속삭였다.

이마가 아팠다. 문질렀다. "어쩌면요. 그랬을 거라고 생각하시는군요……"

"그런 셈이지." 그는 나를 좀더 살펴보았다. 그 눈빛에 햇빛을 받은 밀처럼 뒷덜미의 털이 곤두섰다. 그러더니 그가 말했다. "오늘 헛간에 갔었니?"

나는 고개를 끄덕였다.

"알겠다."

"오늘 여러 번 갔어요. 왜요?"

그의 얼굴에 천천히 미소가 번졌다. 그 모습에 불안해졌다. "리지, 우리 이야기를 좀 나누면 어떻겠니?"

에마가 요란하게 집으로 들어오는 소리가 들렸다. 그 소리에 머리가 어찌나 아프던지. 나는 통증을 멈출 수만 있다면 무슨 이야기든 할 작정이었다. "좋아요."

외삼촌이 침대에서 일어나 손님방 문을 닫고 나를 돌아보았다.

나는 땋은 머리를 풀고 흔들었다. 고개를 돌려 화장대를 보니 화장대 다리 아래쪽을 핥고 있는 미시즈 보든의 피가 눈에 들어왔다. 서랍장 손잡이에는 흰머리 몇 가닥이 들러붙어 있었다. 나는 누군가가 방을 청소하고 쓰레기를 갖다 버릴 때까지 그것이 저기 얼마나 오래 붙어 있을지 궁금했다. 침대 주위로 피에 젖은 발자국이 찍혀 있었다. 불안과 불신의 지도. 미시즈 보든은 창가에서 라디에이터까지, 그리고 발자국들이 그녀가 죽었다고 소리를 지르며 계단을 달려내려가기 전에 우왕좌왕했던 문가까지 온 방안을 끌려다녔다.

정말 기묘한 날들. "외삼촌, 저는 뭐가 현실인지 잘 모르겠어요."

그가 항상 그러듯 내 어깨를 어루만졌다. "그건 걱정하지 마라. 필요하면 뭐가 현실인지 내가 일러줄 테니까."

"에마와 저는 이제 뭘 해야 하죠?" 내가 물었다.

"함께 지내거라. 그게 내 충고다."

내가 외삼촌을 쳐다보자 그가 내 어깨에 흩어진 머리카락을 치워주었다. 그리고 미소를 지으며 말했다. "너를 보고 있으면 얼마나 네 어머니가 떠오르는지 내가 말했던가?"

14

브리짓

1892년 8월 4일

지난번에 이 집을 떠나려고 했을 때, 미시즈 보든은 주급을 사달러로 올려주고 나를 보스턴에 데리고 갔다. "내 허리가 예전만 못하다는 걸 당신도 알잖아요. 그애가 나와 같이 가야 해요." 미스터 보든이 기차표를 한 장 더 구입한 이유를 묻자 미시즈 보든이 대답했다.

"알았소."

우리는 계속해서 이런저런 것을 잊어버리고 사람들을 잊어버리는 그녀의 숙모를 당일치기로 방문할 예정이었다. 미시즈 보든은 좋은 인상을 주고 싶어했다. 보스턴으로 출발하기 전날 나는 미시즈 보든의 머리를 카스티야 비누와 로즈메리로 감기며 손톱으로 두피를 긁어주었다. 내 손톱 밑으로 그녀가 들어왔다. "절대 후회하지 않을 거야, 브리짓." 나는 손놀림을 멈추지 않았고, 그게 무슨 뜻인지 굳이 묻지 않았다.

그렇게 우리는 기차에 올랐다. 미시즈 보든은 베이지색 여행용 코트를, 나는 검은색 코트를 입었고, 미시즈 보든의 일용품이 가득 담긴 붉은색과 보라색 꽃무늬 여행용 손가방은 내가 들었다. 그녀는 나를 창가에 앉힌 뒤 바로 옆에 붙어 앉았다. 잠시 후 기적이 울리고 기차가 달리기 시작했다. 폴리버가 우리 뒤로 멀어졌다. 아찔한 속도로 멀어졌다.

"근사하지 않니, 우리 둘뿐이라는 게?" 그녀가 말했다.

그녀가 생각하는 우리. 그런 게 가능할 리 없었다. 우리는 가족이 아니니까. 하지만 그녀가 편안한 얼굴로 미소를 띤 채, 몹시 차갑고 살집이 두툼한 손으로 내 손을 잡고 엄마가 그러듯 쓰다듬고 토닥여주었기에 나는 말했다. "집을 나오니까 좋네요."

보스턴. 나는 기차에서 내리는 그녀를 도왔고, 그녀가 기차와 승강장 사이의 넓은 틈을 뛰어넘을 때는 그 체중을 지탱해주었다. 우리는 수많은 사람들 사이를, 면과 실크로 된 흰색과 푸른색 줄무늬 드레스를 입은 여자들 사이를 요리조리 빠져나가 역을 나선 뒤, 돌과 타르가 깔린 길을 따라 걷다가 길가에 서서 전차를 기다렸다.

"이곳이 얼마나 넓은지 항상 잊어버린다니까." 미시즈 보든이 말했다.

보스턴은 당연히 아주 넓었고, 그곳에서 하녀로 일하면 집으로 더 빨리 돌아갈 수 있겠다는 생각이 들었다.

우리는 전차에 올라타 매끄러운 나무 난간에 기대섰다. 내가 미시즈 보든에게 물었다. "부인의 숙모님 댁은 어디인가요?"

그녀가 입술을 핥더니 말했다. "우리는 거기 안 갈 거야. 오늘 하루 동안 휴가를 즐길 거거든."

내가 입을 다물어야 하는 또다른 비밀.

전차가 종을 울리며 모퉁이를 돌더니 다음 거리로, 또 다음 거리로 달려갔다. 도시의 공기가 나를 덮쳤다. 굴뚝의 땔나무와 진창과 석탄 냄새, 향수와 가죽 깔창 냄새, 사람들이 가까이 붙어 걸을 때 몸에서 나는 냄새, 엄청난 흥분의 냄새가 모두 뒤섞여 나를 들뜨게 만들었다. 그렇게 이 거리 저 거리를 지나 우리는 마침내 필렌 백화점 앞에 다다랐다. 미시즈 보든의 큰 가슴이 그녀를 더욱 웅장해 보이게 했다. "너는 이런 곳에 한 번도 안 와봤겠지."

"네, 부인."

그녀는 내 팔을 잡고 나를 넓은 문 안으로 밀어넣었고, 에마와 리지가 교회에 갈 때 입는 종류의 드레스를 파는 곳으로 데려갔다. 그리고 그 옷들을 입어보게 했다. 이 드레스, 저 드레스. 실크와 다마스크직은 내 피부에 너무 과했다. "정말 잘 어울리는구나." 그녀가 말했다. 말하고 또 말했다. 그녀가 나를 살아 있는 인형으로 만드는 동안 나는 보라색 레이스가 달리고 손잡이에 은으로 돋을새김을 한 작은 양산을 유심히 보았다. 그 양산을 쓰고 다니는 내 모습을, 양산을 보여주자 메리가 이렇게 말하는 모습을 상상했다. "귀부인 납시었네." 하지만 우리는 아무것도 사지 않았다. 미시즈 보든이 슬슬 지겨워할 즈음 우리는 백화점을 나와 하루치 휴가를 계속 즐겼다.

우리는 팔짱을 꼈다. 미시즈 보든은 나를 딸처럼 옆에 끼고 파크 스트리트를 따라 걸었다. 우리 위로 물을 뿜으며 얼굴에 차가운 물을 튀기는 브루어 분수를 지나고, 교회와 그곳의 지나치게 새하얀 첨탑을 지나고, 유니언클럽의 붉은색, 흰색, 푸른색 휘장 같은 것

발과 벽돌 건물 전면에 새겨진 장미 문양을 지나쳤다. 우리는 보스턴코먼공원 방향으로 걷고 또 걸었다. 그러다 끝이 뾰족한 주철 창살로 된 문으로 들어갔다. 창살이 마치 아버지가 내게 들려준 이야기에 나오는 창 같았다. 적의 수급을 꽂아두는 창. 미시즈 보든은 잠시 나를 놓아주고 혼자 서 있었다. 그녀가 나를 돌아보고 말했다. "아름답지 않니?"

"네, 부인."

"나는 느릅나무가 참 좋아." 그녀가 말했다. "이 나무들이 얼마나 높이 자라는지 궁금해. 이 나무만큼 키가 크면 정말 멋지지 않겠니?" 그녀가 두 팔을 들어올리자 드레스의 가슴께가 팽팽하게 당겨졌다.

나는 고개를 들어 녹음이 무성한 우듬지를, 미풍이 거친 잎사귀를 흔드는 모습을, 야생 토끼가 껍질이 갈라진 잿빛 나무 몸통을 타고 올라가 나무에 몸을 비비며 털을 날리는 모습을 보았다. "그럴 거예요."

우리는 웃자란 풀밭에 한 시간가량 앉아서 공기 중에 감도는 냄새를 이것저것 맞혀보았다.

"이건 커피 볶는 냄새네."

"이건 항구."

"이건 생기 넘치는 말."

"이건 껍데기를 깐 조개."

우리의 위장이 음식을 달라고 애원했다. "가자." 미시즈 보든이 말했다. "내가 괜찮은 곳을 알아." 나는 피부가 종이처럼 얇은 그녀의 손을 잡고 그녀를 땅바닥에서 일으켜세웠다. 우리는 보스턴

코먼을 가로질러 스쿨 스트리트로 갔고 거기서 파커하우스호텔까지 좀더 걸었다. 나는 이곳을 알았다. "미스 리지와 미스 에마가 여기서 식사를 하세요." 내가 말했다.

"그리고 이제 너도 할 거야."

호텔은 온통 벽돌과 석회암으로 된 건물로, 아빠가 더블린의 리피강에서 일을 해야 했을 때 한 번 본 적이 있는 장원 저택 같았다. 우리는 호텔로 들어가 식당에 자리를 잡고 이런저런 사람들을 아는 이런저런 사람들이 두런두런 나누는 이야기에 귀를 기울였다. 우리 테이블에 신선하고 바삭거리는 롤빵, 진한 노란색의 가염 버터, 굴 크래커를 얹고 파슬리를 솔솔 뿌린, 크림색과 회색이 감도는 걸쭉한 클램차우더가 놓였다. 나는 그것을 숟가락으로 떠서 보든가 사람들처럼 후루룩거리며 먹었다. 미시즈 보든이 그렇게 활짝 웃는 모습을 본 건 그때가 처음이었다.

우리는 오후에 보스턴을 떠나 방적공장의 증기로 가득한 폴리버로 돌아왔다. 미시즈 보든은 여정 내내 내 손을 토닥였고 기차가 슬슬 속도를 늦추며 승강장에 서자 말했다. "머무르는 것에도 장점이 있어, 브리짓."

그 말에 나는 기분이 상했고, 빠른 시일 내에 집으로 돌아갈 수는 없으리라는 사실이 다시금 떠올랐다.

*

새로운 아침이자 언제나 똑같은 아침에 눈을 떴다. 열기로 가려움을 느끼며 깨어나 몸을 굴렸다. 머리가 어질어질하고 뱃속이 뒤

집혔다. 일진이 좋지 않을 것 같았다. 나는 램프를 켜고 벽에 붙은 가족사진을 보며 말했다. "오늘 부인에게 그걸 돌려달라고 말할 거예요."

나는 침대에 누웠다. 정말 오랜만에 돌아다니는 사람도 없고, 비둘기 소리도 들리지 않는 고요한 아침이었다. "좋아, 이제 일어나자." 나는 잠가놓았던 문을 열고 계단참으로 나갔다가, 밖이 이미 환하다는 걸 알아차렸다. 늦잠을 자버렸다. 나는 굳이 발길을 멈추고 보든 부부의 방에서 나는 소리를 듣는 대신 서둘러 계단을 내려갔다. 양고기 수프를 불에 올렸는데—세상에, 냄새가 지독했다—간을 맞추려면 맛을 보아야 했다. 다음 순간 스토브 옆 벽에 번들거리는 은빛 액체가 두 줄기로 길게 흘러내리는 게 보였다. 앞치마로 벽을 닦고 냄새를 맡았다. 버터와 기름. 다시 닦았는데도 계속 흘러내렸다. 누군가 안쪽 계단을 내려오는 소리가 들려 뒤를 돌아보았다. 미시즈 보든. 그녀는 내게 다가왔지만 처음에는 아무 말도 하지 않았다. 나는 냄비의 수프를 저었다. 그녀는 가만히 서서 보다가 마침내 말문을 열었다. "오늘은 늦었구나."

"죄송합니다, 부인."

"사과한답시고 손을 멈추지는 마."

나는 옥수수빵을 만들기 시작했다. 그녀는 계속 지켜보았다. 곧 미스터 보든도 계단을 내려왔는데, 요강을 들고 있었다. 그의 오줌이 요강 안에서 출렁이는 소리가 들렸고, 미시즈 보든이 이를 가는 소리가 들렸다. 곰팡이 냄새 같은 악취가 코를 찔렀다. 부엌이 더워졌고 북적북적해졌다. 미스터 보든은 밖으로 나가 요강을 비웠다. 나는 다시 냄비의 수프를 저었고 미시즈 보든은 나를 지켜보며 관자놀이를 긁었다.

"가서 미스터 모스를 모셔와." 그녀가 말했다. 그리고 나를 보며 내가 갈 방향을 손으로 가리켰다. 나는 시키는 대로 했다. 하루가 좀더 빨리 흘러가게 하기 위해 해야 하는 일을.

방문을 두드리자 안쪽에서 그가 헛기침으로 아침의 가래를 끌어올려 요강에 뱉는 소리가 났다.

"미스터 모스, 아침 드세요."

그가 서둘러 다가와 문을 열었다. 우리는 얼굴을 마주한 채, 아침치고 너무 가깝게 섰다. "좋은 아침이구나, 브리짓."

"안녕하세요."

"정말 근사한 아침 아니냐?" 오래된 양말 같은 그의 입냄새.

"네."

"밤에 잠을 푹 자면 늘 발밑에 용수철이 달린 듯 가뿐하다니까."

나는 고개를 끄덕였다. "아침이 준비되었어요." 나는 그를 뒤로하고 부엌으로 돌아와 양고기 수프와 옥수수빵을 그릇에 나눠 담기 시작했다.

존이 먼저 와 있던 보든 부부와 함께 식사실에 자리했다. 그는 미시즈 보든과 지난밤 잠을 잘 잤는지, 무슨 꿈을 꾸었는지 이야기를 나누었다. 나는 음식을 내가며 수프의 냄새를 맡지 않으려 애썼고, 치밀어오르는 욕지기를 억누르려 애썼다. 나는 그들을 두고 식사실을 나와 옆문 계단에 주저앉아 머리를 무릎 사이로 숙였다. 그러자 집으로 돌아가는 배를 타고 파도 위에서 출렁이며 내 머리가 북쪽으로 남쪽으로 향하는 기분이 들었다. 나는 아침부터 거리를 지나가는 사람들의 발소리에 귀를 기울이며 눈을 감고 십부터 영까지, 영에서 십까지 세고, 세고, 또 세며 욕지기가 가라앉기를 기다렸다.

리지가 나를 부르기에 안으로 들어갔다.

"넌 오늘 뭘 할 거니?" 그녀는 눈도 깜박이지 않으며 기묘한 표정으로 나를 보았다.

"미시즈 보든이 지시를 내리시기 전에는 저도 몰라요."

"옷감을 세일한대. 가서 몇 야드만 사다가 새 유니폼을 만들어 입으렴." 그녀가 달콤한 목소리로 말했다.

"그러고 싶지 않아요. 그럴 기력이 없어요."

"그 세일은 오늘뿐이야. 미시즈 보든도 갈 거야." 그녀가 자꾸 재촉했고 짜증이 난 것 같았다.

"몸이 좋지 않아요, 미스 리지. 못 갈 것 같……"

그녀가 나를 노려보더니 말했다. "좋아, 맘대로 해." 그런 다음 나를 두고 제 아버지가 있는 거실로 들어갔다.

"안녕히 주무셨어요."

"잘 잤니."

"오늘은 몸이 어떠세요, 아버지?"

"두고 봐야 할 것 같구나. 여전히 별로 좋지 않아." 그가 천천히 대답했다. 나는 그가 비둘기에 대해 언제 이야기할지 궁금했다.

나는 식사실로 들어가 그릇을 모은 다음 식기실로 가지고 가서 설거지를 시작했다. 그때 미시즈 보든이 요란하게 들어와 말했다. "설거지 다 끝내면 바깥 창문을 닦아라." 그녀는 우리가 전혀 모르는 남남인 것처럼 말했다.

나는 행주로 그릇을 닦으며 아무 대꾸도 하지 않았다. 미시즈 보든이 그 자리에서 꼼짝도 않고 지켜보다 말했다. "아직도 떠날 작정이니?"

나는 그릇을 닦았다. "네, 미시즈 보든." 그녀의 축 처진 두 눈과 생기 없는 눈빛을 보니 기가 팍 죽은 것 같았다. 엄마 생각이 났다. "부인, 제 돈통을 돌려주시면 좋겠어요."

그녀가 고개를 가로저었다.

"미시즈 보든, 그 통에 제 돈이 모두 들어 있어요. 저는 요리도 하고 청소도 했어요. 여기서 계속 일했다고요."

그녀가 관자놀이를 문질렀다. 우리는 서로를 바라보았고 리지와 미스터 보든이 나누고 나누는 이야기를, 늘 똑같이 흘러가는 이야기를 들었다. 그녀가 말했다. "창문을 제대로 다 닦으면 그때 보자."

"네, 부인." 나는 고약하게 굴고 싶지 않았기에 솔직한 이야기를 했다. "저는 아직도 보스턴에 갔던 일을 생각해요." 내가 미소를 지었다.

"오?" 미시즈 보든이 말했다. 그녀의 표정을 읽을 수 없었다.

"고마워요, 애비." 그녀의 이름이 혀에서 미끄러져나왔다, 쉽게. 집으로 갈 날이 가까워졌다.

미시즈 보든이 내게서 몇 걸음 물러나더니 눈을 비비고 무슨 말을 하려다 말았다. 대신 안쪽 계단으로 올라가버렸고, 설거지거리와 함께 남겨진 나는 리지가 미스터 보든에게 하는 말을 들었다. "비둘기에게 모이를 주러 갈 거예요."

마지막 그릇까지 다 씻고 부엌으로 돌아가보니 미스터 보든이 어깨를 앞으로 축 늘어뜨린 채 서 있었다. 내가 젖은 손을 앞치마에 닦는데 그가 말했다. "좀 비켜주겠니." 그리고 나를 밀치고 비틀비틀 옆문으로 나갔다.

지하실로 내려가 창문을 닦을 비누를 챙기는데 리지의 비명소리가 들렸다. 비둘기.

*

무더운 밖에서 일을 하니 얼굴은 불처럼 타오르고, 뱃속은 요란하게 뒤틀리고, 머리는 어질어질해 결국 풀밭에 엎드린 채 먹은 것을 모두 게워내고 말았다. 잠시 후 헛간에서 탁탁 치는 소리가 들린 것 같았지만 그냥 비둘기 소리이겠거니, 리지이겠거니 생각하고 집 왼편으로 가서 유리창을 닦기 시작했다. 창문 아래쪽을 따라 손자국이 남아 있었다. 이런 자국이 언제 생겼는지, 리지는 언제 내가 열심히 닦은 것을 더럽히려고 마음먹었는지 궁금했다. 나는 양동이를 비우고 새로 물을 받으러 집으로 돌아가며 내가 발견한 것을 미시즈 보든에게 말하자고 생각했다.

깨끗한 물을 담아 다시 창문으로 와보니 반쯤 먹다 버린 배가 배나무 아치에서 집 옆쪽으로 점점이 떨어져 있었다. 존과 리지가 지난밤에 그곳에 있었다. 두 사람이 무슨 야릇한 놀이를 벌인 것일까? 땀이 허벅지를 따라 흘렀고, 나는 참지 못하고 다시 발치에 구토를 했다.

"브리짓?" 울타리 뒤에서 들리는 메리의 목소리.

"응?"

"괜찮니?"

"이보다 더 좋을 수는 없어." 아, 나는 정말 자고 싶었다. 나는 울타리에 몸을 기댔다.

"뭘 먹은 거야?"

"내가 요리한 음식." 나는 말을 멈추고 울렁거리는 속이 진정되기를 기다렸다. "아니면 미시즈 보든이 나를 벌주는 중일지도 모르고."

메리가 웃었다.

"진심이야. 어쩌면 내가 떠나는 꼴을 보느니 독을 먹이는 게 낫다고 생각했을지도 몰라."

"맙소사. 거기 있어봐." 메리가 울타리 뒤에서 버둥거리더니 절뚝거리며 사라졌다가 곧 내 앞에 나타났다. 천사 같은 두 볼은 장미처럼 발갛게 물들었고 속바지 아랫단이 보일 정도로 치맛단이 말려 올라가 있었다.

나는 그녀를 훑어보았다. "내가 방해한 거야, 그래?"

메리가 내 어깨를 툭 쳤다. "무슨 소리야. 바닥을 닦던 중이었어."

"그런 차림으로 돌아다니면 난리가 날 거야."

"그래 봤자 미시즈 보든이 네 얘기를 들었을 때와는 비교도 안 될걸."

"부인이 내 돈통을 가져갔어." 배에서 꾸르륵 소리가 났다. 이 작은 악마.

"몸값이 걸린 인질이 됐구나!" 메리가 절뚝거리며 다가와 손으로 내 이마를 짚었다. "브리짓. 이마가 펄펄 끓어."

나는 친구의 손을 살며시 밀쳐냈다. "계속 그렇게 하면 형사도 될 수 있겠다."

"이렇게 밖에 나와 있으면 안 돼."

"안 하겠다고 할 수 없잖아."

메리가 고개를 절레절레 저었다. 우리는 고개를 들어 집을, 조금씩 벗겨져 떨어지는 녹색 페인트 조각을, 거실 창문 옆에 떨어져 말라붙은 비둘기 똥을 바라보았다. 거미줄에서 거미 한 마리가 다리를 방추형으로 오므렸다. 미스터 보든은 집의 옆면엔 전혀 신경 쓰지 않았다.

이윽고 메리가 나를 보며 말했다. "일요일에 카드 게임을 할 수 있을 만큼 몸이 괜찮아질까?"

"걱정 마. 그때까지 아프다고 해도 너를 이겨줄 테니까."

그녀가 활짝 웃었다. "그럼 난 이제 가봐야겠다. 바닥을 다 닦고 나서 연습을 해야겠어." 메리가 내 이마를 다시 짚었다. 손이 서늘하고 부드러웠다. 그녀가 가려고 돌아섰다.

"메리," 내가 말했다. "그 돈통을 돌려받지 못하면 어떻게 해야 할까?"

그녀가 어깨를 으쓱했다. "넌 분명 떠날 방법을 생각해낼 수 있을 거야."

그것이 내가 생각해낸 방법이었다. 나는 고개를 들어 집을 보았다. 스토브에서 땔감이 우지끈 갈라지며 연기가 굴뚝으로 올라오는 소리가 들릴 것 같았다. 나는 창문을 닦으러 돌아갔다. 다른 방법이 있어야 했다.

미시즈 보든이 거실 창문을 똑똑 두드리더니 화가 난 표정으로 내게 일을 제대로 하라고 했다. 마치 내가 지금까지 창문을 닦은 적이 없다는 듯이, 이 일을 한 번도 해본 적이 없다는 듯이. 나는 걸레를 빨아 작은 원을 그리며 유리창을 닦았다. 미시즈 보든이 눈을 가늘게 뜨고 입을 벅벅 문질렀다. 손목이 저렸다. 그녀가 사라지자 나는 손을 멈췄다. 더이상 아무것도 하고 싶지 않았다. 나는 잠시 앉아 뱃속이 악마처럼 쉬익거리는 소리를, 세컨드 스트리트를 오가는 사람들의 요란한 발소리를 들었다. 모든 것이 점점 더 참을 수 없어졌다. "이제 아무것도 하지 않을 거야." 내가 말했다. 그리고 집으로 들어갔는데 아무도 없었고, 누군가가 식탁 근처에 토해놓은 것이 눈에 들어왔다. 밖으로 나가서 처리할 예의조차 없다니. "정말 이 집 식구답네." 더 자세히 보려고 다가가는데 리지가 뒤에서 나타났다. 나는 그녀에게 토사물에 대해 이야기하며 미시즈 보든을 걱정했다. "오늘같이 더운 날에 부인처럼 나이드신 분이 병이 나면 큰일인데요."

리지가 내 어깨를 토닥였다. 나는 그녀와 몸이 닿는 게 싫었지만 그녀는 내게 바짝 다가섰다. 막 달려온 것처럼 두 볼이 달아올라 있었다. "그런 걱정은 하지 마, 브리짓."

"미시즈 보든은 어디에 계세요?"

그녀는 고개를 갸웃하더니 약간 멍청한 사람을 보듯 나를 보았다. "미시즈 보든은 전갈을 받고 친척의 병문안을 갔어."

나는 누가 그런 전갈을 전하는 소리도, 그녀가 외출하는 소리도 듣지 못했다. 리지가 계속 어깨 너머를 돌아보자 나는 존을 기다리느냐고 물었다.

"아니, 외삼촌은 한참 전에 나갔어." 리지는 손톱을 물어뜯고 양탄자에 손톱 부스러기를 퉤 뱉었다.

나는 그가 나가는 소리도 못 들었다. 제대로 들은 게 아무것도 없었다. 나는 정말 쉬어야 했다. 리지가 일전에 자신이 한 말을 뒤집고 나를 도와 식사실의 오물을 치우겠다고 했다. "너는 유리창

청소를 끝내. 저기는 내가 알아서 할 테니까."

나는 망설였다. 만약 토사물을 제대로 치우지 않으면 미시즈 보든이 돈통을 돌려주지 않을지도 몰랐다. 하지만 그걸 내가 직접 치울 생각을 하니……"알겠어요."

리지가 오르락내리락하며 요란하게 쿵쿵거리고, 목이 졸리는 듯한 소리, 작게 끙끙거리는 소리를 냈다. 그녀가 쏜살같이 헛간으로 들어갔다가 다시 나왔다. 아무래도 리지가 못된 짓을 꾸미고 있다는 느낌을 지울 수 없었다. 나는 리지를 확인하러 갔다. 리지는 토사물이 갈색 점액질 무더기가 되도록 빗자루 손잡이로 대충 모은 후 걸레로 집어서 양동이에 던져버렸다. 리지와 그녀의 헛구역질. 그녀를 비웃고 싶었다. 리지는 뭔가 다른 꿍꿍이가 있을 때에만 청소를 했다. 나는 그곳을 나왔다.

아침이 계속 흘러갔고 점점 더워졌다. 나는 지하실 옆 창문을 닦으며 이런 일을 시킨 미시즈 보든에게 불구덩이에나 빠지라고 저주를 퍼부었다. 잠시 후 리지가 내게 성녀처럼 다가와 말했다. "안으로 들어가서 좀 쉬는 게 어때?"

우리는 안으로 들어가 함께 물을 마셨다. 그녀가 나를 바라보았다. 내 뒷덜미의 털이 바짝 섰다.

"나는 이제 위층으로 갈 거야." 그녀가 말했다.

"네."

리지가 가자 나는 식사실을 빼꼼 들여다보았다. 그녀는 식탁 아래 토사물을 제대로 치우지도 않은 채 가버렸다. 나는 마시던 물을 들고 거실로 가서 소파에 잠시 앉았다. 집이 쥐죽은듯 고요했다.

시계가 열시를 알렸고, 얼마 안 있어 현관에서 덜거덕 소리가 나며 누군가가 안으로 들어오려 했다. 나는 일어나서 기다렸다. 문을 두드리는 소리가 나고 또 났다. 그러더니 미스터 보든이 소리쳤다. "문을 못 열겠어."

나는 문으로 달려가 더듬더듬 열쇠를 꺼내—"휴!"—잠긴 문을 열었다. 얼굴이 허옇게 질린 미스터 보든이 식은땀을 흘리며 서 있었다.

"미스터 보든, 괜찮으세요?"

그의 눈이 통제를 벗어난 듯 저절로 돌아갔다. "유감스럽게도 안 괜찮다. 일을 하는데 계속 아프더군. 도저히 하루를 버틸 수가 없었어."

그가 안으로 들어와 내게 모자와 겉옷을 건넸다. 그때 리지의 웃음소리가 들려서 돌아보니 그녀가 계단 중간쯤에 서서 몸을 좌우로 살짝살짝 흔들고 있었다. 미스터 보든은 거실 소파에 앉아 양손으로 마른세수를 했다.

"제가 돌봐드릴게요." 내가 말했다.

"괜찮아, 브리짓. 아버지는 내가 돌봐드릴게." 리지가 어느새 손을 맞잡고 내 뒤에 서 있었다. "너는 위에 올라가서 좀 쉬지 그러니?"

"알겠습니다." 내가 말했다. "제가 필요하면 부르세요."

나는 거실에서 이야기를 나누는 두 사람을 뒤로하고 나왔다. 리지가 미스터 보든에게 미시즈 보든이 외출했다고 전했다. 나는 안쪽 계단을 올라갔다. 머리가 아프고 온몸이 쑤셨다. 곧장 내 방으로 가서 문을 살짝 닫고, 열이 펄펄 나는 채로 침대에 누웠다.

*

　지난겨울에 눈이 오고 바람이 몰아쳤다. 안으로 들여보내달라고 문을 두드리는 유령처럼, 우리를 산 채로 묻어버리고 싶어하는 것처럼 눈보라가 밤새 집을 흔들었다. 나는 발목에서 딸깍 소리가 날 정도로 다급하게 안쪽 계단을 내려가 손마디가 멍들 때까지 보든 부부의 방문을 두드렸다. 미스터 보든이 문을 열었다. "무슨 일이냐?"

　"눈 때문에 걱정이 되어서요. 눈 폭풍이 몰려오는 것 같은 소리가 나요."

　그가 팔짱을 꼈다. "이 집은 안전하다. 폭풍은 지나갈 거야."

　"네, 하지만 혹시라도……"

　"브리짓, 그만 가봐. 집은 튼튼하니까."

　그가 문을 닫았고, 미시즈 보든이 그를 불렀다. "브리짓 쟤는 왜 저런대요?" 그녀는 문가로 와서 직접 이야기를 했어야 옳았다. 두 사람 다 내 이야기를 귀담아들었어야 했다. 결국 나는 방으로 돌아갔고, 아침에 미시즈 보든의 고함소리에 잠이 깼다. "문이 열리지 않아! 앤드루, 우리 집안에 갇혔어요."

　계단을 후다닥 내려가보니 미시즈 보든이 망연자실해 옆문 앞에 있었다. "브리짓," 그녀가 말했다. "뭔가 끔찍한 일이 벌어졌어." 우리는 문을 바라보았다. 내가 말하지 않았던가. 집은 우리를 내보내주려 하지 않았다.

　얼마 후 리지가 덧문을 열었다. 1피트가량 쌓인 눈이 창문에 단단히 얼어붙어 있었다. 그녀는 유리에 손을 대고, 내가 깨끗하게 닦은 창문에 땀자국을 내며 말했다. "눈이 우리와 함께 집안에 있는 것 같아." 눈은 하얗기는커녕 검댕과 자갈, 흙이 잔뜩 뒤섞였고 나무에서 떨어진 잔가지도 섞여 있었다.

"덧문을 닫아라." 미스터 보든이 말했다.

"하지만 유리에 손을 대고 얼마나 오래 버틸 수 있는지 궁금하단 말이에요." 징징거리기.

미스터 보든이 한숨을 쉬며 말했다. "덧문을 닫으라고 했다." 폭탄 같은 그의 목소리. 리지가 시키는 대로 했다.

"몸을 덥힐 차를 내올까요?" 내가 물었다.

미스터 보든이 내게로 몸을 돌렸다. "그래. 창문이 다 닫혀 있는지 확인해보거라. 이 집에서 열기가 조금이라도 새어나가면 안 되니까."

"네, 주인어른." 나는 고개를 끄덕이고 지시를 따랐다. 집은 완전히 닫혀 있었다.

함께 지내게 된 날들의 시작. 리지와 에마는 쥐처럼 자신들의 구역에서, 위층 자신들의 방에서 나오지 않았다. 그들은 계속 나를 소리쳐 부르며 말했다. "브리짓, 와서 접시 좀 치워."

"브리짓, 차 좀 가져와."

"브리짓, 케이크 남은 거 있니?"

그들은 내 이름을 부르고 또 부르며, 절대 방을 나오지 않고 내가 온몸이 쑤실 때까지 일을 시켰다. 나는 그들의 요강을 치우고, 그들의 더러운 속옷을 치우고, 그들의 부모가 무엇을 하고 있는지 알려주어야 했다. 가끔 두 사람은 서로 몸싸움을 하고, 악담을 퍼붓고, 온 집안을 고함소리와 문을 쾅 닫는 소리로 가득 채웠다. 그러면 나는 그 소리에 귀를 틀어막고 그들로부터 벽을 친 채 그날을 견뎠다.

그러다 눈이 내리고 나흘이 지났을 때 위층의 라디에이터가 고장나는 바람에 에마와 리지는 보든 부부와 함께 아래층에서 지낼 수밖에 없었다. 시계가 재깍거리는 거실에 모인 네 사람. 모두 입을 꽉 닫고, 미스터 보든은 잇새에 문 파이프를 빨고, 내게 먹다 남은 저민 고기를 가져오라고 하고, 나는 추위에 곱아든 손으로 고기를 자르다 칼을 놓치는 바람에 매번 피부에서 피가 배어나오고, 그들은 각자의 몸에서 나오는 열로 서로를 때리고 연신 하품을 하는 상황이 펼쳐졌다. 그 속에서 나는 신경쇠약에 걸릴 지경이었다.

리지와 에마는 서로 머리를 땋아주고, 미시즈 보든은 코바늘뜨기를 했다. 그들은 책을 읽고 나는 그들이 시키는 일을 했다. 어느 오후 눈은 여전히 펑펑 쏟아지고 보든 일가는 모두 거실에 모여 담요를 둘둘 만 채로 잠들어 있었다. 그들은 입을 크게 벌리고 대양의 파도처럼 공기를 빨아들였다 뱉어내기를 반복하며, 오래된 고기와 버터 냄새를 풍겼다. 나는 앉아서 손톱을 물어뜯으며 손톱 조각을 저들의 입에 던져넣으면 무슨 일이 일어날지 보고 싶다는 생각을 했다. 그들이 나를 직업소개소로 되돌려보내면서 절대 하녀로 고용하면 안 된다고 하리라는 점만은 확실했다. 나는 손톱 부스러기를 앞치마 주머니에 넣고, 잠든 그들을 지켜보며 그들이 무슨 꿈을 꾸는지 궁금해했다. 아, 나는 심심했다.

나는 벽난로 선반에 올려둔 사진으로 다가갔다. 그곳에 한 해 한 해 나이가 들어가는 에마가 있었고, 리지가 있었다. 사진 속의 에마는 악몽 같은 이야기라도 들은 것처럼 항상 고통스러워 보였다.

그리고 정반대인 리지가 있었다. 나는 그들이 절대 피를 나눈 사이로 보이지 않는다고, 어딘가에서 작은 여자아이를 불쑥 데려다가 다른 아이의 침실에 갖다놓은 것 같다고 항상 생각했다. "자, 여기 있어." 누군가가 말했을 것이다. "우리가 네 자매를 데려왔어. 네 친구가 되어줄 사람." 자매 관계에 한 번도 행복을 느껴본 적이 없는 듯한 에마.

눈 폭풍은 꼬박 닷새간 더 지속되었고, 우리는 그 집에서 모두 꼭 들러붙은 채 열을 내며, 날씨가 누그러지고 눈이 녹을 때까지 버텼다. 마침내 날이 풀리자 나는 누구보다 먼저 창문을 열어 차가운 공기를 집안으로 들였다.

*

그 겨울을 떠올리며 미시즈 보든이 친척의 병문안에서 언제 돌아올지, 언제쯤 이 집을 떠나 가족에게로, 행복한 기분으로 되돌아갈 수 있을지 생각하는데 아래에서 턱, 턱 하고 내리치는 소리가 들렸다.

미스터 보든과 비둘기가 떠올랐다. 턱. 새소리는 나지 않았다. 턱. 심장이 미친듯이 뛰어 나는 침대를 꽉 붙들고 우리 가족을 바라보았다. 턱, 턱. 먹이를 먹는 동물처럼 꾸르륵거리는 소리. 턱.

어디서 나는 소리일까? 턱, 턱.

마차가 거리를 달려갔다. 턱, 공기는 정지해 있고, 턱, 시청의 종이 울리는데 그 소리가 유난히 크게 들렸다. 나는 침대를 꽉 붙든 채 꼼짝도 할 수 없었다. 숨도 쉴 수 없고, 생각도 할 수 없었다. 오줌보가 터져버릴 것 같았다. 집이 고요해졌다. 잠시 후 나는 꿈을 꾼 것이 아닐까 생각했다. 나는 문을 열고 싶지 않았고, 아래층으로 내려가고 싶지 않았고, 아래에서 무슨 일이 벌어졌는지 알고 싶지 않았다.

　그때 리지가 나를 부르는 소리가 들렸다. "브리짓!"

3부

15

벤저민

1905년 5월 6일

나는 폴리버를 한 번도 잊은 적이 없었다. 마을에서 도시로 떠돌아다니고, 여러 얼굴에 상처를 내고, 상황을 바로잡으면서도 마무리짓지 못한 일이 있다는 사실을 결코 잊지 않았다. 십 년이 넘게 한 번도 잊지 않았다. 그곳에 다시 가는 건 오로지 시간문제였다. 때로 앤드루와 애비를 떠올리며 누가 그들을 손보았는지, 내가 앤드루를 먼저 잡았다면 좀더 살살 다뤘을지 생각해봤다. 누구라도 순간의 열기에 휩싸이면 무슨 짓을 할지 누가 장담할 수 있겠는가? 폴리버를 다녀오고 몇 달 후, 나는 또다른 사람의 문제를 해결하는 데 손을 보탰다. 제대로 달려들어 얼굴을 가격하고, 잔가지처럼 목을 부러뜨리고, 사례금을 받았다. 그리고 그다음 사람을, 또 그다음 사람을 계속 도왔다. 마침내 나 자신을 도울 수 있을 만큼, 내 문제를 해결할 만큼 돈이 모일 때까지.

나는 새벽에 아버지의 집에 도착했다. 지난번 방문 이후로 십삼

년이 넘는 시간이 지났다. 나는 뒷문으로 몰래 들어가 방마다 쿵쿵거리며 돌아다니다 어느 여자아이의 방으로 들어갔다. 화장대에 놓인 작은 뮤직박스와 침대 옆에 쌓인 옷 무더기. 나는 잠든 아이를 지켜보다가 가까이 다가갔다. "내가 누구게?" 내가 속삭였다. 여자아이는 잠에 빠져 가볍게 코를 골았다. 아이의 머리카락을 만졌고 손바닥에 닿는 촉감이 마음에 들었다. 더 가까이 몸을 기울여 아이의 피부결을 보니 내 누이들이 보였다. "네 오빠란다."

집안 어디선가 삐걱거리는 소리가 났다. 나는 그 소리가 나는 곳을 찾아 갔다. 다른 방에 잠들어 있는 두 몸뚱이. 안으로 들어가 잠든 아버지를 보았다. 그의 얼굴은 거칠고 주름이 깊게 패어 있었다. 그에게서 무언가가, 어딘가 누그러진 기색이 느껴졌다. 전에는 한 번도 본 적이 없는 무언가. 그의 피부에서 비누 향기가 났다. 원래 아버지에게서 이런 향기가 났는데 내가 잊어버리고 있었던가? 예전에 많이 봤던 것처럼 아버지가 이불 아래에서 말처럼 다리를 찼고, 앤절라가 잠에 취한 채 아버지에게 팔을 걸치더니 그가 진정하고 꿈을 꾸도록 쓰다듬었다. 그들은 평화롭게 잠들어 있었고 나는 그 점이 몹시 마음에 들지 않았다. 그는 우리를 위해 이랬어야 했다. 그랬다면 지난 세월이 다르게 흘러갔을지도 모른다. 나는 여전히 어머니와 여동생들과 집에서 사랑하며 살고 있었을지도 모른다. 그래서 나는 손을 들어 손바닥으로 그의 입을 막았다. 그가 눈을 떴다. 자신의 과거를 들여다보면 묘한 느낌이 들기 마련이다. 마치 꿈을 꾸는 것처럼. 아버지가 나를 보았고 그의 숨결이 손바닥에 느껴졌다. 그가 이로 내 손바닥을 물었다. 울 것 같은 표정이었다. 내가 입을 꽉 누르자 아버지가 내 손을 잡아 입에서 떼어냈다.

잠시 후 그가 숨을 들이쉬고 말했다. "돌아왔구나."

나는 고개를 끄덕였다. 마음 한구석에서는 그의 가슴 위로 기어 올라가 온기를 받고 싶었다.

"나는 아버지를 절대 잊지 않았어요."

그가 나를 바라보았다. "왜 하필 지금이냐." 그는 팔꿈치를 괴고 몸을 일으키며 나를 밀어내고 툴툴거렸다. 늙은 남자의 분노. 내가 그를 뒤로 밀치자 침대가 덜컹거렸다. 옆자리에서 앤절라가 돌아누웠다. 잠든 그녀의 얼굴은 푸석푸석했다.

아버지가 내게 손을 대려 했고 나는 속에서 열이 확 치밀었다. 나는 우드득 소리가 나도록 주먹을 쥐었다. 물러나지 않을 것이다. 모든 일을 마무리지으려고 여기에 왔으니까. 나는 다시 그의 입을 막았고 앤절라를 힐끔 본 후 아버지를 내려다보았다.

지난 세월 사람들의 문제 해결을 도우며 내가 끝내 이해하지 못한 것은, 어째서 그들은 마무리된 상황에 결코 완전히 만족하지 못하는가였다. 마지막 대화를 나눌 수 없었기 때문일까? 무슨 짓을 해도 지나간 과거에 대해서는 마음이 편해지지 않기 때문일까? 그곳에 나는 아버지와 함께 있었다. 그래서 그에게 물었다. "아직도 내가 아버지를 실망시키나요?"

그가 무슨 말을 하려고 했지만 나는 고개를 저으며 입을 틀어막은 손에 더 힘을 주었다. 그의 눈을 들여다보며 눈동자가 사방으로 흔들리는 것을 지켜보고, 내 손바닥 아래에서 떨리는 그의 입술을 느꼈다. 겁에 질린 그의 눈동자. 잠시 동안 그냥 놓아줄까 고민했다. 아버지가 나를 밀어내려 했지만 내가 더 강했다. 나는 일을 끝냈다. 손바닥 아래에서 그의 움직임이 점차 잦아들었다. 그에게서 물러났을 때, 복도 저편에서 침대가 삐걱거리는 것 같은 소리가 났다. 나는 방에서 뛰쳐나가 집을 빠져나온 후 곧장 아침 속으로 뛰어들었다. 달리고 또 달렸다. 그런데 기분이 묘했다. 후련한 느낌이 들지 않았고, 무언가가 달라졌다는 느낌도 없었다. 뭔가가 빠졌다.

앤드루가 죽었을 때 리지도 같은 기분이었을지 궁금했다. 나는 그녀의 행적을 계속 좇았고, 등에 지고 다니는 방수 배낭에 신문기사를, 도끼를, 두개골 조각을 늘 넣고 다녔고, 언젠가 시간이 허락한다면 그녀와 존에게 돌아가리라는 생각을 품었다. 나는 폴리버를 떠나고 일주일 뒤에 나온 첫번째 신문기사를 모아두었다. 살인 혐의. 얼마나 악랄한 딸이기에 자신의 아버지와 어머니를 죽일까. 나는 그날 그 집에서 보았던 리지를, 집을 들락거리며 기묘한 행동을 하고 분노를 터트리던 모습을 떠올렸다. 어쩌면 그녀가 우리 모두를 놀라게 하고, 내 돈을, 내 재미를 앗아간 장본인이었을지 몰랐다.

나는 가게에서 신문을 훔쳐, 리지가 재판을 앞두고 있었던 근 일년 동안의 기사를 모았다. 그후에는 그 기사들을 치워두고 기분이 동할 때만 다시 꺼내 보았다. 기사를 모았던 그 모든 시간. 범죄를 저지른 장본인을 알아낼 실마리를 찾고 싶었고, 존을 계속 주시하고 싶었고, 그 가족의 재산이 어떻게 되었는지 알고 싶었다. 나는 검은 옷을 입고 법정에 선 리지를 그린 삽화를 보았다. 헤드라인은 '리지 보든, 살인 혐의에 무죄를 주장하다'였다.

헤드라인을 보고 웃음이 터졌다. 무죄 주장이라니. 온 도시가 그녀를 향한 의심을 키웠다. 앤드루와 애비가 살해되고 이틀 후, 거리에 소문이 돌았다. 리지가 한 짓이라고, 그녀는 어머니를 증오했다고, 하녀가 미스터 보든이 집에 왔을 때 리지가 웃는 소리를 들었다고. 이웃의 손가락질에 비할 것은 아무것도 없다.

모두가 리지를 비난한 것은 아니었다. 보든 가족의 친구인 벅 목사는 "우리 폴리버에 그런 사악한 짐승이, 그 백정 같은 범인이 활개를 치고 돌아다닐 리 없다. 리지는 내게 그 비극적인 밤에 집안을 어정거리는 낯선 이를 봤다고 했다"고 주장했다. 그녀는 기억하고 있었다. 그녀에게는 분명 그런 일도 모종의 재미였을 것이다. 경찰은 집 전체를 확인하고 또 확인했고, 리지의 증언을 검토했다. 경찰은 리지에게 진정제를 얼마나 투약했는지 확인한 후 그녀가 말한 낯선 사람을 꿈에 나온 유령으로 치부했다. 그렇게 나는 혐의를 벗었다. 그렇게 리지의 증언을 재검증하는 과정에서 경찰은 새로운 발견을 했다. 리지의 페티코트에 남은 핏자국을 찾아내고, 앨리스 러셀의 증언을 받아낸 것이다. 앨리스는 살인이 일어난 다음 날 리지가 얼룩이 묻은 앞치마와 드레스를 스토브에 태웠다고, 에마가 그렇게 하라고 리지를 부추겼다고, 앨리스가 "리지, 그런 짓을 하면 남들 눈에 어떻게 보일지 생각해봐"라고 말렸지만 에마가 불을 더 때서 그 옷들을 얼른 태워버렸다고 말했다.

그리고 얼마 후 1892년 8월 11일에 그 일이 일어났다. 장례식을 치르고 검시배심이 시작된 후 경찰이 리지를 찾아왔다. 그녀는 응접실에 창문을 열고 앉아 있었다. 앤드루와 애비가 살아 있었다면 저녁에는 절대 허락하지 않았을 일. 경찰이 들어갔을 때 에마가 동생 옆에 앉아 있었다. 그녀는 리지를 순순히 보내지 않을 작정이었다. 누군가는 두 사람이 손을 잡고 있었다고 말했고, 누군가는 에마가 창문을 닫기 전에는 리지를 체포하지 못하게 막았다고 말했다. 경찰은 죄목을 고지했고, 체포가 이루어졌다. "리지, 당신이 범행을 저질렀습니다." 리지는 온몸을 떨었고, 리지는 거의 울다시피 했고, 리지는 갈대처럼 몸을 구부렸다. 내가 그 자리에 있었다면 그녀에게 말해줬을 것이다. 그냥 감정을 드러냈다면, 그들이 원하는 모습을 보여줬다면 그런 상황에 처하지 않았을 것이라고. 하지만 나도 안다. 협조를 하면서 동시에 꼼수를 부릴 수는 없다는 것을. 차라리 나처럼 종적을 감추는 게 나았을 것이다.

그들은 리지를 경찰서로 데려가 공식 절차를 밟았고, 그녀를 톤턴 교도소로 호송할 준비를 했다. 에마는 호송 준비를 하는 내내 리지와 함께 있었다. 어떤 경관이 〈보스턴 헤럴드〉에 말했다. "그 언니는 리지를 아기처럼 보듬었어요. 여자들은 원래 그런가보죠. 여자가 체포되는 걸 본 건 그때가 처음이라 잘은 모르겠지만요." 그의 인터뷰를 보고 나는 그가 여자를 조금도 모른다는 생각이 들었다.

기사의 그다음 부분은 읽을 때마다 불쾌했다. 내가 수고비를 받지 못했다는 사실을 너무 뼈저리게 상기시켰기 때문이다. 아버지의 유산 삼십만 달러에 기세등등해진 에마는 리지에게 걱정하지 말라고 했다. "내가 구해줄게. 돈이 얼마나 들든지 내가 너를 구해줄 거야." 경찰이 리지를 톤턴으로 가는 기차에 태우기 전에 서로를 부둥켜안고 있는 자매를 그린 삽화가 있었다.

폴리버의 여론은 양분되었다—유죄냐 무죄냐. 리지가 감옥에 갇혀 요강에 굴욕감을 쏟아내는 동안 에마는 아버지의 변호사인 제닝스를 고용해 재판 준비를 했다. 친구들을 증인으로 소환하면 일반적으로 들을 수 있는 뻔한 이야기가 나왔다. "저는 오래전부터 리지와 알고 지냈어요. 그애는 결코 그런 짓을 할 사람이 아니에요." "아버지에게 사랑 외에 다른 감정을 품었을 리 없어요." 개똥 같은 소리. 마침내 친구와 지인이 차례차례 나서서 기자들에게 흥미로운 이야기를 했다. "음, 미시즈 보든과 리지는 한 번도 사이가 좋았던 적이 없어요."

리지는 열 달 동안 감옥에 수감되어 있었다. 내 생각에 경찰이 리지를 가둬놓은 건 그녀가 집에 가만히 붙어 있을 거라고 믿지 않았기 때문일 것이다. 대신 그녀는 특별한 대우를 받았다. 집에서 만든 음식을 먹을 수 있도록 허락받았고, 감방에서 딸기를 키워도 된다는 허가도 받았다. 근성이 썩었고 제멋대로였다. 그러다 마침내 1893년 6월 5일 재판이 시작되었다. 신문사들은 사건 취재를 위해 기자들을 한 달 동안 뉴베드퍼드 상급법원으로 파견했다.

첫째 날. 재판이 시작되었다. 둘째 날. 배심원이 범죄 현장을 둘러보았다. 나라면 그들을 여기저기로 잘 안내해줬을 것이다. 이곳이 애비가 목숨을 구하기 위해 침대 아래로 기어들어가려 했던 지점입니다. 보시다시피 그러기에는 그녀의 덩치가 너무 컸죠. 바로 여기에서 제가 피를 발견했습니다. 브리짓이 토한 곳이 여기고요. 여기에서 리지가 잔뜩 분노했죠. 이 문들은 다 잠겨 있었습니다. 창문을 닦는 브리짓에게 애비가 소리를 지른 곳이 바로 저기입니다. 이 식탁에 시신을 눕혀놓았었죠. 여기가 바로, 여기가 바로, 여기가 바로. 배심원들은 늙은 손가락으로 사방을 찔러보며 사실관계를 조사하는 척할 것이다. 사실은 그저 죽은 사람들이 살았던 공간을 직접 만져보고 싶을 뿐이면서.

배심원들은 그 집을 둘러보던 중에 그렇게 참혹한 사건이 일어났던 그곳에 에마가 여전히 살고 있다는 이야기를 들었다. 한 배심원이 말하기를, 그들은 보든 가족의 사진이 집 여기저기에, 벽난로 선반과 사이드테이블 위에, 벽과 서랍장 위에, 책꽂이 위와 벽장 안에 널려 있다는 사실을 깨달았다. 에마는 항상 그런 식으로 사진을 벗삼아 지냈다. 어떤 배심원은 무척 서글펐다고 말했다. "미스 보든이 그렇게 혼자 지내는 거 말입니다. 내 눈에는 그녀가 매일 자신의 생각에만 빠져서 지내는 게 견디기 힘든 것 같더군요." 다른 배심원. "우리가 거기 있는 동안 미스 보든이 차를 타줬어요. 도움이 되어서 기뻐하는 것 같더군요." 이렇게 다양한 진실.

재판이 진행되는 동안 신문에는 항상 리지의 옷차림, 시커먼 스커트와 떨어진 단추, 촌스러운 얼굴, 뚱하고 허연 볼, 뉴잉글랜드식 걸음걸이로 법정에 들어오고 나가는 모양새에 대한 묘사가 실렸다. 감옥에서 더 통통해진 리지. 그녀는 앉아서 자신의 손을 내려다보았고, 증인이 한 명씩 나와 그녀와 애비의 관계를 증언할 때면 증인을 바라보았다. 내가 잡혀서 재판에 넘겨지면 사람들은 나와 아버지의 관계에 대해 무슨 말을 할까?

셋째 날. 존이 범행 당일 자신의 행적에 대해 증언했다. 마치 자신이 그 이야기를 진심으로 믿고 있다는 듯이. "저는 거실에 있었고 미스터 보든과 그의 아내는 아침 내내 거실을 들락거렸습니다. 얼마 후에 미시즈 보든이 깃털 먼지떨이를 가지고 와서 청소를 했고요."

"그리고 증인은 무엇을 했습니까?"

"집을 나와 우체국에 갔습니다."

"그다음에는?"

"마차를 타고 보든가로 돌아왔죠."

"보든가에 돌아오자마자 뭔가 눈에 띄는 게 있었습니까?"

"아니요. 실은 배를 하나 먹었어요."

"하지만 무슨 일이 벌어졌는지는 이미 전해들은 상태였죠?"

"네." 존은 거만하게 말했을 것이다.

"미스터 보든과 미시즈 보든 중 누구를 먼저 보셨습니까?"

"리지를 봤어요."

"아니요, 미스터 모스. 피해자 중 누구를 먼저 보셨습니까?"

"아, 미스터 보든을 봤습니다."

존이 계속 증언했다. 나는 그날 앤드루가 발견된 후 경찰이 그곳에 혼자 혹은 짝을 이루어 돌아다니던 것을, 그 집 앞에 몇 무리의 사람들이 모여 있었던 것을 떠올렸다. 그런 상황에서 뭔가 이상한 점을 눈치채지 못하기는 어렵다. 하지만 존은 단순히 배가 먹고 싶은 마음이 첫번째였고, 경찰이 그곳에 왜 있는지 알아보고 싶은 마음은 두번째였던 것이다.

재판 넷째 날에 브리짓이, 모두가 멍청하다고 여겼던, 부글부글 끓어오르는 비밀의 불꽃 같은 그 아이가 법정에서 증언을 했다. 앤드루와 애비가 살해된 사실을 알게 된 후 자신이 경관 세 명을 지하실로, 보든 가족이 손도끼를 보관하는 보일러 옆 상자로 안내했다고.

"저는 손도끼를 만지지 않았고 경찰이 그중 세 개를 가져갔어요." 브리짓이 말했다.

그녀의 증언은 의심을 받았다. "왜 경찰이 세 개를 가져갔죠?"

"저도 몰라요." 브리짓은 어깨를 으쓱했을 것이다.

"증인이 그 도끼를 만졌습니까?"

"건드리지도 않았어요."

"자, 그럼 미스 보든이 다락방에 있는 증인을 부르며 아버지가 살해되었다고 했을 때, 미스 보든은 무엇을 하고 있었습니까?"

"문가에 서 있었어요. 흥분한 상태였고요." 진실. 리지는 그날 흥분해 있었다. 그녀의 모든 움직임이 그랬다. 그 집에 있던 그녀의 모습이 지금도 눈에 선하고, 내부에서 피가 끓어오르는 것을 알아차리지도 못한 채 남남처럼 돌아다니던 그 집 사람들의 모습이 지금도 눈에 선하다. 식탁 위의 앤드루와 애비. 썩은 배와 썩은 고기 냄새. 밤의 그림자 속에 나를 지켜보며 서 있던 존.

"흥분했다고요?"

"미스 보든이 그때만큼 흥분한 모습은 한 번도 못 봤어요." 브리짓의 눈이 커졌다.

"그녀가 울고 있었습니까?"

"아니요." 브리짓이 고개를 크게 가로저었다.

"증인은 검시배심에서는 그렇게 말하지 않았습니다. '아가씨는 울고 있었습니다.' 이렇게 증언했죠."

"저는 아가씨가 울고 있었다고 말하지 않았어요. 그렇게 말할 수 없었어요. 저는 아가씨가 뭘 하고 있었는지 알아요."

사람들이 증언을 할수록 리지는 자신이 곤란한 상황에 처했다는 사실을 점점 더 실감했다.

"그녀는 어머니와 잘 지내지 못했어요."

"긴장이 흐르고 있었죠."

"가끔 미스터 보든이 딸에게 소리를 지르기도 했어요."

"미스 리지는 신경질적인 성향이 있어요. 적어도 그렇게 들었어요."

"살인이 일어난 날 미스 보든에게 질문을 했을 때 답변이 계속 바뀌었습니다. 결국 어느 부분은 거짓말이라는 생각을 하게 되었습니다."

일곱째 날. 어마어마한 기적이 일어났다. 세 치 혀로 위험에서 빠져나올 수 있는 돈을 가진 자만이 일구어낼 수 있는 종류의 기적. 변호사 제닝스는 리지가 검시배심에서 한 증언은 채택할 수 없다는 변론을 성공적으로 펼쳤다. "미스 보든은 자신의 권리에 대해 조언을 받지 못했습니다. 그녀가 한 말이 자신에게 불리하게 쓰일 수 있다는 사실을 몰랐습니다. 엄청난 충격을 받은 상태였고요. 그 시점에서 체포되지도 않았습니다."

판사는 그 주장을 받아들였다. 그녀 아버지의 돈이 유용하게 쓰인 것이다. 리지는 두번째 기회를 얻었고, 그녀의 증언은 깔끔히 지워졌다. 그 대목을 읽을 때면 나는 항상 분노와 열이 끓어올랐고, 나도 모르게 신문에 대고 고함을 질렀다. "그 돈의 일부는 내 거야." 그런 종류의 돈을 가질 수 있다면, 내 인생에서 모든 걸 바로잡을 수 있다면 나는 무엇이든 내주었을 텐데.

열한째 날. 무성한 소문이 에마를 증인석에 세웠다. 그녀는 가족의 문제를 공개적으로 인정해야 했고, 재산에 대해, 그 재산을 소유한 혈통에 대해 말해야 했다. 내가 보든가의 퍼즐을 맞출 수 있도록 퍼즐 조각을 늘어놓은 에마. 내가 그녀의 목소리를, 결정적인 시기에 집을 떠나 있었던 이 수수께끼 같은 자매의 목소리를 가장 가까이에서 들은 건 이 증언을 통해서였다. 나는 긴장감이 홍건하

게 밴 그녀의 목소리를, 애비가 언급될 때마다 그 긴장이 법정 바
닥에 뚝뚝 떨어지는 모습을 상상했다.

"증인의 여동생은 어째서 더이상 미시즈 보든을 '어머니'라고
부르지 않았습니까?"

"모릅니다." 에마는 눈썹을 찌푸렸을 것이다.

"그러면 증인의 여동생은 피해자를 어떻게 불렀습니까?"

"미시즈 보든이라고요." 가족을 대하는 냉혹한 방식.

"증인의 여동생이 피해자를 어머니라고 불렀던 때는 언제입니
까?"

"처음, 리지가 아주 어렸을 때요. 제가 그분을 어머니라고 부르
기도 전입니다."

나는 두 사람이 함께 보낸 마지막날 리지가 애비를 그렇게 부르
지 않았다고 확실히 말할 수 있었다.

에마가 증인석에서 내려왔다. 그녀는 그들에게 아무런 정보도
주지 않았다. 나는 에마가 여동생들의 보호자인 나 같은 사람인지,
형제자매의 행복과 안전을 위해 무엇이라도 할 각오가 되어 있는
사람인지 의문이 들었다. 삽화를 보면 언제나 리지는 언니와 눈을
맞추려 애쓰고, 에마는 그 시선을 피하는 것처럼 보였다. 나는 에
마가 동생에 대해 남이 모르는 뭔가를 안다는 생각이 들었다.

나는 리지가 아버지의 부서진 두개골을 대면해야 했을 때 쾌감
을 느꼈다. "이건 도끼를 흉기로 사용했을 때 생길 수 있는 상처입
니다." 검사가 배심원단에게 말했다. 나는 수많은 것들이 어떤 상
처를 남길 수 있는지 잘 안다. 나는 앤드루와 애비의 머리를 보았
고, 그들의 두개골에서 새어나오는 열기의 냄새를 맡았다. 피부를

벗겨낸 두 사람의 두개골이 어떤 모습일지 늘 보고 싶었다. 석고 인형 같았을까? 나는 마치 읽는 일이 숨쉬는 일과 같은 것처럼 기사를 읽고 또 읽었다.

검은 상자가 법정에 등장했고 검사가 자신의 테이블 위에서 그 상자를 열었다. 애비의 두개골이 나왔고, 앤드루의 두개골이 나왔다. 조각난 희고 노르스름한 뼈. 법정 여기저기에서 헉하는 소리가 들렸고, 에마는 울음을 터트렸으며, 리지는 자제력을 잃고 앉은 자리에서 기절했다. 그들이 나처럼 그 두개골을 날것 그대로의 상태로 직접 봤다면 반응이 어땠을지 상상해보라. 하지만 나는 검사의 속셈이 훤히 보였다―검사는 상처에 맞는 흉기를 찾고자 그런 조치를 감행한 것이었다. 그들은 절대 흉기를 찾지 못할 것이다. 덕분에 나는 배꼽이 빠져라 웃었다.

"이것은 극악무도한 행위입니다!" 제닝스가 말했다. "제 의뢰인과 그녀의 동생은 부모의 시신을 이렇게 이용하는 데 합의한 바가 전혀 없습니다."

어느 누가 장례식 후 시신의 머리를 잘라도 될지 그 자매에게 물어보겠는가? 검시관은 마지막 마차가 오크그로브 묘지를 떠날 때까지 기다렸다가, 관을 묘지 입구 근처에 있는 여성용 숙소로 가져가 열었다. 놓치기 아까웠을 광경. 생명을 잃은 생물이 다 그렇듯 보든 부부는 자신의 피부에서 미끄러져나오고, 육신은 부풀어올랐다 제 크기로 되돌아오고, 머리는 여름의 증오로 엉망이었을 것이다. 검시관은 숨을 참고 부패중인 머리를 자를 준비를 했다. 그래야 시신을 땅에 되돌리고, 흙을 덮고, 애도할 수 있으니까.

검사는 그 장면을 가족적인 분위기에서 화기애애하게 보낸 휴가

처럼 묘사했다—두 사람의 머리통은 보스턴으로 향하는 여행길에
올라 기차를 타고 편안하게 노스역에 도착했고, 갈색 진흙으로 덮
힌 포장도로를 달리며 다층 사암 건물을 지나, 인도를 걸어 하버드
의학대학에 다다랐다. 머리통이 가까워지자 다람쥐들은 떡갈나무
를 쪼르르 올라갔고, 전차는 종을 울려 인사하며 보스턴에 도착한
두 사람을 환영했고, 송전선은 피처럼 고동치는 전기를 획획 전달
했다. 뉴잉글랜드에서 온 서글픈 머리통을 위한 대도시의 쇼. 앤드
루는 이 모든 환영식이 너무 과하다고 생각했을 것이다.

나는 끓는 물을 이용해 인간의 피부를 뼈에서 분리하는 방법도
알게 되었다. 그들은 먼저 물 한 통을 끓이고 상자에서 머리통을
꺼냈다. 상자의 벨벳 안감을 흠뻑 적신 걸쭉한 용액이 옆면으로 흘
러내렸다. 검시관이 말했다. "우리는 피해자의 뇌가 액체로 변하기
시작했다는 사실을 확인했습니다. 미시즈 보튼의 뇌는 두개골의
오른쪽에 난 커다란 구멍을 통해 배출되었습니다." 배출되다. 나는
그 표현이 마음에 들었다. 끓는 물과 그 물에 양의 다리처럼 던져
넣은 머리통의 이미지, 피부가 동물의 지방처럼 보글거리며 머리
카락으로 덮인 수면으로 솟아오를 때까지 냄비 안에서 춤추듯 유
영하는 머리의 이미지가 마음에 들었던 것처럼.

법정에서 두개골을 높이 들고 있는 모습을 담은 삽화도 있었다.
보튼 부부의 시신, 즉 남아 있는 부분은 보존 상태가 좋았다. 도끼
가 머리통을 어떻게 부쉈는지 한눈에 알아볼 수 있었다. 하지만 제
닝스는 그걸 달가워하지 않았다. "재판장님, 저 두개골을 즉시 치
우라고 해주십시오. 이건 사건 해결에 아무런 도움이 안 됩니다.
불쌍한 미스 보튼은 모욕감으로 제정신이 아닙니다. 한번 보십시

오." 재판 내내 그러했듯이 가련하고 창백한 리지에게 모두의 눈이 쏠렸을 것이다. 제닝스가 말했다. "저는 바로 지금 명확한 사실을 지적하고자 합니다. 그녀의 태도는 그녀가 범죄를 저질렀을 리 없다는 사실을 입증합니다. 머리를 본 것만으로도 이렇게 힘들어하고 있습니다."

두개골이 치워졌다. 재미를 모르는 사람들 같으니라고.

열셋째 날. 내가 고대했던 그날, 리지는 증언대에 서서 자신을 변호했다. 하지만 기다린 보람이 없었다. 그녀는 이마를 만지며 차분함을 유지한 채 말했다. "저는 결백합니다. 저는 제 변호사에게 저의 변호를 일임합니다." 그리고 자리에 앉았고 사건에 대해 더는 이야기하지 않았다. 나는 그 집에서 보았던 리지를 떠올렸다. 그때 그녀는 할말이 많은 것 같았다. 모든 것을 다 안다는 흥분에 휩싸인 채, 쉴새없이 중얼거리며 기도를 반복했다.

양쪽이 최종 변론을 했고 배심원단은 점잖은 여성의 목을 교수대에 매달지 말지 토론을 하러 들어갔다. 리지가 나 같은, 내 여동생들 같은 부류의 사람이었다면 그들은 당장 그녀를 법정에서 내몰아 직접 목을 매달았을 것이다. 배심원들은 아무도 리지의 몸에서 피를 찾지 못했다는 사실을 참작했고, 그 집에 강제로 침입한 흔적이 없었다는 사실을 참작했고, 앤드루가 몹시 건장한 사람이었다는 사실을 참작했고, 범행 도구가 발견되지 않았다는 사실을 참작했다. 내가 그 자리에 있었다면 더 많은 사실을 그들에게 제시했을 것이다. 열두 명의 남자가 "여성은 이런 종류의 범죄를 저지르지 않는다고 믿는다"는 이유로 리지를 무죄라고 결정했을 때, 법정에선 대포를 쏜 것처럼 우레와 같은 함성이 터졌다. 그 환호성은

삼 분 동안 계속되었는데 거의 1마일 밖에서도 들릴 정도였다. 이 결과에 제닝스는 눈물을 흘렸고, 리지는 무아지경에 빠져들었다. 여동생과 함께 앉아 있던 에마는 리지가 다시 평정을 되찾을 때까지 기다렸다.

내가 그 자리에 있었다면 그들에게 도끼머리와 애비의 두개골 조각을 보여주며 보든 부부는 존 덕분에 어차피 죽을 목숨이었다고 말했을 것이다. 그들에게는 지금 걱정해야 할 대상은 외부인이 아니라 가족이라고 말해줄 사람이 필요했다. 나는 사람들이 무슨 짓을 할 수 있는지 잘 알았다.

*

"범행 도구가 발견되지 않았다." 나는 보든가의 커다란 비밀을 십 년 동안 지켰다. 나는 리지를 구했다. 따라서 이제 그녀는 내게 빚을 졌고, 존도 내게 빚을 졌다. 나는 어느 날 이 자그마한 물건이 불쑥 나타나, 그녀가 응당 받아야 할 대가를 치르는 상상을 즐겼다. 그리고 내가 정당한 대가를 받는 상상을. 일을 제대로 처리했다는 기분이 들면, 폴리버에서 일을 끝낸 후에 어머니와 여동생들을 찾아가 다시 한번 가족의 일원이 될 수도, 다시는 아버지에 대해 걱정할 필요가 없다고 이야기해줄 수도 있을 것이다.

나는 폴리버로 가는 기차에 몰래 탔다. 그곳에 도착해 존이 알려줬던 길을 따라 다시 걸었다. 그곳은 여전히 강에서 유황냄새가 나고 교회 종이 두통처럼 쾅 하고 울렸다. 잇몸에서 피가 나기에 상점의 진열창으로 다가가 입을 벌렸다. 이 하나가 덜렁거렸다. 나는 잇몸 쪽으로 이를 살짝 밀어넣고 세컨드 스트리트로 계속 걸어갔다.

지붕에 물풀 같은 녹색 기와를 올린 리지의 집이 보였다. 행인들이 서로를 피하며 걸어갔고, 아이들은 웃으며 손가락으로 서로의 팔과 다리를 찔렀다. 리지의 집 근처에서 사람들이 길을 건넜다. 가슴에 성호를 그으며, 이쪽저쪽으로 갈지자를 그리며 재빨리. 나는 그 집을 향해 걸음을 재촉했다. 작은 남자아이가 내 앞으로 쏜살같이 달려오며 소리쳤다. "카루 카루, 내가 만졌어! 살인자의 집을 만졌어!" 그리고 길 저쪽에서 기다리는 아이들 무리로 달려갔다. 아이들은 남자아이의 손을 잡고 비볐다. 그 아이가 방금 도망쳐온 집을 돌아보고 나를 보더니 말했다. "가지 마세요, 아저씨. 저집은 저주받았어요."

나는 우뚝 멈춰 섰다. 세컨드 스트리트 92번지. 작은 녹색 울타리, 자갈이 깔린 좁은 길 양쪽에 서 있는 잎이 반만 남은 나무 두 그루. 램프. 웃자란 풀. 현관을 칠한 짙은 노란색 페인트는 거의 벗겨지고 없었다. 청동으로 된 번지수 9와 2가 헐겁게 매달려 있었다. 비둘기 한 마리가 지붕을 가로지르는 선을 따라 걸었다. 오래된 짐승의 살과 집 아래에서 올라오는 습기의 냄새. 문으로 다가가는데 누가 내 재킷을 잡아당겼다.

"아저씨, 여기서 뭐하세요?" 그 남자아이가 물었다. 아이의 얼굴은 주근깨가 가득하고, 까무잡잡하고, 걱정이 역력했다.

아이의 목소리가 귀에 거슬렸다. 그래서 으르렁거렸다.

"죄송해요, 아저씨." 아이는 얼른 도망쳤다.

나는 집을 빙 돌아 뒷마당으로 들어갔다. 헛간 목재는 흰개미가 먹어치웠고 유리창은 깨져 있었다—내가 아버지를 벌주고 돌아가려 했을 때 어머니의 집과 똑같은 모습. 웃자란 풀숲 사이에 녹슨 삽이 있었다. 보든 자매는 정말 집을 전혀 돌보지 않았다. 나는 배나무 아치로 가서 배를 따먹었다. 달콤한 즙. 다 먹은 배의 과심을 옆쪽에 버리자 울타리에 맞아 툭 소리가 났다. 지하실의 쌍여닫이 문으로 가는데 검은 고양이가 모퉁이를 돌아 나왔다. 몸을 숙이고 털을 쓰다듬자 고양이가 식식거리는 소리를 냈다. 나도 똑같은 소리를 냈다. 아버지는 이런 고양이의 가죽을 벗기기를 좋아했을 것이다.

문을 밀자 오래전에 그랬던 것처럼 여전히 모두 잠겨 있었다. 하지만 집으로 들어가고 싶었다. 다시 건장한 몸으로 밀어대자 물이 넘친 댐처럼 문이 열렸다. 지하실로 들어가니 당밀냄새가 났고 무더기로 쌓인 낡은 포크며 나이프 등이 보였다. 쥐 한 마리가 바닥을 가로지르며 발톱으로 작은 구슬이 바닥에 떨어지는 소리를 냈다.

나는 부엌으로 향했다. 모든 것이 먼지에 뒤덮여 있었고 조리대에는 접시와 팬이 기념비처럼 잔뜩 쌓여 있었다. 마지막 식사가 된 고약한 수프를 맛보던 애비가 떠올랐다. 그녀는 스스로에게 더 나은 음식을 대접해야 했다.

이번에는 거실로 갔다. 벽에 붙여 쌓아놓은 가구로 가득했고, 장뇌 향이 가볍게 났다. 벽난로 선반에 손가락을 올리고 가장자리를 훑다 거울에 비친 나를 보았다. 나는 썩은 과일처럼 달려 있는 이를 확인했다. 그리고 이를 잡아당겨 확 뽑은 후 침을 삼키고 빠진 이를 벽난로 선반에 올려놓았다.

앤드루가 앉았던 소파가 눈에 들어왔다. 좀이 슨 소파는 금방이라도 부서질 것 같았다. 그 소파에 누워 체중을 신자 밑에 깔린 나무판이 삐걱거렸고, 뒷덜미를 받친 팔걸이에서도 으드득거리는 소리가 났다. 소파 안에 갇힌 사향과 담배 냄새. 나는 앤드루를, 그가 죽어갈 때 옆으로 굴러갔을 그의 머리를 떠올렸다. 살과 뼈를 가를 정도로 도끼를 휘두르려면 힘이 많이 필요하다. 도끼를 들었다가 내리칠 때 손에 쥐고 있기가 버거웠을 것이다. 나무 손잡이가 손바닥 사이에서 미끄러져 피부를 찢고, 그 자리에 피가 배었을 것이다. 반쯤 했을 때 살인범은 팔이 아파오기 시작해 한 번 혹은 두 번 정도 손을 멈춰야 했을 것이다. 앤드루의 얼굴을 내려다보며 뼈가 숲의 나무와 똑같은 모습으로 쪼개질 수 있다는 사실에 놀랐을 것이다. 잠시 후 범인은 심호흡을 하고, 다시 도끼질을 시작했을 것이다. 찍고 휘두르고, 찍고 휘둘렀을 것이다. 리지는 그런 짓을 할 수 있었을 것이라는 생각.

나는 위층으로 올라가보기로 하고 리지의 방으로 갔다. 늦은 오후의 마지막 햇빛이 창문으로 들어와 페인트가 조각조각 벗겨진 책꽂이를 가로질러 오래된 목재 화장대로 옮겨갔다. 시트도 없는 목재 싱글 침대는 문에 부딪혀 부서져 있었다. 몇 해 전 내가 그 앞에 섰던 전신 거울은 아랫부분에 거미줄처럼 금이 가 있었다. 가장자리가 황갈색으로 변색된 반쯤 찢어진 벽지가 오른쪽 창문 위로 늘어져 있었다. 나는 밖을, 폴리버를 내다보았다. 이 추잡한 곳.

내가 웃으니, 웃음소리가 집안에 메아리쳤다. 이제 이곳은 그 누구의 집도 아니었다. 확실히 그 자매의 집은 아니었다. 그들을 찾아야 했다.

*

　다음날. 나는 시내로 나갔다. 내 가방에서 뼈 기념품이 잘그락거릴 때마다 사람들이 고개를 돌렸다. 한 아버지가 아들에게 말했다. "내 옆에 딱 붙어 있어." 나는 걸어가며 리지를 찾아낼 방법을 궁리했다.

　나는 몇 시간 동안 메인 스트리트를 걸으며 오가는 사람들을 지켜보았고, 개들이 더 통통해진 것 같다는 사실을 알아차렸고, 건물이 더 생겼고, 돈을 펑펑 쓰고 시간을 낭비할 이유가 늘어났다는 사실을 깨달았다. 하지만 리지는 코빼기도 보이지 않았다. 나는 계속 걸었고 심지어 내 다리를 치료해준 외과의의 가게까지 찾아갔지만 그곳은 텅 비어 있었다. 다시 도시의 중심부로 되돌아갔을 때, 비로소 행운이 내 편이 되었다. 길 맞은편에 리지가 햇빛을 받으며 성녀처럼 서 있었다. 에마는 리지 옆에 멸시적인 표정으로 서서, 불쏘시개 같은 팔을 접어 가슴 앞에 팔짱을 낀 채 말했다. "리지, 어서 가자."

　"나는 아직 안 끝났어." 느릿하고 나이가 든 듯한 리지의 목소리.

　"나는 더 기다리고 싶지 않아. 사람들이 쳐다볼 거야." 에마가 말했다.

　"잘됐네. 그러면 안 될 이유도 없잖아? 우리는 보든 자매야. 이 도시를 위해 많은 일을 했다고."

　에마가 동생에게서 떨어져 가게 앞쪽에 드리운 그늘로 들어갔다. 아이 둘이 골목길에서 뛰어나와 리지 쪽으로 달려가자 그녀가 몸을 돌려 아이들을 보며 미소를 지었다. "얘들아, 안녕." 그녀가

346

마녀 같은 목소리로 말했다. "이렇게 아름다운 날을 주신 주님께 감사를 드렸니?" 아이들이 우뚝 멈춰 서서 고개를 저었다. 한 명은 울음을 터트리기 직전이었다.

"아뇨, 미스 리즈베스."

"항상 주님을 떠올려야 한단다."

아이들이 각자의 어머니를 찾아 뛰어갔다. 리지가 웃음을 터트렸다.

"이제 그런 짓은 그만했으면 좋겠다." 에마가 말했다.

"장난 좀 친 거야. 기분 풀어, 에마." 리지는 길 한가운데에 계속 버티고 서 있었고, 그 바람에 행인들이 그녀를 피해 지나가며 춤을 추듯 몸이 스치곤 했다. 아무도 리지와 눈을 맞추지 않았다. 에마가 앞서서 걸어가기 시작했고 어떤 남자가 다가오자 알은척을 했다. 두 사람은 정중하게 고개를 숙였고 리지가 천천히 뒤따라갔다. 나는 슬며시 뒤를 밟았다.

"디너파티를 열 거야." 리지가 말했다.

"파티는 지난주에 했잖아." 고통스러워하는 에마.

"하지만 이번에는 다른 다양한 사람들을 부르고 싶어." 리지가 뾰로통하게 말했다.

"그건 너무 과한 사치야."

"그래요, 아버지?" 리지가 웃었다.

에마가 발걸음을 재촉하자 엉덩이가 좌우로 흔들렸다.

"그런 식으로 말할 생각은 아니었어." 리지가 에마와의 거리를 좁히려 했다. 나는 일정한 거리를 유지한 채 뒤를 따르며 기회를 엿보았다.

햇빛이 내리쬤다. 새가 울었다. 리지가 활짝 편 손을 하늘을 향해 들고, 이 뒤에서 혀를 츳츳거리며 새가 손바닥에 내려앉기를 기다렸다. 새가 한 마리도 오지 않자 그녀는 에마의 팔짱을 끼려고 했다. 에마는 더 멀리 떨어졌다. 우리는 넓은 길을 걸었다. 집들이 점점 고급 주택으로 바뀌고 집 사이의 거리가 평원만큼 넓어졌다. 작은 개들이 풀밭을 가로지르며 요란하게 짖어대고, 장미 덤불과 쇠채아재비 관목에 대고 오줌을 싸고, 노란색과 응고한 피의 색깔 같은 접시꽃 주위를 파헤쳤다. 우리는 모퉁이를 돌아 프렌치 스트리트로 접어들었다. 자매는 커다랗고 하얀 집으로 향했다. 유산이 너희에게 가져다준 게 이것이로구나―돈, 인생.

"오늘 점심은 거실에서 먹을 거야." 리지가 달콤한 목소리로 말했다.

"뭐라고?" 에마가 허리를 곧추세웠다.

"이번에는 언니가 점심을 만들 차례잖아."

"나는 네 하녀가 아니야."

리지가 언니의 팔에 매달려 머리를 어깨에 기댔다. 그리고 엄지손가락으로 에마의 치맛자락을 건드렸다. "다정하게 대해줘, 에마. 나는 그냥 아기잖아……"

"그래, 에마, 리지는 그냥 아기야." 나는 말하고 엄지를 입에 물었다. 내 존재를 이렇게 일찍 드러낼 작정은 아니었는데, 그렇게 되고 말았다.

에마가 먼저 돌아섰고, 나를 본 순간 주위의 공기를 모두 빨아들였다. "맙소사." 그녀의 볼이 푹 꺼지면서 단단한 광대뼈가 도드라져 보였다.

리지가 나를 훑어보더니, 내 얼굴을 빤히 바라보았다.

"오랜만이야, 리지." 내가 말했다. "어쨌든 내가 돌아왔어, 네 외삼촌에게 그러겠다고 말했던 것처럼."

에마가 손으로 가슴을 문지르며 심장 부위를 마사지했다. "리지, 이 남자를 아니?"

리지가 고개를 갸우뚱했다. "잘 모르겠는데." 그녀가 속삭였다.

나는 좀더 다가가 말했다. "여호와께서 살아 계심을 두고 맹세하노니 네가 이 일로는 벌을 당하지 아니하리라……"

리지가 이마를 만졌다. "당신이 그걸 어떻게 알지?"

"리지, 이 사람 누구야?" 에마가 말했다.

나는 더 다가가 기념품이 든 가방을 열었다. "네 물건을 돌려주면 좋아할 것 같아서. 원래는 네 외삼촌에게 건넬 작정이었는데 일이 꼬여버렸지." 나는 두 사람을 보며 미소를 지었다. "사실 이걸 가지고 있길 잘했어. 이제 내 빚을 돌려받을 수 있을 테니까. 너한테 직접."

"지금 무슨 소리를 하는 거예요?" 리지가 어리둥절한 표정을 지었다.

"내 수고비. 존이 내게 너희를 도와주라고 부탁했어. 나는 비밀을 지켰지. 이제는 존이 거래를 마무리지을 생각이 없다는 것도 알아."

"나는 요즘 외삼촌과 거의 연락도 하지 않아요." 이렇게 대꾸하는 리지는 어딘지 멍해 보였다.

에마가 리지의 어깨를 잡아당기며 내게서 그녀를 떼놓으려고 했다. "경찰을 부를 거예요."

태양이 뜨거웠고 피부가 근질거렸다. 나는 가방에 손을 넣어 애비의 두개골 조각을 꺼낸 다음 땅바닥에 내려놓았다. 리지가 이마를 만졌다. "그 방에서 이걸 찾았어." 내가 말했다.

리지가 두개골로 손을 뻗었고 에마는 손으로 입을 가렸다. 얼굴이 하얗게 질렸다. "그날 밤 이상한 꿈을 꿨어." 리지가 속삭였다.

"그리고 이것도 찾았지." 나는 피로 얼룩진 도끼머리를 꺼내 머리뼈 옆에 내려놓았다. 나는 에마를 올려다보며 말했다. "리지가 이런 짓을 하리라는 걸 당신은 알았나?"

자매는 자신들 앞에 놓인 것을 뚫어져라 바라보았다. 에마는 흡사 관에 들어간 것처럼 몸이 굳어버렸다. 그녀는 동생을 보고 다시 나를 보았다. 에마의 눈에서 뭔가가 번쩍했다. 마치 이 모든 상황을 머릿속으로 짜맞추고 있는 것처럼. "이거 진짜야?" 에마가 목멘 소리로 말했다.

리지가 언니를 향해 몸을 돌렸고 에마는 뒤로 물러났다. 리지가 입을 열었다. "그럴 리 없어……"

에마가 바닥에 놓인 것들을 가리키며 차분하게 말했다. "이것들 전부 내 눈앞에서 치워." 잠시 모든 것이 고요했다. 가벼운 미풍이 불었다. 그러더니 에마가 산사태처럼 밀려오는 감정에 몸을 떨기 시작했다. 그녀의 목에서 이상한 소리가 꺽꺽 새어나왔다. 자매에게서 돈을 받고 싶은 마음이 그토록 간절하지 않았다면 나는 분명 그녀의 면전에 대고 웃음을 터트렸을 것이다.

리지가 에마의 등을 감싸안으려 팔을 뻗었다. "나는 알고 있었어." 에마가 속삭였다. "알고 있었다고." 에마가 리지를 밀치고 있는 힘껏 집으로 달려갔다.

나는 머리뼈와 도끼머리를 바라보았다. "리지." 내가 말했다.

"그동안 계속 궁금했어. 네 아버지가 죽고 나서 너는 더 행복해졌나?" 내 마음속 한구석에서는 그녀가 아니라고 말해주기를 원했다. 아버지를 벌했지만 뭔가 미진하다고 느끼는 유일한 사람이 되고 싶지 않았다.

리지가 비명을 지르고 내 발에 침을 뱉었다. "이 악마, 이 마귀." 그녀는 말을 더듬었고, 몸속에서 모든 것이 빠져나가는 듯 보였다.

"흉기를 가져가준 내게 고작 한다는 보답이 이건가? 나는 너를 구해줬어. 너를 위해 비밀을 지켰지. 나는 내 돈을 원해."

리지가 이마를 만지며 나를 불쾌하게 바라보았다. 그녀는 작은 손가방에 손을 넣어 동전 하나를 꺼내더니 내 발치로 던졌다. 나는 그런 행동이 마음에 들지 않았다. 리지가 쓰러질 듯 비틀거리며 집으로 발길을 옮겼다. 온갖 생각으로 머릿속이 복잡한 나를 뒤로한 채. 주변의 집에서 인기척이 나기 시작했고 이웃들이 방충문 밖으로 머리를 빼꼼 내밀었다. 조심하지 않으면 사람들이 모일 것이었다. 이렇게 잡힐 수는 없었다. 목표물이 바로 코앞에 있는 지금은 더더욱. 나를 이 지경까지 내몬 장본인은 리지와 그녀의 외삼촌이었다. 나는 기념품을 챙겨 배낭에 도로 넣었다.

할일은 하나뿐이었다. 리지에게 벌을 주어야 했다. 아버지에게 했던 것처럼, 내가 상황을 바로잡았던 그 방식으로. 나는 달콤한 피맛을 볼 것이었다. 새 한 마리가 나뭇가지에 앉아 시끄럽게 울었고 근처의 현관문들이 열리면서 목소리가 흘러나왔다. 리지와 에마의 집으로 걸어가는 내 다리는 단단한 가죽 같았다. 휙-철썩, 휙-철썩. 두툼한 두 손으로 주먹을 쥐었다. 나는 그날 일어난 일에 대해 리지에게 정확한 설명을 들어야겠다고 생각했다.

그 집은 흰색 위에 흰색으로 갓 페인트칠을 한 것이 분명했다. 그리고 분홍색과 흰색 꽃이 축 늘어진 작은 장미 정원도 있었다. 문으로 이어진 콘크리트 계단은 두껍고, 원시적이고, 머리통을 박살내기 좋은 장소였다. 현관 앞 포치에 걸려 있는 그네가 바람에 흔들렸고, 그때 어떤 남자가 전지가위를 들고 제집에서 나오는 모습이 시야 가장자리에 들어왔다. 나는 그에게 고개를 끄덕였다. 좋은 이웃처럼.

"거기서 뭐하시오?" 남자가 소리쳤다.

나는 고개를 돌렸다. 그는 헛기침을 하고 나를 지켜보았다. 나는 그를 무시했다. 필요하면 나중에 손봐줄 수 있을 것이다. 현관 계단에서 내려와 집 옆으로 돌아갔다. 남자의 목소리가 다시 들렸다. 집 옆쪽에 땅이 약간 패어 있고 그 위로 창문이 열려 있었다. 딛고 올라설 만한 것을 찾아 주위를 두리번거리는데, 고리버들 의자가 배나무 근처에 있었다. 그것을 가져와 창문 아래에 놓고 집안을 들여다보았다. 리지와 에마가 복도를 지나는 소리가 들렸다. 깨진 도자기 같은 그들의 목소리.

"언니가 내게 이럴 수는 없어." 리지가 말했다.

"나는 최선을 다해 너를 믿었어."

두 사람이 다가왔고 리지가 방문을 등지고 섰다. 그녀가 발을 쿵쿵 굴렀다. "나를 절대 떠나지 않겠다고 약속했잖아."

"그리고 너는 과거는 그곳에 두고 오겠다고 약속했지."

나는 입술을 핥으며 벽에 밀착해 창문 안으로 몸을 더 밀어넣었다. 그들의 파멸을 도울 작정이었다.

"그건 내 잘못이 아니야. 웬 미친 남자였다고."

"더이상 내 인생을 너와 함께하고 싶지 않아."

"그 말은 진심이 아니야." 리지의 목소리는 자신의 비둘기가 죽은 것을 발견했을 때처럼 가늘어지다 사그라졌다.

"나는 지쳤어, 리지."

리지의 손가락이 에마의 손을 잡으려고 다가갔다.

"벌써 미스터 포터를 불렀어. 나를 데리러 곧 도착할 거야."

"언니는 지금 어머니와의 약속을 깨고 있어."

"감히 그런 말 하지 마." 에마가 리지를 살짝 밀치자 리지가 비틀거렸다. 에마는 목이 터져라 소리를 지르는 리지를 내버려두고 자리를 떴다. "우리는 자매야! 자매라고!"

리지가 에마를 부르며 말했다. "하지만 나는 언니를 사랑해." 그녀가 마지막으로 소리쳤다. "나를 혼자 두지 마, 에마."

어머니가 생각났다. 우리 사이도 이런 식으로 끝났었다. 더이상 약속된 사랑은 없다. 이가 갈렸다.

이웃이 소리쳤다. "거기서 뭐하는 거요?" 창문에서 몸을 떼고 돌아보니 아까 그 남자가 자신의 정원에서 나를 건너다보고 있었다. 그 순간 내게 시간이 별로 없다는 것을 알았다. 나는 창문에서 홀쩍 떨어져 모퉁이를 다시 돌아 현관 쪽으로 달렸다. 이를 악물었다. 나는 손으로 리지의 입을 틀어막고 그녀를 내 체중으로 깔아뭉개는 상상을 했다.

현관 근처에 다다른 순간 문이 활짝 열렸다. 에마가 여행가방 두개를 들고 옅은 미소를 지으며 나왔다. 리지가 소리쳤다. "한 번만더 기회를 줘." 에마는 아무 말 없이 좁은 길을 따라 거리로 나갔다. 노란색 캐머런 소형차가 길가에 멈춰 섰고 한 남자가 내려 짐을 받아들자 에마가 차에 올라탔다. 엔진이 속도를 올렸다.

　모든 것을 바로잡을 마지막 기회. 차가 출발하자 현관문이 닫혔다. 그 이웃의 말소리가 들리자—"나는 경고했소, 이제 경찰을 부를 거요"—나는 재빨리 현관 계단을 뛰어올라 콘크리트에 찍힌 메이플크로프트라는 단어를 밟았다. 도끼머리가 가방 안에서 통통 튀었다. 나는 달콤한 내 주먹이 리지에게 흘러들어가자 그녀가 밝은 선홍색으로 변하는 상상을 했다. 그녀와 볼일을 마치면 그 집을 뒤져 내 소유의 것을 챙기고 최대한 빨리 도망칠 것이다. 어머니를 찾을 때까지, 내 마음이 더 편해질 때까지. 집안에서 리지가 흐느꼈고, 나는 문을 두드리고 그녀가 열어주기를 기다렸다.

16

에마
1892년 8월 4일

존이 유령처럼 집을 누비고 다니자 나는 필요 이상으로 자주 어깨 너머를 돌아보게 되었다. 나는 그가 떠났으면, 경찰도 데려가주었으면, 시신도 가져가주었으면 싶었다. 하지만 집에 리지와 단둘이 있을 생각을 하니 마음이 무거웠다. 이야기를 나누며 내 마음을 다른 생각으로 채워줄 사람이 동생밖에 없다고 생각하니 견딜 수 없었다.

나는 앨리스 러셀에게 잠시만이라도 세컨드 스트리트 92번지에 와서 지내면 어떻겠냐고 물어보았다.

"하지만 에마, 그 살인자가 다시 오면 어떻게 해?" 그녀가 말했다. 그녀의 머리칼은 땀 때문에 부스스했다.

나는 그녀를 안심시키려고 했다. "우리 모두 리지 방에서 함께 자면 돼. 다 같이 붙어 있자."

리지가 괜찮은지 보려고 위층으로 올라가니, 동생은 다른 계획이 있었다. 쌓아놓은 베개에 기대앉은 리지는 지친 듯 보이기도, 푹 쉰 듯 보이기도 했다. 비통해하는 얼굴치고 기묘했다. "우리가 여기 다 모여 있을 필요는 없어. 앨리스는 아버지와 미시즈 보든의 방을 쓰면 돼." 리지가 미소를 지었다. "거기에 있어도 나와 에마와는 충분히 가까우니 우리가 기운을 차리도록 도와줄 수 있겠지."

앨리스가 손마디로 자신의 턱을 톡톡 쳤다. "두 분의 침실에 들어가면 마음이 불편할 것 같아."

"두 분은 분명 마음 쓰지 않을 거야, 그렇지 에마?" 리지가 손톱을 잘근잘근 씹었다.

나는 고개를 가로저었다. "리지, 그건 옳지 않은 것 같아……"

"오늘 일어난 일 중에 옳은 게 뭐가 있어, 에마? 어쨌든 우리는 해야 할 일을 하면 되는 거야." 리지가 분별력 있는 척 말했다. 나는 리지를 흔들어 그 어리석음을 떨쳐버리고 싶었.

아래층에서 시계가 세시를 알리자 나는 페어헤이븐을 떠올렸다. 그곳에서라면 미술 수업이 끝날 시간이었다.

"앨리스는 내 친구고, 나는 앨리스가 그 방에서 지내야 한다고 생각해. 이 집에서 유일하게 앨리스의 물건을 모두 놓을 수 있을 만큼 공간이 넉넉한데다 쓸 만한 방이잖아." 리지가 말했다.

순간 리지의 옆구리를 밀치고 이렇게 말하고 싶었다. "앨리스는 원래 내 친구였어. 내가 아니었다면 너는 절대 앨리스와 친해질 수 없었어. 어떻게 할지는 내가 결정해야 해." 하지만 당장 분란을 일으키고 싶지는 않았다. 너무나 많은 질문이 대답 없이 남겨진 지금은. 앨리스가 리지의 머리를 쓰다듬었고 나는 앨리스가 내게도 똑같이 해주었으면 싶었다. 어렸을 때 우리 셋은 반원으로 둘러앉아

356

각자의 등에 뭔가를 그리는 놀이를 했다. "내가 지금 무슨 모양을 그렸는지 맞혀봐." 내가 물었다.

"사각형?" 앨리스가 더 세부적인 부분은 미처 분별해내지 못하고 말했다.

리지가 내 손가락을 밀어냈다. "육각형."

"맞았어!"

리지는 항상 정답을 알아맞혔고, 나를 자랑스럽게 했다. "내가 동생에게 뭘 가르쳤는지 봐! 리지는 이 방에서 가장 영리해."

앨리스가 번개에 맞은 것처럼 숨을 헉 들이쉬었다. 그녀는 나를 돌아보며 말했다. "엊그제 네 아버지와 이야기를 나눈 게 방금 기억났어."

나는 심장이 철렁하며 아버지가 생전에 마지막으로 한 의미심장한 생각을 알게 되리라 기대했다. "아버지가 뭐라고 하셨어?"

"내 어머니와 아버지의 안부를 물으셨어. 두 분이 언제 저녁식사를 하러 들르면 좋겠다고 하셨지."

"그건 이상한데. 내게는 그런 이야기를 전혀 하지 않으셨거든." 리지가 말했다. "아버지는 몇 달 동안 두 분과 이야기도 거의 나누지 않으셨어."

"그래서 두 분을 초대하셨나보지." 내가 말했다.

앨리스가 입술 위로 손가락을 꿈틀거리듯 움직였다. "하지만 나는 깜박하고 그 이야기를 부모님께 하지 않았어. 완전히 머릿속에서 지워져버렸어……"

내 마음 한구석에서는 그들이 저녁식사를 하러 와서 아버지의 선의가 기억되었으면 얼마나 좋았을까 싶었다.

"이제 와서 그걸 기억하다니 너무 마음이 아픈 것 같아." 앨리스가 리지의 머리를 계속 쓰다듬었고 리지는 야옹거리는 고양이처럼 그녀의 품을 파고들었다.

"너무 슬퍼, 앨리스." 내가 말했다. "아버지가 돌아가셨다니. 네가 아버지와 마지막으로 이야기를 나누고 그걸 까맣게 잊어버렸다니." 나는 뚜렷한 이유 없이 마음이 너무 아팠다.

"세상에, 내가 말실수를 했나봐. 미안해." 앨리스의 표정이 일그러졌다.

나는 그들에게서 물러섰다. "이제 리지를 혼자 쉬게 해줘야 할 것 같아."

앨리스는 리지가 베고 있던 다리를 슬며시 빼고 깃털 베개를 받쳐주었다. "그래야지."

우리는 아버지와 애비의 방으로 들어갔고 나는 문을 닫았다. 마음이 편해졌다. 리지로부터 벗어났다는 안도감이자, 친구를 독점할 수 있다는 안도감이기도 했다. "네가 와줘서 기뻐, 앨리스."

방을 빙 둘러보던 앨리스의 몸이 뻣뻣하게 굳더니 그녀가 말했다. "이 이상한 냄새는 뭐야?"

나는 킁킁거렸다. 거의 하루종일 문을 꼭 닫아놓았던 더운 방. 다시 킁킁거리자 유황, 혹은 그슬린 머리카락의 냄새가 희미하게 느껴졌다.

"뭔가 죽은 냄새 같아." 앨리스가 코를 붙잡아 썩은 악취를 몰아냈다. "나는 여기서 자고 싶지 않아, 에마."

나는 그녀가 머물러주기를 원했고, 곁에 있기를 원했고, 친숙한 것을 원했다. "내가 이 냄새를 없애면?"

"글쎄……"

나는 방을 뒤졌다―아마 애비가 지난밤에 먹은 상한 고깃조각이나 벽 뒤에 갇힌 쥐일 것이다. 나는 샅샅이 뒤졌지만 침대 아래 떨어져 있던 빨지 않은 손수건밖에 찾아내지 못했다.

바닥에서 일어서는데, 구석에서 썩는 냄새가 희미하게 났다. 나는 깊이 숨을 들이쉬어 잠시 동안 그 냄새를 잡아두었다. "여기 뭔가 끔찍한 게 있나봐." 나는 말하고 구석으로 가 킁킁거리며 발끝으로 서서, 냄새를 따라 벽 위를 향해 최대한 키를 높였다. 뭔가가 천장에서 흘러내리고 있었다.

"이 모든 상황이 얼마나 이상한지 믿을 수가 없어, 에마." 앨리스가 말했다.

"모든 게 비정상이야."

"내 말은, 리지가 걱정했던 대로 일이 터졌다고 생각하니 너무 이상하다는 뜻이야."

나는 칼처럼 날카롭게 몸을 홱 돌렸다. "그게 무슨 말이야?"

"지난밤에 리지가 불길한 예감이 든다고 했거든. 그 예감이 적중한 것 같아."

"리지가 뭐라고 했는데?"

앨리스가 내 손을 잡더니 지난밤에 리지가 저녁을 먹은 후 찾아와 온 가족이 배탈이 났다는 이야기를 했다고 털어놓았다. "리지는 몹시 불안해했어. 리지가 그런 모습으로 불쑥 찾아와서 깜짝 놀랐어, 에마."

나는 리지가 전에도 수없이 그랬던 것처럼 분진 섞인 공기를 가득 들이마시며, 무리해서 달린 탓에 후들거리는 다리로 길을 건너 보든 스트리트로 가는 모습이 눈에 선했다. 모퉁이를 돌았을 때 리지는 평생 달린 사람처럼 볼이 발그레했을 것이다. 앨리스 러셀의집에 도착했을 즈음에는 심장이 입으로 튀어나올 정도였으리라.

앨리스가 말했다. "밖에서 요란한 소리가 들리기에 문을 열었더니 리지가 서 있는 거야. 내가 말했지. '맙소사, 리지! 무슨 무서운일이라도 당한 사람 같네. 왜 그러는 거야?'

'앨리스, 누가 우리 가족을 독살하려고 해.'"

그다음 벌어진 일은 이랬다. 차를 내리고, 케이크를 자르고, 앨리스는 그런 경우에 마땅히 할 법한 행동을 했다. 그녀는 배수로처럼 둥근 턱을 바짝 끌어당기고, 쑥 꺼진 눈을 크게 뜨고, 필요에 따라 계곡처럼 입을 쩍 벌렸다. "네가 그걸 어떻게 알아?"

리지가 손바람을 부치는 모습이 눈에 선했다. "오늘 저녁에 아버지와 미시즈 보든이 몹시 편찮으셔. 몹시 말이야. 그리고 요전날은 내가 끔찍하게 안 좋았어. 최근에 우리는 늘 그렇게 몸이 아팠어. 그래서 그런 생각이 든 거야……"

"경찰에 신고해야 해." 앨리스가 손을 오므려 가슴에 얹으며 말했다.

"아버지에게 적이 많은 게 아닌가 하는 생각이 슬슬 들어."

등유 램프의 불빛 아래에서 앨리스 러셀은 불운한 보든가의 삶에 대한 예언을 들었다. 리지가 그녀에게 말했다. "요즘 거리에서 이상한 사람들이 보이던데, 못 봤어?"

앨리스가 고개를 저었다.

"작년에 미시즈 보든의 목걸이를 대낮에 도난당한 후로 이상한 남자들이 얼씬거리기 시작했어. 누가 우리집을 털었는지 몰라도

그자는 아버지의 침실에 돈이 있다는 사실을 아는 거야. 얼마 전에
는 교회 옆 가스등 아래에 서 있는 남자도 봤어. 초봄에는 우리집
바로 밖에 어떤 남자가 있더라니까!"

"하느님 맙소사! 네 아버지는 뭐라고 하셔?"

"아무한테도 말하지 않았어. 특히 아버지에게는 말 못해. 놀라
게 해드리고 싶지 않거든. 연로하신 가여운 아버지."

"그럼 에마는?"

"어차피 에마는 관심도 없어."

그러자 앨리스가 손을 뻗어 리지의 손을 잡았다.

"정말 아무도 못 본 거야, 앨리스? 모자를 눌러쓴 키 큰 젊은 남
자 못 봤어?"

"응, 아무도 못 봤어. 그런데 그 남자들에 대해 그 정도로 세세
하게 기억하고 있다면 경찰에 신고해도 될 것 같은데."

리지가 찻잔을 든 채 덤벙거렸다. 케이크 부스러기를 무릎에 흘
렸다. 앨리스는 아무 일 없을 거라며 에마를 안심시키려 애썼지만
피해망상은 가시지 않았다.

"나는 우리가 최근에 계속 몸이 안 좋은 이유가 그 상황으로 설
명된다고 생각해. 브리짓까지 아프거든."

"누가 그런 짓을 하는 것 같아?"

리지가 고개를 가로저었다.

나는 리지의 예감이 무엇을 의미하는지 도통 종잡을 수 없었다.
때로 리지는 무언가를 그냥 알았다. 앨리스가 내 손을 놓으며 그
기억을 전부 떨쳐내려 했다. "미안해, 에마. 이런 이야기는 너무 힘
들 텐데."

그건 내가 꼭 들어야 할 이야기였다. "너만 괜찮다면 리지가 무슨 말을 했는지 더 듣고 싶어."

앨리스가 이맛살을 찌푸렸다. "기억이 날지 모르겠어. 계속 이야기를 나눴지만 안개처럼 기억이 흐릿하거든. 그리고 얼마 지나지 않아 리지는 집으로 돌아갔어."

나는 집으로 돌아가는 리지를, 그녀가 달을 올려다보며 나를 소리쳐 불렀을지, 그 소리가 다락방 창문에 부딪혀 튕겨나와 이 집에서 저 집으로 다시 다른 집으로 옮겨갔을지 생각했다. 리지는 나무 사이로 울리는 올빼미 울음소리나 밤의 열기에 대항해 웅웅거리는 귀뚜라미의 합창을 들었을까? 시냇물이 중력에 이끌려 큰 강으로 흘러드는 소리를 들었을까? 그리고 집에 도착해 가족들의 증세를 해결하기 위해 무슨 일이라도 했을까?

*

온몸이 아팠다. "앨리스, 이 냄새 좀 같이 없애자."

나는 일단 침실의 창문을 모두 열어 환기를 시켰다.

"이 정도로는 안 될 것 같아. 집을 청소할 건데 도와줄래?" 내가 물었다.

앨리스는 한숨을 쉬며 가만히 서 있었다. "나는 집에 가서 필요한 물건을 가지고 와야 할 것 같아. 청소는 브리짓에게 시키지 그래?"

내 등에 힘이 들어갔다. 브리짓은 더이상 여기서 어떤 일도 하지 않을 것이다. 그날 이른 오후 브리짓이 내게서 멀찍이 물러나던 모습이, 그녀의 팔을 만지려고 손을 뻗었을 때 그녀의 눈에서 엿보았던 혐오감이 떠올랐다.

"미스 에마." 브리짓의 목소리는 낮고 불안에 젖어 있었다.

"내가 한 번이라도 네게 못되게 군 적이 있었니? 그렇게 피하지 마."

브리짓은 아무 말도 하지 않았다. 나는 브리짓에게 괜찮은지, 심문을 중단하고 좀 쉬는 게 어떨지 물어보고 싶었다. 하지만 이렇게 말했다. "오늘밤 오실 손님들이 드실 저녁을 준비할 수 있겠니?"

계단에서 삐걱거리는 소리가 나자 브리짓이 집 안쪽으로 고개를 홱 돌렸다. 나는 다시 그녀의 팔을 만졌고 그녀는 움찔하며 내 손을 치웠다.

"제가 이곳을 아예 떠나도 되는지 경찰에게 물어봤더니 된다고 했어요." 브리짓이 말했다.

"하지만 너는 이곳에 계속 있어야 해. 이 집을 정리하려면 네 도움이 필요해."

브리짓이 숨을 들이마셨다. "싫어요."

"말도 안 되는 소리. 여기가 네가 사는 곳이야."

브리짓이 계단을 한 칸 올라가 멈춰 서더니 또 한 칸, 또 한 칸을 올라갔다. "오늘 아침에 그녀의 소리를 들었어요." 브리짓이 말했다.

"누구?"

"리지." 브리짓이 고개를 푹 숙였다.

심장이 쿵쾅거렸다. "내 동생이 무슨 말을 했는지 말해봐."

"제가 주인어른에게 문을 열어드렸더니 마구 웃었어요."

"리지는 원래 아무 일에나 잘 웃어. 그애는 원래 그래."

"아뇨, 아가씨. 제가 문을 열었을 때 마치 자칼처럼 웃었어요. 집에 다른 사람은 없었어요."

나는 브리짓을 향해 한 계단 올라가 그녀에게 다가가려 했다. "그렇다고 네가 떠나야 하는 건 아니잖아. 여기 남도록 해."

"이 집은 불길해요, 미스 에마. 온통 병들고 공포에 절었어요. 아가씨도 여기에 계시면 안 돼요." 브리짓이 어깨를 잔뜩 움츠렸다. "그리고 저는 그 소리를 또 들었어요."

"무슨 소리?"

"끔찍하게 턱턱거리는 소리요. 비둘기를 죽였을 때와 똑같은 소리." 브리짓이 고개를 가로저으며 나를 계단에 남겨둔 채 자리를 떴다. 대체 브리짓은 무슨 소리를 들었다는 걸까?

브리짓은 짐을 싼 후 리지에게 작별인사도 건네지 않고 세컨드 스트리트를 떠났다. 나는 내가 집으로 끌려왔듯 브리짓을 다시 끌어오고 싶었다. 왜 그애가 떠나야만 하는가?

*

앨리스 러셀은 일곱시 넘어 다시 오겠다고 했다. 핏자국을 닦는 일은 내 몫이었다. 아래층으로 내려가 지하실에서 양동이와 솔을 가져온 후, 끓는 물을 양동이에 붓고 비누를 풀었다. 매 순간이 질질 늘어졌다. 물이 살짝 식자 거실로 갔다. 부엌에서 거실로 통하는 닫힌 문 앞에서 나는 숨을 들이쉬었고, 들어가면 안 된다는 생각이 무지근한 통증처럼 몰려왔지만 그대로 밀고 나가기로 했다. 나는 다시 숨을 들이쉬고 문을 열었다. 시신은 이미 그곳에 없었다. 소파가 내 앞에 있었다. 나는 소파가 벽에서 살짝 떨어져 있고 그 틈새가 남자 몸의 윤곽대로 벌어져 있다는 사실을 알아차렸다. 그 방으로 들어가고 싶지 않았다. 왜 나는 동생처럼 할 수 없을까? 그애는 오후 내내 아무렇지 않게 집안 이곳저곳을 돌아다녔다. 나는 각오를 다지고 안으로 발을 들여놓았고 금속성 냄새를 맡았다. 열기와 지나치게 많은 목소리의 냄새. 헛구역질이 나왔다. 소파 위 아버지의 깨진 머리가 놓였던 자리에 핏자국이 남아 있었다. 얼룩은 처음부터 그곳에 있었던 것처럼 전혀 미안해하는 기색 없이 바닥까지 이어져 있었다. 익사할 것 같은 기분이었다. 왜 여기에는 나를 구해줄 사람이 아무도 없지? 위에서 리지의 짧은 웃음소리가 메아리처럼 울렸다. 평상시와 같은 웃음, 내 몸이 튕겨나가게 만드는 웃음이었다. 나는 핏자국을 보고 한 걸음 다가갔다.

나는 누군가가 아버지의 얼굴 상태와 얼굴의 새로운 형태에 대해, 혹은 애비의 뒤통수가 깨지고 내용물이 쏟아져나온 모습에 대해 이야기하는 걸 몇 번이나 들었는지 세어보았다. 한 번, 두 번, 세 번, 네 번. 다섯 번, 여섯 번, 일곱 번, 여덟 번, 아홉 번, 열 번. 나는 뒤통수에 손을 대고 머리에서 목까지 이어진 뼈를 훑었다. 자신이 더이상 숨을 쉬지 않는다는 사실을 육신이 깨닫기까지 얼마나 걸릴까?

다시 한 걸음.

바깥. 경찰이 집 주변을 순찰하는 희미한 소리. 불현듯 내 드레스가 너무 크고, 내 손과 발이 너무 작게 느껴졌다. 해야 할 일이 무척 많았다. 나는 그대로 사라져버리고 싶었다. 소파로 한 걸음 더 다가갔다.

다시 한 걸음.

나는 침을 꿀꺽 삼켰고, 혀끝에서 한동안 잊고 지낸 맛을 느꼈다. 사과 마멀레이드. 애비의 마멀레이드는 항상 너무 걸쭉했고 어머니가 만든 마멀레이드의 농도에 결코 도달하지 못했다. 세 여자의 마멀레이드 가운데 내 것이 최고였다. 애비의 마멀레이드는 먹을 때마다 혀끝에 들러붙었고, 살짝 탄 사과 토피 맛이 났다. 하지만 아버지는 애비의 마멀레이드를 점점 좋아하게 되었다. 눅눅한 빵에 그것을 두껍게 펴바르고, 입술에 묻은 끈적이는 마멀레이드를 혀로 핥았다. 아버지의 즐거움.

존은 남자들이 하루종일 걸레와 타월로 피를 닦았다고 말했다. "손에 피를 묻힐 수밖에 없었지." 이제 나도 그게 무슨 말인지 알겠다.

소파 발치에 앉아 손을 물에 넣었다. 아버지의 깨진 머리가 놓여 있던 자리에 무엇인지 모를 액체가 꾸덕하게 남아 있었다. 아버지가 문을 열고 들어와 내게 말할 것 같았다. "내가 아주 어처구니없는 사고를 당했다. 면도를 하다 베었어." 아니면 "의견 충돌이 있었지만 이제 다 괜찮다." 나는 망자가 가져다줄 수 있는 이런 것, 이런 기대감에 깜짝 놀랐다. 얼룩은 쉽게 지워질 것 같지 않았다. 아버지를 거실에서 어떻게 모시고 나갔는지 보여주는 흔적이 양탄자에 남아 있었다. 누군가 떨어트린 손수건이 푹 팬 아버지의 얼굴이 불러일으킨 충격을 표지판처럼 말해주고 있었다. 장의사가 올 때까지 시신을 어디에 두는 것이 최선일지를 두고 나눈 대화가 방문에서 식사실까지 이어진 응고된 작은 핏방울로 표시되어 있었다. 도와줄 사람이 도착할 때까지 아버지는 정확히 얼마 동안 여기에 누워 계셨을까? 나는 손을 보았다. 장갑을 꼈어야 했는데. 머리 위로 삐걱거리는 소리와 바닥에 뭔가를 끌고 가는 소리가 나자 나는 숨을 참았다. 잠시 후. 목소리. 존의 낮은 음성에 뒤이어 들리는 모든 것을 쓸어버릴 듯한 리지의 웃음소리. 나는 이를 악물었다. 오늘 같은 날 어떻게 그렇게 웃을 거리를 찾아낼 수 있는지 도저히 이해가 되지 않았다. 나는 따뜻한 비눗물이 담긴 양동이를 소파의 머리 쪽에 놓고 작은 반원을 그리며 박박 닦기 시작했다. 양탄자를 보니 피가 많기는 하지만 그런 범죄가 일어난 것치고는 얼마 되지 않는다는 생각이 동시에 들었다. 왜 피가 더 나오지 않았을까? 우리가 각각 열네 살과 네 살이었을 때, 리지와 나는 아버지가 몸속에 온 세상을 담을 수 있을 정도로 크다고, 그 뱃속의 중심에는 비밀의 세계로 가는 길을 알려줄 지도가 있다고 믿었다. 그 세계에는 몸을 숨기고 기다릴 수 있는 모퉁이, 수영을 할 수 있는 사막의 신기루, 사탕으로 만든 탁자 위의 탁자, 설탕이 든 음료수, 나무와 이상한 생물이 가득한 넓은 도랑, 고대 유적지, 어머니가 들어 있을 터였다. 그러다 열다섯 살이 되자 나는 아버지가 더이상 그런 아버지가 아니라는 사실을 깨달았다. 그는 다른 어른처럼 쉽게 실패하는 사람이었다. 그는 우리가 원하는 것을 모두 품을 수 없었다. 실망감.

아버지와 마지막으로 함께 보냈던 순간의 온기, 그 불편한 잔여물이 내 손목을 휘감았다. 리지가 아버지와 보낸 마지막 순간은 어땠을까.

나는 소파를 닦으며 경관들의 대화를 머릿속에서 재생했다.

"그래서 그 여자는 다친 흔적이 전혀 없었지?"

"내가 보기로는 없었어."

"그리고 피해자가 그런 식으로 누워 있는 걸 발견했다고 자네에게 말했다는 거지?"

"그래. 미스 리지는 미스터 보든이 집으로 돌아왔을 때 그를 두고 거실을 나갔다고 했어."

"그리고 자기가 미스터 보든을 발견했다고 말했고?"

"그래. 그렇게 말했어. '아버지가 난자당했어요'라고."

미시즈 처칠은 이렇게 말했었다. "오늘 아침에 출근하는 네 아버지를 봤어. 미스터 보든은 정말 괜찮아 보였어." 그녀가 잠시 뜸을 들였다. "눈을 감을 때마다 네 어머니의 시신이 보이는구나. 브리짓과 함께 그 한심한 시트를 가지러 위층에 올라가지 말 걸 그랬어."

나는 미시즈 처칠의 둥글납작한 손마디를 바라보았다. 그녀가 내게 빠른 말투로 소곤거렸다. "내가 여기 처음 왔을 때 리지에게 네 어머니는 어디에 있느냐고 물어봤어. 리지는 친척이 아파서 병문안을 가셨다고 했지. 그런데 나중에 다시 물어보니까 그애가 아주 묘한 소리를 하더라고. '저는 몰라요. 하지만 그 사람들이 그녀도 죽인 것 같아요.'" 미시즈 처칠이 흐느끼기 시작했다. "이건 경찰에게 말하지 않을 거야. 왜냐하면 그때 리지는 몹시 혼란스러운 상태였거든. 하느님 맙소사, 그 일이 일어나는 동안 바로 옆집에 있었다고 생각하면. 에마, 나는 아무 소리도 못 들었어. 뭐라도 들었다면 당장 와봤을 거야."

나는 몸을 숙여 그녀의 볼에, 유령처럼 차가운 피부에 입을 맞췄다. "리지를 보살펴주셔서 고마워요." 이렇게 말하는데 몸이 떨렸다. 왜 리지는 그런 말을 했을까?

예전에 아버지가 말했다. "너는 사실을 파악하는 머리가 느려."
하지만 이제 나는 사실을 수집하고 있었다.

나는 물었다. "범인은 체포되었나?"

나는 물었다. "집에서 도난당한 물품이 있나?"

나는 다시 물었다. "살인범을 찾을 때까지 얼마나 걸릴까?"

나는 손이 피범벅이 되도록 박박 문질렀다. 물속에 솔, 소파 위
에 솔, 나는 박박 문질렀다.

아버지의 피는 내가 처음 생각했던 것보다 더 진했다. 피는 양탄
자에 흠뻑 스며들어 꽃무늬를 적시고 그 아래 마룻바닥에 얼룩을
남겼다. 솔을 다시 물에 넣고 헹구자 물이 온통 빨개졌다. 다시 헹
궜다. 멍하니 손가락으로 소파 다리를 문지르고 내 볼을 문질렀다.
눈을 감았더니 위층에서 쿵쿵거리는 소리가 들렸다. 나는 천장으
로, 애비가 발견된 지점으로 시선을 들었고 저곳에서는 또 무엇을
청소해야 할지 생각했다. 무릎이 바닥을 파고들었다. 리지가 내려
와 도와주면 좋을 텐데. 또다시 쿵. 웃음소리.

나는 양탄자를 벅벅 닦다가, 땀과 열기로 두피가 가려워져 손을
멈추고 나의 일, 그러니까 장례식 전에 끝내야 할 일이 얼마나 남았
는지 따져보았다. 손을 물에 담그자 손목 주위에 희미한 붉은 고리
가 생겼다. 피가 끝없이 나왔다. 나는 양동이를 가지고 밖으로 나가
집 주위에 늘어서 있는 경찰을 지나쳐 배나무 아치에 물을 버렸다.
울타리 너머에서 메리와 미시즈 켈리가 나누는 대화가 들렸다.

"저는 아무것도 못 봤어요, 미시즈 켈리." 메리가 말했다.

"상상을 해봐, 그 불쌍한 딸이 집에 와서 그 모습을 죄다 봤다니!"

"그 가족은……"

왜 이런 일이 우리 가족에게 일어나야 했을까? 나는 대화가 끝나기를 기다렸다. 마침내 이야기를 마친 두 사람이 울타리에서 멀어졌고 나는 혼자가 되었다. 집으로 들어와 양동이에 따뜻한 물을 다시 채웠다. 엎드려 소파 뒤쪽 벽을 닦는데, 굽도리널을 따라 머리카락 굵기의 가느다란 금이 나 있었다. 나는 아버지에 대해 생각하지 않으려 했지만 사방에 아버지가 있었다. 그 벽 너머에 불신으로 경직된 아버지와 애비의 시신이 있다는 사실을 알기에 더 힘을 주어 박박 닦았다. 방안에 갇혀 있던 열기가 내 손가락을 가로질렀다. 나는 손을 치맛자락에 닦으며, 그 공기에 무엇이 실려올지 두려움에 떨었다.

기묘한 바람소리 같은 통곡이 꽃무늬 양탄자 위에서 휘몰아쳤다. 길 잃은 어린아이, 겁에 질린 짐승, 좀처럼 떨쳐지지 않는 것. 벽을 벅벅 닦는데 목이 졸리는 것처럼 조여오고 화끈거렸다. 통곡 소리가 다시 들렸다. 소리가 어찌나 큰지 내 귀를 꽉 채우고, 눈을 찌르고, 팔의 솜털을 작은 바늘처럼 바짝 일으켜세웠다. 통곡. 그 통곡은 내 소리였다. 비통함이 어떤 소리를 만들어내는지 어떻게 까맣게 잊고 살았을까? 더이상 이 울부짖음이 낯설지 않았다.

다음 순간 천장을 따라 발소리가 이동하더니 문이 열렸다. 계단 꼭대기에서 리지가 한숨을 쉬고 헛기침을 한 뒤 계단을 내려왔다. 나는 동생을 향해 간신히 고개를 돌렸다. 리지가 가슴 앞에 팔짱을 끼고 고개를 갸웃했다.

"에마, 울지 마." 리지가 달래듯 말하며 한 걸음 다가왔다.

나는 뒤로 물러났다. 리지가 식사실 문을 보았다. 손가락을 까딱거리며 입을 벌리고 내 앞의 엉망이 된 바닥을 응시했다. 핏물이

든 양동이가 윙윙거렸다. 리지, 나의 기묘하고 기묘한 여동생을 보고 있으니, 그녀의 형상은 어느새 그림자가 되었다. 그녀에게서 나는 비밀의 냄새, 그 버섯 향을 맡을 수 있었다. 우리의 시선이 얽힌 채 리지가 식사실 문손잡이를 만지작거렸다.

"리지, 그 문 열지 마." 눈을 닦는데 손가락에서 유황냄새가 풍겼다.

그녀는 핏물이 든 양동이를 내려다보고 손으로 배를 감쌌다. "이게 다 아버지에게서 나온 거야?" 경이에 찬 어린아이처럼.

"그래."

"진짜 피 같지 않은데." 리지가 속삭이듯 말했다.

그녀에게 묻고 싶었다. "그럼 피가 얼마나 쏟아질 거라고 생각했는데?" 하지만 분별력이 이겼다. 의심을 드러내서는 안 된다. 리지는 내 옆에 다가와 무릎을 꿇고 앉았다. 잡아온 올챙이를 들여다보는 어린아이 같은 그녀, 나, 우리. 리지는 양동이에 손을 넣고 눈을 감았다. "왜 이렇게 차가워?"

나는 그녀의 손을 빼서 꼭 잡았다.

"에마, 나 거짓말을 한 것 같아. 모든 문을 하루종일 잠가둔 건 아니야. 지하실 문은 열려 있었어." 리지의 어조는 단조로웠고 패배의 기색이 읽혔다.

나는 뭔가가 있음을 직감했다. "언제?"

"내가 오늘 아침에 문을 열어뒀어." 리지가 작은 목소리로 말했다.

"그 이야기를 누구에게 했어?"

리지의 얼굴이 하얘졌다. "아니. 그래야 해?"

시계가 여섯시를 알렸다. "아니. 문은 열려 있을 수도 있고, 닫혀 있을 수도 있어."

리지의 볼이 붉게 물들었다. "그래, 그럴 수 있어." 그녀는 내 손을 꼭 쥐었다. "내가 그릇된 행동을 했을지도 모른다는 사실이 두려웠어."

나는 리지의 피부를 어루만지며 핏물을 닦아주었다. "괜찮아. 내가 여기 있잖아."

리지가 턱을 당겼고, 내 눈을 똑바로 보지 못했다. "여전히 나를 사랑하지?"

나는 몸이 굳었다. 옆구리가 결리고 손가락이 얼얼하고 쪼글쪼글했다. 이야기는 언제나 사랑으로 귀결되었다. 나는 말하고 싶었다. "아니." 그리고 "늘 그런 건 아니야." 그리고 "가끔은 네가 죽었으면 좋겠어."

"그래." 내가 말했다. "사랑해."

리지는 식사실 문을 바라보았다. 입꼬리가 올라갔다 내려왔다. 리지는 울고 싶지만 우는 방법을 잊은 사람 같았다. 페어헤이븐에 있을 때 과거의 존재에 대해, 그것이 어떻게 피부 아래 몸을 숨기고 있는지에 대해 생각해본 적이 있었다. 그때는 과거가 내 안을 좀먹고 있다는 사실을 알아차리기 어려웠다. 그 모든 것―아버지, 어머니, 꿈, 아기 앨리스, 강둑 산책, 실패한 사랑, 리지, 신음하는 달, 죽음, 애비―이 하나로 꿰매져 두번째 피부가 되었다는 사실을 말이다. 그 피부는 불편했다. 심지어 증오스럽기까지 했다. 하지만 이제 그것도 얼마 남지 않았다. 내가 살았던 삶이 사라지고 있었다. 아기였던 나를 안아주었던 어른은 모두 죽었고 이제 아무도 나를 그렇게 안아주지 않을 것이다. 나는 여동생을 보았고, 피를 보았다. 심장 안에 도사린 그 비통함을.

*

　며칠 동안 나는 바쁘게 움직이며 장례식 일정을 잡고, 집에 들르는 조문객에게 차를 대접했다. 그들은 모두 리지에 대해, 그애가 어떻게 버티고 있는지, 그애를 위해 자신들이 할 일은 없는지 물었다. "그 가여운 아이에게 너무 가혹한 일이야." 나를 위해서는 한 번도 불러주지 않았던 이웃의 합창. 그들이 어서 돌아가고 나 혼자 남아 생각을 정리하고 싶었다. 나는 계속 움직였고, 정신을 차려보니 어느새 장례식 날 아침이 왔다.

　새벽이 막 지났을 무렵, 몸을 씻으려고 지하실로 내려간 나는 이른 아침 새들이 둥지를 드나드는 소리와 집안의 고요함에 귀를 기울였다. 둔중한 통증이 느껴졌다. 내면에서 느껴지는 깊고 날카로운, 작은 죽음 같은 통증.

　금속 물통에 물을 채우는데 지붕을 때리는 빗소리가 났다. 스툴에 앉아 물에 손을 담갔다. 따뜻했다. 몸을 씻고 발을 씻는데, 문득 어머니가 돌아가신 밤에 아버지가 어머니를 씻겨줬던 일이 기억났다. 아버지는 어머니의 얼굴을 보지 않으려고 노력하며 대신 긴 팔다리를, 넓찍한 가슴을 꼼꼼히 살폈다. 아버지가 어머니의 손을 잡았을 때 나는 아버지가 손에 입을 맞추기를 기대했다. 하지만 아버지는 손톱 아래를 꼼꼼하게 닦고 가슴 위에 살며시 엇갈려 포개놓았다. 나는 아버지에게 나도 도와야 할지 물었다. 그러자 아버지는 말했다. "죽음은 아이들을 위한 것이 아니야." 그리고 내게 아기 리지가 깨서 어머니를 찾을지도 모르니 방밖에서 기다리라고 했다. 나는 리지에게 가서 밤을 지키는 병정처럼 동생을 지켜보았다.

나는 몸을 씻으며 당장 처리해야 할 일에 집중하려 애썼다. 유가족 좌석 배치, 관의 위치 등. 하지만 내 머릿속은 아버지에게 여전히 묻고 싶은 질문과 하고 싶은 말로만 가득찼다.

1. 어머니가 돌아가신 후 왜 저를 그렇게 무시하셨어요?
2. 왜 애비와 결혼해야 했어요?
3. 왜 리지의 온갖 자잘한 잘못을 용서해주셨죠?
4. 아버지의 방에 몰래 들어가 애비의 물건을 훔친 건 리지였어요.
5. 저는 인생 계획을 다 세워놓았는데 아버지가 망쳐버렸어요.
6. 제가 태어난 날에 대해 다시 말해주세요.
7. 저와 새뮤얼 밀러에 대해 아버지가 아셔야 하는 사실이 있어요.
8. 저는 아버지가 웃으실 때 입에 어떻게 주름이 잡히는지 기억해요.
9. 가끔 아버지는 악독해요.
10. 저는 애비가 자신의 아이를 갖게 해달라고 기도하는 모습을 봤어요.
11. 제가 처음 말한 단어가 뭔지 다시 말해주세요.
12. 누가 아버지에게 이런 짓을 했는지 보셨나요?
13. 저는 아버지를 용서해요, 아버지를 용서해요.

통에 받은 물이 다 식었다. 위층에서 움직이는 소리. 나는 실크로 된 검은 상복을 입고, 옷이 두번째 피부처럼 느껴질 때까지 쓰다

들어 몸에 밀착시켰다. 그리고 목에 은과 터키석으로 장식된 타원형 에나멜 로켓을 걸었다. 그 안에는 두 죽음 사이에 놓인 수십 년의 세월을 넘어 비로소 함께하게 된 아버지와 어머니의 사진이 있었다. 물통을 세면대에 비우고 지하실을 둘러보았다. 벽에 드리운 그림자. 혹시 이곳에 흉기가 숨겨져 있었을까? 토대 부분을 면밀히 살피며 나무에 찍힌 자국, 피가 남긴 수수께끼를 찾아보았다. 지하실 문 옆쪽 벽에 그것이 있었다. 적갈색 손자국. 나는 말라붙은 자국에 손을 댔다. 내 손보다 작았다. 문득 손이 떨렸다. 경험상 남자의 손은 항상 크다. 하지만 이 손자국. 이 손자국의 주인일지도 모르는 사람에 대해 생각하고 싶지 않았다. 구석에 리지의 빨랫감이 가득 든 바구니가 보였다. 나는 리지의 지저분한 옷을 뒤적였다. 며칠 동안 그곳에 고여 있었던 진한 리지 냄새. 드레스를 꼼꼼하게 살폈다. 살짝 뻣뻣해진 하얀 앞치마를 찾아내 냄새를 맡았다. 악취. 앞치마의 밑부분에, 사타구니가 닿을 만한 부근에 희미하게 붉은 얼룩이 있었다. 누군가의 달거리 흔적. 나는 몰래 뒤진 것에 죄책감을 느꼈다. 앞치마를 바구니 밑바닥에 숨기듯 넣고 그 위에 리지의 드레스를 올렸다. 지하실의 공기는 컴컴하고 고요했다. 그때 리지가 한 말이 기억났다. "경찰이 흉기를 못 찾았어! 그걸 끝내 못 찾는다고 생각해봐!" 리지는 흡사 농담을 하듯 말했다.

*

　장례식을 위해 집을 정돈하고 장의사를 기다리는 동안 앨리스 러셀이 차를 끓였다. "최소한 이런 거라도 해야지." 앨리스가 말했다. 그녀는 나를 바라보았고 내가 한아름 안고 있는 아버지와 애비의 옷으로 시선을 돌렸다. "그거 특별한 날에 입는 옷이야, 에마?"

"그냥 두 분이 입으셨던 옷이야." 내가 말했다. 특별한 옷이어야 한다는 생각은 전혀 떠올리지도 못했다. 무심한 딸. 사람들이 뭐라고 하겠나? 나는 아버지와 애비의 방으로 올라가 두 분이 입을 옷을 다시 찾기 시작했다.

내가 마지막으로 아버지에게 옷을 골라드린 건 애비와의 결혼식 날이었다. 나는 조심스럽게 넥타이와 커프스단추를 골랐고 리지는 갈색 가죽구두를 골랐다. 식이 시작되기 전에 우리는 아버지의 침실 문간에 서서 우리의 선택으로 완성된 아버지의 모습을 감탄스럽게 바라보았다. 아버지는 아버지라면 으레 그래야 하듯 감정을 억누르는 것처럼 보였다.

지금 나는 마지막 길을 위해 옷을 골라야 했다. 더 깊고 깊은 땅속으로 들어가는 영혼의 서약을 할 부부라면 결혼 예복을 입어야 한다는 상식의 목소리가 들렸다. 하지만 나는 상식에 귀를 닫기로 했다. 애비의 옷장을 열어 매일 입고 벗었던 칙칙한 옷가지를 뒤적였다. 옷장 안쪽에는 푸른색과 붉은색, 오렌지색 실크 드레스와 벨벳 망토 등이 있었다. 애비는 지난날의 영광에 집착하는 경향이 있었다. 그래서 결혼 전에 몸에 맞았던 드레스들을 보호용 덮개 아래에 숨겨두었다. 그녀는 언젠가 다시 그 옷들을 입을 수 있으리라 믿었을 것이다.

애비의 웨딩드레스도 보호용 덮개 아래에 있었다. 나는 잠시 머뭇거렸다. 결혼식도 장례식도 모두 가족이 모이는 자리가 아닌가. 나는 웨딩드레스를 제자리에 두고 단순한 홈드레스를 꺼냈다. 옷걸이에서 그 옷을 빼내 땀과 희미해진 라벤더 향수 냄새를 맡았다. 애비는 이 옷을 얼마나 자주 입었을까? 그녀는 자신에게서 나는 고약한 냄새를 맡은 적이 있을까? 이런 의문을 품어보기는 했을까? '내가 안에서부터 썩고 있나?' 이제 그 늙은 여자는 악취 속에 매장될 것이다. 그녀를 위해 다른 옷을 찾아야 한다는 사실을 알았다. 나는 매일 무심하게 보아 넘겼던 드레스의 세부 장식에 놀랐다. 레이스로 만든 작은 장미, 섬세한 십자수, 올빼미. 나도 모르게 드레스를 몸에 댄 채 이걸 입은 내 모습을, 피부에 닿는 꺼칠한 촉감과 엉덩이 부근에 주름이 잡히는 모습을 상상해보았다. 결국 나는 푸른색 홈드레스와 죽은 애비의 어깨를 덮어줄 분홍색 실크 스카프로 정했다.

아버지의 수의를 고르기는 더 쉬웠다. 주일에 입는 가장 좋은 정장. 검은색 모직 양복에 흰색 면 와이셔츠. 아버지의 제복. 나는 아래층으로 내려갔고 장의사가 도착하자 그 옷들을 건넸다. "조심해서 입혀주세요." 내가 말했다. 장의사가 고개를 끄덕였다.

나는 리지의 방으로 가서 문을 두드린 후 안으로 들어갔다. 리지는 침대에 앉아 애도한답시고 과도하게 치장을 하고 있었다. 머리부터 발끝까지 검은색이었는데, 길고 풍성한 크레이프 드레스는 목과 등 부분에 실크 리본이 달려 있었고, 베일은 턱 중앙까지 내려왔다. 가슴에 각각 애비와 아버지를 기리는 가느다란 로열블루색과 아이비그린색 리본을 달고 있었다.

리지가 타조 깃털을 쓰다듬었다. "이제야 나를 데리러 왔네."

열이 등줄기를 타고 확 솟구쳐 볼을 쾅쾅 때렸다. "곧 모두 도착할 거야."

"아직 준비가 다 안 끝났는데." 리지는 깃털을 꼬고 또 꼬더니 툭 놓아버렸다.

"일어나, 리지!" 소리치자 목이 아팠다.

리지가 주먹으로 매트리스를 내리쳤다. "언니는 못됐어! 나는 최선을 다하고 있는데."

최선을 다하다니. 그것으론 부족하다. 나는 리지에게 성큼성큼 다가가 그녀의 겨드랑이에 팔을 끼우고 일으켜세우려 했다.

"이거 놔!" 리지가 비명을 지르며 몸을 비틀었다. 나는 리지를 조금 더 들어올렸다. 어쩌나 무거운지. 리지가 또 소리쳤다. "이거 놓으라니까!"

그 순간 내 입에서 차마 말이 되어 나오지 못한 모든 것.

*

조문객이 하나둘 도착했고 그들이 내게 말했다. "꽃 장식이 정말 아름답네요." 나는 예의바르게 미소를 지으며 누군가는 내가 슬픔 속에서 발휘한 섬세함을 알아봐주었다는 사실에 안도했다.

현관에서 브리짓이 얼쩡거렸다. 몸에 잘 맞지 않지만 새로 산 듯한 검은색 실크와 면 혼방 드레스를 입은 그녀는 내게 로열블루색 리본으로 묶은 제비꽃 한 다발을 건넸다. "이 꽃을 미시즈 보든의 관에 넣어주시겠어요?" 그녀는 울고 있었다.

"바로 가려고?" 나는 브리짓에게 손을 얹고 싶었고, 그녀가 그날 본 것에 대해 또다른 이야기를 털어놓을지 확인해보고 싶었다.

"네, 아가씨. 저는 가족이 아니잖아요."

"알아. 하지만 내 생각에……"

"저는 이 꽃을 드리고 싶었을 뿐이에요. 부인이 좋아하셨던 거 잖아요." 브리짓이 내 손에 꽃다발을 쥐여주었다. 꽃잎 한 장이 양 탄자에 떨어졌다.

"마음 써줘서 고마워, 브리짓."

브리짓이 내 어깨 너머로 거실을 바라보았다. "미스 리지는 저 기 계세요? 괜찮으세요?"

"리지는 친척들과 이야기하고 있어. 그날 이후로 계속 좋았다 나빴다 해. 리지와 이야기하고 싶니?" 나는 그녀를 안으로 끌고 들 어갔어야 했다.

브리짓이 도리질을 치자 볼 안쪽에서 혀가 달싹이는 소리가 났 다. "분명 아가씨를 또 뵐 기회가 있을 거예요." 우리는 서로 마주 보았다. 브리짓은 유령처럼 창백했다. "이제 가봐야겠어요, 미스 에마."

브리짓이 문에서 멀어지더니 이내 세컨드 스트리트의 열기 속으 로 되돌아갔다. 나는 문밖으로 고개를 내밀고 가벼운 미풍에 기댄 채 브리짓이 거리를 걸어가는 모습을 지켜보았다. 그녀는 이웃집 사람들이 어떻게 사는지 들여다보려는 것처럼 고개를 높이 들고 있 었다. 그녀를 소리쳐 불러 나도 같이 가도 되는지 물어보고 싶었다.

그때 누가 내 허리를 살짝 당겼다. 몸을 돌렸다. 검은 베일을 쓰 고 볼에 붉은 연지를 칠한 미시즈 처칠이었다. "에마, 괜찮니?"

"신선한 공기를 좀 쐬려고요. 브리짓이 왔었어요."

미시즈 처칠이 베일을 들어올리며 나를 살짝 밀치고 밖을 보려 했다. "아, 그애가 돌아왔니? 모두에게 차를 내줄 수 있겠구나."

나는 그녀를 살며시 당겨 안으로 들이고 문을 닫았다. "돌아온 게 아니에요."

우리는 사람들이 삼삼오오 모여 있는 거실로 되돌아갔다. 나는 응접실로 가 애비의 관에 꽃을 놓았다. 그리고 손마디로 매끄러운 관을 훑었다. 그 관을 만지기가 두려웠다. 관이 뒤집히고 뚜껑이 열리면서 그녀의 시신이 양탄자로 떨어질까봐 두려웠다.

나는 식이 시작될 때까지 부엌과 거실을 오가며 서툰 솜씨로 차를 날랐다. 매번 오갈 때마다 리지를 살폈다. 동생은 검은 의자에 앉아 조의를 표하는 사람들이 내민 손을 맞잡으며 "와주셔서 감사합니다"라거나 "그 공포는 상상도 못하실 거예요"라고 말했다. 리지는 비탄에 잠긴 사람의 역할을 훌륭하게 수행했고 다시 한번 나를 능가했다.

식이 시작되자 우리는 아버지와 애비의 관 앞에 앉았다. 나는 다리가 후들거리면서 돌처럼 딱딱한 무릎이 자꾸 부딪히고 온몸의 신경이 곤두서 그대로 실신이라도 해버리고 싶었다. 아버지의 관을 바라보았다. 아버지가 한낱 목재와 청동이 되어버리다니, 어떻게 이런 일이 일어날 수 있었을까? 방안을 한 바퀴 휙 돌아보았다. 언젠가는 이 소규모의 친지와 가족들이 나를 위해 모일 것이다. 리지가 떨리는 손으로 내 손을 잡았다. 나는 동생이 안정될 때까지 손을 꼭 잡아주었다.

목사님이 배 앞에 양손을 가지런히 맞잡았다. 익숙한 손놀림으로 성부와 성자와 성령의 성호를 긋는 뭉툭한 손가락. 그는 아버지의 일생을 간략하게 들려주었다. 나는 어머니와 아버지가 일군 진정한 사랑의 역사를 들려주리라 기대했지만, 목사님이 한 말은 이게 전부였다. "애비를 만나기 몇 해 전 사망한 첫번째 아내 세라의 사랑하는 남편. 이 자리에 참석하신 많은 분들은 세라가 고인의 심장에 남긴 구멍을 사랑하는 애비와의 결혼이 메워줬다는 사실에 동의하실 겁니다……"

어머니가 고작 그런 식으로 언급되고 말다니 말도 안 되는 일이었다. 나는 리지를 잡은 손에 힘을 주었고, 처음으로 아버지가 어머니를 더이상 사랑하지 않게 되었고, 우리도 그래야 한다는 말을 해주지도 않은 채 자신의 삶을 진심으로 새로 시작했을 가능성을 고려해보았다.

*

아버지가 애비를 집에 데리고 온 날은 비가 주룩주룩 내렸다. 나는 열세 살 반이었고 두 사람은 아직 결혼 전이었다. 추웠고 손가락이 찌릿찌릿하며 얼얼했다. 언젠가 어머니는 손가락에 찌릿찌릿한 느낌이 들면 누군가를 간질여주라는 신호라고 했다. 그래서 나는 리지에게 가서 덮치듯 그녀를 끌어당겨 손가락으로 옆구리를 간질이며 피가 돌아오는 감각이 느껴지기를 기다렸다. 리지의 입이 크게 벌어졌다. 승리를 거둔 나의 환희.

애비는 아버지의 손을 잡고 거실로 들어왔다. 그녀는 미소를 지었다. 두 볼이 말랑말랑한 공처럼, 작은 케이크처럼 팽팽하게 부풀어올랐다. 비가 내렸다. 애비의 목 옆쪽에 불거진 굵은 푸른색 혈관이 빠르게 펄떡거렸고, 곧 어머니가 된다는 공포와 흥분이 하나가 되어 뛰었다.

아버지가 말하는 동안 나는 애비가 결혼반지를 낀 아버지의 손을 꼭 감싸는 것을 보았다.

"애비는 너희와 만나서 기쁘단다." 아버지가 그녀를 우리 쪽으로 살짝 끌어당겼다.

리지가 내 다리에서 폴짝 뛰어내려 애비 옆에 섰다. 리지는 미소를 지었다. 사이가 벌어진 조약돌 같은 치아가 드러났다. 애비의 손가락이 리지의 머리카락을 이리저리 흩트리더니 엉킨 부분을 풀어주었다.

"안녕, 리지?"

어떻게 애비는 우리를 벌써 다 알까?

"안녕하세요."

"에마, 너도 애비에게 인사해야지." 아버지는 강압적이었고 옆으로 늘어뜨린 손을 활짝 폈다.

"안녕하세요." 말이 쉽게 나오지 않았다.

애비의 입술에 편안한 미소가 걸렸다. 화가에게 영감을 줄 만한 미소. 나도 억지로 미소를 지었다.

아버지가 내게 말했다. "동생에게 코트를 입혀줘라. 모두 산책을 나갈 수 있게."

"하지만 비가 오는데요." 내가 불평했다.

"보슬비일 뿐이야." 아버지가 검은 턱수염을 쓰다듬으며 유쾌한 기분을 유지하려 애썼다.

"내가 도와줄까?" 애비가 물었다.

"옷이 어디 있는지 알아요."

계단 아래 벽장으로 가 손을 집어넣으니 모직과 브로드 옷감이 만져졌다. 아버지의 코트. 내 코트. 리지의 코트. 나는 벽장 안쪽으로 손을 더 밀어넣었다. 모직과 모피. 어머니의 코트. 때로 보는 사람이 아무도 없을 때면, 나는 어머니의 코트를 입고 거울 앞에 섰다. 코트는 발목까지 내려왔다. 소매는 손톱 바로 직전까지 내려왔고. 이걸 입을 만큼 자라려면 몇 년이 걸릴까. 내가 아주 열심히 노력하면 코트의 목 부분 안쪽, 커다란 단추 두 개 아래에서 어머니를 찾을 수 있었다. 향긋한 장미 오일. 나는 코트를 몸에 바짝 휘감고 어머니 안에 있다고 상상했다. 어머니의 피부 아래라면 얼마나 따뜻할까.

이제 그 코트가 벽장 안쪽에서 기다리고 있었다. 나는 목을 문지르고 눈을 감았다. "오늘 너를 입으면 멋진 날이 될 텐데." 하지만 그저 생각으로만 그쳤다. 낯선 사람인 애비가 어머니의 코트를 입고 싶어할 경우를 대비해 이 비밀을 밝히고 싶지 않았다. 어떤 것들은 보호할 필요가 있었다. 나는 리지와 내 코트를 끄집어내고 벽장문을 닫았다. 돌아서자 애비가 문가에 서 있었다. 그녀가 말했다. "우리는 네가 어디로 가버린 줄 알았어."

비가 그쳤고 우리 네 사람은 세컨드 스트리트를 따라 걸었다. 나와 리지가 앞장을 섰다. 우리 뒤로 아버지와 애비가 보폭을 맞춰 걸었다. 어깨 너머로 보니 아버지가 사랑이 담긴 눈빛으로 애비를 바라보고 있었다. 나는 전에도 이런 모습을 본 적이 있었다―주일 예배에 참석한 신혼부부.

리지가 내 손을 잡아끌었고 우리는 앞으로 뛰어갔다. 우리 뒤에서 벌어지는 아버지의 반란과 조금이나마 거리를 둘 수 있어 만족스러웠다.

"너무 멀리 가지 마라, 애들아." 아버지가 소리쳤다.

애비는 그의 불안을 행복으로 착각해 키득거렸다.

딸들에게 들키지 말아야 할 작은 비밀이 담긴 짧은 대화가 웃음과 함께 두 사람 사이를 오갔다.

"아이들 얼굴을 보니 닮았네요." 애비의 목소리는 상냥했다.

"때때로 아이들의 성격에서 그 사람이 보일 때가 있소. 그러면 어떻게 해야 할지 모르겠소."

"그대로 받아들여요." 그녀가 말했다.

"나는 저애들이 세라처럼 되는 게 싫소. 우리 사이에는 여러 문제가 있었거든." 아버지가 진지하게 말했다.

"하지만 그녀는 애들을 사랑했어요."

"그건 내가 장담하오."

"그리고 나도 애들을 사랑해요."

"다행이오."

나는 가슴에 손을 얹었다. 숨이 턱 막혔다. 무슨 문제? 나는 어머니가 돌아가신 날 시신 옆에서 어머니의 손을 잡고 기도하던 아버지의 모습을 떠올렸다. 그날 침실에서 이상한 냄새가 났다. 그 냄새가 내게 들러붙었다. 그리고 그후로 며칠 동안 나를 따라다녔다. 그 냄새는 어머니가 돌아가시기 며칠 전부터 서서히 우리집으로 스며들어왔다. 시큼하고 퀴퀴하고 혀끝에 쌉쌀한 맛을 남기는 냄새. 그것이 어머니의 머리카락에 얼룩을 남겼고 나는 너무 무서워서 만질 수도 없었다. 밤이 되자 그 냄새는 당밀 형태를 띠었고, 문 아래 틈과 열쇠 구멍으로 희미한 유황냄새가 울컥 밀려들었다. 나는 그 냄새를 받아들였다. 딸로서의 책임을 다하기 위해 폐에 구명을 만들어 그 냄새로 가득 채웠다. 그리고 어머니가 돌아가시고 일주일 후, 그 냄새는 온 집이 텅 빈 듯한 느낌을 남기고 감쪽같이 사라졌다.

17

리지

1892년 8월 6일

　장례식 날 아침, 어떤 노인이 전날 경찰서에 제 발로 찾아와 자신이 살인범이니 교수형에 처해달라고 했다는 소식을 한 경관으로부터 전해들었다. 그 노인은 직접 올가미까지 가져왔다. 대체 그런 걸 어디에서 구했을까? 경관이 노인을 묘사했다. 예순두 살, 성긴 머리, 짧게 대충 깎은 턱수염. "우리는 그에게 아침을 권했지만 거절했습니다. 괜히 체중이 불어 밧줄이 끊어질 위험을 감수하고 싶지 않다나요." 흔들, 흔들, 흔들. 그 생각을 하니 몸이 떨렸다. 노인은 한 시간 가까이 자백을 했고 결국 경찰은 그의 아들을 불러 집으로 모셔가게 했다.

　"왜 그 사람이 그런 자백을 했죠?" 내가 물었다.

　"누가 알겠습니까. 어쨌든 경찰서에는 온갖 사람이 하지도 않은 짓을 자백하러 옵니다. 혹시 그 노인은 우리가 그의 목을 매달아 인생을 끝내주기를 바란 게 아닐까요?"

나는 아버지가 무엇에 대해서건 고백을 한 적이 있는지 궁금했다. 고백한다는 건 어떤 느낌일까?

아버지와 미시즈 보든이 열기에 파묻힌 채 이틀을 보낸 식사실에서 장의사가 두 사람을 각자의 관에 누이고 뚜껑을 활짝 열어 데 뷔탕트*처럼 선보였다. 두 사람의 임시 무덤에서 흘러나온 냄새가 집안 곳곳을 누비며 계단을 올라 우리 침실까지 들어왔고, 커튼에도 흔적을 남겼다. 에마가 창문을 하나 열고 숨을 깊이 들이쉬었다. "적어도 이건 금방 끝날 거야."

이틀 동안 우리의 대화는 언제나 똑같은 바람으로 끝났다. 적어도 이건 금방 끝날 거야. 미시즈 보든의 언니가 장례식 전날 우리 집에 들러 애비를 보고 싶다고 하기에 내가 그녀에게 말했다. 그 여자는 죽었어! 죽었다고! "그 방에는 들어가지 않는 편이 좋아요."

그녀는 멍청한 아기처럼 입을 삐죽거렸다. "이걸 애비의 관에 놓고 싶었어." 그녀는 끝부분이 너덜너덜해진 로열블루색 실크 리본을 쥐고 있었다. 그녀가 잠시 뜸을 들였다. "맙소사, 나는 이 리본이 어쩌다 다시 내게 돌아오게 되었는지 모르겠어."

"우리는 아버지와 미시즈 보든이 무슨 옷을 입을지 의논하던 중이었어요." 내가 가슴 앞에 팔짱을 끼자 그녀는 고개를 숙이고 자신의 발을 내려다보았다. 그 각도에서 보니 미시즈 보든과 그녀의 언니는 이마 선이 똑같았고 뒤통수의 뼈 모양도 똑같았다. 나는 미소를 지었다.

"리지, 애비는 내 동생이야. 상냥하게 대해줄 수 없겠니, 이번

---

* 사교계에 처음 나가는 상류층 여성을 일컫는 말.

한 번만이라도?"

그녀가 나를 책망하니 기분이 나빴다. 내가 노려보자 그녀가 한 발 뒤로 물러났다.

"이걸 관에 애비와 함께 넣어도 되지 않을까." 그녀가 짙은 눈썹이 서로 닿을 만큼 미간을 찌푸리며 말했다.

관 안에 들어간 시신은 자리를 얼마나 차지할까? "어쩌면요." 내가 말했다.

그녀가 내게 리본을 건넸다. 그것은 차가웠고 양끝이 손가락 끝을 간질였다. 오래전에 느껴본 감각이야. 뭔가가 등줄기 한가운데를 톡톡 두드렸다. 손가락이 기어올라와 피부에 무늬를 만들었다. 눈을 감자 손가락이 기어다니고 기어다녔다. 미시즈 보든, 애비, 애비! 애비가 다섯 살인 내 어깨에 사랑의 하트를 그렸다. 그녀의 손가락은 따뜻하고 손바닥은 포동포동하고 부드러웠다. 그녀의 언니는 그들의 집에서 나를 쫓아오며 어깨를 톡톡 치고 말한다. "네가 술래야! 이제 너를 성의 여왕으로 만들어줄게." 여왕이 된 나는 케이크를 너무 많이 먹어 배가 풍선처럼 부풀어오르고 배탈이 난다. 애비가 나를 자신의 예전 침실로 보내 쉬게 한다. 애비의 방에는 그녀의 낡은 드레스가 벽장에 걸려 있다. 모두 꿈 같은 냄새가 나는 푸른색과 녹색 계열이다. 내가 꿀 수 있었던 꿈! 애비의 행복한 꿈이 가득 담긴 푸른색 드레스가 있다. 그 천을 건드리니 손가락 아래로 아주 드넓은 바다 한가운데 떠 있는 작은 배가 느껴진다. 키를 잡은 애비. 그녀가 푸른 리본을 따라 배를 움직인다. 저멀리 옷깃 근처에 작은 섬이 있다. 애비는 두 손만 사용해 온 힘을 다해 그 섬을 향해 배를 몰고 간다. 해안에 배를 대고 훌쩍 뛰어내리자 그녀의 맨발이 모래사장을 파고든다. 나는 푸른 드레스를 옷걸이에서 꺼내 품에 안고 내 드레스 위에 겹쳐 입는다. 애비가 방으로 들어와 말한다. "그 드레스 가져도 돼, 꼬마 아가씨." 그녀는 내 어깨를 어루만지고 나는 그것이 사랑이라고 느낀다. 집으로 돌아가니 에마가 내 방에서 나를 기다리고 있다.

"내가 뭘 받았는지 봐, 에마."

에마가 본다. "어디서 났어?"

"어머니가 줬어. 이 안에는 꿈이 수놓여 있어. 배와 모험에 관한 꿈이야."

에마가 팔짱을 끼고 자신의 팔꿈치를 세게 꼬집는다. "드레스를 애비에게 돌려줘."

"왜? 내가 가져도 된다고 했어. 입고 싶으면 언니도 입어봐." 나는 치맛자락이 퍼지는 모습을 보여주려고 작게 빙그르르 돈다. "왜 그러는데?"

"그 여자에게서 아무것도 받지 마."

"왜?"

"내가 그렇게 하라고 말했으니까." 에마는 자신의 방으로 돌아간다. "네가 그 여자를 사랑해야 할 이유는 없잖아?"

"언니가 싫다면 안 그럴게." 내가 속삭인다. 나는 모두를 사랑하고 싶어. 손을 드레스 위로 살포시 내려놓자 손가락이 푸른 리본을 따라 스르르 미끄러진다.

*

　미시즈 보든의 언니는 집안으로 들어서며 말했다. "장례식에서 애비를 위해 목사님이 해줬으면 하는 이야기가 있어."

　"그건 이미 다 정해졌어요. 우리는 아무것도 바꿀 수 없어요."

　그녀는 미시즈 보든이 직접 문을 열어주기를 기다리듯 식사실 문에 손을 짚었다. 그러더니 울음을 터트렸다.

　"거긴 안 들어가는 게 좋아요. 날이 끔찍하게 더웠거든요. 그 문을 막으려고 최선을 다했죠. 나는 거의 아무 냄새도 못 맡았어요."

　그녀가 손을 치웠다. "너는 왜 그렇게 끔찍한 이야기를 하니?"

　내가 대답을 생각하는데 외삼촌이 계단을 내려오며 말했다. "집으로 모셔다드릴까요?"

　그녀가 고개를 끄덕였고 두 사람은 방을 나갔다.

　"걱정 말아요. 금방 끝날 테니까." 외삼촌이 말했고 두 사람은 집 앞을 지키고 선 경관 두 명을 지나갔다. 잘 떼어버렸어.

　짙은 안개가 내 몸을 관통하더니 머리가 띵해졌다. 나는 이마를 문질렀다. 눈 뒤의 압력이 증가했고 작은 피 얼룩이 휙 움직이고 휙 움직이더니 어느새 보이는 모든 것이 피와 살이 되었다. 소파에 널브러진 아버지가 어떤 모습이었으며 손가락이 어떻게 씰룩거렸는지 보였다. 거기는 신경의 끝부분이야, 끝부분. 그리고 미시즈 보든이 바닥에 쓰러져 있던 모습도. 나는 손으로 눈을 꾹 눌렀다. 어째서 내가 이런 것을 알까? 목구멍에서 비명이 기어나와 비틀거렸다. 내 어깨 위의 손. 나는 눈을 떴다.

　"리지." 보언 선생님이 내 앞에 서 있었다. "좀 쉴 수 있게 도와주마."

우리는 거실 소파에 앉았다. 아버지, 아버지. 나는 보언 선생님에게 로열블루색 리본을 건넸다. "선생님, 이걸 소각로에서 태워주시겠어요? 도저히 집에 둘 수가 없어요."

"그러마." 그가 리본을 받았다. "기억이 고통이 될 수도 있지." 그는 주사기를 꺼내 내게 주사를 놓았다. 달콤하고 달콤한 온기. 이 약을 투약받고 이틀 동안 나는 그런 상태였다. 경찰이 질문으로 나를 괴롭힐 때도 비교적 편하게 그들을 상대할 수 있었다.

"저는 모르겠어요. 모르겠어요." 내가 말했다. "제가 뭘 봤는지 다른 사람에게 들을 수는 없나요?"

"우리는 아가씨에게서 직접 들어야 합니다, 미스 보든……"

잠시 후 나는 잠이 들었고 보언 선생님과 다른 사람들은 모두 떠났다. 깨어나보니 눈앞에서 에마가 늙은 고양이처럼 내 기억을 긁어댔다. "말해줘." 그녀가 이렇게 말했던가. 아니면 "나는 이해를 못하겠어. 이해가 안 돼……" 그녀는 내 귀에 대고 큰 소리로 말했다. 나는 무서워졌고, 겁이 났고, 그녀에게 뭔가를 말해주지 않으면 나를 떠날 것이라는 생각이 들었다. 그것만은 견딜 수 없었다.

"여기 침대로 와서 나를 안아줘." 내가 말하자 에마는 그렇게 했다. 잠시 나는 안전하다는 느낌을 받았고 에마에게 무슨 이야기든 할 수 있을 것 같았다. "지난밤에 악몽을 꿨어."

"네가 비명을 지르며 일어났을 때?"

"응. 어떤 남자가 서서 나를 보고 있었어…… 나는 아버지인 줄 알았어."

에마가 내 등을 토닥였다. "그건 그냥 꿈이었어."

"하지만 너무나 생생했어. 내가 어떻게 지내는지 아버지가 보러 오신 거면 어쩌지?"

"너는 지금 모든 일이 다 혼란스러운 거야."

에마가 옆으로 누운 나를 끌어당겨 품에 안았다. 그녀의 심장박동이 내 귀와 관자놀이에 느껴졌다. "그래, 정말 그래. 그래서 언니에게 더이상 아무것도 말할 수가 없는 거야." 내가 이런 이야기를 하면 에마는 울고 또 울곤 했다. 그것이 나를 화나게 했다. 언니는 왜 우는 거야? 필요할 때는 정작 여기 있지도 않았으면서. 에마 안으로 기어들어가 그녀가 울음을 그치도록 기도하고 싶었다. 여호와께서 살아 계심을 두고 맹세하노니, 네가 이 일로는 벌을 당하지 아니하리라.

*

조문객이 오기 전에 외삼촌이 에마와 나를 응접실로 불렀다. 우리는 앉아서 손을 잡았고, 그가 말했다. "내 가여운 조카들, 이런 변고를 어느 누가 상상이나 했겠냐."

"우리가 함께 있어서 다행이에요." 내가 말했다. 나는 허리를 숙여 외삼촌의 손에 입을 맞추고 에마의 손에 입을 맞췄다.

"지금은 안 돼." 에마가 속삭였다. 항상 내게 이래라저래라 하지.

그때 앞쪽 창문 밖에서 경관 두 명이 하는 말이 들렸다. "분명 그 사람들이 아는 자가 범인이야."

"왜 그렇게 단정해?"

"남이라면 자기를 후려칠 정도로 가까이 다가오게 내버려두지 않지."

그들이 웃음을 터트렸다.

나는 이마를 만졌다. 에마가 숨을 깊이 들이쉬며 귀를 막았다. 외삼촌이 언니의 다리를 토닥였다. 언니의 몸이 뻣뻣해졌다. "나는 나가서 신선한 공기를 좀 쐬어야겠구나." 외삼촌이 말했다.

커튼을 활짝 열고 밖을 보니 모여드는 사람들을 요리조리 피해 집으로 걸어오는 목사님이 보였다. 기자들이 낯선 사람들 사이로 비집고 들어오는 모습도 보였다. 그들 가운데 한 명이 나를 보았다. 나는 미소를 지었다. 내가 이렇게 예의바르다니까.

"리지, 커튼을 쳐." 에마의 목소리가 갈라졌다.

언니를 행복하게 해주려면 내가 또 뭘 해야 할까? 나는 에마를 지켜 보았다. 그녀의 손과 손가락이 엄지손가락을 더듬거렸다. 나는 내 손을 내려다보았다. 조용하고, 차분했다. 에마가 혀를 차고 발목을 꼬았다 풀더니 나를 빤히 보았다.

"왜 나를 그렇게 봐?"

그녀는 숨을 들이쉬고 목소리를 쥐어짜냈다. "리지, 너에게 꼭 물어봐야겠어. 정말 집 근처에서 아무도 못 봤니?"

"모른다고 했잖아! 나는 내 일로 정신이 없어서 아버지를 죽인 범인을 찾아야겠다는 생각은 하지도 못했어."

"미안해. 나는 그저……"

"언니가 집을 비우지만 않았어도 이런 질문을 할 필요가 없었을 텐데."

"무슨 말이야?"

"어쩌면 아무도 죽지 않았을지 모르지."

"이렇게 된 게 내 탓이라는 거니?" 끔찍한 에마의 고성.

그래. 아니. 나는 그냥 모든 게 집어삼켜지면 좋겠어. "이 집을 지킬 사람이 한 명이라도 더 있었다면 그런 괴물이 침입하지 않았을지도 모른다는 거야."

"더는 아무것도 이해가 안 돼." 에마가 얼굴과 눈을 문질렀다.

"내가 이야기를 다 지어냈다고 생각해? 언니에게 거짓말만 하고 있다고?"

그녀가 나를 보며 말을 하려고 입을 벌렸지만 아무 말도 나오지 않았다. 언니의 이가 보였다. 끄트머리가 흰 이 몇 개를 평평한 혀가 쓱 훑었다. 잠시 에마가 혐오스러웠다. "언니는 끔찍하고 끔찍한 자매야." 내가 속삭였다.

에마가 고개를 숙이더니 손가락으로 손바닥을 툭툭 튕겼다. 옅은 미풍이 내 귀와 얼굴 위로 기어올랐다. 모든 것이 정지했다. 사방 벽이 작은 소리로 삐걱거렸고 에마가 진저리를 쳤다. 내 마음속 밑바닥 어딘가에서 목소리가 들렸다. 네가 비밀을 지키면 그녀는 너를 떠날 거야. 땀이 관자놀이를 타고 입꼬리까지 흘러내렸다. 나는 땀방울을 빨아먹었다. 더는 아무것도 이해가 되지 않았다. 나는 에마에게 달려들어 그녀를 두 팔로 감싸안고 그녀의 발치에 앉아 그녀의 심장이 나와 똑같은 속도로 뛰기를 기다렸다. 그녀를 꼭 안고 그녀가 떠나는 모습을 떠올렸다. 눈물이 나왔다.

"쉬." 에마가 말했다. "쉬."

잠시 동안 모든 것이 완벽했다. 내 심장이 사랑을 뿜어냈고 나는 차분해졌다. 나는 언니의 품에 감싸인 채 몸을 맡겼다.

다음 순간 작은 소리로 에마가 말했다. "어떻게 흉기가 흔적도 없이 사라졌을까?"

나는 그녀에게서 몸을 뗐다. 내 손이 그녀의 뺨을 때리고 또 때렸다. "언니가 모든 것을 망쳤어!" 내가 말했다. 목덜미와 겨드랑이에서 작은 불이 폭발했다. 내가 일어서자 바닥이 삐걱거렸다. 나는 뒷마당으로 나갔다. 이 모든 공포를 그렇게나 원한다면, 내가 보여주겠어.

나는 배나무 아치로 걸어가 나뭇잎 아래에 앉았다. 배가 내 머리를 스쳤다. 손을 위로 뻗어 배를 하나 따서 한입 베어 물었다. 즙이 줄줄 흘렀다. 이가 이를 갈고 피부가 달아올랐다. 에마와 그녀의 끊임없는 질문. 왜 사람들은 내가 그날 무엇을 했고 무엇을 봤는지 그렇게 관심이 많을까?

헛간으로 가서 안으로 들어갔다. 비둘기 깃털이 바닥에 떨어져 있었다. 그것을 발로 차니 먼지가 자욱하게 일었다. 사다리를 타고 고미다락으로 올라가 창으로 집을 바라보았다. 눈에 들어오는 모든 것이 증오스러웠다. 나는 고미다락 한구석에 둔 작은 상자를 급히 찾았다. 언니에게 보여줄 거야. 뚜껑을 열고 안을 보았다. 예상했던 물건이 보이지 않았다. 심장을 찌르는 공포. 다시 보았다. 이마를 문질렀다. 밖에서 누가 내 이름을 부르는 소리가 들렸고, 나는 사다리를 타고 내려가며 다시는 헛간에 오지 않으리라 마음먹었다.

*

마지막 기도가 끝나고 응접실에서 관을 운구해 거리로 나갔다. 세쿼이아 체리목으로 만든 관이 짙푸른 나뭇잎 사이로 비추는 햇빛을 받아 반짝반짝 빛났다. 우리는 왼쪽으로 여섯 집, 오른쪽으로 여섯 집 건너까지 닿을 정도로 길게 이어진 인파에 둘러싸인 채 관을 운구하는 사람들을 따라 장의용 마차로 향했다. 에마는 나와 팔짱을 끼고 몸을 살짝 기울였는데, 작은 소리의 파도에 휩쓸려 균형을 잃었다. 나는 그녀를 단단히 잡고 어느 때보다 더 꼿꼿하게 걸어갔다. 별로 어렵지 않았다. 이웃 여자 중 몇몇이 우리에게 다가와 말했다. "부모님 일은 정말 안됐어요." 그리고 "우리가 당신들을 위해 할 수 있는 일이 있을까요?" 나는 그들에게 미소를 지었다. 나를 언제나 사랑해줄 사람들. 성경학교에 다니는 아이 두 명이 땀으로 끈적거리는 손으로 내 드레스를 잡으며 말했다. "우리는 미스 보든을 위해 기도할 거예요. 하느님이 그분들의 영혼을 지켜주시기를."

"고마워, 얘들아. 마음이 정말 곱구나." 슬픔에서 생겨나는 사랑이 있다. 가슴에서 느껴지는 달콤한 맛.

나는 집을 향해 고개를 들고 미시즈 보든이 발견된 손님방으로 시선을 돌렸다. 집으로 한줌의 햇빛이 쏟아졌고 그 빛이 내 눈에서 빛났다. 그리고 그 방 창가에서 헝클어진 머리칼을 둥근 어깨 아래로 늘어뜨린 채 나를 내려다보는 그녀가 보였다. 집이 그녀 주위로 움직였다. 그녀가 눈을 감았다. 이윽고 집이 커튼을 드리우자 그림자가 그녀의 얼굴 위로 쏟아졌고, 두 볼이 산처럼 부풀어오르더니 머리와 몸을 넘어 방을 꽉 채우며 그곳이 동굴이 될 때까지 커졌다.

"더이상 저 집에서 살고 싶지 않아." 내가 말했다.

에마가 내 옆구리를 밀쳤다. "하지만 저기가 우리집이야."

숨쉬기가 힘들었다.

우리 둘이서 유럽으로 건너가 벽난로 앞에 앉아 샴페인을 홀짝이고 싶었다. 나는 에마를 내 학생으로 삼아 그녀에게 새로운 삶의 방식을 보여줄 것이다. 우리가 저 흉측한 집에 살아야 한다는 생각은 더이상 하지 못하도록.

"네가 뭘 봤는지 말해줘, 리지!" 여자들이 말했다.

"말해줘. 그래야 우리가 그놈들을 잡지!" 남자들이 말했다.

내 귀를 채우는 이 텁텁하고 숨막히는 목소리. 이 모든 질문. 나는 손으로 얼굴을 가렸고 에마가 팔로 내 등을 쓰다듬었다. 외삼촌이 마차에 오르는 우리를 도와주며 나를 힐끔 보았다. 나는 내가 괜찮으리라는 사실을 깨달았다.

우리는 아버지와 미시즈 보든을 따라 세컨드 스트리트를 지나갔다. 마차 뒤에 실린 두 사람의 관이 살짝 흔들리며, 마지막 왈츠를 추며, 예전에 우리가 함께 손을 잡고 산책했던 록 스트리트로 접어들었다. 미풍이 점점 거세지며 우리를 시원하게 식혀주고 한숨을 내뱉었다. 나는 에마의 손을 잡고 쓰다듬으며 그녀의 슬프고 공허한 표정을 내 마음 뒤편에 넣어두려 했다. 이런 표정을 예전에 딱한 번 본 적이 있었다. 내가 에마에게 더이상 그녀를 사랑하지 않는다고 말했을 때. 그러자 에마는 내게 다시는 그런 말을 하지 않겠다는 약속을 받아낸 뒤 말했다. "우리가 함께 있는 게 중요해, 리지."

관을 장의사로 보내고 우리 마차는 계속 달려 떡갈나무 병정 사이를 지나 어머니와 아기 앨리스가 기다리는 가족묘로 향했다. 미시즈 보든의 가족이 도착하고 목사님이 남자들과 악수를 나누고나자, 아버지와 미시즈 보든이 운구되어 왔다.

"이제 정말 끝이로구나." 에마가 내게 속삭였다.

대답할 필요도 없었다. 나는 아버지가 땅속으로 내려가 어머니 옆에 자리를 잡는 동안 미시즈 보든이 단단한 나무 우리 안에서 두 사람을 향해 다가가는 모습을 지켜보았다. 나는 이마를 문질렀다.

목사님이 땅을 축복하고 기도를 잘게 빻아 땅에 뿌리고, 이 남편과 아내를 살아 있을 때처럼 죽어서도 돌보아달라고 하느님에게 간청하며 십자가를 무덤 위로 들었다. 아, 하지만 두 사람은 배신당하고 무참히 살해되었는데. 그리고 목사님은 하늘이 보낸 그들의 아이인 에마와 나를 위해 기도했다.

나는 에마의 무거운 심장이 그녀를 쿵쿵 때리며 흙속으로, 나무뿌리 아래로 박아넣는 것을, 그녀를 너무 일찍 매장해버리려 하는 것을 느꼈다. 우리는 언젠가는 우리의 것이 될 땅 위에 서로 팔짱을 끼고 서 있었다. 땅이 너무 작아 보였다. 내가 그곳에 들어갈 수 있을지 의구심이 들었다.

목사님이 무덤에서 물러나자 키가 작고 어깨가 넓은 남자가 삽을 들고 목사님의 자리를 차지했고, 아버지를 영원 속에 가두는 작업을 시작했다. 흙이 날아올랐다가 떨어져 관을 쿵 쳤고 나는 다시는 아버지를 보지 못하리라는 사실을 깨달았다. 언젠가 그날이 올 것이다. 언제, 언제, 언제가 그날이라는 거야? 아버지가 어떻게 생겼는지 잊어버리고, 그가 생전에 중얼거린 모든 말을 잊는 날이 올 것이다. 아주 오래전 아버지가 우리를 이곳으로 데려와 어머니를 보여주었던 날, 그는 우리에게 어머니는 우리의 마음속에서 떠나지 않을 거라고, 우리가 어머니를 필요로 할 때 항상 우리 곁에 있을 거라고 말했다. 하지만 그 말은 거짓이었다. 망자는 돌아오지 않는다.

흙이 무덤 속으로 계속 떨어졌다. 나뭇가지가 춤을 추었다. 모든 것이 느려졌고, 우리를 에워싼 얼굴들은 무표정했다. 나는 얼른 눈을 비볐다. 나는 아직 온전해. 그러자 모든 것이 느려졌고, 세상이 꿈처럼 느껴졌다. 삽이 흙을 떠 계속 관을 덮었다. 에마가 내 손을 꼭 쥐고 내 피부를 찰흙처럼 비틀자 통증이 나를 언어로부터 멀리 데려갔다.

흙이 목재를 강하게 때리면 메아리가 울리지 않는다. 도끼가 나무 그루터기를 가르는, 뼈를 가르는 듯한 둔탁한 소리뿐. 적어도 경찰의 말에 따르면 그랬다. 뼈가 부러지는 소리는 끔찍하다. 뼈가 지르는 비명이 이를 통과해 혀 위로 곤두박질치는 듯하다. 내가 속삭이는 소리가 들렸다. "안녕." 아버지에게 다시는 어떤 말도 할 수 없고, 미시즈 보든에게 다시는 한마디도 더 할 수 없다는 사실을 깨닫자 기분이 몹시 이상했다.

에마가 울기 시작했다. 나는 언니의 어깨를 감싸안았다. 나는 훨씬 좋은 동생이 될 수 있어. 내 마음속에서 이렇게 말하는 작은 목소리가 들렸다. "내게 한 가지 비밀이 있어. 그러니까 언니는 평소처럼 나랑 약속을 해야 해. 절대 말하지 않겠다고……"

내 척추가 벌집처럼 허공에 걸린 채 꿀이 머리를 향해 밀려올라오자 나는 폭발할 준비가 된 기분이었다. 모든 것이 느려졌다. 외삼촌이 손가락으로 입술을 만지며 어머니가 누워 있는 자리를 응시했다. 나는 폭발할 준비가 되었다. 귓속에서 벽난로 선반 위 시계가 재깍거리는 소리가 들렸다.

"에마," 나는 말하고 싶었다. "내 비밀을 알고 싶지? 그날에 대해 뭔가가 기억났어." 나는 아버지가 돌아가신 날 아침에 거실을 들여다보며 앞쪽 계단 아래 서 있는 내 모습을 볼 수 있었다. 식사실에서 식탁에 둘러앉은 세 사람, 아버지와 외삼촌, 미시즈 보든의 목소리가 들렸다. 그들은 농사일에 대해 이야기했고, 나는 언니 에마에 대해 못된 생각을 좀 했다. "에마가 끔찍한 시간을 보냈으면 좋겠어." 내가 집에 대고 말했다. 그리고 손가락이 희다못해 푸르게 변할 때까지 난간을 힘껏 쥐었다. 집이 흔들렸고 나는 다시 손에 힘을 주었다.

거실로 들어가 식사실로 통하는 문을 열었다. 브리짓이 식탁을 빙 돌아 미시즈 보든에게 차를 더 따라주었고, 외삼촌이 브리짓에게 미소를 짓자 그애의 볼이 벌게졌다.

"우리와 같이 아침을 들지 그러냐?" 외삼촌이 말했다.

나는 그들을 향해 다가갔다. "오늘은 다들 뭐하실 거예요?" 내가 말했다.

"나는 곧 나갈 거다. 일 처리가 하루종일 걸릴 것 같구나." 외삼촌이 가운데 손톱을 씹었다.

"나는 사무실에 있을 거다." 나를 쳐다보지도 않고 먹느라 바쁜 아버지.

"언제 돌아오실 생각이세요?"

"오후에." 아버지가 고개를 들었다.

"아." 내가 말했다. 나는 그들이 옥수수빵과 오래된 양고기 수프를 먹는 모습을 지켜봤다. 후루룩, 후루룩, 후루룩. 내 안의 뭔가가 웃음을 터트리려 했다.

"아침을 같이 먹지 그러니?" 미시즈 보든이 혀로 입술을 빙 둘러 핥았다. 돼지 같은 회색 혀.

"배가 별로 고프지 않아요."

"먹어야 해, 리지." 아버지가 말했다. 후루룩, 후루룩.

"배가 고프지 않다고요." 그때 식사실 창문 옆으로 날아가는 새가 보였다. 그림자의 비행. "비둘기에게 모이를 주러 가야겠어요." 나는 말하고 옆문으로 갔다.

아버지가 소리쳤다. "리지, 잠깐만 기다려라."

에마, 나는 말하고 싶었다. 그날 아침 햇빛은 설탕처럼 따뜻했다. 햇빛이 내 손가락과 목에 뚝뚝 떨어지자 춤을 추고 싶었고 인생의 모든 것이 나를 위해 존재하는 것 같았다. 풀이 발목을 콕콕 찌르자 피부가 따끔거렸다. 나는 헛간 문을 열고 안으로 들어갔다. 이상한 냄새가 코를 찌르고 입술과 이가 찌릿찌릿했다. 썩어가는 고기 냄새. 나는 나의 비둘기들에게 갔다.

에마, 나는 그녀에게 말할 것이다. 내가 아침을 먹지 않은 건 음식에 뭔가 문제가 있다는 것을 알았기 때문이야. 제발 아무에게도 말하지 마.

좋아, 에마는 말할 것이다. 말하지 않을게.

그냥 모두에게 너무 화가 났을 뿐이야.

그때 내가 집에만 있었어도.

나는 에마에게 털어놓을 것이다. 앞쪽 계단의 층계참에서 난간을 짚은 내 손에 묻은 피를 보았을 때 얼마나 기분이 이상했는지 경찰에게 말할까도 생각해봤다고. 그 피를 혀로 맛보았지만 맛을 알 수 없었다. 그리고 피가 사라질 때까지, 과연 내 손에 피가 묻기나 했었는지 의심이 들 때까지 밖에서 손을 씻고 또 씻었다.

나는 에마에게 말할 것이다. 그날 시계가 열시를 친 후 짙은 회색 양복을 입은 아버지가 구둣발을 질질 끌면서 느릿느릿 집으로 걸어오는 모습을 봤다고. 오전 내내 나는 아버지 생각뿐이었고 내가 느꼈던 온갖 감정, 내가 했던 온갖 생각을 떠올렸다. 그것이 내 혀에 남았다. 한편으로는 비둘기 때문에 화가 났고, 아버지가 어떻게 그토록 냉혹하고 잔인해질 수 있는지 이해가 되지 않았다. 아버지는 나를 정말 미워하는지도 몰라.

아버지가 현관문을 두드리자 쿵쿵 소리가 집을 가득 채웠고, 브리짓이 자물쇠를 열고 그를 안으로 들였다. 그는 집안으로 들어와 모자를 코트 걸이에 걸고 노인처럼 느릿느릿 거실로 들어갔다. 그런 아버지를 보자 키득키득 웃음이 나왔다. 앞쪽 계단으로 내려가다가 손님방 문을 봤다.

내게는 아버지에게 말해야 할 것이, 불을 붙여 태워버려야 한다고 생각한 것이 너무나도 많았다. 그가 오랫동안 내 이야기를 귀담아듣지 않았던 것처럼 이번에도 제대로 듣지 않을까봐 걱정이 되었다.

고개를 저으며 계단을 내려가니 아버지가 소파에 누우면서 끙끙거리는 소리가 들렸다. 그의 배에서 전쟁을 치르는 소리가 났다. 불구덩이를 휘저어라, 휘저어, 울부짖는 작은 악마야.

나는 스스로에게 깜짝 놀랐다. 소파에서 쉬고 있는 아버지를 보자마자 나도 모르게 가장 좋아하는 기도문을 읊조리기 시작했던 것이다. "여호와께서 살아 계심을 두고 맹세하노니, 네가 이 일로는 벌을 당하지 아니하리라." 내가 어렸을 때 아버지가 그 기도문을 가르쳐주며 그것으로 내 뇌와 심장을 꽁꽁 싸맸다. 그 기도문이 절대 내 곁을 떠나지 않도록.

아버지는 손으로 머리를 받치고 있었다. 그 머릿속으로 들어가 내게 결코 말해주지 않는 모든 생각을 보고 듣고 싶었다. 나는 아버지가 내 이야기를 들어주기를, 나를 제대로 알아주기를 바랐다.

아버지가 눈을 뜨고 나를 바라보았고, 그의 구부정한 몸이 소파 등받이를 더 깊이 파고들었다. "몸이 많이 안 좋구나, 리지." 윙윙거리는 소리가 바닥을 통해 내 발과 다리로 들어와 머리까지 죽 올라갔다.

나는 아버지에게 미소를 지었다. "제가 보살펴드릴게요, 아버지."

아버지가 나를 쳐다봤고 나는 다시 미소를 지었다. 입술에 닿은 이가 날것처럼 느껴졌다. 몇 주 전 아버지에 대한 꿈을 꿨다. 아버지는 보살핌을 받기 위해 내게 보내진 작은 아기였다. 나는 그를 씻기고 젖을 먹였다. 우리 둘 다 행복했다. 그는 내가 데리고 놀 수 있고 원하는 것은 뭐든 시킬 수 있는 작은 꼭두각시 인형이었다. 내 품에 안긴 아기 아버지는 따스했고 나를 보는 그에게서 나 자신을 보았고 그의 볼에 입을 맞췄다. 사랑의 시작.

벽난로 선반 위 시계가 재깍거렸다. 아버지가 계속 나를 쳐다보자 꿈을 꾸는 듯한 느낌이 사라졌다. 소파에 누운 아버지를 보니 팔과 손이 무거워졌다. 나는 아버지를 향해 다가가며, 이렇게 아버지와 가까워짐으로써 내가 해방되기를, 다시 행복해지기를 바랐다. 아빠가 나를 사랑해주면 좋겠어. 아버지는 나를 뚫어지게, 뚫어지게, 뚫어지게 바라보았다. 아버지에게 하고 싶은 말이 너무나 많았다. 더 가까이 다가갔다. 그러자 아버지가 이렇게 말하는 소리가 들린 것 같았다. "내가 좋은 아버지가 되기엔 너무 늦은 걸까?"

우리가 할 수도 있었던 대화.

"아버지의 역할이란 무엇이라고 생각하세요?" 나는 상냥하게 물을 것이다.

그의 얼굴에 말린 과일처럼 주름이 잡힐 것이다. "네가 응당 누려야 할 삶을 살게 해주는 것이겠지. 너와 에마를 위해서라면 뭐든 할 거다."

"미시즈 보든과 결혼하실 거예요?"

아버지가 지진처럼 고개를 흔들었다. "두 번 다시 그런 실수는 하지 않으마."

나는 더 가까이 다가갔고 우리는 서로를 마주보았다. 아버지가 눈을 깜박거렸다. 나는 심장이 뒤틀리고 온몸이 차가워지는 것을 느꼈다. 나는 모든 것을 고려했다. "상황이 달라질 수 있다면 좋았을 거예요. 하지만 그건 불가능해요." 내가 말했다.

아버지가 눈을 크게 뜨고 혼란스러운 듯 나를 보았다. 에마는 뭘 하고 있을지 궁금했다. 그녀가 그리웠다. "에마가 집에 오면 모든 게 더 좋아질 거예요." 내가 그에게 말했다. 천장에서 펑 소리가 났고, 등줄기를 타고 얼음이 미끄러져 내려왔다. 벽난로 선반 위 시계가 재깍거렸고 나는 따뜻한, 점점 더 따뜻한 기운을 느끼기 시작했다.

흰머리에 흰 수염이 난 아버지가 소파에 누워 있으니 폭삭 늙어 보였다. 우리가 얼마나 다른지 이제 보였다. 아버지에게 묻고 싶었다. "한 가지만 더 말해주실 수 있어요?"

"그래, 리지. 뭐든 물어봐라."

"저와 에마와 어머니와 아버지만 있었을 때의 이야기를 뭐든 들려주실 수 있어요?"

"그때는 사랑이 있었지. 모든 게 사랑이었다."

"그래요. 모든 게 사랑이었어요. 그때는." 나는 미소를 지었다. 아버지가 돌아왔다.

나는 아버지에게 더 다가갔고 귀에서 새의 노랫소리가 들렸다. 이것이 내 행복의 시작이었다. 마침내 내가 아버지를 더욱 사랑하게 되었다는 사실을 그에게 보여주리라.

"리지?" 아버지의 목소리가 크게 들렸다.

나는 고개를 끄덕였다. 아버지가 눈을 휘둥그레 뜨고 약간 앓는 소리를 냈지만, 말은 입꼬리에 걸려 나오지 않았다. 그가 울기 시작했다. 이런 일이 가능할 줄은 몰랐는데. 나는 잠시 혼란스러웠다. 아버지에게 더 가까이 다가가 말했다. "모든 게 사랑이었어요, 그때는." 그러자 아버지가 좀더 울었다. 벽난로 선반 위 시계가 재깍거렸다. 나는 아버지를 향해 깊숙이 몸을 숙이고 머리에 입을 맞췄다. 그가 울었다. "괜찮아요." 내가 말했다, 천사 같은 목소리로.

귀에서 들리는 새의 노랫소리가 더 커지고 행복이 막 시작되려 했다. 머리 위로 집이 활짝 열렸다. 내가 항상 원했던 것처럼. 나는 나를 맞이하러 온 태양을 느꼈고, 아버지도 그 태양을 보면 좋겠다고 생각했다.

"고개를 드세요!" 내가 말했다. "고개를 들어."

아버지가 고개를 들었다. 그의 손을 보자 손가락에 낀 금반지가 눈에 들어왔다. 나는 미소를 지었다. 태양이 환하게 불탔다. 그가 손으로 햇빛을 가렸다.

내가 기다렸듯, 아버지도 기다리고 있다는 것을 알았다. 나의 완전한 행복을 기다리고 있다는 것을. 우리는 함께 눈을 감았다. 나는 하늘을 향해 고개를 들었다. 모든 게 마법 같아! 태양을 만지고 싶어!
나는 두 팔을 머리 위로 들어올렸다.

1822년 9월 13일: 앤드루 잭슨 보든이 폴리버 페리 스트리트 12번지에서 태어나다. 그는 다섯 아이 중 맏이다.

1823년 9월 19일: 세라 모스가 태어나다. 그녀는 아홉 아이 중 맏이다.

1828년 1월 21일: 애비 더피 그레이가 태어나다.

1833년: 존 모스가 태어나다.

1845년: 세컨드 스트리트 92번지에 집을 짓다. 이 집은 두 가구가 살 주택으로 설계되었다.

1845년 12월 25일: 앤드루와 세라가 결혼하다. 앤드루는 가구공, 세라는 재봉사다.

1851년 3월 1일: 에마 레노라 보든이 태어나다.

1856년 5월 3일: 앨리스 에스터 보든이 태어나다.

1858년 3월 10일: 앨리스가 (당시에는 흔히 '뇌부종'으로 알려져 있던) '뇌수종'으로 집에서 사망하다.

1860년 7월 19일: 리지 앤드루 보든이 폴리버 페리 스트리트 12번지에서 태어나다.

1863년 3월 26일: 세라가 '자궁 울혈'과 '척추 질환'으로 사망하다. 향년 39세. 앤드루는 40세. 에마는 12세. 리지는 2세.

모월 모일: 앤드루가 폴리버의 센트럴 회중교회에서 애비를 만나다.

1865년 6월 6일: 앤드루와 애비가 결혼하다. 애비는 37세. 앤드루는 42세. 에마는 14세. 리지는 다섯 살을 앞두고 있다.

1866년: 브리짓 설리번이 아일랜드 코크 카운티에서 태어나다.

1875년: 리지가 고등학교에 가다.

1877년: 리지가 3학년에 고등학교를 중퇴하다.

1886년 5월 24일: 브리짓이 증기선 리퍼블릭호를 타고 뉴욕에 도착하다.

1887년: 리지가 더이상 애비를 '어머니'라고 부르지 않게 되다.

1887년 10월 1일: 앤드루가 가정의 긴장된 분위기를 누그러뜨리기 위해 폴리버 페리 스트리트 12번지의 집을 에마와 리지에게 선물로 일 달러에 매각하다. 그 집의 소유주로서 자매는 임대료를 받아 소득을 얻는다.

1889년 11월: 브리짓이 보든가에 하녀로 고용되다.

1890년 6월 21일~11월 1일: 리지가 유럽 여행을 떠나다. 그녀는 19주 동안 여행을 한다.

1891년 6월 24일: 대낮에 세컨드 스트리트 92번지에 도둑이 들다. 리지와 에마, 브리짓이 집에 있었다. 앤드루는 수사를 의뢰하지 않는다. 리지를 범인으로 의심했기 때문이라고 여겨진다.

1891년 6월 말: 세컨드 스트리트 92번지는 항상 집 안팎의 모든 문을 잠가두게 된다.

1892년 6월 말과 1892년 7월 10일: 외삼촌 존이 방문하다.

1892년 7월 15일: 페리 스트리트 12번지의 집은 언제나 수리가 시급한 상황이었기 때문에 리지와 에마는 그 집으로 손해를 본다(다시 말해, 세입자에게 집세를 올려달라고 할 수 없었다). 그들은 그 집을 앤드루에게 오천 달러에 되판다.

1892년 7월 21일: 에마가 페어헤이븐에 가다.

1892년 8월 3일: 외삼촌 존이 방문하다.

1892년 8월 4일: 앤드루와 애비가 살해되다.

1892년 8월 6일: 앤드루와 애비의 장례식을 치르다. 세컨드 스트리트 92번지 주변에 이천오백 명의 인파가 모여든다.

1892년 8월 11일: 앤드루와 애비의 시신을 무덤에서 꺼내 부검하다. 머리를 잘라내 증거물로 채택한다. 리지는 살인사건의 주요 용의자라는 통보를 받고 오후 일곱시 직전에 구금된다.

1892년 8월 12일: 리지가 매사추세츠주 톤턴에 위치한 교도소로 이송되다. 그녀의 보석은 기각된다.

1892년 8월 17일: 머리가 잘린 앤드루와 애비의 시신을 다시 매장하다.

1893년 6월 5일: 재판이 시작되다.

1893년 6월 20일: 리지가 무죄를 선고받다. 그녀는 재판이 진행되고 선고를 받기까지 십 개월간 구금되어 있었다.

1893년, 그로부터 이십 일 後: 리지와 에마가 폴리버 프렌치 스트리트 7번지의 집을 구입하다. 리지는 그 집을 '메이플크로프트'라이름 짓는다.

1905년 초: 에마가 갑자기 리지와 메이플크로프트를 떠나다. 그후로 자매는 두 번 다시 이야기를 나누지 않는다. 리지는 자신을 리즈베스 A. 보든으로 부르기 시작한다. 에마는 사망할 때까지 가명을 쓴다.

1906년: 에마가 해외여행을 떠나다. 그녀는 스코틀랜드를 방문한다.

1927년 6월 1일: 리지가 폐렴으로 사망하다. 향년 66세.

1927년 6월 10일: 에마가 만성 신장염으로 사망하다. 향년 76세. 자매는 오크그로브 묘지의 가족묘에 앤드루와 애비 곁에 나란히 묻힌다.

1948년: 브리짓이 몬태나에서 사망하다.

리지, 1926년 1월 30일

제1항. "폴리버시市에 오백 달러, 그로부터 나오는 수입은 상기한 폴리버의 오크그로브 묘지에 있는 아버지의 묘를 지속적으로 관리하는 데 사용한다."

제28항. "언니 에마 L. 보든은 아버지의 유산에서 자신의 몫을 받았고 안락한 삶을 누릴 정도의 재산을 소유하고 있다고 짐작되므로, 그녀에게는 아무것도 남기지 않는다."

에마, 1920년 11월 20일

제1항. "나는 폴리버시의 회계 담당자에게…… 천 달러($1,000)를…… 신탁으로 유증한다. 여기에서 나오는 수입은 아버지 앤드루 J. 보든이 사망 당시 소유하고 있던…… 가족묘와 그곳의 기념비와 비석을 지속적으로 관리하고 보수하는 데 사용한다."

제6항. "동생 리지 A. 보든이 나보다 오래 살고 내가 사망한 시점에…… 프렌치 스트리트에…… 위치한…… 주택과 토지의 지분을 소유하고 있다면, 내 모든 권리와 소유권, 이권을 …… 상기한 동생 리지 A. 보든에게 양도, 유증 및 상속한다.

그러나 내가 사망한 시점에…… 프렌치 스트리트에 있는…… 상기 토지의 지분을 매각했고…… 상기한 동생 리지 A. 보든이 살아 있으면 그녀에게 천 달러($1,000)를 남긴다."

나는 어떻게 보든 가족을 만나게 되었나

나는 2005년 헌책방에서 리지를 만났다. 그때 그녀의 눈을 쳐다보지 말았어야 했다. 습관적으로 그리고 본능적으로 나는 범죄 실화 코너로 향했고, 살인을 하는 여자들에 관한 책으로 손을 뻗었다. 그러다가 팔이 책장에 부딪히면서 얇은 소책자 한 권이 바닥으로 툭 떨어졌다. 리지 보든 사건을 다룬 책자였다. 1892년 8월 4일에 발생한 보든가 살인사건을 자극적으로 기록해놓은 그 책을 처음부터 끝까지 다 읽었다. 그때까지 나는 사건의 세부 사항은 알지 못했고 그저 대략적인 감상만 갖고 있었다. 그 사건은 내게 조금의 흥미도 불러일으키지 않았다. 비록 표지에 실린 리지의 얼굴을 들여다보고 그녀의 눈을 응시하자, 내 귓속으로 어떤 목소리가 기어들어와 이렇게 말하기는 했지만. "더이상 사랑은 없어." 전등이 깜박거렸다. 가게문을 닫을 시간이었다. 나는 어깨를 으쓱하며 리지를 선반에 다시 올려놓고 집으로 돌아갔다.

그날 밤 나는 리지의 꿈을 꾸었다. 그녀는 침대 끄트머리에 앉아 내 다리를 쿡쿡 찔렀다. 리지와 그녀의 미소, 그녀가 나를 바라보는 모습. 리지는 나를 쿡쿡 찌르며 말했다. "우리 아버지에 대해서 해줄 이야기가 있어. 아버지는 책임져야 할 일이 많으시지." 나는 화들짝 놀라 잠에서 깨어나며 그 꿈을 애써 무시하려 했다. 하지만 이튿날 밤 리지는 또다시 꿈에 찾아와 내 다리를 쿡쿡 찔렀다. "내 말 좀 들어봐." 그녀는 양탄자에 떨어진 핏자국을 닦아내며 말했다. 나는 무시했다. 리지는 일주일 내내 밤마다 나를 찾아왔다. 나는 리지를 몰아내려면 내 꿈을 기록하고, 그녀가 내게 보여준 이미지를 기록한 후 비로소 그녀가 떠나주기를 바라는 수밖에 없다고 생각했다. 그래서 쓰고 또 썼다.

마침내 나는 그 사건을 조사하기 시작했다. 그날 무슨 일이 있었는지 추측하는 다양한 가설과 혈흔 기록, 공판 증언을 읽었다. 사건 자체는 몹시 흥미로웠지만 여전히 그에 대해 글을 쓰고 싶다는 생각은 별로 들지 않았다. 자료를 읽으면 읽을수록 나는 사건보다 그 가족에 대해, 그런 집에서 사는 일은 어땠을지에 대해 쓰고 싶어진다는 것을 깨달았다. 나는 왜 사람이 잔혹한 폭력 행위를 할 수밖에 없는 상황으로 내몰리는지 탐구해보고 싶었다. 그래서 그것을 탐구하는 길을 걷기 시작했고, 리지는 내내 환영받지 못하는 그림자처럼 내 곁을 지켰다. 리지를 만난 지 거의 사 년 만에, 그리고 두 가지 버전의 원고를 폐기한 후에야 두 가지 사실이 확실해졌다. 첫째, 리지는 내가 책을 완성할 때까지 절대 나를 놓아주지 않을 것이다. 둘째, 이 가족을, 그러니까 등장인물들을 파악하고 소설을 제대로 쓰기 위해서는 모든 일이 시작된 지점으로 가야 한다.

그때 세컨드 스트리트 92번지 집에서 며칠을 지내며 리지의 방에서 잠을 자보자는 생각이 떠올랐다.

그렇다. 보든가 살았던 그 집은 이제 약간 으스스하기는 해도 사랑스러운 민박집이 되었다. 이 사실을 알고 얼마나 전율했던지. 그 집에서 묵는 동안 나는 아마추어 유령 사냥꾼들과 루미놀 스프레이로 무장한 생명 과학자들("우리는 오로지 혈흔 때문에 여기에 왔어요." 그들은 이렇게 말했다), 공포 영화를 보며 귀신 들린 집에서 섹스하는 것을 즐거운 일이라 여기는, 〈캐리〉에 푹 빠진 대학생들, 아무것도 모르고 잠잘 곳을 찾아온 은퇴한 선생님들, 어릴 때 어머니가 잠자리에서 보든가 살인사건 이야기를 읽어줬다는, 리스본에 사는 고독한 영국인 변호사, 8월 운명의 그날 무슨 일이 있었는지에 대해 각기 다른 가설이 있는 멋진 관광 가이드들을 만났다.

나는 또한 이 집에서 보든 가족을, 아니 적어도 그들의 흔적을 만났다. 내가 스르르 잠에 빠져들 때면 그들 중 한 명이 내 이마를 손으로 쓸었다. 내가 부엌에서 차를 끓이고 있으면 또다른 사람이 내 가슴을 밀었다. 밤이든 낮이든 시각을 달리하며 파이프 담배 냄새와 라벤더 향기가 희미하게 코끝을 스쳤지만 어디서 나는지는 끝내 찾아내지 못했다. 식사실에서 오래된 신문 스크랩을 읽고 있는데 거실을 스윽 걸어가는 키 큰 남자의 그림자를 보았다. 하지만 이 점은 밝히고 넘어가야겠다. 나는 오직 글을 쓸 때만 유령의 존재를 믿는다.

그 악명 높은 곳에서 보낸 첫 순간의 기억은 그후로 몇 년이 흐른 지금도 내게 고스란히 남아 있다. 아직도 손바닥에 닿던 목재의 감촉을 느낄 수 있고, 집 앞을 지나가며 그 사건에 대해 두런두런 이야기를 나누는 사람들의 목소리를 들을 수 있고, 벽난로 선반에 올려놓은 시계가 재깍재깍 돌아가는 소리를 들을 수 있다. 잊을 수 없는 소소한 순간들. 그리고 폴리버에 가는 길에 보았던 그 모든 풍경들. 이를테면 빳빳하게 풀을 먹인 푸른 셔츠를 입은 아미시교 소년이 엄마에게 매달리듯 붙어서 기차의 승강장으로 걸어가던 모습, 출발과 도착을 알리는 안내 방송의 착 가라앉은 목소리의 파도, 내가 버스를 타려고 하자 차문이 열리는 소리. 나는 보스턴의 사우스역에서 폴리버까지 피터팬 버스를 타고 갔다. 자리를 잡고 앉자 뒷줄에 나란히 앉은 가족—정확히 말하면 형제자매: 남자 둘과 여자 한 명—이 눈에 들어왔다. 그들은 서로 너무 오래 붙어 있었던 사람들처럼 피곤하고 활기 없어 보였다.

"엄마를 위해서 할 수 있는 일이 더 있다면 좋을 텐데." 남자 형제 중 한 명이 말했다. 그는 옅은 갈색 머리를 짧게 깎았고, 이십대 후반으로 보였다. 얼굴을 양손으로 문지르는 바람에 목소리가 가로막혀서, 더 나이든 사람이 말하는 것처럼 들렸다.

"이제는 엄마가 돌아가시는 것을 지켜보는 게 다야." 여자가 말했다. 그 말을 하는 태도. 그녀는 더이상 뭔가를 바라지 않게 된 듯했다. 남자 형제들이 고개를 끄덕였고 그들은 모두 입을 다물었다.

버스가 역을 출발해 보스턴과 그곳의 브라운스톤 주택들, 항구와 다리를 떠나자 그 가족은 주위로 퍼져 앉아서 잠시 침묵에 잠긴 채 창밖의 풍경을 바라보았다. 여자가 거울에 비친 자기 반영의 윤곽을 손으로 따라 그리다가 유리를 탁 쳤다. 자신을 괴롭히기. 보스턴이 우리 뒤로 사라지자 남자 형제 중 동생이 말했다. "우리가

동물원에 갔던 날 기억해?" 다른 모든 것이 스러져도 언제나 역사
는 남는다.

"그럼." 형이 대답했다. "그때 즐거웠지."

누이가 한숨을 쉬었다. "엄마가 계신 방이 마음에 안 들어."

"그 사람들이 엄마에게 제대로 된 치료를 하지 않는 것 같아."
다시 형제 중 나이 많은 쪽이 말했다. 그로부터 사십오 분 동안 그
가족은 암癌과 과거의 주위를, 그들의 어머니가 없는 삶 주위를 맴
돌았다.

나는 리지와 에마 보든, 어머니가 없었던 그들의 삶, 두 명의 어
머니에 대해 생각했다. 그들은 이 대화를 어떻게 생각했을까?

*

폴리버. 버스에서 하차. 나는 여행가방을 끌고 보든가의 집을 향
해 세컨드 스트리트까지 걸어갔다. 가방을 끌고 아스팔트를 서둘
러 걷는 나. 천둥 같은 소리. 나는 좀더 조용하게 걸을 수 있으면
좋겠다고 생각했다. 계속 걸으며 길 주변과 하늘, 땅을 둘러보며
데자뷰를 느꼈다. 폴리버로 떠나기 며칠 전, 참극이 벌어졌을 무렵
세컨드 스트리트를 찍은 사진 몇 장을 우연히 보게 되었다. 그 사
진에는 동네의 완벽한 풍경이 담겨 있었다. 반쯤 웃자란 풀밭, 그
리고 나무를 가지런히 심은 오솔길로 둘러싸인 단층집과 이층집
들. 하지만 그 세컨드 스트리트는 더이상 존재하지 않는다. 주택과
나무를 대부분 철거하고 베어낸 터라 범죄를 증언해줄 표지판들
을 집어내기가 어려웠다. 아무런 요행도 없이, 나는 리지가 참혹하

게 살해된 아버지를 발견한 후 의사를 부르러 브리짓을 보냈을 때 그녀가 들른 집들이 어디인지 찾아보려 했다. 그러나 정작 내가 찾은 것은 반쯤 지어진 법원 청사의 건축 부지뿐이었다. 이런 아이러니라니. 현대성이 잡초처럼 보든가의 집 주위에 자라났다. 남은 흔적을 찾아내기란 꽤나 힘들 것 같았다. 하지만 나는 세컨드 스트리트 92번지 내부에는 과거가 비교적 정지되어 있기를, 앤드루가 바랐을 아내와 딸들의 삶의 방식이 남아 있기를 바랐다. 아무도 들어오지 않고 아무도 나가지 않은 채 핏줄로 이어진 가족의 굳은 결속 같은 것 말이다.

나는 길을 따라 더 걸었고 짧은 경사로를 오르자 어느덧 맞은편에 짙은 녹색으로 칠한 집이 모습을 드러냈다. 내 앞에서 대화에 열중하며 그 집 방향으로 가던 두 남자가 조금도 망설이지 않고 내가 있는 쪽으로 길을 건너와 몇 미터를 걷다가 다시 반대편으로 건너갔다. 무심한 회피. 나는 마침내 목적지에 도착했다는 사실을 깨달았다. 그리고 우스꽝스럽게 활짝 웃었다.

외관만 보면 보든가의 집은 점잖은 주택이다. 작은 가로등 하나가 현관으로 가는 길을 안내하고, 현관 계단은 세어버린 노인의 머리처럼 잿빛인데, 모래알 크기의 유리 조각이 콘크리트에 흩뿌려져 있어서 태양이 구름 뒤에서 나올 때면 반짝거렸다. 창문에는 꽃무늬 커튼이 걸려 있고, 화단의 왼편에는 작은 나무 한 그루가 얌전히 서 있었다. 어색하게 튀어 보이는 것은 전혀 없었다. 지붕을 올려다보니 비둘기 한 마리가 굴뚝 위에 앉아 날갯죽지에 고개를 파묻고 몸단장을 하는 중이었다. 비둘기가 몸단장을 멈추고 구구 울면서 나를 내려다보자, 나는 여행가방을 끌고 그 집으로 향했다.

자동차의 배기가스와 공사장의 코를 찌르는 석회 냄새 아래에 묻힌 감귤 향이 갈증을 돋우었다. 이 냄새는 어디서 나는 것일까? 어서 안으로 들어가 여장을 풀고 기운을 차리고 싶었지만 자꾸 이런 생각이 들었다. 바로 이곳이 수백 명, 아니 수천 명의 사람들이 앤드루와 애비가 관에 담긴 채 집밖으로 운구되는 모습을 지켜보기 위해, 아버지의 슬하에서 평생을 보낸, 성인이 된 고아들을 지켜보기 위해 왔던 곳이로구나. 나는 리지가 마차에 오르며 친구들에게 손을 흔드는 모습을 상상했다. 어쩌면 머리에 쓴 검은색 보닛 아래로 드러났을 창백한 얼굴. 모르핀에 푹 절은 쾡한 미소.

나는 뒤쪽으로 여행가방을 천천히 끌며 진입로를 지나, 리지가 이웃인 미시즈 처칠에게 "들어오세요. 누가 아버지를 죽였어요"라고 말했던 옆문을 지나, 원래의 모습을 본떠 지어놓고 이제는 기념품가게 겸 민박집 프런트로 쓰고 있는 헛간으로 향했다. 기념품가게에서 무엇을 파는지 여러분은 상상도 못할 것이다. 살인사건에 대한 책과 DVD, 모형 배pear, 리지 보든 피규어, 도끼 귀고리, 포스터, 티셔츠, 행주 등을 파는데 하나같이 키치스럽고, 하나같이 대단하고, 하나같이 살짝 으스스하다. 마침내 리지의 방에 체크인을 하자 민박집 주인인 리 앤이 말했다. "집처럼 편안히 지내세요." 나는 미소로 화답했다. 누구라도 바로 이 말을 듣고 싶을 것이다. 리 앤도 미소를 지었는데, 일부러 그 말을 하며 은근히 즐거움을 느끼는 것이 분명했다. 그리고 이렇게 덧붙였다. "내일 밤은 만실이지만 오늘은 손님뿐이에요." 나는 그 순간 당장 떠날까 잠시 고민했다. 그리고 리 앤에게 내가 계획중인 조사에 대해 말해주었다. 잠시 후 그녀가 말했다. "도움이 될 만한 이야기가 잔뜩 있어요." 나는 그렇게 보든 자매의 고모에 대해 처음으로 들었다. 한때 바로 옆집인 닥터 켈리의 집에 살았으며 자신의 아이들을 익사시킨 후 자살을 했다는 바로 그 고모 말이다.

*

사향과 나무 광택제, 커피 찌꺼기, 라벤더 세정제 냄새. 이것이 봄철에 보든가의 집에서 나는 냄새들이다. 나는 옆문으로 들어갔는데, 들어서자마자 리지가 브리짓에게 이렇게 소리친 안쪽 계단이 보였다. "누가 아버지를 죽였어." 나는 목을 빼고 계단 위를 보았다. 층별 도면을 미리 살펴보았기에 그 계단이 앤드루와 애비의 침실, 그리고 브리짓이 잠을 자던 다락방으로 통한다는 사실을 알고 있었다. 나는 혼잣말을 했다. "너는 나중에 살펴보러 올게." 어느새 오랜 친구를 대하듯 이 집에게 말을 거는 내가 걱정스러웠다.

내 몸은 나침반이었다. 모든 곳이 예전에 와봤던 것처럼 느껴졌다. 나는 리지의 방 쪽으로 방향을 잡고 부엌을 지나, 윙윙거리는 냉장고와 식사실 문을 지나 앤드루가 살해당한 말총 소파의 복제품이 놓여 있는 거실로 들어섰다. 벽난로 선반 위의 시계가 재깍거리는 소리가 심장박동 같았다. 먼 쪽 창문가에 책과 폴더가 잔뜩 꽂힌 작은 책장이 시선을 잡아끌었고, 이어 벽난로 선반 위에 놓인 보든 가족의 사진으로 눈길이 향했다. 나는 사진 앞으로 가 몸을 숙이고, 어린 에마와 리지의 모습을 담은 일련의 사진들을, 사진으로 된 일종의 마트료시카 인형을 바라보았다. 그리고 발을 쿵쿵거리며 집안을 돌아다녔을, 싸우고 또 웃음을 터트렸을 자매를 떠올렸다. 그 모습을 머릿속에 기록해두고 줄거리를 짰다. 나는 한 마리의 독수리가 되어 과거의 기념품들을 헤집고 다니며, 세세한 사실들을 살펴 소설에서 쓸 것과 버릴 것을 골라냈다. 작가들은 다 이런 일을 하지만 그 순간 나는 죄책감을 느꼈고, 그 집이 지닌 의미의 무게를 절감했다. 그 방은 살인이 일어난 현장이었는데, 나는 마치 아무 일도 일어나지 않은 것처럼, 살인이 일어나기 며칠, 몇주, 몇 년 전인 것처럼 행동하고 있었다. 나는 소파를 힐끗 보고 앤드루를, 난자당해 피투성이가 된 그의 얼굴을 상상했고, 시계 소리를 들었다. 그는 자신에게 무슨 일이 일어날지 알았을까?

나는 리지의 방으로 발길을 옮겼다. 집은 내가 기대한 모습과 완전히 다르면서도 정확히 똑같았다. 오기 전에 사람들이 찍은 그 집의 사진을 보았고, 범죄 현장 사진을 바탕으로 집 내부를 꾸며놓았다는 사실을 알고 있었지만, 어느 것도 익숙하지 않았다. 앞쪽 계단으로 여행가방을 끌고 올라갈 때에야 비로소 내가 무의식적으로 이 집의 물리적 공간을 내 소설의 등장인물에 맞춰 재배치하고 해석하고 있었다는 사실을 깨달았다. 이 집은 실제로 존재하는 집이었지만, 동시에 내가 꿈꾸었던 버전의 세컨드 스트리트 92번지이기도 했다. 그 두 가지가 서로의 안에서 숨쉬며 살고 있었다. 나는 리지가 그 집에서 늘 숨막혀하며 살았으리라 생각했기에 그녀를 인형의 집에서 살도록 만들었다. 그녀가 자신에게는 육신이 너무 작다고, 주어진 가족과 도시와 삶보다 자신이 더 크게 성장했다고 느끼게 만들었다. 그 순간 나는 리지가 살던 인형의 집에 들어와 있었기에, 벽과 천장이 조여들며 나를 압박해왔고 식은땀이 흘렀다. 마치 유령에게 홀린 것 같은 느낌이었다.

나는 처음으로 리지의 방에 들어가 여행가방을 침대 위에 내려놓았다. 혼잣말을 하고, 방에 말을 거는 습관이 있는 나는 신발을 벗고 "좋아, 마침내 이곳에 왔군. 이제 일을 시작하자"라고 중얼거렸다. 눈을 감았다가 다시 뜨고 모든 것을 받아들였다. 리지의 방에는 월계화의 분홍색과 아이비의 녹색이 어우러진 벽지가 발려 있고 천장도 흰색, 문도 흰색, 책장도 흰색, 굽도리널과 창틀도 전부 흰색, 흰색, 흰색이다. 맨발에 닿은 양탄자의 감촉은 이끼 같아서, 마치 털로 뒤덮인 바위 위를 걷는 것 같고, 문에서 목재 침대로, 목재 화장대로, 마침내 창가로 가서 손바닥을 간질이고 긁어대는 레이스 커튼을 양쪽으로 젖히는 동안 맨발이 스치는 소리를 흡수한다. 나는 창유리에 얼굴을 바짝 대고 엉덩이를 창틀에 걸친 자세로 이웃집의 마당을 내다보며 생각에 빠져들었다. 저 아래에서, 내가 존재하기 몇십 년 전, 우리 고모가 자신의 두 아이를 지하실의 수조에 데려가 익사시켰지. 아이들이 살려고 버둥대는 몸짓이 멈추기를 기다렸지. 그리고 집으로 돌아가 자기 목을 그었어. 우리 가족이 하는 짓들.

벽을 따라 나무가 내는 펑 소리에 나는 살짝 놀랐고, 순간 내가 무슨 생각을 하고 있었는지 깨달았다. 우리 고모, 우리 가족. 나는 리지처럼 생각하고 있었다. 마음에 들지 않았다. 그날 밤 내가 이 집에서 혼자일 것이라는 사실을 떠올렸다. 집으로 돌아가고 싶었다. 하지만 나는 너무 멀리 왔고, 책을 쓰기 위해 조사를 해야 했고, 소설을 끝내겠노라 약속을 했다. 신선한 공기를 쐬어야 했다. 신발을 다시 신은 후 여행가방에서 수첩과 펜을 꺼내들고 뛰다시피 계단을 내려가 앞문을 통해 집을 나섰다. 나는 돌아가서 그 집을 다시 마주해야 할 시간이 될 때까지 폴리버를 쏘다니며 메모를 했다.

*

안도감은 다양한 모습으로 찾아온다. 그날 오후 늦게 내 안도감은 두 명의 은퇴한 선생님의 모습으로 찾아왔다. 두 사람 모두 키가 크고 머리가 희끗희끗했다. 돌아와 헛간을 지나는데 주차장에 세워둔 검은색 차가 보였다. 그때 헛간에서 리 앤이 나와 내게 알렸다. "운이 좋으시네요! 손님이 더 오셨어요." 나는 박수를 쳤다. 정말 흥분되는 소식이었다.

나는 그 부부를 응접실에서 처음 만났다. 그들은 미스터 보든이 사망한 소파에 앉아 있었는데, 내가 들어가자 인사를 건넸다. 나는 창가와 책장 곁에 놓인 의자에 앉았다. 어쩌면 저렇게 침착하게 그 소파에 앉을 수 있는지 의아할 따름이었다.

"집이 참 예뻐요, 그렇죠?" 여자가 말했다.

나는 예쁘다고는 말할 수 없었기에 이렇게 대답했다. "네, 예전과 똑같이 실내장식을 아주 잘해놓으신 것 같아요."

두 사람은 방을 둘러보더니 예스러운 분위기를 마음에 쏙 들어 했다. "이런 집은 자주 보기 힘들죠." 남자가 말했다.

"정말 그래요." 나는 그 소파에서 눈을 뗄 수 없었다.

여자가 나를 보며 예의바르게 미소를 지었다. "외국 억양이네요. 영국분이세요?"

"아뇨, 저는 멜버른에서 왔어요."

"무슨 일로 여기까지 오셨어요?"

"책을 쓰려고 하거든요. 자료 조사차 왔어요."

여자가 환하게 웃었다. "정말 근사하네요. 세일럼*이 여기에서 멀지 않은 걸로 알고 있어요."

그녀가 무슨 말을 하는지 이해하는 데 시간이 조금 걸렸다. "오, 저는 마녀에 대한 책을 쓰려는 게 아니에요. 리지 보든에 대한 책을 쓰고 있어요."

남자가 몸을 앞으로 기울였다. "그 여자가 이 근방에 살지 않았던가요, 그렇죠?"

나는 이 집에서 다양한 대화를 나누리라 기대했다. 하지만 그중에 이런 대화는 없었다. 나는 소파를 보았다. "네," 내가 말했다. "여기 출신이죠." 벽난로 선반 위의 시계가 재깍거리며 침묵을 메웠다.

"폴리버요?" 여자가 눈살을 찌푸리며 물었다.

그 순간 나는 알아차렸다. 두 사람은 자신들이 어디에 있는지 몰랐다. 나는 얼른 알려주고 싶어 안달이 났다. "여기가 리지의 집이에요. 우리는 지금 리지의 집에 와 있다고요!" 나는 소파를 가리켰다. "바로 그곳에서 미스터 보든이 살해당했죠." 나는 평생 소파에서 그렇게 후다닥 일어나는 사람을 본 적이 없다. 여자가 흥분해 물었다. "여기가 그 집이라고요? 오 세상에, 전혀 몰랐어요."

그녀의 남편이 껄껄 웃자, 내 얼굴에 절로 미소가 떠올랐다. "그냥 GPS에 민박집을 검색했더니 여기로 우리를 데려다주더라고

---

* 미국 매사추세츠주의 도시로, 1692년 대규모의 마녀재판이 있었던 것으로 유명하다.

요."

"어느 방에서 주무세요?" 내가 물었다.

여자가 천장을 가리켰다. "존 모스 룸이라는 방이요."

"그 방에서 미시즈 보든이 살해되었어요." 나는 그렇게 재미있어하는 티를 낼 생각은 아니었다.

남편이 다시 웃었고 아내는 금방이라도 울음을 터트릴 것 같은 얼굴이었다. 우리는 다시 이야기를 나누었다. 그들은 리 앤이 집에서 나오는 모습을 보고, 그곳에서 체크인 수속을 한다고 생각했다 (이로써 이곳이 살인사건이 벌어진 집이라는 걸 그들이 몰랐다는 사실이 완전히 설명되었다. 헛간을 먼저 들렀다면 확실히 알게 되었을 것이다). 우리는 또 그 사건에 대한 이야기, 그들이 막 은퇴한 선생님이며 오랫동안 계획한 미국 일주 자동차 여행을 하고 있다는 이야기, 조지 W. 부시의 터무니없는 정책에 대한 이야기를 했다. 우리는 몇 시간이나 이야기를 나누었고, 밤이 우리 주위에 서서히 차올랐다는 사실을, 곧 잠자리에 들 시간이라는 사실을 부정하려고 했다.

마침내 우리는 이야기를 끝내고, 거실의 불이 잘 켜져 있는지 확인한 후 앞쪽 계단을 올라 각자의 방으로 갔다. 부부의 대화, 낮은 어조로 빠르게 나누는 말소리가 들렸다. 나는 이불을 걷고 잠옷으로 갈아입은 뒤, 벽난로 선반의 시계 소리와 지나가는 차 소리를 들으며 계속해서 들리는 소음에 감사했다. 이윽고 집이 달 아래 자리를 잡고, 얼마간 고요해졌다. 따뜻하고 고요한 공기. 나는 그 공기를 모두 들이쉬었다. 그리고 침대로 얼른 뛰어들어 귀를 기울이며 기다렸다. 무엇이 일어나기를 기대하는지 나도 몰랐지만 그것이 잠이 아니라는 것은 알았다. 살인사건의 피의자가 쓰던 방에 있으니 기분이 묘했다. 나는 리지와 에마를, 그들이 바로 이 방에서 인생의 계획을 이야기하며 보냈을 그 모든 밤을, 에마가 어린 시절 기억 속의 어머니에 대해 리지에게 들려주었을 그 모든 이야기를 생각했다. 나는 자신의 침대에 누워 있는 리지를, 애비와 앤드루의 건너편 침실과 너무나 가까이 붙어 누워 있는 리지를 떠올렸다. 그녀가 들었을지도 모르는 것들을. 그리고 살인사건에 대해, 이토록 일상적인 환경에서 그토록 끔찍한 범죄가 일어났다는 사실에 대해, 대부분의 범죄가 그렇게 일어난다는 사실에 대해 생각했다. 나는 턱까지 담요를 끌어올렸다. 그리고 바로 그때 흐느끼는 소리를 들었다. 여자. 처음에는 손님방에서 들리는 소리라 생각했기에, 어깨를 으쓱하며 대수롭지 않게 치부한 후 가만히 누워 흐느끼는 소리가 잦아들기를 기다렸다. 나는 숨을 참고 있다는 사실을 깨닫고 숨을 내쉬었다. 온몸이 아팠고, 깊은 안식을 갈망하며 오른쪽으로 돌아누워 태아처럼 몸을 웅크린 채 깊은 잠에 빠져보려 하는데, 보든 부부의 방에서 발소리가 들렸다. 내 심장소리가 귓가에 쿵쿵 울렸다. 나는 일어나 살펴보기로 했다. 몸을 이끌고 가서 방문을 살짝 열었는데, 그들의 침대 근처에서 발소리가 들렸고 더 다가가서는 안 될 것만 같은 기분이 들었지만 발길을 옮겼다. 보든 부부의 침실은 달빛이 어두웠기에 방향감각을 잃고 말았다. 어린 리지는 한밤중에 이 방으로 들어가며 얼마나 많이 넘어질 뻔했을까? 어떻게 안전한 부모의 품으로 가는 길을 찾아냈을까?

방안으로 더 깊숙이 들어갔다. "누구 없어요?" 나는 스스로에게 말을 거는 일에 익숙해져 있었다. 들리는 것은 시계 소리뿐이었다.

물론 아무런 대답도 없었다. 그곳에 누가 있다고 대답을 하겠는가? 나는 내 방으로 돌아와 내가 혼자라는 사실을 확인한 후 에마의 방으로 머리를 들이밀었고, 침대에 앉아 있는 에마를 본 것 같았다. 나는 기겁을 했다. 그곳에는 아무도 없었다. 과거를 볼지도 모른다는 기대감이 늘 내 앞에서 장난을 친다. 그때 또다시 흐느끼는 소리가 들렸다. 이번에는 아래층, 이 집의 뱃속 깊은 곳에서 들렸다. 나는 층계참을 향해 난 리지의 방문을 열고 그곳에 잠시 서 있었다. 재깍거리는 시계 소리만이 집을 가득 채웠다. 거실에 켜놓은 불빛이 위층으로 기어올라왔고, 천천히 손님방으로 걸어가 문에 귀를 대니 코 고는 소리가 들렸다. 나는 앞쪽 계단을 바라보았고 이 집에 아무도 없다는 사실을 확인하기 위해서는, 아래층에서 울고 있는 사람이 없다는 사실을 확인하기 위해서는 거실로 내려가야 한다는 것을 알았다.

삐걱거리는 계단을 내려가는데 소름이 돋았고, 이렇게 호기심이 많은 나 자신이 원망스러웠다. 그림자가 벽을 타고 일렁거렸고 코트 걸이는 사람의 형상을 하고 있었다. 나는 마치 꿈속인 것처럼 거실로 들어갔고, 모든 게 느리게 느껴졌다. 어느새 나는 방 한가운데에 서 있었다. 그곳에는 소파와 시계와 사진들이, 모든 가족이 기지개를 펴고 숨을 쉬고, 사랑하고 증오하고, 살고 죽었던 공간이 있었다. 모든 가족의 잔재들. 이곳은 여전히 그들의 집이었다. 나는 눈을 감은 채 그들이 내 주위를 에워싸고 있다고 상상했고, 마음속에 펼쳐진 장면은 마음에 들지 않았다. 나는 침실로 돌아갔지만 좀처럼 잠이 오지 않았다. 침대에서 메모를 끼적이며 이 집, 수년 동안 내가 생각하고 또 생각한 이곳에서 나는 소리에 귀를 기울였다. 그리고 등장인물과 분위기에 주의를 돌리려고, 어떻게 집안에서 살인이 벌어졌는데 그 누구도 아무 소리를 듣지 못할 수 있는지 알아내려고 노력했다. 그런데 뭔가가 빠져 있었다. 나는 리지가, 그녀의 활력이 필요했다. 결국 나를 세컨드 스트리트로 데려온 사람은 바로 그녀였으니까. 리지는 집안의 어디에 있을까? 과거가 내게 가르쳐준 것이 하나 있다면, 그것은 리지가 꿈속에서 살았다는 사실이다. 나는 숨을 깊이 들이쉬고 침대로 파고들어 몸을 작게 웅크린 채 잠을 기다렸다. 리지를 기다렸다.

글쓰기는 홀로 하는 일이지만 진정으로 혼자 하는 일은 절대 아닙니다. 오랫동안 저는 온갖 형태로 엄청난 도움과 지지를 받았습니다. 그것이 없었다면 결코 이 작업을 끝내지 못했을 것입니다.

고마움을 표시하고 싶은 분들이 너무나도 많지만 특히 이들에게 큰 소리로 고마움을 전하고 싶습니다. 초기 감수를 해주고 격려와 조언을 준 크리스틴 발런트. 2006년에서 2010년까지 함께했던 석박사 그룹: 놀랍도록 훌륭했습니다. 안토니 야흐에게 온 마음으로 감사합니다. 오랫동안 당신이 보내준 굳건한 지지는 내게 큰 의미였습니다.

이들에게도 매우 특별한 감사와 큰 사랑을 전합니다: 카일리 볼턴, 칼린다 애슈턴, 케이트 라이언, 앨리스 멜리크 울게저. 여러분의 우정과 조언, 오랜 대화, 중요한 시기마다 원고를 읽어준 것 모두 큰 도움이 되었습니다.

MC VI에게: 야신타 핼로런, 로절리 햄, 리 레드헤드, 제니 그린, 이베트 하비, 믹 매코이, 모레노 조반노니, 로런스 맥마흔, 린델 캐프리.

특히 린델 캐프리에게 감사합니다. 당신이 내게 얼마나 큰 도움을 주었는지 짐작도 못할 거예요.

환상적인 글쓰기 그룹: 에벌린 치타스, 에리나 레던, 캐럴라인 프티. 여러분은 너무나 현명하고 관대한 지원군이 되어주었어요. 마음 깊이 감사드립니다.

내 직장 동료들, 특히 지역참여부: 여러분의 관대함, 지지 그리고 웃음이 큰 힘이 되었습니다.

그 누구보다 사랑하는 다람쥐 눈, 펄리시티 길버트에게: 그 무엇보다 감정 표출이 필요했던 순간, 내가 감정을 발산하도록 당신이 도와주었습니다. 내 글을 읽어주고 조언과 우정을 보내줘서 감사합니다.

오랫동안 이 소설의 여러 부분은 바루나 작가의 집, 엘리너 다크 재단의 도움으로 집필되었습니다. 피터 비숍에게도 감사드립니다.

이 책은 실제 사건을 바탕으로 한 픽션이기 때문에, 이 흥미로운 사건에 시간을 헌신한 사람들로부터 받은 여러 정보가 없었다면 쓰지 못했을 것입니다. 그들의 노고와 뛰어난 조사 덕분에 이 책의 논픽션적인 부분을 더 수월하게 쓸 수 있었습니다. 특히 작가가 꿈꿀 수 있는 최고의 보물 상자를 열어 보여준 www.lizzieandrewborden.com의 사용자들을 언급하고 싶습니다. 소중한 자료가 된 『평행한 삶: 리지 A. 보든과 그녀의 폴리버 사회사』는 정확하게 꼭 필요한 시기에 출간되었습니다. 저는 또한 리지 보든 B&B 뮤지엄에서 많은 시간을 보냈습니다. 그곳에서 지내는 동안 관대함과 환대, 통찰력을 선물해준 리 앤 윌버에게 영원히 갚지 못할 빚을 졌습니다. 세컨드 스트리트의 그 어마무시하게 소름 끼치는 집의 훌륭한 직원들에게도 감사드립니다.

배슈티 켄웨이와 수전 존슨, 그리고 내 인생의 모든 다정한 친구들에게: 고맙고 사랑해요.

항상 이야기를 써보라며 격려해주시고, 초등학교에 들어갔을 때는 커서 작가가 되고 싶다는 꿈을 인정해준 부모님 마이클과 앨러나에게 감사드립니다. 저를 사랑하고 지지해줘서 감사해요.

나의 멋진 형제 조시와 사랑하는 앤드리아 파커. 고마운 마음을 말로 다 표현할 수 없네요.

또한 나의 더 큰 가족에게도 감사드립니다. 이언, 뎁, 론다, 존, 비키, 태라. 특히 다양한 단계에서 원고를 읽어준 에마와 마티에게 감사드립니다. 아일랜드에 대해서는 존 파커와 어너 파커에게 감사드립니다.

나의 뛰어난 에이전트인 피파 메이슨, 댄 라자르, 고든 와이즈, 케이트 쿠퍼에게 고마움을 전합니다. 여러분은 제 인생을 바꿨습니다. 루크 스피드에게도 감사드립니다.

아셰트 오스트레일리아의 모든 이에게 감사하지만 특히 이들에게 고마움을 전하고 싶습니다. 나의 훌륭한 발행인 로버트 왓킨스, 캐런 워드, 앨리 라보, 네이선 그라이스, 애나 에겔스태프, 톰 새러스, 대니얼 필킹턴, 앤드루 카타나, 루이즈 셔윈스타크, 저스틴 랙틀리프, 피오나 해저드. 아름다운 비둘기 이미지를 만들어준 조시 더럼에게 감사드립니다.

코린나 바산, 리아 우드번, 세라 사빗, 틴더 프레스와 그로브 애틀랜틱의 모든 출판 가족에게도 감사드립니다. 특히 이들에게 큰 감사를 표합니다. 틴더 프레스에서는, 아름답게 썩어가는 배의 이미지를 작업해준 조지나 무어, 조 율, 에이미 퍼킨스, 예티 램브레츠에게 감사드립니다. 그로브 애틀랜틱에서는 모건 엔트레킨, 주디 호텐센, 데브 시거, 재커리 페이스에게 감사드립니다.

코디와 앨리스에게. 내가 어두운 곳으로 여행을 떠날 수 있도록 안전하게 붙잡아준 두 종류의 사랑. 두 사람은 세상 전부예요.

그리고 마지막으로 리지 보든, 당신이 어떤 사람이건 감사드려요. 나를 선택해줘서 고마워요. 하지만 이제는 가야 할 시간이에요.

　1892년 8월 4일 폭염이 휘몰아치던 그날, 앤드루 보든과 애비 보든이 도끼로 잔인하게 살해되었다. 참혹한 범행이 자행되었을 당시 집을 비웠던 큰딸 에마와 달리, 집에 있었고 증언이 중언부언 했으며 알리바이가 명확하지 않았던 둘째 딸 리지가 유력한 용의자로 지목되었다. 그녀는 결국 체포되어 재판을 받았다. 하지만 변호인단의 노련함과 '여자가 그런 잔혹한 범행을 저질렀을 리 없다'는 당시 사람들의 '편견 아닌 편견'에 힘입어 무죄로 풀려났다. 법정은 리지 보든에게 무죄를 선고했지만, 아무도 그 판결을 신뢰하지 않았다. 어쩌면 친언니조차.

　이것이 전설과 악몽의 시작이었다. 리지 보든의 이야기는 사람들에게 공포를 불러일으키고 상상력을 자극했다. 리지 보든을 다룬 픽션과 논픽션이 발표되고, 드라마와 영화가 제작되고, 오페라와 뮤지컬이 무대에 올랐다. 사람들은 법정이 리지 보든이 결백하다고 판결했음에도 그녀를 희대의 살인마로 믿어 의심치 않았다. 그후 리지 보든은 남은 생은 물론 죽어서도 무죄라고도 유죄라고도 할 수 없는 회색 지대를 벗어나지 못했다.

리지는 정말 앤드루와 애비 보든 부부를 잔인하게 살해한 진범일까? 만약 그렇다면 이유가 뭘까? 친자식에게조차 인색하고 무자비했던 아버지를 견딜 수 없었기 때문일까? 아버지가 리지의 친엄마를 잊고 애비와 재혼을 했기 때문일까? 언니가 집을 비운 동안 범행을 저지른 건 언니마저 없는 상황에서 극도의 스트레스가 폭발했기 때문일까? 아니면 언니에게 혐의가 가는 것을 막기 위해서였을까? 자매가 그렇게 애틋한 사이였다면, 왜 사건 후 자매는 연을 끊고 죽을 때까지 단 한마디도 하지 않았을까? 둘 사이에 과연 무슨 일이 있었을까? 리지 보든이 정말 법정의 판단대로 결백했다면 과연 범인은 누구였을까? 무엇보다 그녀가 결백하다면, 평생 사람들로부터 의혹의 눈길을 받으며 얼마나 고독했을까? 사람들에게 자신의 목소리를 들려줄 수 있다면 어떤 이야기를 할까?

그래서 리지는 멜버른에서 사서로 일하며 글을 쓰는 세라 슈밋에게 자신의 이야기를 들려주기로 한다. 엄밀히 말하자면 자신의 이야기를 하라고 옆구리를 찔렀다. 하지만 리지는 자신의 이야기를 하기 위해 작가의 펜을 빌렸을 뿐, 정작 우리가 가장 듣고 싶은 이야기는 들려주지 않는다. 그 결과 세라 슈밋의 소설은 그 사건을 기준으로 시간을 앞으로 감았다가 뒤로 감기를 반복하며 타임라인을 미로로 만든다. 리지의 목소리뿐만 아니라 언니 에마와 하녀 브리짓, 가상의 인물인 벤저민의 목소리까지 등장시켜 우리의 혼란을 부추긴다. 어찌 보면 리지를 제외한 세 사람 역시 범행 동기가 있고, 마음먹기에 따라 범행을 실행할 방법도 있었다. 하지만 그들 모두 그토록 잔혹한 살인을 저지를 만큼 절박한 이유가 있었다고 보기는 어렵고, 좀더 자세히 들여다보면 범행 기회 역시 충분하지 않았다. 오, 이번에도 끝에 가서 남는 건 리지뿐이다.

그들의 목소리를 듣고 있으면 사건의 밑그림과 진상이 잡힐 듯 말 듯 신기루처럼 떠올랐다 사라진다. 소설을 읽는 내내 리지의 심술과 변덕에 이리저리 끌려다니는 듯한 찜찜한 기분이 든다. 그리고 책장을 다 덮으면, 리지와 에마, 브리짓과 벤저민에 대한 연민과 인격적으로 흠이 있었다고 한들 그렇게 잔혹하게 생을 마쳐야 할 이유가 없었던 보든 부부에 대한 애도의 마음만 남아 읽기 전보다 더 혼란스럽고 마음이 무거워질 뿐이다.

에마와 리지, 벤저민은 부모와의 관계에 문제가 있었다. 브리짓은 멀리 떠나온, 그래서 어쩌면 다시는 보지 못할 부모를 향한 그리움에 사무쳐 있다. 자식을 소유물로 생각하고 이리저리 휘두르려는 부모와 자식 간의 불화라는 관점은 세라 슈밋만의 독창적인 가설이 아니다. '87분서 시리즈'로 유명한 추리소설가 에드 맥베인도 자신의 소설 『리지』에서 리지의 성적 정체성에 대한 가설을 내세우며, 하녀 브리짓과의 관계를 들킨 것을 범죄의 동기로 그렸다. 실제로 리지 보든이 동성애자였다는 소문이 당시에도 있었다고 한다. 위키백과에 따르면 브리짓이 후에 남성과 결혼을 한 것으로 보아 동성애자가 아니었을 것이라지만 결혼 여부가 성적 정체성을 보여주는 절대적인 증거라고 할 수 있을까?

모든 창작자가 나름의 가설을 제시하지만 우리의 의혹을 말끔하게 해소해주기에는 (읽은 직후만이라도 말이다) 역부족이다. 때로 현실은 소설보다 더 기이하고 충격적이기 때문이다. 그리하여 우리는 리지 보든과 그녀 가족의 이야기에 끊임없이 매혹되고 출구가 보이지 않는 사건의 진상이라는 미로 속으로 기꺼이 뛰어든다. 어쩌면 그 사건에 관련된 당사자들조차 사건의 진상을 모르는 것은 아닐까? 모두 각자의 렌즈를 통해 사건의 단면만을 바라보았기에 단편적인 진실밖에 모르는 것이 아닐까? 그렇다면 우리가 해야할 일은, 사건의 진상을 파헤치려는 의욕을 잠시 옆으로 밀어두고, 이들의 이야기에 귀를 기울이는 것이다. 오랜 세월 자신의 가슴에만 꾹꾹 눌러왔던 한을 풀어놓도록 도와주어야 한다. 그래서 우리가 이 책 앞으로 불려온 것이다. 그들의 한풀이를 위해서.

그들이 속이 후련하도록 이야기를 다 들어주고 나면 그 조각들을 모아 하나의 진실을 만들어낼 수 있을지 모른다. 하지만 그들이 진실만을 말한다고 누가 장담할 수 있으랴. 우리는 어쩌면 또다른 허상을 진실로 믿고 한동안 만족하며 이 사건을 까맣게 잊어버릴지도 모른다. 어쨌든 어떤 가설을 따라 걸어가든 그 끝에는 1892년 8월 4일, 도끼로 잔인하게 살해된 앤드루 보든과 애비 보든이 우리를 기다리고 있다. 이들이 안식을 얻을 날이 과연 올까? 실은 우리는 이 질문에 대한 해답을 이미 아는 것은 아닐까? 의문은 또다른 의문을 낳고 의혹은 또다른 의혹을 끌어당긴다. 그래서 소설가들은 리지 보든을 도저히 놓아줄 수 없을 것이다. 세라 슈밋의 소설은 리지 보든을 다룬 최초의 작품도 최후의 작품도 아니다. 사람들의 호기심이 사라지지 않는 한, 누군가는 리지 보든의 이야기를 우리에게 들려주기 위해 또다시 상상력에 불을 지필 것이다. 다음 가설이 나올 때까지 세라 슈밋의 책은 한동안 리지 보든에 대한 호기심을 잠재우기에 충분할 것이다.

이경아

옮긴이 **이경아**

한국외국어대학교 러시아어과와 같은 대학 통역번역대학원 한노과를 졸업했다. 현재 전문 번역가로 활동중이다. 옮긴 책으로 『빌리브 미』 『더 걸 비포』 『페미니스트, 엄마가 되다』 『모두를 위한 페미니즘』 『비밀의 화원』 『버드 박스』 『위대한 중서부의 부엌들』 『모든 일이 드래건플라이 헌책방에서 시작되었다』 『소설이 필요할 때』 『여행하지 않을 자유』 『오시리스의 눈』 『구석의 노인 사건집』 외 다수가 있다.

문학동네 세계문학

내가 무슨 짓을 했는지 봐

초판 인쇄 2021년 3월 15일 | 초판 발행 2021년 3월 25일

지은이 세라 슈밋 | 옮긴이 이경아

기획·책임편집 이봄이랑 | 편집 윤정민 류현영 이희연
디자인 윤종윤 이원경 | 저작권 한문숙 김지영 이영은
마케팅 정민호 정진아 김혜연 정유선
홍보 김희숙 김상만 함유지 김현지 이소정 이미희 박지원
제작 강신은 김동욱 임현식 | 제작처 (주)상지사P&B

펴낸곳 (주)문학동네 | 펴낸이 염현숙
출판등록 1993년 10월 22일 제406-2003-000045호
주소 10881 경기도 파주시 회동길 210
전자우편 editor@munhak.com | 대표전화 031) 955-8888 | 팩스 031) 955-8855
문의전화 031) 955-8896(마케팅) 031) 955-1929(편집)
문학동네카페 http://cafe.naver.com/mhdn | 트위터 @munhakdongne
북클럽문학동네 http://bookclubmunhak.com

ISBN 978-89-546-7811-7 03840

잘못된 책은 구입하신 서점에서 교환해드립니다.
기타 교환 문의 031) 955-2661, 3580

www.munhak.com